三人の女たち

三人の女たち

リジア・ファグンジス・テーリス
江口佳子訳

水声社

本書は、武田千香の編集による
〈ブラジル現代文学コレクション〉
の一冊として刊行された。

〝アナ・クララ、寄り目にしないで！〟と写真を撮るときにクロチウジ修道女が言った。

〝リア、ズボンにブラウスを入れて、早く。それから、ロレーナ、しかめ面をしないで、顔がゆがんでいる！〟ピラミッド。

――『三人の女たち』

1

ベッドに座った。入浴するにはまだ早い。後ろに倒れて枕を抱え、M・Nのことを考える、この世で最も素晴らしいことは、まだ青いココナッツジュースを飲んで、それから海で放尿することではない、リオンの叔父さんはそう言ったけれど、彼は知らない、最も素晴らしいのは、わたしの最期のベールが顔に落ちる時に、M・Nが何を言って、何をするのかを想像すること。最期のベール！とリオンなら書くだろう、彼女は書く時には崇高になる、その小説は、十二月になると街は桃の香りがするという書き出しで始まっていた。桃だって、どう思う？　確かに十二月は桃の季節よ、周囲を果樹園の匂いで一杯にする果物を載せた荷車を街角で見かけることがある、だからといって、街全体が香りに満ちるという結末にするのは崇高すぎる。リオンは生と死に関する重要な意見を持つゲバラにその物語を捧げた、すべてラテン語で。ゲバラの構想にラテン語が入るなんて。入るのかしら？　彼がラテン語を好きならね。わたしは好きかしら？　彼は尊い時間に地面に横たわり、手を頭の下で組んで、雲を見ながらラテン語を話す。死はラテン語と相性が良い、死ほどラテン語と相性が良いものはない。この都市《まち》は桃の香りがするということに同意するなんて常軌を逸している。いったいどんな都市なんだ《ケ・シウダ・セラ・エッサ》？と彼は困りきって訊くでしょう。第三世界《テルセール・ムンド》？　第三世界。桃の香りがする《イ・ウエレ・ア・ドゥラスノ》？　リア・ジ・メロ・シュルツの意見によると香る。そこで彼は、目であるところの目を閉じて、口であるところに微笑みを浮かべる。私はこの女弟子たちとともに準備が整っている《エストイ・ビエン・リスト・コン・エサス・ミス・ディシプラス》。結局のところ、彼女の問題だわ、わたしの問題は毛深い真っ裸のM・Nのこと、わたしよりもずっと毛がある、彼はとても毛深い、猿のように。でも美しい猿、顔は滅多にないほど知的で、右目は左目よりも少しだけ小さく、悲しげで、顔の片側はもう半分よりも、果てしなく悲しそうに見える。果てしなく。果てしなく果てしなくわたしは言い続けることができるだろう。単純な言葉は神の腕のように果てしなく長く、川、山、渓谷に広がる。言葉。身ぶりは蛇の皮が古い皮の下でなめらかに突き破るように新しくなる。でもねばねばしていない。農園で蛇に触ったときに、緑色で厚みがあったけれど、ねばねばしていなかった。M・Nの身ぶりは常に新しい、他の時とすべて同じだというのは本当ではない。細部で作られたものを作りだして、清潔な皮膚に変わる。神は細部にいるのだから、最も研ぎ澄まされた喜びも細部にある、M・N、今言ったことを聞いていた？　アナ・クララが付けまつ毛を外したときに、気が変になった恋人がいて、ビキニを外した時はそれほどでもなかったらしいけれど、まつ毛を外したとたんだって、光栄よね。裸の目。あなたがたに言っておくけれど、目の裸は陰部の裸よりも刺激的になる日がくる。陰部が淫らであると考えるのは単なる因習。じゃあ、口は？　口は興奮して、噛みつき、噛み、噛みつく。桃にかぶりつく、覚えている？　わたしが書くとしたら、『桃の男』というタイトルの物語にする。牛乳を飲みながら曲がり角を見ていた。すると、手に桃を一つ持つ平凡な男がいた。わたしはその熟れた桃を見ていた、男は目を半開きにして、その輪郭を記憶に留めたいかのように、指の間で回しながら手探りしていた。ぎこちない表情で、整った顎髭は墨で書いた線のように顔の皺を強調していた、でもそのぎこちなさは桃の香りがしたときに和らいだ。わたしはうっとりした。彼は唇で桃の皮の繊毛を撫で、指先で触れるかのように、唇で桃の表面全体を舐めた。広がった鼻孔、寄り目。わたしはすべてが一度で終わって欲しかったけれど、彼はまったく急いでないようだった。ほとんど怒っているかのように、顎で桃をこすり、指で挟んで桃を回しながら、舌先は桃の先端を探した。見つかった？　わたしはカフェのカウンターの高い位置にいたけれど、望遠鏡で見ているかのように見ていた。彼はピンク色の桃の先端を見つけ、舌先で円を描くように、激しく、それを愛撫し始めた。舌先が桃色の先端と同じ色をしていることを見ることができたし、もはや苦しみになっている表情をして、それを舐めるのも見ることができた。彼が桃の果汁を遠くに吐き出そうと大きな口を開けて飛び跳ねたとき、わたしは牛乳を喉に詰まらせた。思い出すとまったく不快になる、ああ、ロレーナ・ヴァス・レミ、恥ずかしくない？

〝恥ずかしくない〟と大きな声で、誘惑の天使が言う。わたしは素早くお香を焚く、ああ、邪悪な心。聖女になりたかった。わたしを包み込み、わたしに眠りをもたらすこのバラの香りのように純粋な。わたしがお香を焚くと、アストロナウタも眠気を感じる。わたしが気怠くなるようにアストロナウタも気怠くなる。気怠くなるのをアストロナウタから学んだ。気ままな猫、あなたはどこをほっつき歩いているの？　ねぇ？　怠惰と繁殖のレッスンを毎日やるけれど、同じ動作は決して繰り返さない、バレリーナはみんな猫を一匹飼うべき。ずる賢さ。それと同時に、なげやりな態度。恥ずべきことへの軽蔑。あの計算高さと執着。わたしの猫は危険なほどの繊細さからできている。それとも悪魔なの？　レッスンの休憩時間は、わたしが無意識であるよりも、ずっと意識的にわたしのことを見ている、どうやったらわたしもそんな風にできるのだろう？　わたしがまだM・Nのことを知らなかった時は、今みたいに何時間もだらだらしていることなんてなかった、ああ、なんてこと。イエス様だけが理解し赦してくださる、神だけがわたしたちのように耐え忍んだ。イエス様、イエス様、どんなにわたしはあなたを愛していることか。あなたを称えるためにレコードをかけます、お待ちください、アベルが羊を捧げたように、音楽を贈ります、羊の方が重要であることは当然です、でもイエス様はわたしが血を怖がっていて、わたしの捧げ物は音楽だけであることを理解してくださる。ジミ・ヘンドリックス？　お聴きください、親愛なるお方、彼が死ぬ前に作った最後の曲を聴いてください、その可哀想な人は薬物中毒で死んでしまった、彼らはみな薬物中毒で死んでしまう、でもお聴きください、汗と埃にまみれた縮れ毛まであなたが手をおろすのをわたしは知っている、親愛《ディア》なる、ジミ！

　ロレーナはしなやかな跳躍で壁紙と同じ色をした金メッキが施された鉄製のベッドに倒れこんだ。ダンスのステップを数歩練習して、鉄の縁に裸足の足がつくまで、脚を上げて、ジュートの絨毯の青いストライプの線の上に跳躍して下りた。体を真っすぐにし、長い髪を後ろに振って前を見て、レコードプレーヤーのところまでストライプの線の上をバランスをとりながら進んだ。

「ジミ、ジミ、あなたはどこにいるの？」と彼女は棚に積み重なったレコードを調べながら訊いた。黄色い小さな花柄の白くて薄いパジャマを着て、金の小さなハートのついたネックレスをしている。指先でレコードを摘まんだ。

「ホムロ、あなたはどこにいるの？」

　潤んだ目を押さえて、レコードをターンテーブルに置いた。そっと針を上げて、目の見えない鳥の口ばしを水入れまで誘導するように導き、そっと落とした。

「ロレーナ！」

　声は庭から聞こえてきた。彼女は素早く長い髪の毛をかき寄せ、うなじのところで束ねて、つま先立ちをした。腕を広げた。絨毯のジグザグ模様の線の上を、ワイヤーの上の綱渡り芸人のように緊張して歩いた。

「ロレーナ、窓から顔を出して、あなたと話がしたいの！」

　彼女はぐらぐらと揺れながら、右足は線の上に置いて、左足は高く上げて宙に止めた。バランスを崩すことなく、左足を右足の前に置くことができたときに、緊張を弛めた。端まで到達した。深々とお辞儀をしながら、左右に体を折り、腕を弓なりにして後方に曲げ、手を半開きの羽のように床につけた。その姿勢のまま謙虚な微笑みを向けて、少し後ずさりしながら感謝した。宙で花を受け取り、それに口づけをして、観客に勝ち誇ったようにその花を投げ、くるくると回りながら窓に戻った。そして、中庭の小道で腕を組んで待っている若い女性に手を振った。左胸に手を当て、誇張してため息をついた。

「ようこそ。何て素晴らしい日なの！　春《プリマヴェーラ》よ、リオン、春よ。ヴェーラは真実という意味で、プリマはもちろん最初という意味、つまり初めての真実。どう？　こういう朝は、自分をしっかり留めておかないと、わたしは飛んで行ってしまう、可愛らしいマーガレットの花を見て、すべての花が開いている！」。窓の下の花壇を指した。「こんなに素敵なことはない。おはよう、わたしのマーガレットちゃんたち！」

「ロレーナ、少しでいいから話を聞いてくれないかな？」

「言いなさいよ、リア・ジ・メロシュルツ、言いなさい」

　リアは白色の分厚いソックスを粗雑に膝まで上げた。革製のトートバッグが地面に滑り落ちたが、靴下がすぐに下がるのを待つかのように、彼女は靴下に注意を向けていた。トートバッグを拾い上げた。

「明日、あなたのお母さんの車を借りることができる？　夕食後。つまり夜九時に、どうかな？」

　ロレーナは窓から身を乗り出した。微笑んだ。

「靴下が下がっているわよ」

「膝を締めつけるか、下りたままなのか、そのどちらか。ほら、ごらんのとおり。最初のうちは、このゴムが脚を紫色にするほど締めつけたんだから」

「ねぇ、こんなに暑いのに靴下を履くなんて、どういうこと？　それに、登山用の靴なんか履いて。どうしてサンダルを履かないの？　あの茶色のサンダルはそのトートバッグに良く合うのに」

「今日は一日中街頭活動をしなくてはならないの。靴下を履かないと、足にマメができてしまう」

　足の裏にね。野暮ったい。足のマメより悪いのは、ブーラ修道女の例の腱膜瘤《ジョアネッチス》くらいよ。腱膜瘤はジョアナから発祥したにちがいない。昔、最初に変形足になったジョアナという人がいて、彼女の孫《ネットス》たちがその変形を引継いで、しだいに〝ジョアナの孫〟と呼ばれるようになった。ああ、なんてこと。わたしが春に恋する一方で、リオンは足のマメのことを話している。

「オシャレでまだ履いていない靴下があるけれど、それを履いて行きたい？」

「フランス製ならね」

「スイス製よ、どう？」

「スイスは好きではないの、きれいすぎるから」

　それにサイズが合わない、確か彼女は四十だから。くるぶしを太くする靴下を履くなんて、可哀想に、まるで象の足みたい。それにしても、彼女は痩せた、反体制は痩せさせる。

「リオン、リオン、わたしは恋しているの。M・Nが電話してこなければ自殺する」


　ロレーナの感傷的な気持ちを聞いているとうんざりする、おお、ミゲウ、私がどんなにあなたを必要としているか。小声で言わなくちゃ、でもイライラしているのが顔に出ているに違いない。

「レーナ、聞いて、私はふざけてないんだから」

「じゃあわたしがふざけているの？　どうしてそんなに急いでいるの？　上がりなさいよ、ジミ・ヘンドリックスの最後のレコードを聴きに来て、お茶をいれるから、とっても美味しいクッキーもあるのよ」

「イギリス製なんでしょう？」と私は訊く。「私たちのクッキーと私たちの音楽の方が良い。文化植民地主義はもうまっぴら」

「ねえ、でもわたしたちの音楽では、わたしは感動しないの。もし、あなたの出身のバイーアの人たちが絶望していると言ったら、わたしは信じるし、それも良いと思う。でも、ジョン・レノンが来て同じことを言ったら、わたしは震撼して、狂信的になるわ。わたしは狂信的なの」

「あなたは気取り屋よ」

「気取り屋、リオン？　気取り屋と言ったわね」と彼女は繰り返した。

　窓からもっと身を乗り出し、微笑みながら寄り目にして、舌を出し、頭の上で両方の親指を立てた。そして、耳のように両手を開けたり閉じたりした、ああ、この女の子に我慢するのは、もう、うんざり。

「ロレニーニャ、真剣なんだから。明日車が必要なの」と私は言う。

　でも彼女は聞いていない。突然、天使のようになって、邸宅にいる誰かに手を振っている、アリックス院長だろうか？　アリックス院長は窓を開けて挨拶に返答している、イギリスの女王のような手の挙げ方だった。でも、院長が中に入ってしまうと、ロレーナはひどいしかめ面をした。そして、いつものように、しばらくそのままの顔にしている。おお、ミゲウ、〝困難に立ち向かうんだ〟とあなたは言った。だから私はそうしようとする。でも、ときどき空虚になる、わかる？　何て言ったら良いのかわからないけれど、日々のことをこなすのはあまりにきつい、私があなたの代わりに捕まったらよかったのに、どうしてあなたの代わりに捕まらなかったのだろう、死にたい。

「大学はまだストライキ中よ」とロレーナが欠伸をしながら嘆いた。私のトートバッグを指して言った。「何が入っているの？　機関銃？」

　ロレーナは機関銃を操るように真っすぐに立って、目は狙いを定め、射撃の真似をして両肩を揺らした。〝ダッダッダッダッダッ〟そして、邸宅めがけて撃った。〝ダッダッダッダッダッ〟ロレーナはブーラ修道女に向けて撃ったけれど、修道女はメス猫と遊んでいるふりをした。でも、彼女は私たちの様子を窺っている。私は微笑む、ミゲウがまさにそういう反応をするから。

「ロレニーニャ、止めて、そういう悪ふざけは好きじゃないの。車のことを頼んでくれる？　この前のように翌日に返すから。問題ない」

「あなたたちはＭ・Ｎを誘拐しなくてはならない、リオン。どうしてＭ・Ｎを誘拐しないの？　彼はわたしのベッドの下に隠れている、イツマデモ永遠ニ。アーメン」

　煙草に火をつける。酔っぱらいや、娼婦たちの間で寝ることなんか気にしない、胸に煙草の火をつけたら、痛い、あなたが自由であるということを知っていれば、道路や橋の下で寝ていても。自由でありさえすれば。他の人の苦しみに私は耐えられない、そうでしょう？　ミゲウ、あなたの苦しみ。自分の苦しみには耐えられる、私は気丈だから。でも、あなたのことを考えると、だめなの、泣きたくなる。死にたくなる。私たちは死にそうになっている。どちらにしても死んでいるのではないだろうか？　大衆が私たちからこんなに離れてしまうなんてこれまでなかった、彼らは私たちと関わりたくない。関わったら、腹を立てるだろう、大衆は恐れている、ああ、どんなに大衆が恐れていることか。一方で、ブルジョワジーは絢爛豪華になっている。金持ちがこれほど金持ちであることはかつてなかった、彼らは金製の取っ手のついた家を所有する、食卓のフォークやナイフだけでなく、ドアノブまで。浴室の蛇口もそう。ギリシャのギャングが彼らの島で教え込んだように、すべて純金で。不純物の無い。窓から眺めて愉快だと思っている。残るはおびただしい数の都市犯罪者。それから都会病の人たち。それに半ダースの知識人。感じの良い支持者。何て言ったら良いのかわからないけれど、私は警察官より知識人の方がムカつく。警察官は少なくとも仮面をつけていない。おお、ミゲウ！　今日はあなたがとても必要、なんだか泣きたくなる。でも泣かない。ハンカチを持っていないから。私がブラウスの袖で鼻を拭くのをロレーナは洗練していないと考えるだろう。

「ロレーナ、ハンカチを一枚貸してもらえない？　風邪をひいているの」そう言って、私は涙で濡れた顔を拭きたかった。でも、何のハンカチ？　ハンカチじゃなくて、必要なのは車だ。「ロレーナ、車が必要なの。当てにしていい？」

「白、ピンク、青、それにモスグリーンがある。それから、ターコイズブルーも、見て、このターコイズブルーはなんてきれいな色なの。それで、リア・ジ・メロ・シュルツ、セニョーラはどの色がお好み?」

　彼女が取ってきたハンカチの箱を見る。彼女は内側が花柄の生地の箱に何でもしまう、その箱は地が黒色で赤と青のひなげしの花柄をしている。他にも銀製や革製の箱が戸棚にある。それから鈴。彼女のお兄さんはどこかへ行くと、彼女に鈴を送ってくる。鈴のコレクター、切手のコレクター、ネクタイのコレクター、映画の列の前のほうに割り込む人もいる。マウリシオは歯を食いしばって折ってしまった。電気棒が食い込んだときに、叫びたくなかったから、歯を食いしばった。アニメで猫が殴られると歯と骨が砕ける。でも次の場面で、すべてがくっついて、猫は元通りになる。アニメのようだったらいいのに、シウビーニャ・ダ・フラウタ、ジジ。ジャポーナ。そしマウリシオ、あなたは? 電気棒が深く食い込んだら気を失う。すぐに気絶して、死ね! ミゲウ、私たちは死ぬでしょう。抗議運動を進めるサインが出たら、私たちは全員ただ死ぬだけ、〝前へ動けば、俺たちは死ぬだろう〟とあなたは言った。覚えている? 誰もわずかな注目もしないことは分かっている。だから、私たちは胸から心臓を取り出し、私の血を見てください、私の心臓を見てください! 一方で、そばには靴をピカピカに磨く人がいる、お客様はどの靴墨の色がよろしいですか?

「緑色」

　わたしは重ねてあった三枚目のモスグリーンのハンカチを箱から取り出す。ヘモがイスタンブールから送ってくれたハンカチはとても繊細、さようなら、わたしのハンカチ。リオンはあなたで靴を磨くような人、でもハンカチのもし《イフ》もを考えて。埃は涙と同じくらい威厳があるもの。真っ白で細かい月の埃ではない、地上の埃はとても重い、とくにわたしの友の靴の埃は重い。でも、そんなこと気にしないで、しょせんハンカチなんだから。わたしは宙にハンカチを放つ。そのハンカチはパラシュートのように軽やかに開いて、リオンは待ちきれずにつかんだ。

「リオン、落ち込んでいるの? それは実存的苦しみ?」

「その通り。実存的」

　彼女はわたしのことでイライラしている、ああ、なんてこと。彼女は変わってしまった、可哀想に。つまり、ミゲウはまだ逮捕されているということ? あの日本人も? ジジは? 他の人も、ほとんどみんな捕まっている、なんてひどいの。彼女も突然そうなるかもしれないの? アナ・クララが門の周りをうろうろする疑わしい男を見たらしい。もちろん、アニーニャは嘘ばかりつく。でもそのことは本当かもしれない。ファチマ修道院寄宿舎、捜査で何度か名前が挙がったかもしれない。捜査線上に神父と修道女の名前が現れたら、みんな警戒する。

「明日返すから」と彼女はハンカチをたたみながら言う。

「持っていて良い、気にしないで。もう一枚持って行く?」

彼女にピンク色のハンカチを投げたけれど、モスグリーンのハンカチのようには開かなかった。どうして、わたしの心も開かないの? ママの腕の中にいたホムロ、わたしはハンカチを探したけれど、一枚も見つけられなかった、噴き出す血を拭くためにハンカチが必要だったのに〝ローナ、一体何が起きたの?!〟ママ、ふざけていただけ。二人は遊んでいたの、そうしたら、ヘモがピストルを探しに行って、ホムロに、走れ、そうしないと撃つぞ、と言って、ピストルを向けた。もう十分、今はそのことを考えたくない、太陽がほしい。わたしは窓辺に座って太陽に向けて脚を伸ばす。

「赤くなっちゃう、褐色に焼きたかったのに、見て、この色を。ファブリジオが言っていたけれど、大学でのわたしのあだ名はマグノリア・デズマイアーダ〔ポルトガル語で〝色褪せたモクレン〟の意〕ですって、信じられる?」

「老人は? まだ何も言ってこないの?」

返事をする前に十数える、グルルルル! どうしてM・Nのことを老人って言うの? 第一に、彼は年老いていない。第二にわたしが面倒な人間で、わたしに関する事は簡単に解決しないことを彼女は知っている。第三に……三番目は何だったかしら? わたしは自分が近寄りがたく思われるように努力しているということかな。

「彼は夕食に出かける電話をくれると約束したわ。わたしたちと一緒に行かない?」

「私は西部劇の映画が見たい」

嫌だ、映画だって。何千もの危険な地域がある。その地域で彼の奥さんや彼の従姉妹が……わたしたちが会うのに最善の場所は病院かしら、というのは、世界が大きいとしたら、あの病院はさらに大きいから。マルクス・ネメシウス医師はいらっしゃいますか、とわたしが尋ねると、主任看護婦は部下に話し、部下はその部下の部下に話して、彼女はその部下へと、そして、最後の部下はそのチェーンから逃れる、白い靴、白い記憶。〝ひょっとしたら、あなたはメローニ医師をお待ちですか?〟と彼女が二時間後に現れて訊ねる。いいえ、その人ではありません。わたしはマルクス・ネメシウス医師を待っているのですが、先生はいらっしゃいますか?〝ドクターは帰ったところです〟と彼女が言う。〝他の医者ではだめですか?〟

「リオン、彼から電話が来なくても、二人で行きましょうよ。ネカオならあるわ、キャビアも注文できるわよ」

「ロシア産の?」

「違うわよ、イラン産よ。最高級のキャビアよ。兄のヘモが缶詰を送ってくれた」

「すごく惹かれる。でも私は街角のエンパーダ〔パン生地に肉や野菜等の具を入れて焼いた食べ物で、南アメリカの国や地域で多様な形状や具材がある〕でいい」

　わたしの部屋に少しだけスープがある、修道女のように中性的方法で切ったこま切れ肉が入っている、彼女が道端で食べる物よりずっといいのに。可哀想に、入浴もしない。以前は、浴槽を一杯にして満足そうに入っていた、いつだったか、バスソルトを入れてとまで頼んでいた。

「あなたは変わったわ、リオン」

「悪くなったってこと?」と、彼女はハンカチを開いて、鼻をかみながら訊いた。

　開いた鼻腔。この点に関して動物は賢い、アストロナウタが人前で鼻をかむのを見たことがない、大きすぎる穴、多すぎる分泌液。ああ!　カフェでエンパーダを食べるなんて、どうかしている。でも、もしリオンがわたしたちと一緒に来たら、わたしたちのデートに毒を盛るだろう、彼女は皮肉るのが大好き、M・Nはまじめに、きっと理解していないふりをする、〝リオン、もっとワインはどう?〟彼女はワインなら受け入れる。それからラゴスタ〔ポルトガル語で〝ロブスター〟の意〕を、彼女はラゴスチンと発音する。でも、彼女は北東部で子供が飢えで死亡する統計を思い出さないといけない、時折、北東部の問題は常軌を逸する。わたしたちはこういう人々への責任をいつまで負わなくてはならないのか、このことを考えるのはつらい、でも、考えてしまう、そこに神がいないのであれば、理由があるからにちがいない。

「ああ。わたしは怪物。違う人になりたかった、まったく違う人に」

　ちっぽけなことを気にするこの性格。ああ、わたしの聖サンフランシスコよ、わたしの聖テレジアよ、《こうした内面を理解するのにあまりに謎めいている》《ソン・タン・オスクラス・デ・エンテンデール・エスタス・コサス・インテリオーレス》〔アビラの聖テレジア『霊魂の城 *Las moradas*』(一五七七年)「第一の住い」第二章七の一節〕。

「明日、返すから」と言って、リオンはトートバッグにハンカチをしまった。

　もちろん、返さない。それにわたしも受け取らない、ハンカチは歯ブラシのようなもので、借りることができない。個人的な物を借りてはいけない、というあまりに単純なことを未だに学ぶことのできないアナ・クララと同じ。

「リア!　リア!」とブーラ修道女が邸宅の窓から呼んでいる。

　その声は木の幹の中から聞こえてくる森の精の声のよう。〝あなたに電話よ!〟と叫びたいようだ。ハンドルを回すようにして、手を耳にあてている、彼女の時代の電話はハンドルを回さなくてはならなかった。それとも、それより前に生まれたのかしら?　彼女は二百歳ぐらいに違いない。

　リオンは恐れている。アナ・クララも無関心を装うけれど、精神安定剤を飲まなければ、気が変になって徘徊する。まったく遠慮せずに、わたしのティッシュケースの箱を開けて、半分以上持っていく、愛し合った後にきれいにするために何十枚も持って出かける。もちろんすぐにシャワーを浴びるのが正しいし、裸でシャワー室まで走るほうが衛生的で詩的だわ。田舎だったら、滝まで走る、シュワァァァァァ！　でも、急いでいる女中のようにトイレに駆け込むなんて。アナのあの仕種と言葉、可哀想に。すべてが細部まで行き渡る。出自、信仰、喜び、神。特に出自。〝自分のことなんて知らないし、知りたくない〟と酔ってわたしに言った。庭で咲いているマーガレットも同じことを言うかもしれない。自分の根なんて知らないと。でも人間も同じ？　父親のことも母親のことも知らない。いとこも知らない。誰もいない。わたしが知る限りでは、バイーア全体がリオンの親戚に違いない、でもアナ・クララの家族像はその反対。彼女には、情事の前後にすることはすべて調和しなくてはならないことを教えてくれる叔母のような人は一人もいなかった。自慰をすることは反美学なのだろうか。反美学ではないけれど、悲しい。リオンが何千ものアンケート調査をしていたとき、どのくらいの女子学生が自慰をするかというアンケート調査をした。驚くべき結果だった。〝やっと中世の時代から出るところ〟と彼女は紙の山を見ながら言った。〝私たちの祖母や母から受け継いだ遺産〟、そうでしょう？　若い女性の習慣を集計してみると、驚異的なパーセンテージが出てきた。〝あなたも、自慰をするの？〟と彼女は異端審問所の黒い目でわたしを射るように見て訊いてきた。

蜜作りと愛し合うだけの黄金色の二匹の蜂が、はじめに一匹目、次に二匹目とわたしの足に止まった。わたしは優しく払いのける、拒否されたと感じさせないように、そのしぐさは柔らかくなくてはならない、M・N、そうよね？　たとえあなたがわたしのことを愛していなくても、わたしに対してそうしてほしい、さぁ、わたしの可愛い蜂ちゃんたち、行きなさい。飛び立つ前に、大きいほうの蜂が手を洗うように二本の前足をこすり合わせ、それからすぐに黄色の縞模様の腹部の端を一本の足で撫でた。手がどこで止まったのかを見ることはできなかったけれど、リオンが蜂の調査もするとしたら、アナタモ小動物?!　小動物は昆虫のこと。蜂はどうなんだろう？　とにかく、彼女は訊いてきた、わたしは細心の注意をはらって返事をしなかった、というのは、あの午後に戻ることは二度とできないから。自慰すること？　あのときの？　十三歳、ピアノのレッスン。「楽しき農夫」あまりに楽しかったから、ピアノのベンチ椅子が前へ後ろへと揺れて、リズムがどんどん速くなった。胸の鼓動、ぐらつくことも、間違うこともなく、手が鍵盤を叩くのと同じ勢いで、性器がクッションを激しく揺らした。あの午後ほど上手に弾いたことはなかった、今考えてみても、常軌を逸していたように思える。馬から降りるようにベンチ椅子から降りた。夕食のときに、ママが感動してわたしにキスをした。〃ゴイアバーダ〔グアバをペースト状に練った菓子〕を混ぜながら、ピアノを聴いたわ、あなたは神々しく弾いていた〃その時、わたしは皿に顔を向けて微笑んだ、わたしの初めての秘密。ホムロがわたしにめがけてパンの柔らかい部分を丸めて投げた、ヘモはカブト虫をわたしの髪の毛の中に入れた、みんなでベランダに出た時、わたしは自分が星のように輝いているように感じた。ホムロがシーツで驚かせに来なければ、二分以上、恍惚状態のままでいたのに。二度目も農園にいたときで、入浴しているときだった。それも偶然だった。お湯の入っていない空の浴槽に入って横たわり、蛇口を開いた。熱い流れが激しく落ちてきたから、体を滑らせて腹部を差し出した。水しぶきが腹部から膣へと流れた、脚を広げると、その流れはわたしと完全に調和して、驚きながらも、その時ピアノはなかったけれど、より強く、昔の芸術的な高揚感を覚えた。フェリッペが赤いオートバイに乗って横切り、わたしの体の上を通り越したとき、わたしは目を閉じた。彼は黒いジャケットを着てオートバイに乗っていた。わたしは手で顔を覆って、逃げたかったけれど、水が節度なく上がってくる浴槽の底にへばりついた、水はわたしを完全に覆い、泡が顎のところではじけた、どうして栓を開けなかったのだろう？　満たされて、あるいは、満たされずに、口（それともわたし）がさらに求めた。滝のように、わたしの中に入ってきて、わたしの鼻をふさいだ、準備はできた、わたしは死ぬ！と思ったから、跳躍した。飛び跳ねて逃げた。愛だったのか？　死だったのか？　どちらか一つだと詩にして答えた。その頃、わたしは詩を書いていた。

リアが中庭の小道に置きっぱなしにしているトートバッグに雌猫が近づいた。革の臭いを不審そうに嗅いだ。腹部のせいで横ばいになって座った。部屋の窓の居心地の良い場所にいるロレーナを見ていた。その部屋と浴槽——このことについてロレーナは確信している——邸宅の所有者家族の運転手のものだった。階下は古めかしい車のガレージであったであろう。上階は絶対的な支配者であり、その愛人はネウザという名前の給仕で、トラブルを起こす好色な運転手のものだった。青色で塗られた壁にはネウザという名前が何度もシェービングブラシや、白色の消臭スティクで書かれていた。床の溝には、彼女の何本かのヘアピンが挟まっていた。浴槽のタイルにはジャスミンの香水の割れた小瓶。〃リフォームを少しすれば、お嬢さんはここで快適に過ごせますよ〃とプリシーラ修道女が楽観的に言った、その楽観的な考えが母親の腕にしがみついていたロレーナに伝わる一方で、母親はミュウの腕にしっかりとつかまっていた。母親は困惑した顔を彼に向けた、その頃は、アスピリンを飲むべきか飲むべきでないかということまで彼に相談していた。〝あなたはどう思う？　お金がかかるのではないかしら？　現状がひどいから〟と尿の臭いが混じったジャスミンの香水を嗅いで、不快そうに文句を言った。ミュウはロレーナにウインクをした。彼は自分の威信を見せることができると恍惚感に浸る。〝世界中で最もすばらしい場所になるよ。僕に良いアイディアがある。この浴室は全体をピンク色にするといい、彼女が浴室で服を脱ぐときに、巣の中にいるような気分になるようにね〟と彼はひび割れした便器に煙草の吸い殻を投げ捨てて言った。後ろ側のドアを叩いて、ハンカチの匂いを嗅いだ。〝この部屋は明るい黄色にしよう、壁紙ならある、あの隅には金色のベッド。向こうの壁には棚とテーブル。ここには作り付けの洋服ダンスを。あっちには小さな冷蔵庫とカウンター、ロレニーニャこんな感じでどうだい？〟彼が床に落ちていたトランプを拾い上げると、スペードのクィーンだった。それをドアの割れ目に突き刺した。ママが最初に部屋の外に出て、プリシーラ修道女は窓を閉めるのに忙しかったから、彼がそれに乗じてわたしのお尻を手で触った。

「何かあったの？」と走って戻ってきたリオンに訊いた。息を切らしていた。猫が噛みちぎって丸まった新聞を蹴った。

「さっき言っていたお茶はまだ有効？　今なら一杯いただくわ。さっきみたいな電話がまたあったら、完全に気がおかしくなる」

急いでパジャマを脱いで、バレーの黒いタイツを履く。リオンが階段を一段ずつ上がるのが聞こえる。嬉しいとき、彼女は三段跳びで上ってくる、可哀想に。恋人は逮捕されたまま、欠席ばかりしていたから落第するし、収入はすぐに消えてしまう、半分以上はグループに渡している。ああ、なんてこと。

「音を小さくしてもいい？」と彼女はレコードプレーヤーの方に直進して訊く。あまりに小さくするから、ジミ・ヘンドリックスの声がテーブルの下の蟻の声のようになった。電気コンロの火を点ける。胸を広げて、テーブルクロスをかけるという二つの動作をする。カップを取り出す。お皿も。藁に編みこまれて、結び目から結び目までぐるりと一回りしている赤いリボンのついた、パンの籠を持ってくる。濃い緑色の大きな葉の間に描かれたいくつかのオレンジから、アジア人的な目がのぞき見している柄のテーブルクロスのデザインに見とれる。お茶を入れるというこのシンプルな儀式に見出す喜びは、音楽を聴くときの喜びと同じくらい強烈だ。詩を読むときも。入浴するときも。それから、

それから、それから。わたしを喜ばせる小さなことがたくさんあるから、大きなできごとが起きたら、死ぬほど嬉しい。ねぇ、M・N、そういう大きなことは起こるかしら？

「彼が電話をしてこなければ死んじゃう」と腕を広げて、冷蔵庫までつま先立ちで行きながら言う。「見事なブドウとリンゴがあるわよ」

　リアは絨毯に座ってクッキーをかじり始める。まるで遭難者が島で最後のクッキーを食べているような暗い顔をしている。スカートの襞に入り込んだクッキーの屑を拾い集めていた、それにしても、どうして今日そのスカートなのかしら？　巨大なバイアーナのお尻でも、ジーンズのほうが良いのに。

「大変、レーナ、大変なの。ああ！　忘れて」と縮れた髪の毛を手で押さえようとしながら言った。わたしを何か意図した目で凝視した。「頼むのを忘れないでね、聞いている？」

　彼女にリンゴを投げる。

「あなたに敬意を表して、新しいテーブルクロスをかけたの、ねえ、素敵でしょう？」

「使うのはあなただと言ってね、いい？」

「何が？」

「車のことよ、レーナ、夢を見ているのはやめて、よく聞いて、あなたがママに車を頼むのよ！」

　仰向けになって、ペダルを漕ぐ。二百回でも漕ぐことができる。

「この体操は脚を太くするのに最高よ、わたしの脚はなんて細いのかしら、驚くわ。あなたの場合は脚を細くするのに逆回転して漕がなくてはならないわね」と言ってわたしは笑いをこらえる。

　彼女がイライラしながらリンゴをかじったから、わたしの膝で割れるような気がした。

「ロレーナ、夕食の後よ。忘れないで、夕食の後よ、聞いている？　あなたが使うと言ってね」

　車、車。その機械は大地の美を掃く、ああ、なんてこと。わたしたちは水生期に入ろうとしている、つまり、技術の支配、より多くの機械。航空機、気球、自家用ジェット機、空は人々で一杯になって真っ黒になる。知りたくもない、わたしは木の上で自分の詩を読んで過ごす、何か残るにちがいない。

「昨日、タゴール〔インドの詩人、一八六一〜一九四一年〕の美しい本を買ったの」と絨毯に座りながらわたしは言う。胸に両方の手のひらを置く。

「《夜を通して、わたしの夢を奪ったあの人をベールで覆う。わたしの壁を壊したあの人の壁を建設する。棘を抜いて、花を植えながら人生を送る。わたしのことをもはや知ることのないあの人に口づけをして泣く》」

彼女はわたしに下から視線を投げかけた。笑い、そして口を一杯にして言った。

「そんなことをする必要はない、女性から男を奪おうとしないだけで十分よ、おわかり？　マダム・タゴール？」

「でも彼はもう彼女のことが好きではないのよ。愛は終わっている、すべて終わっている。書類上でだけ二人は結びついている」

「あなたはそれが小さなことだと思う？　私が記入するときは、彼も記入するか確かめる。それに、その詩の新奇性はどこにあるの？　レーナ、すべてのことはすでに聖書に書かれている。あなたは聖書を読まないの？　全部書いてあるから、探してみると良い」

　わたしは力を込めて再びペダルを漕ぐ。

「プルーストを買ったわ、すばらしいわよね。M・Nもプルーストが大好きなの。読まなくてはならないんだけれど、でも実をいうと、少しつまらない」

「うわっ！　第一級の小説、もっと言うと、第一級の古典小説は嫌い。一度も耐えられたことがない」と彼女はトートバッグから煙草を取り出しながら言った。

　わたしは急いで灰皿を取りに行き、戻る途中でやかんの蓋を外した。お湯はほとんど沸いていた、お茶用の湯を沸騰させてはいけないとパパが教えてくれた。コンロの火を消して、茶葉が湯の底に落ちるようにする。目を閉じて、香りを嗅いで、リオンの足元に灰皿を置いた、彼女はリンゴの食べ残しをどこに捨てればよいのかわかっていない。わたしはマイクを持つ格好をして、膝をついてそばに寄る。彼女は歯で煙草をくわえた。

「よろしいでしょうか、わたしたちの共同体に関する重要な問題について、お考えをお伺いしたいのですが」とマイクを立てながら言う。「初めに、お名前をうかがえますか」

「リア・ジ・メロ・シュルツ」

「ご職業は？」

「大学生で、社会学部です」

「それでは、授業についてお聞かせ願えますか」

「今年は学年を上がれませんでした。授業を欠席ばかりしていたから。登録を取り消しました」

「よくわかりました。あの本はどうされましたか？　ほとんど完成している本があると聞きましたが。ある情報によると、小説だそうですね？」

「全部破りました、わかりますよね？」と彼女はわたしの顔に煙草の煙を吐きかけながら言った。「無用な本の海はすでに溢れている。フィクションのこと。誰もフィクションなんて興味がない」

　わたしはマイクを置いた。破ったなんて。可哀想に、才能がないのね。彼女は表紙に油染みのついたノートに自分のことを書くのが好きで、いつもそのノートを持ち歩いていた、『桃の香りのする街』ですって。彼女に葡萄を一房渡したけれど、彼女は受け取らない。こういう時、なんて言えば良いのかわからない。彼女は話す時はとても明晰だけれど、書く時は感傷的になる、ああ、月よ、湖よ。

「リオン、新しいニュースを知っている？　アマゾン出身の詩人が来るのよ、どう思う？　きっとインディオね。あなたの部屋に入るのよ」

　湯気の立つ紅茶のカップを彼女に渡す。砂糖をもっと入れるようにわたしに言って、紅茶をかき混ぜながらわたしを見ている。

「どうして私の部屋なの？　あなたのこの離れの部屋は？　浴室もあるし。インディオは入浴するのが好き。アナ・クララの部屋も一部族くらい収容できる」

「あそこはだめよ、考えてもみてよ。インディオは自然な状態を好むのよ、アナ・クララはインディオにカルチャー・ショックを与えるわ」

「でも、一月には、彼女はその実業家と結婚するんでしょう？　赤い座席のある黒いジャガーを運転する。指にはカップのソーサーくらいのダイアモンドをつけている。」

「それに足の先につくくらい長いヒョウ革のコートを羽織る。なんてゴージャスなの！」

　わたしは目を回して、アナが魔性の女《ファム・ファタール》のような雰囲気に浸るのを真似する。でもリアはあいかわらず暗い表情をしている。

「アナ・トゥルヴァ〔ポルトガル語で“混乱した”の意〕は体を壊す。朝から薬物中毒だもの。それに信じられないほどの借金をしている。門に山ほどの取立人が来るから、修道女たちはパニックになっている。彼女の恋人は、麻薬密売人……」

「マックスのこと？　彼は密売人なの？」

「もう、だからあなたは何も知らない」とリオンは親指の爪先のはがれた部分を引っ張りながら、ぶつぶつと言った。「精神安定剤やマリファナだけじゃない、針の跡を見るとうんざりする。すぐに入院したほうがいい。行き着くところまで行ったら終わり。破滅よ」

　わたしは自分の手を絨毯の上に広げる。爪を眺める。

「その金持ちのフィアンセが彼女と結婚すれば何て素晴らしいんだろう。南地区で手術をするネカオを出すわ。彼は処女とだけ結婚するだろうから、彼女は処女にならなくてはならない。ああ、まったく」

「金持ちと結婚すれば解決すると思うの？」とリアが訊いた。彼女は悲しそうに笑って、「ロレーナ、そういう風に考えるのは恥ずかしいことよ。彼女は本当に結婚するの？　その男は彼女が恍惚状態に陥っていることを知らないの？　結婚の奇跡なんて考えないで、現実の奇跡を考えるべき、わかる？　何て言ったら良いのかわからないけれど、あなたたちキリスト教徒の考えはひどく楽天的ね」

やかんのところに行って、もう一度カップを満たす。途中で立ち止まる。ジミ・ヘンドリックスは薬物中毒で歌っていた、この声もどこかしわがれ声だけれど、中毒状態だったのかしら？　助けを求めているけれど、助けて欲しくない人のねじれた声。

「昨日彼女はとてもはっきりしていた。アリックス院長が助けてくれて、カウンセリングを再開すると言っていた。リオン、うまくいくかもね？」

「そんな状態でカウンセリングが役に立つとでもあなたは思うの？　弓矢を持った。あのハンサムで優しい聖セバスチャンのような魅力的な精神科医じゃないとだめ、そうすれば、彼女は愛によって救われる、彼女が好んで読む大衆雑誌にあるように。それに加えて、ジャガーとその例のコートも役に立つ」

ロレーナが私に鳥と花の上品な挿絵のついたカップを渡す。リンネルのテーブルクロスはこのカップによく似合う、あふれんばかりのトロピカルなプリント柄のテーブルクロス。明るい色の肘掛椅子。珍しい物ばかり。

「ここにあるものはどれも快適で素敵なものばかり。ロレーナ、あなたはまだ金持ちなの？」

彼女の顔は真剣になった。そして、エクササイズの速度を緩めた。

「ミュウの例の広告代理店は結局うまくいかなかったの。ママはあのインテリアの店に山ほどお金を使った。それなのに、新奇なものに目がくらんで浪費し続けている。一九二十年代にヨーロッパにいた、ああいうアメリカ人の富豪たちのように、わかるわよね？」

「知らない。私が訊いたのは、あなたにお金があるかどうか」

「自分の分はちゃんと持っているわ。リオン、でもなぜ？　お金が必要なの？」

カップに入っている紅茶を飲み干す。上質の紅茶。私はロレーナの上を跨ぐ、ロレーナはペダルを漕ぐのをやめて、今は呼吸の練習をしている、太陽の呼吸と月の呼吸があると、私に説明したことがあった。

「レーナ、必要になると思う。でもアナ・トゥルヴァとはまったく違う用途のためにね」

「ああ、なんてこと。彼女は本当に可哀想」

あらゆる人を哀れむ。だって、私が全部破ったと言ったら、私のことを哀れんでいた。優越感を隠す方法よね？　他人を哀れむのは、他の人より自分が上だと感じているということよね？　小説を破ったと私が言うと、彼女は黙った。生ぬるい紅茶を飲む。とても良い女の子。アナ・クララも良い女の子、そして、私も良い女の子。

「コレクションはどうなったの？」と私は訊ねて、棚にきちんと並べられた鈴を手に取って見る。

「兄のヘモがチュニジアからベドウィン族のものを送ってくれると約束してくれた、彼は今チュニスにいて、カルタゴの美しい家に住んでいるの、信じられる？　リオン、カルタゴはまだ存在する。滅ブベシ、滅ブベシ、いまだに存在するのよ」

チリリン、チリリン、チリリンとそこで鈴を鳴らしているロレーナが、いつだったか、グループの集会に行ってみたいと、興奮して私に懇願したことがあった。彼女は私たちの集会を反体制のフェスティバルのようなものだと考えている。だから、行くとしたら、タイツにブーツ、そして黒っぽくならないように赤いスカーフを身に着けるだろう。インテリとベトコンの映画。シーツのスクリーンに映し出される多くの飢えと大量の血。あれほど多くの死を見るのは恐ろしい、ああ、いやだ。どうしてそうなるの、なんてこと、どうしてそうなるの？　暴動と嘔吐。〝サルトルの嘔吐〟と初めて参加した女の子がつぶやいた。暗がりの中で、冷たい視線が自分の方に向けられたことに気づいて、彼女は黙った。再び沈黙、プロジェクターの耳障りな音だけが聞こえた、お愉しみは長かった、缶の中にはまだ見ていない映画が山ほどある。電気が点くけれど、みんなの顔が再び明るくなるまで時間がかかる、なんてひどいの。雰囲気を和やかにするためのウイスキーとパテ。次のリストになる可能性のある題名を選ぶ。フィルムをそれぞれの缶に戻し、そして、それぞれの家に帰っていく。車のない人は、同じ方向へ行く車に同乗させてもらう。インテリというのはとてもユーモアがある。冗談も言う。でも、正義を貫き、用心深い。とりわけ、情報を持つ者たちはできるだけ集まる。あなたが捕まって拷問を受けていることをみんな知っている、ミゲウは勇気がある、勇気があるということが必要だ、ブラボー、ブラボー。シルビーニャ・ダ・フラウタがトウモロコシの穂で強姦されたことも知っている、その警官は、フォークナーの小説のエピソードを誰かから聞いて知っており、面白いと思っていた〔ウィリアム・フォークナー『サンクチュアリ Sanctuary』（一九三一年）の出来事〕。〝生のトウモロコシ、それとも茹でた？〟と別の警官に訊くと、その警官が〝焼きトウモロコシだ、チクチクした粒だ〟と詳細に説明した。インテリは話すときに感情的になる、そして、頭を振ってはお酒を飲む。幸いなことに、ウイスキーは国産ではない。狂信的な数人は会合の調子に苛立つ、事態が最悪になれば、チーズとワイン目的で集まることはない。エウリコは消息不明のまま、車から降りたとたんに捕まった、そして今に至るまで彼のことを知る人はいない。サイエンスフィクションの登場人物のように姿を消してしまった。フィクションではメタリックの男が光線を放ち、銃で何でも溶かしてしまい、そこには油染みだけが残る。ジャポーナは兄の家にスーツケースを置きに来て、翌日に取りに来ると言った。それから一年経ったけれど、スーツケースはまだそこにある。


「リオン、これはギリシャのものよ。神聖な音を聞いて」

私は自分の本を破ったことを、まるで新聞を破ったと言うように話した。彼女は私が書くものが好きではない。誰も好きではない、最低だから。でも、何が良いのか、何がくだらないのか、みんなわかっているのだろうか？ 誰がわかっているんだろう？ 価値があるのかを？ 破るべきではなかった。でも頭の中で覚えているから、日記か何かにその文章を書くことができる。日記を書きたい。シンプルで直接的な文体で。彼に捧げよう。

「完璧ね。完璧」と繰り返して、トートバッグをつかんだ。

「レーナ、忘れないでね。車のこと！」

「リア・ジ・メロ・シュルツ、もう一度そのことを言ったら、わたし、死ぬからね。この鈴を首につけて行って。わたしたちがはぐれたら、あなたがその鈴をリンリンと鳴らすの、そうすればどこにいるのかわたしにわかるわ、みんな鈴をつけて歩いたらいいのよ、山羊のように」

リアは優しくブロンズの鈴を振った。友人に笑いかけ、黒い紐を首から外した。そして、濡れた目を下に向けた。

「このオリシャ〔カンドンブレ等のアフロ・ブラジル宗教の神々の総称〕をつけて、母からのプレゼントなの。母に長い手紙を書かなくてはならない。父にも別の手紙を、二人は正反対なの。同時に同じでもある。私が連絡をしないと、それぞれが自分の居場所で泣く、お互いに隠れて。娘が卒業証書を受け取るのを見たがっていた。そして婚約。客間で婚約祝いをして、教会で結婚式を挙げる。フープペチコートのウェディングドレスを着て。ライスシャワー。孫がどんどん増えて、ぶつかり合いながら同じ家に住む、大きな家に、たくさんの部屋がある、ないかしら？ 〝この辺りにもマンションが立ち並んできた〟と最後の手紙で父が書いていた。〝私たちの地区にも押し寄せてきたけれど、なんとか持ちこたえる。お前が帰ってきて、街の中に家を一軒だけ見つけたら、それが私たちの家だから入ってきなさい〟」

「愛する人から電話があったら、わたしたちと一緒に夕食に行かない？」

リアがわたしを見ている。リオン、何を考えているの？ わたしの頭を撫でてから、世界の重さを肩に担いで出かけようとしている。レコードのボリュームを上げる。出て行け《ゲット・アウト・オブ・ヒア》と彼はハスキーボイスで叫ぶ。わたしは窓から見る。彼女が三段跳びで階段を下りて行き、階段を上がる前にいた場所に戻った。何か重要なことを言い忘れたかのように躊躇している、思い出せないの？ トートバッグを開けて中を見た。無感覚に指の爪を噛んで、小石をつかんだ。そして、それを高く投げた。

「車のことでしょう？　安心していいわよ、ママがわたしに一台くれたのを知っている？　それに小切手も取りに行っていないの、信じられる？　あなたがキーを持っていていいわ、わたしは運転するのが嫌いなの、わたしが運転するときに見せるみんなの顔といったら」

　彼女はわたしの後方のある一点に完全に集中している、空中に投げた石のように、遠ざかって、ぼんやりしている。わたしはしかめ面をする、最高のしかめ面の仕方を知っている、ヘモもホムロもわたしのようにしかめ面をすることはできなかった、リオンは遠くのその一点にだけ関心がある、でも、戻ってきて彼女の中に落ちたようだ。その顔は、小石が落ちた時の井戸の表面のように波打っている。

「門の前に車を駐車しないで、曲がり角に停めて。出かけるなら、棚に鍵を置いて行って。その箱のどれかの中に」

「じゃあ、クローバーの形をした銀の箱の中に入れておく」

　面倒なことに関わっているとわたしがわかっていることを、彼女は知っている、でもわたしが彼女の秘密を洩らさないことも知っている。石は柔らかい水の底にある。安ラカニ眠レ。彼女にもっと近づくように合図する。

「いったい誰が柔らかい処女膜を持つのかしら？」

　彼女がやっとあの頃のように笑った。太陽の日差しを受けて眉をひそめた。

「レーナ、すぐに解決しなさいよ」

「わたしが欲しいのはそれだと思わない？」と訊いて、影になる方に顔を向けて自答する、わたしはそんなもの欲しくないと思う。セックスにまつわることでわたしが想像する快楽は、愛のない苦痛や絶望だ。わたしの愛。処女ト無傷。腕を広げる。なんて素晴らしい日なの。

「アナ・クララが来たら、私が貸したあのお金が必要だと伝えて」

「リオン、ネカオ、ネカオ！」とわたしは叫び、右手を挙げて、反ファシズムの挨拶である握りこぶしをする。彼女は歯に煙草を挟んで、手を閉じて手首をねじる。

「リオン、バナナ？　それはバナナなの？」

　大きな歩幅で歩きながら、頭を揺り動かしている、笑っているんだわ。行進の日の兵士のように庭を横切る、片方の肩にトートバッグ、ずれ落ちる靴下、落ちていいのよ！　ダッダッダッ。門を荒々しく開けた、ヒーローのように、自分の進む道でないものを背負う態度で、あまりに平凡だけれど、でも、それが彼女の運命。曲がり角に着く前に靴下は完全に下がっているだろう。ああ、なんてこと。ママがアジトのために車を提供している。もしかしたら、あの襲撃の一つがそうかもしれない。

2

「ウサギちゃん！　ちょっと、ウサギちゃん！　寝てるの？」と彼は訊いて、彼女の肩を揺さぶった。「動かないけど、どうしたの？」

アナ・クララは目を開こうとした。左目の周りには、拳骨の後の黒い輪郭に沿って、炭で書かれた線が引かれている。指の関節で目をこすったから、まぶたに引かれていた線がもう一方の目にも書かれた。電気スタンドが円錐形のカバーに映し出していた濃い煙をうとうとしながら見た。男の裸の肩にキスをして、あくびを噛み殺した。

「気絶しそう。マックス、とってもよかった」

「じゃあどうしてそんなに冷たくなっているの？　ねぇ？　ペンギンに這い上がっているみたいだよ、ペンギンを見たことはある？」

彼女はカールした髪の毛を指の周りに巻きつけたり、ほどいたりした。

「なんか今日は頭が冴えない」

「冴えている日があったら教えてほしいね」と彼はベッドに座って不機嫌に言った。

「マックス、あなたを愛している。あなたを愛している」

彼は手で頭をごしごしと掻き、汗で濡れて光っている胸を掻いた。それからまた頭を掻いた。

「ウサギちゃん、愛し合うのが好きじゃないんだね。愛し合うことは大切だよ、そうだろう？」

「なんだか締め付けられている気がするの。精神科医と話す必要がある、その精神科医と話したときに、ひどく混乱したことがあった」

「愛し合うときに、レモンの果汁をかけられた牡蠣のように緊張するって言ってみたら？　ああ、よく冷えた白ワインを飲みながら牡蠣を食べたい」と腕を伸ばしながら言った。

「牡蠣なんて吐き気がする、見ることもできない。気持ち悪い」

彼は肘掛椅子のそばの床に脱ぎ捨てたズボンを探した。ポケットから煙草の束を取り出して、それを振って、薄い紙の小さな包みを手のひらに落とした。

「ウサギちゃんの分の一服と、僕の分の一服、ほら。これでギアが入る」

彼女は首までシーツを引っ張った。〝ぜんぜんギアなんか入らない。でもギアが入れば馬力が出て、壁をよじ登り、このズキズキする頭が嫌なことを考えるのをどうにか止められる。どうして、あたしの頭があたしの敵でなくてはならないの、何なの。自分を苦しめることばかり考えてしまう。どうしてこの忌まわしい頭は、あたしをそんなに嫌うの？　精神科医の誰もあたしの頭のことを説明できなかった。このクソ頭、あたしをとにかくほっといて。あのバカはパンをむしりながらあたしを待っている、ネズミのように内側だけになるまで、爪でパンの外皮をむしる。あいつがむしるのはあたしのズキズキする頭。クズ野郎〟

「ねぇ、今日はゆっくりすることができないの」とあたしは言う。

彼は床に落ちている空のグラスをつかんで、ウィンクしてから、グラスと氷入れを持ってキッチンへ行く。冷蔵庫を開ける。あたしは枕を抱きかかえる。眠る。眠る。眠りが裂けるまで眠る、なんの夢も見ない、夢はただうんざりさせるだけ。良い夢もある。ああいう夢。どうしてあたしは好きなだけ眠ることができないんだろう。どうしてあたしを突つく人がいつもいるの？　愛し合おう、愛し合おうと言い寄ってくる。愛し合うって何なの。マックス、あなたを愛している。あなたを愛している、でも、あなたとも、ほかの誰とも何も感じない。ずいぶん前から何も感じていない。動けなくなる。彼が好んで使っていた別の言葉があったけれど、何だったかな？　あのハチブって男。ここにいる愛する人とも何も感じられないのに、どうやってあんな卑劣な奴に快楽を感じられるのか。奴がパンを手に持ってそこに座っていると、別の男が愛し合おうってあたしを突く、するとまた別の男が他のテーブルであたしを待つ。あたしはベッドからテーブルへテーブルからベッドへ行く。そうだ、思い出した、ブロックされるって言葉だ、ブロックされる。〝君は僕とだけこんなに冷たくなるの？〟ってあいつが訊いた。あの卑劣な男が。思い上がった小男。だってあたしは処女だから。ごめんなさい、あたしは処女だから、処女はそんな風に熱くなれないの。あいつはあたしをあの淫らな目で見て笑った。何なの、全部差し歯。あたしだけじゃない。あいつはお金も何もかもあるけれど、歯並びは悪かった。貧しい幼少期、貧弱な肩、貧弱な髪。身長は百七十七センチある。あたしはモデル。モデルの美しさ。これ以上あなたは何を望むの？　クズ野郎。この頭があたしを少しでも休ませてくれたら、何なの。頭の代わりにカボチャがほしい、それも大きくて黄色いカボチャが。嬉しくなる。塩で炒ったカボチャの種は回虫に効く、今でもそれが好き、あの吐き気を催す薬も。でも、お母さん、種じゃなくて、物語が聞きたい。真夜中にお姫様がカボチャに変わる。誰がこの話をしてくれたんだっけ。お母さん、お母さんじゃない、あなたは物語を話す代わりにお金を数えていた。お金が無いというあの顔をしてお金を数えていた、お金が足りたことなんてなかった。〝足りない〟と言っていた。足りたことなんてない、だって、彼女はバカだったから、誰からもお金をとらなかった。お金が足りない、お金が足りないと言っては、手の中で重なることのないわずかなお金を何度も見ていた。彼女は渡すときに、たくさん渡していた。思うに、彼女は渡し過ぎていた。虫けらたちが頼むと、彼女は渡していた。一番いばっていた人はドクター・コットンだった。

「マックス、そこにいる？　あたしの歯医者さんが何て言う名前だったか知っている？　ドクター・コットンよ」

　マックスがグラスに入っていたウイスキーを飲み干した。彼がグラスを振ると、沈殿していた白っぽい埃が舞い上がった。

「コットン？　ドクター・コットン？」

　グラスを手に取る。ロレーナがガラスのボールを振ると、雪が軽く舞い上がる。ふわりと浮いて、くるくる回って、それから屋根、柵、赤い頭巾をかぶった小さな女の子の上に落ちる。ロレーナがもう一度振る。〝こうやると一年中雪があるの〟でもどうして一年中雪があるの？　ここのどこに雪があるっていうの？　雪はきれいだと思っている。吐き気がする。歯でブロック氷を噛む。

「彼女は時々ドナルド・ダックと寝るの。そのお腹を抱きながら、クェックェッ。吐き気がする」

　舌先で氷を口蓋《セウ・ダ・ボカ》まで押す。実際に、天国《セウ》には何の苦しみもない。地獄ではすぐに根が張り始める。たくさんの根が互いに絡み合う。そして束になる。

「彼は歯の穴に詰めるコットンを取り換えていた、何週間も、何カ月も、何年もそうしていた。彼はピンセットに小さなコットンを挟んで現れる、だからドクター・コットンになった」

「でも、きみは良い歯をしているだろう？　そうじゃない、ウサギちゃん？　僕の美しい人、僕の無垢な愛しい人」

「そうよ」

「じゃあ、そのドクター・コットンは優秀だったんだね」

　優秀だった。最高だった。コットンを取り換えると、穴は大きくなっていた。大きくなっていた。あたしは歯が悪くて、あの椅子で成長した、彼は、ブリッジをするのに十分なくらいあたしの歯が悪くなって、あたしが成長するのを待った。母にブリッジを一つ。娘にもう一つ。クズ野郎、うぬぼれ野郎。二つのブリッジはその場面に入ったとたん、順番に崩れた。最初に、彼と寝たお母さんのブリッジが落ちた、その後……。《橋を渡りに行ったら橋が揺れた、水には毒が入っているから、飲んだら死んでしまうよ》〔ブラジルの童謡「橋を渡りに行ったら」の一節〕。飲んだ人は死ぬ。お母さんはあたしを眠らせようと歌ってくれたけれど急いで歌っていた、だからあたしはお母さんがすぐに向こうへ行かれるように眠ったふりをした。映画だと、ぬいぐるみを抱き締めた子供たちにロマンチックな歌を聞かせる母親がいつも現れる。たいていお祖母ちゃんも物語を話す。お祖母ちゃんがどこにいるのかということもあたしが知りたいことの一つだ。アリックス院長のようなお祖母ちゃんが欲しかった。アリックス院長のようなお祖母ちゃんだったら、王国を持っているのと同じ。

「修道女は祖母になれるのかな？　答えてよ、ねぇなれるの？」

　彼は背中を向けて、レコードを選んでいる。そうやって裸でいるのは、なんて素敵なの。何なの、彼が素敵だから泣きたくなる。まさに太陽。最初は、彼の歯に魅かれて好きになった、歯が完璧で、こんなに完璧な口は無いと思った。マックス、あなたを愛している。あなたを愛している、でも一月、愛するあなた。一月になったら新しい生活。足の泥土を落とす。あなたは、金持ちだったことがあるから、今度はあたしの番よ、なれるでしょう？　来年はストップ。卑劣な奴だけれど、かなり金持ち。だから。

「これは僕の身体だ」、そう言って、レコードを高く上げて、そのレコードに口づけをした。「これは僕の血だ」

「あたしは神様が嫌いなの」と顔を向けて言う。神様とその曲のどっち？　その曲よ。その曲が大嫌い。ロレーナもマニアだ。黒人たちが一日中汚い言葉をわめき叫んでいる。あたしは黒人が嫌い。ドクター・コットンは白人だった。青い目、うぬぼれ野郎。あだ名だったかしら、それとも本名？　ドクター・ハチブは悪いものは全部追い出してしまおうと言っていた、それなら、あんたの嫌な名前を思い出すはずがない。でも、あだ名を覚えている。太ったドブネズミが暗闇で昼夜、建物に引っ掻き傷を残すのに、名前を消してもどうにもならない。〝あのフェズミどもは、僕たちをヘサセてくれないのか〟歯が抜けていたテオは、文字をFで発音して叫んでいた。でも寝ていた。お母さんも寝ていた。十分すぎるほどそこでよく寝ていた。それなのにあたしはズキズキする頭で考えながら起きていた。腫れた顔をスカーフで縛っていた黒人女性がいた待合室。埃のかぶった造花の籠。その黒人女性とあたしは、ワックスの臭いのするドクター・テカテカ・ワックスに足繁く通う患者で、あたしたちがあまりに痛むときには、コットンを取り換えて、穴にワックスを詰めたから、その臭いが口中に充満したけれど、それは天国の臭いだった。イネスさんは何度も、天国よ、天国よと言っていた。あたしは神経がそれほど痛くないときに、ワックスをつけたまま眠ってみた。クレオゾールの臭いに混じったワックスの臭いは強烈で、あたしを幼少期に押し戻す、歯を燃やすようなワックスの臭い、白い缶に入っていたクレゾール、その缶の中にドクター・コットンは使った綿を捨てていた。臭いを作る別の臭いは小便の臭いだった。小便よ、おしっこじゃないのよ、ロレーナ、聞こえた？　口をミントのキャンディーの香りで漂わせるあなたに言うと、おしっこの臭いまで良い香りになる。センセンキャンディー。〝息がすっきりする〟と彼女はさわやかな口臭であたしに言った。あたしはチューインガムを噛んで知らんふりをする。あたしのガムはもっと強烈で、もっとありふれている、上品なものじゃないことはわかっている。上品なのはセンセン。口の中で溶けてしまうような上品なものをいつもあなたが持っているのは偶然ではない。だから、おしっこもセンセンのような匂いになる、でも、あの建物は小便の臭いだった。そのキャンディーを食べるべきもう一人は、腐ったビールの臭いを漂わせていたドクター・コットンだ。今でもあたしはビールを見ることができない、彼が夕食の後であたしを診察していた、その時間は診察時間だったけれど、貧困層向けの時間だった、彼は夕食のときに、瓶半分のビールを普通に飲んでいた。クソ野郎。

「彼の歯にドリルで穴を開けたかった、ズズズズズズ、歯の根元から、ズズズズズズズズズズ、肉を突き刺して骨に貫通する、ズズズズズズズズズズズズ」

「ウサギちゃん、僕を抱きしめてくれ、寒気がする、急いで僕を抱きしめてくれ、突然、クマがいる北極になった、クマのハグはいらない、きみのハグがいい、ウサギちゃん、愛するきみとこうしているのはなんて良いんだ、あまりに良くって泣きたくなるよ。この曲を聴いて、聴いてよ」

それから彼は、もうダメになっている前歯を四本抜く必要がある、ダメになった歯をそのままにしておいてもどうにもならないだろう？と言った。あたしが泣きはじめると、彼は、首のネックレスにかけていたナプキンを撫でながらあたしを慰めた、最良なのはブリッジにすることだ、誰も気づかない、君のお母さんがしたブリッジや、テオがやろうとするブリッジのような完璧なブリッジにする。あたしはナプキンで涙を拭って、うなじのところでネックレスが冷たいのを感じた、そのネックレスはあたしの皮膚をチクチクさせていた、マックスがつけているネックレスと同じようなものではなかった。金の小さなハートのついたロレーナのとも違っていた。あたしのは淀んだ色をして、ナプキンに引っかかり、ナプキンの先端に血痕がついた。固まった血。留め金があたしの首を傷つけた、彼がブリッジのメリットを繰り返し言いながら、ナプキンを強く撫で始めた時だった。ビールの臭いが近づけば近づくほど、汚れたメガネのレンズの後ろから話すように、青い目も近づいてきた。冷たい手、早くブリッジを、早くブリッジをと言う熱い声。ブリッジ。あたしが口を閉じると、嗅覚の記憶が開く。記憶には忘れられない臭いがある。あたしの幼少期は完全に臭いから成る。建物のセメントの冷たい臭い、それから、あの生花店の生暖かい土の臭い、あたしはその生花店で、折れた花が籠の中や花輪で花冠を上に向けるように、茎の中に針金を突き通す仕事をしていた。あの男たちの酔いつぶれた時の嘔吐、汗、便所、ドクター・コットンの臭い。全てが混ざった臭い、何なの。そういう臭いから無数のことを学んだ、たくさんの怒り、すべてが困難だったのに、彼女だけは容易だ。飾りを付けた髪の毛。あたしのとは違う。チガーウと繰り返す、ゴキブリだらけのあの建物であたしの夢をガリガリ噛むネズミと一緒に、あたしがチガーウ、チガーウと繰り返していると、その手はあたしのブラウスのボタンを外していた。ボタンはどこで止まるのとあたしが言うと、外れてしまったあのボタンが突然重要になったけれど、その手はもっと下の部分を求めていた、というのは、胸にはもう興味がなくなったからだ。なぜ、胸には興味がなくなったのだろう、なぜ？　あたしはボタンと繰り返し言いながら、椅子のプラスチックの部分に爪をはめこんだり、目を閉じたりして、部屋の隅で点いたり消えたりしている天井の冷たい光の蛍光灯を見ないようにしていた、ボタンは？　あたしが欲しいのはボタンではない、ブリッジ、ブリッジ。ブリッジはあたしをお母さん、男ども、ゴキブリ、煉瓦から切り離し、遠くへ遠くへと連れて行くだろう。そうしたら、あたしはまた笑うようになり、日中は働いて、夜間に勉強して、ネイリストになる、すると突然ある男性が現れ、あたしに恋をする、あたしは彼の爪の手入れをする。その爪があたしのパンティのゴムを引っ張る、パンティを引っ張って、建物にあったすべての穴にゴキブリや蜘蛛のついた指で一杯にする、覚えている？　表皮の厚いゴキブリは黒くて、あたしたちが隙間を通るときに屈むように這いつくばる。ゴキブリは利口だ、でもあたしの方が利口だ、奴らのやり口はわかっているから、母ゴキブリの羽を捕まえることは簡単で、鍋の蓋を開けて、その母ゴキブリを鍋に放り込んだ。さあゴキブリ味のスープを飲みなさいと恐怖で泣きながらあたしが言ったとき、あいつはお母さんの髪の毛を揺さぶり、あたしの髪の毛も揺さぶろうとしたけれど、酔っていたから立つことができなかった。オレは腹が減っているんだ、お母さんや家具を倒しながら、どうして夕飯ができていないんだ、このバカな母娘はいったい何を考えているんだ。娼婦の居場所は路上だ、娼婦の居場所は路上であって部屋ではない、部屋は自分だけのものだと彼は叫んだ。ゴキブリは羽を開いて、ケールの葉の入ったキャッサバ粉スープの上をしっかりと泳ぎ始めた。スープはとても熱くて、ぶくぶくと泡がたっていたから、どうしてゴキブリが平泳ぎでオリンピック選手のようにズンズンと泳ぐことができたのか、今でもわからない、羽を油で滴らせて鍋から出ようとしたから、もう一度鍋の底にそのゴキブリを沈めた。スプーンですくって表面に出してあげると、脚を閉じた、やめて、やめて、神様お願いとあたしは祈った。どうして、僕の可愛い子ちゃんはそんなに叫ぶのかい。そんなに痛いはずはないのだから、もう少し静かに辛抱して。静かに。スープができた！とあたしは叫んだ、叫び声をかき消すためにドリルのモーターをつけっぱなしにしていた、スカーフを巻いたあの黒人女性がドアを叩いていた、顔は見なかったけれど、たぶん彼女だった。終わった。終わった、あたしは嬉しくて泣いていると思った。すぐにあたしは解放される、その黒人女性は彼の妻を知っていた、彼は妻を恐れていた。あたしは解放される、ケールの葉の下に縮んだゴキブリのいるスープができあがったから。彼は額の髪の毛を整えて、ドアを開け、穏やかに言った、もう診察はできないんだ、この女の子の治療にとても時間がかかって、まだ痛がっている、あなたは叫び声が聞こえませんでしたか？明日、来てください、今日はもう診察できない。あなたが痛いこともわかっています、よくわかっています、化膿すると痛いことは。でも今日は無理です。錠剤をいくつか持って行ってください、ここにあります、少量のこれをお持ちなさい、それから、ここで二錠飲んでください。痛みが続いたら、もう二錠、その後にもう二錠、これを続けてください。彼がガラスの棚から取り出した錠剤の包みをしまうために、バッグを開けるファスナーの音が聞こえた。彼女の足が遠ざかるのも聞こえた。門が開いた。あたしは街中を彼女が歩く足音を聞きたかったけれど、聞こえたのは、椅子の後ろの彼の足音だった。彼はゴム製の靴を履いていた、ゴムは糊を塗ったように油性の床にぴったりとくっつき、きゅっと音を立てた。椅子を下げた。ナプキンを引っ掛けていたネックレスがあたしの首をひっかいた。ナプキンの先端に凝固した血痕。静かに。静かにして、と彼は治療しているときのように繰り返した。君はブリッジをすることになる。ブリッジにしたくないかい？

「マックス、急いで、飲みたい」と彼女は手を閉じて頼んだ。

「きみのグラスはどこにあるの？　あれ？　どうしたの？　泣く必要なんかないよ、どうして泣いているの？　泣かないで、そうじゃないと、僕も一緒に泣いちゃうよ」

彼女はシーツで顔を拭った。彼を抱きしめて、二人で毛布の中で体が一つになったかのように絡み合った。体が回転して、絨毯の上に静かに倒れた。

「やんなっちゃう」と彼から離れながら彼女は言った。肘をついて飲んだ。「ドクター・ハチブ？　うぬぼれ野郎よ」

彼が欲しかったのはネカオではない。お金そのもの。クズ野郎。〝グループ・カウンセリング。あたしがああいう類の虫けらに心を開くなんて〟と指にカールした髪の毛を巻きつけながら考えた。〝あの人たちは四六時中、性交についで文句を言っているか、自分はホモになったのか、なっていないのかという疑問を楽しんでいた。誰がそんなこと気にするの？〟

体を縮こめた。手を閉じて、それを胸にしまった。なんでも幼少期のせいにしてしまえば簡単。あの人の肩幅は広かった。〝ドクター・バチスタが旅行中で、あたしよりひどい石頭のバカが現れるなんて、ムカつく。あの胎児の名前は何だったかな？ 胎児の顔。名前は長いけれど、脚は短い。脚とその他の部分も。人間の出来損ない。何なの、あたしはひどい状態になった。最高のバカ〟

「払わなかったけれど、でも、どうして請求できるというの？」と彼女は自分のうなじをマッサージしながら訊いた。

「その後に、ある老いぼれから治療を受けた、その医者は、癌で死にそうな奥さんのことばかり話していた。あたしに何の関係があるの？ あたしは少しでもリラックスしようと、その医者のところに通ったのに、癌で死にそうな愛する妻の話を聞いていた。気の毒に思ったけれど、強い憤りを感じた。こっちのほうが請求したいのに、老いぼれが請求してきたから。幼少期。叔母の一人が、指であたしたちの目を突きたがることに気づいたとき、現実のすべてが単純になった。あたしだけ別の部位を突かれたけれど、自分で引き抜いたのではなかった。だから。すべて地下に葬った。あたし一人」

彼女はうつ伏せになった。あたしは物事をちゃんとわかっている。旅行も精神科医もなしに立っていられる人なんていない。

「誰が？」と枕を見つめながら訊いた。「茎の折れたあの花。針金が必要だったはず。だって。支えるのは大変。うんざりするほど曲がっていた。でも来年になれば、新しい人生。ねえ、聞いている？ 新しい人生なんだから」

お金があって結婚していれば、何の助けもいらない、そうよ、カウンセリングだっていらない。現金払いだって問題じゃない。拘束されない。履修登録を再開して、輝かしい専門の勉強をする。読まなくてはならない本。あたし自身についての発見。他人についての発見。

「そういうこともあたしたちは。あたしは経験して裕福になった、裕福になったわよね？ インテリのブルジョワジー。なんてオシャレ。発展途上のあのテロリスト。くだらない話。自由とは安全だって。自分で安全だと感じれば、あたしは自由でしょ」

まるで客にそばへ来るよう手招きをして、気持よさそうな表情で寝ているマックスのグラスの酒を飲んだ。一袋のお金があれば、簡単に治療できるのに。そうじゃない？ 少しの不足を我慢するにしても、それがジャガーの中だったら何の問題もない。辛いのはバスの中で座っていられないこと。ロレーナが言うには、そのことを、あのマイナーなフランス人の作家、サガンが書いていたらしい。〝でも、どうしてマイナーなの？　マイナーなんかじゃない。こういうことに気づく人はマイナーなはずがない、何なの。独創性がない。それは同意する。でも、卵の話と同じ、こんなに簡単なことなのにガリレオが考えるまで、誰も卵を立たせることを思いつかなかった。ガリレオだっけ？〟

そばにいる男を揺さぶった。

「答えてよ、マックス！　周辺地域へ行くバスの中よりも、高級車の中で我慢するほうが良いわよね？　周辺の人たちはバスの中であたしたちを銃で殴り殺すのよ」

〝つまり。十二月に仮縫いをして、一月には、ヴァウドがドレスを作ってくれる。白がいい。中世風の。真珠、真っ白な一連の真珠、大粒の〟

「マックス、今何時？　あなたの腕時計は？　あなたの腕時計はどこにあるの？」

「スイス製の時計を買ったことがあって、ミニシアターまでついていた。ボタンを押すと星占いがでてきて、別のボタンを押すと、銀行の知らせや、相手に浮気される日まで教えてくれた、すごいだろ？　すごい時計だろ？　ウサギちゃん、旅行だ！　赤いボタンは五時間も長持ちした、青いボタンは乗り換えつきの一日旅行が可能で、その列車を降りて、別の列車に乗り換えることができる。黒いボタンは、ああ、そのボタン。なんて怖いんだ。白いピルが腕に黒いベルトをつけてもうすぐ来る、回転つまみ、その悪しき奴は喪に服して来る」そう言って、腕を上下にゆっくり振って笑った。

「誰に売ったの？　マックス、答えなさいよ！」

「おじいちゃんに」

彼の胸を拳骨で殴ると、彼があたしの首を噛んだ。首はやめて！と言いたかったけれど、あたしはあまりに笑いすぎて、唯一できたのは、彼の口をふさぐことだった。彼があたしの手を噛んだ。手はいいけれど、首はだめ、あの卑劣な奴はあたしの首を見て、このあざは何？て訊く。何でも訊いてきて、すべて知りたがる、そのうえ、吐き気を催すむしったパン屑を食べていた〝僕はノーナと夕食をとるから、その後、一緒にズザで夜食をとろう〟あたしはそのアイディアに慄いた。そんな地獄に婚約者のあたしを連れて行くなんて。どうして、ノーナとの夕食にあたしも誘わないの？　クズ野郎。いつも家族をあたしに見せびらかす。「あたしには家族がいない」とあたしは言う。「全員飛行機事故で死んじゃった。国際線で。スコットランドからの帰りだった。叔父たちとクリスマスを過ごしに行った」ああ、きみの叔父さんはスコットランドに住んでいたの？

住んでいたわ。でも、死んじゃった。全員死んだの、あの湖の怪物がある晩に出て来て、叔父たちや従姉弟たち、家もなにもかもを飲み込んでしまったから。スコットランドの怪物、ロレニーニャならその名前を知っている、彼女はそういう怪物について何でも知っている。スコットランドの湖で怪物に飲み込まれるなんて素敵。「誰も生き残らなかった、誰も、誰も」とあたしは繰り返し言って、マックスに手渡されたグラスで飲んだ。終わりまで飲んだ。『辛い終わりまで』〔邦題『恐ろしい美女』（米国、一九六〇年）〕っていうのは、映画じゃなかったかな？　あたしはどこでそのタイトルを見たんだろう？

「ウサギちゃん、僕は島を買いたかった。島を一つ買うのは難しくないんだ、本当だよ。その辺にたくさん島がある」

彼には船を満員にするくらいの家族がいる。地獄へ落ちろ。地獄へ落ちろ、コルセットが溶けてきている、あたしは忌々しいコルセットを持っていて、胸を締め付けた。でももう息をして生きられる。生きることは素晴らしい、何なの。誰がこの言葉を言ったの。あたしは美しく輝き、雑誌十冊の表紙を飾る。とても重要な雑誌の。成功。虫けらたちがあたしを妬んで泣き叫んでも放っておきなさい。キャンキャンは正しい、いつも息をする必要があって、そうすれば最高になる。クズ野郎、あたしを誘えるはずなのに。ノーナはふわふわのスリッパを履く。頭の悪い自慢の孫たちと彼女。あたしを誘えるはずなのに。あたしは彼の婚約者じゃないの？　どうでもいい、もうすぐ新年だから。ストップ。

「緑色のソースに浸されたトンボの髄。あの美味しいレストラン。点いたり消えたりするホタルの光のソース、チュン、チュン！　どう？」あたしは正式に結婚した女性になる。敬意、敬意を払われたい。そのことをアリックス院長はわかってくれない、聖女様。あたしの聖女、あなたが命じるならあたしは何でもします。祖母と聖女。たくさんの牛乳は確かに良い、たくさんの牛乳、あの薬、二度としない、二度としない、胸に誓って。明日そのことで話しましょう。院長があたしを愛してくださるなら……

「聖人は水のように透明。ガラスのチューブの中に色のついた少量の水があった。あの化学実験室に。あたしは掃除をしていた、すると老いたユダヤ人が来た、彼はあたしのことが好きで、着るようにとエプロンを渡した、そして、あたしがその水に触れるのを許してくれた。青色、赤色、緑色の水について説明してくれた。水は色を変えた。匂いも。ここにも匂いがある、でもそれはあたしの好きな匂いだった、なぜかというとあたしたちとはなんの関係のないものだったから。ガラスの小瓶はあたしたちのように色を変える。ねぇ見て、あたしが飲むと、青色の虹色、黄色の虹色に変わった、あっ！　あたしに触らないで、こぼしてしまうから。その曲を知っている、何だったかな？　マックス？　あたしの話を聞いている？」

「僕にダンスを教えてくれた。マダム・ラマス夫。ママはなんだかんだと言って僕たちに踊れるようになってほしかった。そう確かに、マダム・ラマスだった、妹と僕はすべて学んだ。素晴らしいだろう？一日中パーティーだった、たくさんの女の子たちとパーティー。僕はバカみたいに踊っていた、マダム・ラマスが僕に教えてくれた、マダム・ラマス。正しい踊り方をしなさい、ああ、坊ちゃん、ちゃんと見て」

「あなたを愛している。嬉しくて叫びたい、でも叫ばない。どうでもいい、何でもない」

「《僕はガラスのショーウィンドウで見た……高い台座の上で……》。このフレーズはこうだったかな？この部分が大好きだから興奮する、ほら、さあ歌おう、《ガラスのショーウィンドウで！　魅力的な可愛いきみ……》」〔カルロス・ガリヤルドの楽曲「僕の愛しい君 *Boneca*」（一九五七年）。イタリア人移民二世の歌手で、二十世紀のブラジルのラジオの時代に活躍した〕

　なぜ聖女であるのかわかってもらえないでしょう。実際、あたしはここで彼と一緒にきれいな状態でいる。ああいったものすべてがきれい、きれい、きれい。あたしがどんなに幸せなのかわかってもらえますか？　あのトルコ人の医者とカウンセリングをしていたときはそうじゃなかった、あいつの名前はなんだったかな？　どうでもいい。あたしは嘘ばかりついていた。よくやったわ。こんばんは、あたしたちは本当のことを話しましょう。話すわけがない。腐った歯で汚れた話なんていらない、いらない。

「ねぇ、あなたは美しいわ。これまでにあたしが会った人の中で最もハンサム」

「僕は美しい」と彼は収納棚にもたれながら言った。ぐらついた。「この曲だ、聴いている？　天使が演奏している、この曲を聴くとばかみたいに泣けてくる、僕の目はもう潤んでいる」

「あなたはミケランジェロのダビデ像と同じ」

「きみはどこでミケランジェロのダビデ像を見たの？　ねぇ？　どこで？」と彼は笑いながら訊いた。床にあった瓶を手でつかんだ。「どこで？　どこで？」

「バカね、あたしの友達よ。ロレニーニャはこのぐらいの大きさのダビデのポスターを持っている。彼女はヨーロッパ中に行ったことがある。それだけじゃない、言ったでしょう？　彼女は大金持ち。あなたは金持ちだった。でも、今は違う、もういい。どうでもいい。ミラノだと思う。彼女のお兄さん、外交官の。そこにいるんじゃなかったかな」

　彼は氷の入ったウイスキーを振った。飲んで髭を手で拭いた。

「旅行に行こうよ？　どう？　ウサギちゃん、僕たち大量に稼いで、それでいい？　ママは旅行が大好きだった、しかも船旅が。ホテルで僕たちはああいう本を読んでいた。地図のついた本を知っている？　たくさんの地図。妹は高校生、僕たちは毎日いろいろなところに行った、いっぱい観光した」と言ってベッドに座った。「それから僕は絵葉書を集めていた」と微笑んだ。

「ロレーナは鈴を集めている。キャンキャン、キャンキャン。小さな鈴」

「でも僕のヒヨコは彼のより大きい」

「誰の？　誰のヒヨコより大きいの？」

「ダビデのだよ。きみが言っていたのは彫刻のことじゃなかったの？　ねぇ？」

　来年よ。あなたは金持ちだったから、すべて見たことがある。あたしは。問題が残っている。でも処女になるから、何よ。卑劣な奴と結婚して、履修登録をして、専門の勉強をする。輝かしい。休暇には旅行をしてショッピングをする、あいつはそういう旅行をするのが好きだと言っていた。ああ、なんて偶然、あたしもそうよ。手術なんて簡単、ロレニーニャがお金を貸してくれる。あたしと一緒に行ってくれる。レーナは寛大。だから。彼女はいつもあたしが動けなくなっていると助けだしてくれる。あたしがもし……、そんなことはない、そんなことはない。あいつに話しすぎてしまったから、運が悪くなるかもしれない、あたしたちはムカつく言葉を口にしてはいけない、レーナによると、逆から言うと良い、逆さまに言えば幸運を呼ぶ。終わりから始めると、どうなるのかな。待って、落ち着いて。rがあって、それからa。それから次は？　その次は？　ああ、どうでもいい。妊娠なんかしていない。ズキズキするけれど、あたしは冴えている。すっごく冴えた頭。

「飲んでも、何も起こらない。何も。悪運をもたらすその曲」

　彼は危険な状態で傾いているレコードの山に手を伸ばした、何枚かがゆっくりと床に滑り落ちた。

「弦楽四重奏。本物の天使だ、ウサギちゃん、どう？　これが聴きたい？　こっちにしよう、格別さ、「悪魔を憐れむ歌」〔ローリング・ストーンズの楽曲（一九六八年）〕だ、いいだろう？」

　やかましく叫ぶ卑劣な奴。なんて攻撃的な曲。あたしの好みからすると、あまりに攻撃されてきたから、攻撃的なものはもうたくさん。これからはあたしを喜ばせてくれる贈り物が欲しい。いつかトラック一台買って、プレゼントでいっぱいにして、悪ふざけをしてお金を投げたい、意味のないことをしてバカになりたい。返すように請求してくるあの狂った女。また来る。あたしのことを娼婦だと思っているに違いない。だったらなんだって言うの。あたしはお金で着飾って、専門の勉強をして、ああいうのではない実験室を買う。水が流れる、緑色、黄色、青色、ああ、あたしは海の中で染まる。愛の海。あたしが浮かんでいると、魚たちの緑色の舌があたしの足を舐める。あたしは笑う、だって緑色の舌があたしを舐めるから、脚はやめて！と叫ぶ、もっと大きな舌があたしの腹部を舐めてあたしを覆う、とても熱くあたしに入り込むから、ああ。あなたを愛している。とても幸せ。

「アイランドのようなどこか平凡な所に住むこともできるよ。どうしてアイルランドなのかって？　アイルランド、僕にもわからないけれど、アイルランドが頭に浮かんだ。どう？　お金も入るから」

彼女は目を開けて、若者の方を向いた。彼は煙草を吸いながら微笑んだ。

「今何時？　マックス、今何時？」

「僕たちはつまらないことに悩みたくない。全部捨てよう、素敵だね。島を一つ」

彼女は彼の口から煙草をとって、それを吸った。ショートコートはビロードのズボンに良く合う。五回払いで買える。そうじゃない、十回。クズ野郎。おかま。あたしが美人で、大きな胸をしているから、認めたくないのよ〝その胸を静めろ、その胸を静めろ！〟ってそのスタイリストが試着のときに叫ぶと、全員が身をよじって笑った。敵意よ、欲しいのに持っていないから、敵意をむきだしにした。〝どうでも良い。工場三つ。卑劣な奴があたしに山ほどコートを買ってくれる。セックスをしたがるだろう。だからなんだって言うの？　ジョンソンのオイルを塗ると、ベッドにこれ以上良い女はいないと彼は考えるだろう。あたしはマルセウのためにランウェイを歩くこともできる、彼はあたしに黒いパンツスーツを買ってくれる、それとも。ブランドは発狂するだろう、それなら、あたしにコートを買って〟

「急いで、ウサギちゃん、君の口をくれよ」

口づけして、すべてをあげる。でもズキズキして痛い。そうなれば。レーナがあたしの手術代を払ってくれる、一袋の金を持っていない？　持っている？　ネカオ、ネカオ、ネカオが必要。院長は払うと言ってくれた。聖女からお金を奪って、トルコ人やグループ・カウンセリング代に使う。悪巧み。来年には再開する。ドクター、あたしは個別カウンセリング代を払えます。あたしと寝たいと考えている。うぬぼれたトルコ人。〝結婚していて、幸せな結婚生活を送っている。妻は芸者なんだ〟ゲイシャ、ゲイシャ。二十四時間、寝取られ男であることが今にわかるだろう。上出来。あのバカに起きたように、あたしたちが互いに敬意を払わなければ、うまくいかない。あたしよりも気が変な奴。あたしを助けてくださいますか？　精神科医はくだらないことまでチェックする。子供のことも？　またそうなってしまったんです。あたしはどんな快楽もまったく感じないんです。今日は何日だろう？　二十六日？　二十七、二十八、二十九……今月は三十一日まであるのだろうか？

「マックス、今月は三十一日まである？」

「こっちへおいで、ウサギちゃん、きみの口が欲しい」

腕を広げる。彼があたしの胸に倒れこむ。ええ、あなたを愛している。だから。金持ちになる。金持ちになる。あなたはかつてそうだった、キャンキャンもかつてそうだった。あたしも経験してみたい、経験できないだろうか？　レーナはお金を貸すと言ってくれた、レーナは良い子。寛大。一緒に行ってくれて、手を握ると言ってくれた。あの卑劣な奴は処女を望んでいる。あいつはあらゆる娼婦と関係するくらい恥知らず、その上。クズ野郎。確かにそう。でも、あなたがどうしてもと言うなら、あたしはふさわしい。彼にネカオを頼むとしたら？　もちろんいいわよね？　花嫁は相手にお金を頼めるほど親しくないとでも言うの？　緊急手術のためだとあたしが言うと、どんな手術なのかと訊くだろう、世界中にそんなに質問したがる人はいない、質問してくるから、扁桃腺を手術すると答える、扁桃腺が腫れていて盲腸も悪くなっている、ああ、がっかり。どうにもならない。

「マックス、寒気がする、あたしを覆って」と彼女は言った。若者の体の下で、弱々しくもがいた。

「寒い」

彼はシーツの中で手探りして、毛布を探した。それを引き寄せて頭までかぶった。房の先端がアナ・クララの肩にかかった。毛布の開け口を閉じて、飛び上がりながら揺れて、鋭い攻撃で次第に加速した。それから、高いところで静止して、痙攣して低くなり、毛布の襞が崩れた。中から喘ぎ声が聞こえて来た、ほとんど泣きそうだった。

「ウサギちゃん、ウサギちゃん。愛しているよ」

彼女は毛布の房を遠ざけ、壁に顔を向けた。髪の毛を指に巻きつけた。

「なんて嬉しいの」

「ウサギちゃん、じゃあ、結婚しよう。結婚しよう？　すぐに結婚したいんだ。ねぇ、そうしよう？　結婚はいいよ、そうしよう、ウサギちゃん」

「そうね、そうね」

彼は何度もアナ・クララの口にキスをした。彼女の髪の毛を優しく、乱雑に触れて、砂丘に転がるように、彼女の体の上で回転した。うつ伏せになって腕を広げ、顔を枕に沈めた。腕を外側に向けてぶら下がったままにした。手が絨毯に触れて、蜘蛛が警戒するように手探りして、盲人の二本の指のようにアンテナがぴんと張って緊張していた。灰皿の周りに手を触れた、一本の吸殻に火が点いたままだった。手を後ろに下げて、あてずっぽうに触ると、ちょうどグラスに触れた。枕の上で顔をこすって体を揺らした。飲むと、ウイスキーが彼の首から流れた。

「ああ、ウサギちゃん、濡れちゃった。濡れたから急いで拭いて！」

「濡れているのはあたしの方よ。今何時？」

「時計のことばかり。僕たちの後ろで金時計をつけたマドモアゼル・ジェルメンヌみたいだ、今この時間ですよ、あの時間ですよ、マクシミリアノ、あなたは遅刻よ《テュ・エ・アン・ルタール》、あなたは遅刻よ《テュ・エ・アン・ルタール》！」

「あなたは彼女と寝たの？」

「ウサギちゃん、彼女は僕たちの家庭教師だよ」

「それで？」

「彼女は恐ろしかった、骨とそばかす、いつもまとめ髪にして盛り上がったあの髪型、わかるだろう、こんな感じだった」彼は頭のてっぺんで手を扇型に広げた。「歩き方は時計と同じだった、チックタック、チックタック。髪型はこうだった、見て！」

アナ・クララは天井を見つめていた。腹部をさすった。

「わかった、わかった。ロレーナの家庭教師はイギリス人だった。キャンキャン、キャンキャン。英語でうまく書けるようになったって言っていた、家庭教師も農園に住んでいたから。虫に似ている。無くなったの？　あるの？　それが問題。あるの？　農園も家庭教師も無い、もう何も無い。無くなった。残ったネカオは母親の若い男が管理している。上出来じゃない」

「たくさんのお金。気づいたことがある、お金をたくさん持つことも、何も持たないことも、簡単だということ、そうだよね？　面白いよね？　ヒャッホー！」

「あのメガネをかけると、メガネをかけた虫のようになる。かけていなくてもそう、吐気がする。キャンキャン、キャンキャン。あなたは彼女のこと覚えている？　答えて。マックス、覚えているの？　あの痩せっぽち。二人ともあたしのことを妬んでいる、あたしが美人でエレガントだから。雑誌の表紙。だから。キャンキャンは何千枚ものドレスを買う、母親が洋服の入ったスーツケースを送ってくる。それで？　なのに彼女はどれも着ない、あのズボンとブラウスだけ着る。そして、こうやって甲高い声で、キャンキャンって話す。兄は外交官。そして彼女に何千ものプレゼントを送ってくる。何になるの？　何なの、あたしがあのクローゼットの洋服の半分でも持っていたら。最高にオシャレ」

「あの共産主義者のことかい？」

「あなたは全部取り違えている。共産主義者はあのデブのヘチランチス〔北東部のセルタン（未開の奥地と呼ばれる熱帯の半乾燥地域）から、周期的な旱魃や貧困が原因で退去し、都市部へ国内移住する人々〕。こっちは、痩せっぽちで、少々頭でっかち。虫ちゃんのことよ」

「ウサギちゃん、悲しそうだね。喜んでよ、喜んでよ。僕はみんなにもっと喜んで欲しい、喜ぶことはとても良いよ。街を歩くと、みんなとても悲しそうだ、どうして人々はあんなに悲しそうなんだろう？　外に出て、みんなを喜ばせたい、ねぇ、悲しまないで、僕の手を握って、ついてきて、楽園にきみを案内するよ、神様もいるから、おいで……」

「妊娠しているみたい、聞いている？　妊娠しているの」

「えっ、何？」

　彼女は口を彼の耳に近づけた。「妊娠、妊娠、妊娠」

　彼は悪気のない眉を曲げた。グラスに入っていた半分ほどのウイスキーが彼の胸に流れた。床にグラスを置いて、彼女にもたれかかった。シーツの下にある彼女の手を探した。その手はきつく閉じていた。彼はゆっくりとその手を広げて、片方の手のひらにキスをした。それから、もう片方の手のひらにもキスをした。

「ウサギちゃん、その子を産もう、その子を産もう、そうすれば、僕たちは愉快になる、子供も愉快に生まれてくる……」

「最高に愉快になる。双子かもしれない」

「そうだ、双子だよ！　二人用のベビーカーで子どもたちを育てる、どう？　二人用のベビーカーに載せて散歩をしているときに、僕たちがマドモアゼルって呼ぶと、そして私の小さなキャベツちゃん《エ・アロール・モン・プティ・シュー》と彼女がチックタック・チックタックと走ってくる。もし女の子だったら、名前はメカニカ・セレスチにしよう、素敵だろう？　メカニカ・セレスチは僕の先生だったけれど……どこで僕はこのことを学んだのだろう？　たくさんのことを学んだけれど忘れてしまった、チックタック・チックタック……そして《エ・アロール》？」

　アナ・クララはベッドに座って脚を組み、膝に顎を載せた。緑色の瞳が黒い輪の中でぎゅっと閉じた。煙草に火をつけようとしている若者の方に突然振り向き、彼を揺らした。箱の中のマッチが彼の胸の上で散乱した。

「どうしたあなたはそんな風に一文無しになってしまったの？　だから、あたしは別の人と結婚しなくてはならない、バカ。ネカオが欲しいの、ネカオって何だかわかる？　ロレーナが逆から言うと運が良くなるって言っていた。今必要なの。あたしの頭は冴えている。雌犬のようにはっきりしている、あなたがアスピリンをくれたもの。どうして、あなたの首にかかっているそのメダルをあたしにくれないの？　あたしたちの子供はそのメダルをほしがるわ、そうしたら、あなたはあげる？」

「母さんが取るのを許さなかった、寝るときだけ許してくれた、ネックレスで首が絞つけられて死んでしまった赤ん坊がいたから。ドゥーシャも同じものをもらった」

「気が狂った妹のこと？　彼女のこと？」

　彼は枕で顔をこすった。そして、呻いた。

「僕の妹のことをそういう風に言うのはやめてくれ、聞きたくない」

「でも彼女は入院しているんでしょう、何なの？　だってあなたが言ったのよ」

「僕のドゥーシャ、僕のドゥーシャ。とても可愛くて、花のようだった」

「マックス、でも彼女は記憶喪失になったんでしょう？　マックス、あなたが言ったのよ。マックス、あなたが言ったのよ。これは悪口なの？　ロレーナの父親も記憶喪失になって、何も思い出すことなく療養所で死んだ。彼女が彼に最後に会った時、この子は誰なのかと訊いた。これは悪口なの？」

　彼は頭を振ってうつ伏せになり、顔を枕に沈めた、肩は渇いた嗚咽で揺れていた。耳を塞いだ。

「嫌だ、嫌だ！」とむせび泣き、そしてすぐに笑った。顔を天井に向けて、涙を流しながら笑い出した。「いつのことだったか、僕たちは動物園へ行った、あれ、なんて動物……ここに角のある動物、ねぇ？」

「彼女もあなたのように金髪なの？　答えて、金髪なの？　マックス、彼女がどんな風だったのか知りたいの、答えて。あなたの妹のこと」

　ゆっくりと彼はレコードプレーヤーの方に腕を広げた。スローモーション撮影のようにゆっくりと手が開き、指は何かに触れるように伸びるけれど何にも触れず、物のほうが彼に近づくのを待っていた。

「絨毯」

「絨毯って何のこと？　あたしはあなたの妹のことを訊いているの、あなたの妹！　それで？　そういう風に金髪なの？」

「電気を点けたままでしか眠れなかった、悪夢を見るのを怖がっていた。ドゥシーニャ、祈るんだ、祈れば今夜は良い夢を見るよ、良い夢を見たいんだろう？　僕と一緒に祈ろう、さあ、
　私はここにいる《ム・ヴォ・ワ・シ》、主《セニュール》よ、混乱に見舞われ《トゥ・クヴェール・ドゥ・コンフュジオン》、苦痛に満ちています《エ・ペネトレ・ドゥ・ドゥルール》……苦痛《ドゥルール》です……ああ、ああ、ああ、ああ、ああ、ああ、ああ、善良で愛すべき愛されるに値す《ダヴォワール・オファンス・アン・デュ・》る神を怒らせてしまいました《スイ・ボン・スイ・エメーブル・エ・スイ・ディーニュ・デートル・エメ》……」〔カトリック教会祈祷文「サルヴェ・レジーナ」の一節（元后あわれみの母）〕

「その祈りを教えたのは、マドモアゼル？　答えてよ！　答えなさいよ、答えなければ、あなたの頭にこの水をかけるわよ」と彼女は氷入れをつかんで脅した。「さあ、起きなさいよ！　答えてよ！」

　彼は手で防いで、顔にかかった水を拭った。そして、笑いながらもがいた。二つの氷のかけらが、氷入れから彼の胸の上に落ちた。

「チャンピオン、見てよ、チャンピオンだ」と乱れた動き

をしながら叫んだ。「タイムを計れよ、シモト、最低の日本人、正確に計れよ！　タイムをごまかしている、僕は出し切った、ママ、見て、もうふらふらだ、倒れそうだ、最低な奴！　ママ、見て、もうすぐ着くよ……」

彼女は彼の胸、顔を拭いた。グラスの中に煙草を落として濡らし、別の煙草に火をつけた。

「マックス、あなたは勝ったの？」

彼は目を閉じた。笑って、手を広げながら口ずさんだ。

「《僕はガラスのショーウィンドウで見た……高い台座の上で……》。僕はああいう三流歌手になりたかった。《完璧なヴィーナスのように可愛いきみに出会えた！》　スターだ。きみが一年間、この調子で泳ぎ続けたら達成できる。僕の息継ぎは見事だったよ」

揺らめく煙が電気スタンドの周りを包み、穏やかなベッドに映し出される光を遮った。彼は手を広げて、あてもなく誰かに来てほしいと繰り返し手招きした。サクソフォンの音色が、青色の煙からなる二つの体のように部屋に充満した。

「母さんの絨毯。彼女が織った最後のもの、それはこんな風に緑色で、全部こういう感じだった。僕はその上に寝そべっていた。モスグリーン色」

「あなたのお母さんは美人だったの？　話してよ、マックス。彼女は美しかったの？」

彼は逃げる仕種をして小さな声で泣き始めた。シーツで鼻をかんだ。笑った。

「ボビが遠くの向こうから走ってきて、バカみたいに吠えた、ドボン、プールの中へ。僕の上に落ちてきて、僕を助けようとしたかったんだ、毎日、僕を助けようとして、ドゥシーニャを助けようとした、誰も溺れてなんていないよ、バカだな！　シモト、トレーニングをすることができないからボビを捕まえて、最高にバカな犬……」

彼女は辛そうに這って、彼の体の上に覆いかぶさり床にあった瓶を掴んだ。煙草の先端が底から離れるまでグラスを振った。絨毯の上には、氷のかけらが海の真ん中にある島のように孤立して溶けていた。そのかけらを取ってグラスの中に落とした、そして、進む痕跡を残しながら最初の場所に戻った。

「あなたにとって、すべてが楽しかった。金持ちで。何なの、あたしはいつなの。未来完了につながる現在だけがいい、未来完了形って存在する？　あたしの頭の中を洗うことができれば。ブラシで。こすって、こすって、血が出るまで」

「家が壊された。全部壊された。ドウーシャが言うには、何も残らなかった。木だけ残った。そして、その場所に建物を建てやがった。木も倒そうとした」と彼はつぶやいて、痙攣しているように泣き始めて枕を抱えた。「ジャブチカバの木。あの木が困らせたことなんかなかった。ただ、ジャブチカバの実をつけていただけなのに、どうして？　僕たちの仲間だった、ジャブチカバの実をつけていただけなのに。彼女が療養所を抜け出して走って家に向かうと、もう全部倒された後で、地面には煉瓦の山やいくつものドアがあった。ドアは壁に立てかけられていた。僕は自分の部屋のドアを見つけた。他のドアも、鍵穴を付けたまま立てかけられていた。掛け金も」彼は近くにあるものを開けるように手を伸ばしてむせび泣いた。「妹は体を捕まえられて、何度も叫んだ、妹が倒れた木にしがみついて泣くのを見た時、僕も一緒に叫びたかった、でも叫ばなかった、だって僕まで入院させられるから、誰でも入院させるから叫ぶことはできない。ドゥーシャ、叫んじゃだめだ、ドゥシーニャ、叫んじゃだめだ、煉瓦の山でその光景を見るのはとても恐ろしかったから僕は叫びたかった。僕のドア、でも叫んじゃだめだ、僕は言った、全部きみのものだ、この大きいのを見て、さあ手に取って、きみのものだよ！　ドゥーシャ、この枝は黒くなっている、持って行っていいんだ！」

　彼があたしに伸ばした手の中は空っぽだけれど、ジャブチカバで一杯で、あたしたちの上に転がり落ちて来た、〝たくさんあるよ、隠れて、隠れて！〟と彼が叫んだから、あたしたちはシーツの下に隠れた。甘くしたたる果汁のように光る彼の唇にキスをした。

「マックス、あたしにあなたの幼少期をちょうだい！」

　彼は舌を入れてくる。

　あたしは口をずらして逃げる、そうじゃない。ちょうだい。ズキズキする頭。首筋のあのマッサージはとても落ち着く、ロレニーニャがやってくれる。

「マックス、ここ、あのマッサージをやって。もっと強く。時間が知りたかったのに。遅れるって言ったわよね。つまらないことばかり訊いてくる。うぬぼれた小男。あのうぬぼれた小男。クズ野郎。たいした奴じゃないのに。マックス、話して」

「椅子のクッションに座ったシネズィーニョ〔ポルトガル語で〝中国人の小男〟の意〕が頭で、はい、とやっていた、はい、はい。僕が彼に届くにはベンチの上に立たなくてはならなかった、シネズィーニョ、イザベウは僕のことが好きかい？　頭に指を載せて、はい、はい、はいとやっていた。いつも、はい、はい、はい、とやりながら笑っていた。シネズィーニョ、僕は進級できるかな？　はい、はい、はい、最低な奴、嘘をつくな、そうじゃないとお前を壊すぞ、ちゃんと答えろよ！　はい、はい、はいと黒いチャイナハットを被った頭で笑っていた。母さんは治るかな？　はい、はい」

「もっと強くやって。そう、その骨の近く。悲しまないで、あたしがドアやジャブチカバの木のある家をプレゼントするから、あなたにプレゼントする、まかせて。お金持ちになって、すべて分けてあげる、何千本ものジャブチカバの木、もう誰にも倒させないから。そこよ、もっと、強く、ああ……あたしは車に轢かれたとあの卑劣な奴に言う、何なの。ちょっとした事故だったと」

「ウサギちゃん、このサクソフォンを聴いているかい？　ヴォン、ヴォン、ヴォン、ヴォン！　何て素晴らしいんだ」

　そんなサクソフォンなんて壊れてしまえ。家族の宝石はどうしたの？　一袋の宝石、誰がそれを全部持って行ったの？　あたしは気が少し変だけど、抜け目ないの。宝石。完璧な歯、歯の美しさ。良質の乳を飲む習慣。果物。ロレニーニャは山羊の乳を飲んでいる。〝わたしは子ヤギのように乳を飲んでいたのよ〟と言って小人虫になる。でも歯は完璧。絶対そう。それしか飲んでいなかった。マックスも山羊の乳を飲んで育ったにちがいない。

「マックス、話してよ。あたしに話して、話して」

　パンは外皮をむかれているだろう。ロレニーニャと出かけたから遅れたと言えばいい。あそこへ行って。どうでもいい、さあ眠って。一月になれば、あたしの愛しい人。さあ眠って。眠れるでしょう？

3

こうして黙るのは簡単、でもいつかわたしが試されるとしたら？　どういうこと？　そんなこと起こるはずがない、だってわたしは抵抗しないもの、少しでも指を締めつけられたら、すぐに話す。わたしは繊細で感受性の強い家庭で育ったから。窓枠で静止しているヤモリの親類縁者だから。肉体を通して、飲み込んだばかりの蝶の羽の影が喉のところで詰まっているのが見える。リオンはわたしを当てにできないことはわかっている、それは明らか、でもわたしを誘えば、うまく逃げ切る。バンク・オブ・ボストン。そういう名の銀行を強盗するなんてやりすぎ。わたしが紋章や何もかも付けたアメリカ海軍の制服を着ても、リオンはその紋章を見ることさえしない、でも、そういう細かいことが、その光景に特別感を添える。『タイム』のニュースまで、その銀行はボストンの銀行ではないだろうか？　という記事を掲載する。少なくとも、それは銀行強盗だ！　と言いたいだろう。銃撃戦、困るのは銃撃戦。死。暴力による死。胸に穴が開いて血を流していたホムロ、その穴が小さかったから、ママは指一本で塞ごうとした、ママ、そうだったわよね？　故意ではなかった、悪魔が銃身に弾を隠していたなんて、ヘモが予測できただろうか。彼よりも少し大きな銃。今でも、どうやって彼がその銃を持って走ることができたのかわからない、わからない。泣かないで、お兄ちゃん、泣かないで、誰のせいでもない、誰のせいでも。パパは全部の弾を取り出したのかな、取り出さなかったのかな？　でも、悪魔が入れた弾が一発だけ残っていた。愛しいヘモ、すべては終わったこと。終わったことよ。でも、わかって。時々、思い出す必要がある。あなたが髪を振り乱して、燃えるような目つきで、気性の荒いロバに乗ったこと。ハエを捕まえてホムロのオレンジジュースに入れようとしたこと。わたしのベッドに蝶を隠したこと。ヘモ、あなたは外交官なの？　抑制された声。振る舞い。巧緻な言葉遣い、まさにこの言葉、ヘモのオフィシャルな場での言葉遣いを言い表すのに相応しい言葉は巧緻以外にない。王や王妃の祝典では、右側かしら。それとも左側？　礼儀作法。それにしても、どうしたら一人の人間がそんなに変われるのだろう？　ホムロとわたしはとても繊細だった、覚えている？　みんながわたしたちのことを可愛がってくれた。あの植物のように、オジギソウ、オジギソウとわたしたちが命令すると、葉に触れる前に、まるで目のように閉じてしまう。オジギソウ。わたしは暴力の時代に生まれた。オルフェウは獣の心を竪琴で動かすことができたけれど、わたしはアストロナウタの心さえ動かすことができなかった。結局、猫は猫なのだ、バランスのとれた、愛情のこもった言葉を世界に向けてどんなに投げかけたいことか、もちろんこの世界には入らないけれど。離れている、距離を保ってくださいと、あのバスが後部からひどい煙を吐き出しながら指示するから、ほんのわずかな間でもそのバスの後ろにいることはできなかった。運転するのは嫌い、ギアをいれるのも嫌い。悪巧みとアニーニャはいう。筋立て。向かいのアパートの照明のついたリビングを見るのはとても良い。人は日常を差し障りなく過ごす。人々が食べていても、何を食べているのかわたしは見ていない。人々が話しをしていても、わたしはそれを聞いていない。騒音も騒ぎもない完全な調和。誰かが近づくものなら、すぐに臭気がする。声。ほんの少し見ただけで目撃者でもないのに、証人になってしまう。口を開いて、こんばんはと言うだけで、目撃者から加担者になってしまう。溶けてしまい、沖合に消えていく曇のような顔をしても無駄、というのは、こういう状況では、雲は窓から引っ張りこまれて、落とし窓がすぐに閉まってしまうから。結び目が緩かったのだろうか。それが手段になってしまった。ああ、ここに独りでいるのは、何て幸せなんだろう。独りきり。一房の葡萄を隠れて食べるように。《世界の機械は、受け入れられず、念入りに再構築されていた》。ああ、C・D・A〔カルロス・ドゥルモン・ジ・アンドラージ（一九〇二～一九八七年）の詩「世界の機械 A Máquina do Mundo」（一九五一年）の一節〕のフレーズを覚える必要がある。わたしの詩。わたしの音楽。（ああ何てこと、あまり出番はないけれど）わたしの友人。M・Nの存在と欠如。死んでしまった人たちの。兄のホムロ。パパ。アストロナウタのビロードのような毛の思い出。

葡萄、冷蔵庫にまだ一房あったはず、わたしは言わなかった？　ピンク色のが。葡萄を洗う、ママが巨大な箱で送ってきた。すべて分けてしまった。〝貧しい修道女の寄宿舎のガレージの上にある運転手の部屋に娘を見捨て、わたしは背後から短刀で切りつける男と暮らすようになった〟と、ママは叔母のルーシーに、月曜日に始まり日曜日まで続く懲罰の日々に言っていた。第一に、ミュウが短刀を操る姿を想像する、可哀想に。笑っちゃう。せいぜいオリーブを刺すあのプラスチックの爪楊枝が使えるぐらいなのに。第二に、ここはもう運転手の部屋ではない。ネウザという名前は、ピンク色のアズレージョの下に埋まってしまった。赤鉛筆で書かれた猥褻な言葉が書かれていた部屋の壁の汚れは、永久に黄金色の壁紙の下に隠れ、ここは貝殻になった。外では物事は何もかも黒いけれど、ここではすべてがピンク色と金色。〃この都市《まち》に耐えるには強い意志が必要なの〃と、青色のエスパドリーユを履いてこの都市《まち》を歩くリオンは言う。でもわたしはそういうことに関わらないし、関わりたくない。大学、映画館、いくつかのクラブ(クラブは閉鎖中)、軽食屋さん、わたしの贔屓の店での買物。ネカオは封筒に入って届く。本やレコードを買う日、神様がわたしのところに来る日、こんにちは、ロレーナって。時々怖いけれど、それは都市《まち》への恐怖ではなく(彼女の言う国民と同じくらい都市《まち》はわたしにとって遠い存在)、わたしのベッドの下で生まれる恐怖。わたしがリオンのように新聞を読むとでも思う? 彼女は一日に何紙も読んで、記事を切り抜く。それにしても彼女の髪の毛は、幽霊を見る時のアストロナウタの毛のように自然に逆立っている。この辺りで幽霊が出没した時期があった。目を大きくして、爪は噛むから短くて、〃何て言ったら良いのかわからないけれど〃と前置きしてから彼女は始める。そうして、二時間も説明するから、聞いている方は、鞭で叩いても障害物を飛び越えようとしない馬のような姿勢をとっていなくてはならない。恐怖は瞳の中にある。アストロナウタの瞳はあまりに黒いから、緑色の部分まで浸食している、まぶたまで到達して、こぼれ出したインクのよう。アナ・ク
ララの瞳も膨張する、でも別の理由で、可哀想に。薬物は恐怖の力と同じくらい瞳を興奮させる。二つの黒い輪。輝き。嘘は輝きから始まる、嘘をつく、ああ、次から次へと続く嘘。手を閉じて、熱心に嘘をつき始める、目的もなく、つまらない嘘を完全にしようとする。修道女たちも恐怖を抱いているのかしら? アリックス院長はバランス感覚がある。門を閉めるあの時間。光。恐怖のノッサ・セニョーラ寄宿舎。それで君は?と、ハスキーボイスで叫ぶジミ・ヘンドリックスに訊いてみる。あまりに叫んだから声が枯れている。レコードを取り出す。リオンはこの音楽を聴くと攻撃的になり、それから、軟弱ねと言う。それなら、わたしは誰の曲を聴けば良いの? ワーグナー?

「ワーグナーは持っていない。牛乳ならあるけれど。牛乳はいかが?」と、ロレーナは壁にはめ込まれた小さな冷蔵庫の方に行きながら小声で言った。冷たい光の下にあった白い牛乳ポットを無関心に見た。リンゴをかじった。畜舎の牛乳の生ぬるい泡。牧草と糞の生ぬるい臭い。果樹園のリンゴは酸っぱかったけれど、果汁をたくさん含んでいた。ヘモは一番高い枝に登って、ジーンズのひざ部分を破って汚し、それから、果物を採ろうとする激しい動きでジーンズを破いてしまった。彼は保安官とギャングという遊びをよくして、いつも大きすぎる銃を携えて、ギャング役をしていた。その銃はとても大きかった。

「勉強するのはいかが?」と本棚から取り出した山ほどの

講義ノートや本をテーブルの上で開きながら勧めた。メガネ、ペン、透明なプラスチックの定規も置いた。目を細めて、プラスチックの定規の上から真っ直ぐな行を読んだ。知っている。残りの部分も知っている。すべて知っている。ストライキが終わって、翌日に試験が始まれば素晴らしいのに。〝音楽は混沌を吸収し、混沌を秩序化する〟と言って、じっと見た。モーツアルト。音楽性。リアが何ページも赤い色で線を引いて返してきた本をぼんやりと見た、リアは自分の本であろうと、他人の本であろうと、関心がある箇所に線を引く（最悪な）癖がある。力強い十字でしっかりと印がつけられた箇所に目をとめた。《祖国は人を聖なる絆で結びつける。宗教が愛されるように祖国を愛すること、神に従うように祖国に従うことが必要である。自らを祖国に捧げ、すべてを祖国に渡し、すべてを祖国に捧げることが必要である。輝かしかろうと混乱していようと、繁栄していようと悲惨であろうと、祖国を愛する必要がある》

祖国に従うとは神に従うのと同じだろうか？とロレーナは疑問に思った。リアはなぜそこに線を引いたのだろう？神を信じていないのか、それとも信じているのか？　彼女にとって祖国とは国民のことではないのだろうか？　バスタブの蛇口を開き、縁に座りながら手は水と戯れた。小さい声で笑った。いろいろな物が脇からはみ出ている大きなカバンを二つ持って、リアが到着した時のことを思い出した。パンの袋に入って腕の下に挟まれた『資本論』は隠しているというより、見せているようだった。〝母親はオランダ人と結婚したバイーア出身の褐色の女性〟だと、リアを見てロレーナは予想した。ポール氏という名の元ナチスのドイツ人と結婚したバイーアの女性だった、ポーさんと呼ばれるようになり、音楽とジオニジア夫人に恋した物静かな商売人だった、彼女は親しい人からはジウと呼ばれていた、終わることのないあの長い〝ウ〟の響きで、ジウゥゥゥゥ……そしてリオンが生まれた。狂気の沙汰よ、考えてもみて、胸に鷲のマークをつけた元ナチスがサルバドールに来て、何て言ったら良いのかわからないけれど、ジウという若い女性に恋をして、それで生まれたのがリア・ジ・メロ・シュルツ、必要なもの《ネセセール》をまとめて、大学を修了するためにノッサ・セニョーラ・ジ・ファチマ寄宿舎に来ている。片足はバイーア人、もう片方はベルリン人。コンガ風エスパドリーユ。〝父がぼんやりしているときに近くから見たら、ナチスそのもの、制服を脱いで、外国のサルバドールまで駆け足で来た〟難しい、映画が無かったら、そうした逃亡を理解するのは難しい、すごく難しい。映画でさえも、腕を広げたような紅海を渡るそんなに多くの俳優を見たことがない、ああ、制服も着ないで、あの古い地獄から、ドイツ人が来るなんて、まったく狂気の沙汰。生粋の名家である裕福なメロという家に、頭を上げたまま入ると、あらゆる偏見と軽蔑を受けるという体験をした、そして、覚悟を決めた末娘のジオニジア。ああ、リオン。父親から受け継いだゲルマン人的な厳格さで、空腹だろうと、冬だろうと、拷問されようとも、ワニのうじゃうじゃいる川を渡って歩き回る。でも自慢のプロポーションは母親譲り、プロポーションや黒い太陽のような長髪、その髪の毛から、すべての方向に光線が放たれる、その髪を留めることのできる髪飾りや櫛があるのだろうか？　ノスタルジックになるときの砂糖のような声もバイーアから受け継いだもの。ジャックフルーツのコンポート。カール氏〔カール・マルクス〕を腕の下にしっかりと隠しながら出して、カモフラージュしながら見せていた、でも、誰もそれがわたしの聖書だということを知らない！　最後まで読んだのかしら？　合理主義的な堅固なドイツ人の足、それなら、ブラジル人の足は？　〝もう読んだわ〟とロレーナは本を指して言った。〝そう見えないかもしれないけれど、わたしはとても知的なの、望むならば、あなたに細かく説明してあげる〟そのときリアは笑った。狂信的なドイツ人の歯、でもトロピカルな音を立てて笑った。彼女は光沢のある長髪をゴムで束ねようとした。なんてぐちゃぐちゃなの、ぐちゃぐちゃだから、そんなに爆発した髪の毛を束ねられるゴムなんて無い。

〝アフロの典型。讃美歌の女性もいれば、バラードの女性もいる〟とロレーナはパジャマを脱ぎながら考えた。バスタブの縁に腰かけて指先で水面をなぞった。わたしは中世風のバラード〟じゃあアナ・クララは？　リアは？　彼女たちはどの音楽ジャンルだろうか？　彼女たちを助ける唯一の方法は、彼女たちが持っていないものをわたしが提供すること。彼女たちが経験していないことをわたしが見せてあげること。リアが麻袋を肩にかけて、フランシスカン・サンダルを履いて到着したときのわたしの驚き。彼女は後になってやっと移動市場で革のトートバッグを買った。〝オシャレ、そうでしょう？　オシャレ〟と浴室にあるものを調べながら、繰り返し言った。バスソルトの瓶を開けた。匂いを嗅いだ。うっとりしながら、煙草の灰を床に落とした。ロレーナは綿毛の敷物を引っ張る振りをして、蝶をつまむように、煙草の灰をつまんだ。〝お風呂に入りたい？　この浴槽は体が休まるのよ〟と勧めて、屈みながら、サンダルの上に載せていたリアの足を近くから見た。〝入っていいの？〟と彼女は玉座から煙草の吸い殻を投げ捨てながら訊いた。わたしは蛇口を開けて、彼女に特別なお風呂を用意してあげた。体をマッサージするためのオーデコロンも貸してあげた、彼女はサンダルを履いていたけれど寒い時期だった。パウダー。清潔な櫛。クッキーと紅茶。クライマックスは詩、わたしは上手に詩を読む。わたしが顔をあげると、彼女は肘掛椅子でうとうとしていた。後で、彼女が詩も音楽も好きではないことに気づいた。それでも、レコードプレーヤーの電源を入れて、国内アーチストのベターニアやカエターノ〔マリア・ベターニアとカエターノ・ヴェローゾは兄妹でバイーア州出身の歌手〕の曲をかけてあげた。テレビを点けなかったのはつまらないから。テレビを見るとしても、古い映画を見るときだけ。ドラキュラや怪獣の長編映画。彼女は部屋から出るときに、初めての皮肉を言った。それに対してわたしは答えなかった。だからわたしの貝殻に表札をかける。《秩序、清潔をご容赦ください、上品なもの、余分なものをご容赦ください、ここには、ブラジルで最も洗練した都市《まち》の最も洗練した市民が住んでいます》。赦してもらえるだろうか？　アナ・クララはあいまいな返事をして、ネカオを貸すように頼むだろう。リオンは答えずに車を貸すように頼むだろう。持って行っていいわよ。ごめんなさい、ジープじゃなくて、コルセウ〔米国フォード・モーター社がブラジルで一九六八年から一九八六まで生産した車種、ポルトガル語で〝駿馬〟の意〕を貸すから。それぞれが持っているものを出し合えばいい、そうでしょう？　黄金色のバスソルトの入った黄金色のバスタブにつかる。体をバスタブに沈めると彼女は驚いて、お湯があらゆるところからこぼれ出た、ああ、リオン！　わたしは自分の水の量を測ってバスタブに入る。わたしが水浸しになった床を片付けていると、彼女は台無しにしたことを詫びた。片づけが済むと、彼女は泡を見ながら微笑んだ。〝こういう入浴を毎日しているとどんな背骨も砕けてしまう。わたしは苛酷な人生を送ることを覚悟して来たの、そうでしょう？〟その後、彼女は国民について話し始めた。リオン、わたしも国民を愛しているわ、そうやってわたしを見る必要はない。頭で考えるタイプの愛であることは認める、でも他にどんな愛があるの？　わたしがそういう大衆（わたしは彼らが怖い）の中に入らないとしても、少なくとも、アニーニャがとる態度のように高慢にはならない。彼女が最貧困層だったのは明らか。もし彼女があの有名なジャガーを運転することになったら、自分の階層の人たちにせめて自転車でも貸すだろうか？　そんなことはしないだろう。彼女が大型豪華客船に乗船して、わたしたちの前を通り過ぎるとき、水の中を突き進む彼女のヒップの骨。表紙の人物のような虚ろな顔。〝以前どこかでお目にかかったことがあるかしら？〟サテンの白いターバンにはエメラルドがついていて、それが彼女の緑の目に似合っている、その目はエメラルドよりもずっと美しい、彼女の目は美しい、彼女のすべてが美しい。ああ、まったく。わたしも少しはどうにかならないだろうか、だめかしら？　マッチ棒のような生気のない脚。ほら見て、太陽の日差しに当てるけれど、太陽がわたしにくっつかない。マグノリア・デズマイアーダ。最悪なのは、この貧相な胸、おお！　これは妬みなの？　いいえ、そんなことはない、これは単なる事実の確認。彼女が快復して、その大金持ちと結婚するのが見たい、彼女が成功しても、わたしを赦さないことはわかっているけれど。酔っぱらった時には介抱もしてあげたし、中絶のときには彼女の手を握った、たくさんの物を貸してあげたけれど、半分は戻ってこなかった。彼女が南地区で手術をするために貸す（あげる）ことになるネカオ。だからといって、わたしを赦すことはないだろう。〝以前どこかで、お目にかかったことがあるかしら？〟とわたしの頭で煙草の灰を叩きながら訊くだろう、とても背が高いから。妃殿下、個人的にはありません。わたしはストライキ中の大学の普通の学生ですし、大学以外の場所にはほとんど行きません、どこも重要性の無いところばかりです。いつだったか、ノッサ・セニョーラ・ジ・ファチマ寄宿舎に、山ほどのスーツケースと山ほどの借金のある虚ろな学生、虚ろなモデルが到着したときのことを思い出す、もちろん、妃殿下ではない。彼女があまりに混乱した思考をしていたから、わたしはパニックに陥った。彼女がわたしの生活に侵入してきたら、厄介にちがいない。それなのに彼女は入口をこじ開けて入って来た。神様がご存知のように、なんとか避けようとしたけれど、もはや手遅れ。〝手遅れだ！〟とパパはベランダに面したドアを施錠しながら言っていた。彼女はわたしの洋服ダンスを開き、わたしの物を借りて、体全体を洗うのにわたしのスポンジを使った、本だけは持っていかなかった、というのは、彼女は実際のところ夢物語が好きだから。それから、ルルズィーニャの漫画〔米国の漫画「リトル・ルル」（マージョリー・ヘンダーソン作、一九三五年）。ブラジルでは『ルルジーニャ』のキャラクターで人気を博した〕。否定するけれど。ついでに言うと、ヘルマン・ヘッセやカフカを腕の下に抱えて散歩だってすると言うけれど、両方ともわたしの本棚から取り出しても、ただ眺めるだけ。浴室や部屋に置いたままにした。彼女を受けいれるために、キリスト教の愛情を実践しようと自分に課した。でも、彼女がいなくなってしまうと寂しい。アナ、デプリメンチ〔ポルトガル語で〝気を滅入らせる〟の意〕。気が滅入った、気を滅入らせる。愛人たち。苦悩。彼女に深呼吸を教えた。そして歩くこと。深呼吸をしながら何キロも歩くと、働きたくなる。労働による救い。彼女は教えたことを理解しただろうか？　カウンセリング、恋愛、光り輝く靴が誰かを救うことができるだろうか？　たいていみんな最後まで変わらない。ママはゴイアバーダを作り、庭の手入れをして、ミニタオルに刺繍をすることでキラキラ輝いていた。今は整形手術、マッサージ、カウンセリング、それから第一に、他の男とセックスすること。状況は変わったけれど、ママは？　変わっていない。パパといた時のようには、ミュウとの関係は本意じゃない、当たり前。演じている。満足しないまま破局的であり続けるだろう。歳を取り老化を恐れている、可哀想に。キラキラ。わたしはそういう老女になりたくない、きれいに洗った顔、真っ白なブラウス、耳に補聴器をつけて、処女は最後には耳が聞こえなくなる、リアの話によると、耳管の開口部が閉じてしまうらしい。完全に？　リオンは太って幸せな母親になると思う、活動家としての過去、若かりし日々を皮肉めいて笑っているような。アナ・クララはばっちり化粧をして気取り、年齢やその他のことをごまかして、手はいつも閉じている、というのは手を閉じるのは嘘をつく人の習性だから。そしていつも酔っぱらっている。ああ。彼女から学んだのはそのことだ。わたしはお酒を飲まないけれど、アルコール中毒と薬物についての論文を書くことができる。まだ男の人との経験はないけれど、愛についての上手な方法と下手な方法を詳細に知っている。

「天使と野獣《ニ・アンジュ・ニ・ベト》」とロレーナは体を傾けて、浴槽に深く沈みながら呟いた。十分泡立たせてヘルメットのようになった頭に髪の毛をしまい込むまで、髪の毛をこすった。鏡で自分の姿を見た。白い泡を指先ですくい目の高さに持ってきた。M・Nはこうやってキャップとマスクをつけて手術をする。黄色の手袋が無垢な白を壊す、〝なんて官能的なの！〟手術室で愛されるならば。アナ・クララのように担架で運びこまれるのに。奥で待つのは無垢な服を着衣した誘惑の天使、まだ無垢な。マスクをつけて。〝レーナ、あたしの手を握って〟とアナ・クララは懇願した。怖気づく彼女に手を差し伸べた。彼女の手は汗をかいていたけれど、彼女が汗をひどく嫌うのを知っていた。部屋のように冷たい汗、サーチライトの光のように冷たかった。キャップとマスクの間の狭い隙間から見える医者の目は冷酷だった。アナ・クララの白い声は綿を通して、ろ過したように聞こえてきた。〝一、二、三、四、五……六……ナナナナ……〟鉄のキンキンと鳴り響く金属音が互いにぶつかり合っていた。ガーゼに染み込んだ血の重み。エーテルの臭いが空気に消散した。このまま生きるか否か《トゥ・ビー・オア・ノット・トゥ・ビー》〔シェイクスピア『ハムレット』第三幕第一場のハムレットの科白〕。否《ノット・トゥ・ビー》だ。

「ああ、まったく」とロレーナはタオルに包まりながら呻いた。床に跳び下り、床で足の裏をこすって拭いた。湯気で曇った鏡の中に非現実的な自分の姿を見た。わたしは愛されていないのかしら？　きっと愛されていない。でも死ぬまで愛して愛して愛し続ける、いいえ、死ぬまでではない。愛して生き続けるまで。レコードのプレーヤーまで行って、ボリュームを上げた。びっくりするほど大音響になった。ボタンをさらにひねると、音が家具や壁を押しながら広がった。呆然として笑いながら後ずさりした、ああ、街中に裸で出て行って、人々に抱きついて、一緒に踊ったり、ボクシングしたり、愛し合ったり、食べたりしたい、ああ、お腹がすいた！

「お腹がすいた」と叫んだ。本棚の棚に座っているフェルトの小さなアヒルを胸に抱きしめた。「クエ、クエ」とアヒルと一緒に鳴いた。牛乳を一口飲んで、息を吐いた。他の食べ物が好きになりたい、レアのビーフステーキ、細長く薄く切った玉ねぎの間をタコと魚が浮かんでいる火山のように熱いスープ、フーフーフー。グラスを置いて、白いビキニと大きなシャツを着て、袖をまくり、ラベンダーの香りのする香水をつけて、足にパウダーをつけ、食べたいと思うものを一枚の皿に乗せた。リンゴ、よく洗った生の人参、数枚のクラッカー、三角形のチーズ。太陽の日差しを浴びた石段に座って、膝の上にナプキンを敷き、隣に皿を置いた。階段の鉄柵から中庭を見て、ニンジンを噛み始めた。セックスは太陽のように、快感を与えるだろうか。〝愛する人を手に入れることができないから、わたしは太陽の日差しを浴びている〟エネルギッシュに噛みながら考えた。アナ・クララはどうなるのだろう？　彼女が手に入れようとしているものは、豹革のコートに代わるものなのだろうか。あるいはジャガーに。それは彼女が太陽、幼少期、それから神を経験しなかったからか。〝わたしはそのすべてを持ったことがあるし、今も持っている。心の中にあるべきものを外に探しに行くのはなんて悲しいの〟

赤褐色の小さな蟻がロレーナの足から数センチのところを通り過ぎた。波状の対称線のある切り取った葉を運んでいて、渡るときに何とか平衡を保とうとする帆船の帆のようだった。よく見ようとしゃがんだ。その蟻は、反対の方向から来た別の蟻と話すために立ち止まっている。葉片をわきに置いて頭に手をやって、いびつなポーズをして、あわてて葉を探したけれど、もう見つけることができなかった、あきらめて茫然と来た道を戻った。どんな動物がアニーニャに似ているだろう？　狐かしら？　計算高くて嘘つき、いつも抜け目ない、でも実際には、セミのように無意識だ。どうして、例の結婚式の前夜に妊娠なんてしたのだろう、どうして？　まだ婚約中だとしたらだけど。ネカオを用意するのはこのわたし。一緒に行って手を握る。親密な関係は友情の敵だとわたしは言ったことがある、日々の常軌を逸した親密な関係は日常茶飯事。彼女はそれを聞いて納得したのに、わたしのビキニを貸してほしいと、すぐに頼んできた。自分を愛するように隣人を愛する、この場合、アナ・トゥルヴァを愛すること。〝あたしはもう混乱していない、黒人女性になったのよ〟と彼女はめったにない上機嫌のときに、ユーモラスに言っていた。最も愛されるのは黒い羊よねとわたしは返答した。アレックス院長はあなたを愛している。そう言ったら、彼女は黙ってわたしを見た。たいてい伏せている彼女の目が真っすぐになった。彼女はなんの皮肉も言わず、その反対に、重々しく服の上から神ノ子羊を抱きしめた、子羊は彼女のブラジャーの中にいるにちがいない、でも彼女はブラジャーを着けないから、ビキニのフックでその子羊をぶら下げた。〝アリックス院長があたしにくれたの〟と言った。〝これは聖女になった修道女の服の切れ端〟わたしは、その聖女は誰なのかと彼女に訊ねた。〝わからない〟と彼女はつぶやいて、付けまつ毛をつけようとしたけれど、手があまりに震えていて、一生懸命集中して付けようとした。彼女は酒場へ行くところで、わたしに香水を借りに来たのだった。彼女が香水をつけると、あまりに大量だったから、寒い夜だったのに窓を開けなくてはならなかった。〝猫があたしの部屋に入ってきて、しっぽであたしのテーブルをはたいたから、あたしの香水、あたしの鏡、あたしの目薬の小瓶を割ってしまったの。だからあなたのを持って行っていい？〟全部嘘。翌日、わたしは彼女が映画に行きたいかどうか訊こうと、彼女の部屋に誘いに行った。彼女はいなかったけれど、香水の瓶、鏡、空になった目薬の小瓶があった。ベッドの下には丸まったたくさんの汚れた服、本物と偽物の宝石があちらこちらに散らばっていた。洋服掛けの扉にひっかけてあったハンガーに掛けられた長い緑色のロングドレス。棚からはみ出て乱雑に入った靴、椅子の上には黒いカツラと革のジャケット。化粧箱はベッドの上に開いたまま置いてあった、何か探して、見つからなかったのだろう。壁には彼女の写真や重要人物《ヴェリー・インポータント・パーソンズ》と書かれた写真があった。

その前日にわたしが彼女にあげたシャガールの複製画がベッドのサイドテーブルに貼られているのを見たときは感動した。緑色の天使が青色の地面に膝をついて紫色の罪人に祝福を与えている絵だった。アリックス院長のロザリオもそこにあった、でも、誘惑の天使が部屋中を飛び回っていた。ポスターには通俗的なものと美しいものが混在していた、その中で、彼女はぴったりとしたビキニと黒いストッキングを脱いでいて、官能的というよりむしろ攻撃的なポーズをとっていた。わたしはセバスチアーナを呼んで、洗うように洋服の山を渡した。ついでに床を掃くようにとわたしが言うと、彼女はポスターに目が釘付けになっていた。アナの美しさが、セバスチアーナの表情を輝かせた。生気を失っていた顔が瞬く間に明るくなった。〝女優ですか？〟と知りたがった。まあね、とわたしは返事をして、わたしにも彼女の美しさの半分でもあれば、M・Nはこの階段を数百回上って来ただろうと考えた。牡蠣の真珠のようなわたしの貝殻に。詩的よね？　〝僕たちは他の構想を考える必要がある〟と、お茶を飲もうと誘ったときに、彼はそう答えた。なぜ、他の構想なの？　男友達はいつも立ち寄ってくれる。わたしたちは勉強して、音楽を聴いて、話し合う、何か問題でもある？　彼はM・Nらしい笑い方で微笑んだ。〝違うんだよ〟この違いがわたしを少し慰めた。

「ロレーナ！　あなたに外国から手紙！　あなたのお兄さ

んの字よ」

二本の指で、ロレーナは湿った髪の毛を分けた、髪の毛は肩についていた。庭にいる修道女をそっと見た、修道女はマーガレットの花壇で、春の力で伸びていた小さな雑草を抜いていた。ロレーナは階段の鉄柵に額をつけて、一番上の段に座った。返事をする前にクッキーを飲み込んだ。

「シスター、電話を待っているんです、誰もわたしに電話をかけてきませんでしたか？」

ブーラ修道女は抜いたばかりの小さな根を不審そうに調べていた。その根を落として、手をエプロンできれいにして、太陽の眩しさで額に皺をよせた顔を上げた。目からたくさんの涙が流れていた。ポケットからハンカチを取り出し、目を拭き鼻もかんだ。ハンカチを緑色に染めた鼻水を感慨深そうに見ていた。ハンカチを畳み、花壇に身を屈め、地面に生えている背の高い花をつけた雑草を土の塊ごと引き抜いた。

「花壇を一掃している」とロレーナは呟きながら、修道女がハンカチを畳んだのと同じように、ナプキンを丁寧に畳んだ。白いナプキンには寄宿舎のイニシャルが赤い糸でP・N・S・Fとクロスステッチで刺繍されていた。Pの文字はもっとも凝っている。どこか曲がっているNの文字はSに近づきすぎていて、それを修正するかのように、Fの文字は変色した赤い線の輪から離れていた。

「引き抜くには硬い地面」と後ろに体を逸らしながら修道女は呟いた。「教皇は言っています。世界にはこの雑草のように悪徳が増加している、我々はそれを引き抜く、引き抜くけれど、そこからまたすぐに生えてくる」

「シスターは刺繍のように庭を手入れする」と、他の文字より細いFの文字をなぞりながらわたしは言った、ピンク色のシミの真ん中に血痕が色褪せていた。死に至らせる傷のように。ああ、ホムロ、ホムロ。あまりに強烈な血を前にして後ずさりしながら、穴から滴っていた血をママが手のひらで塞ごうとしていた。色褪せた赤い色のシャツ。〝いったいどうしたというの？〟と彼女は訊いた、声のトーンは蒼白だった。わたしは彼の代わりに答えた、わたしの声も太陽のない雪景色から出てきたような声だった。二つに割れてしまったように自分の声を聞いた。ヘモが彼を撃ったの、でも故意ではなかった、保安官ごっこをしていて、二人は火薬庫の近くにいて、ホムロが川に向けて走り出した、わたしが思うに、ホムロが潜ろうとしたときに、ヘモが狙いを定めた、そして止まれ！と叫んだ、同時にわたしは銃声の音を聞いた。ホムロは胸を抑えてふらふらしながら倒れた、そんなつもりはなかった、ただ二人は遊んでいただけ、そんなつもりはなかった。ママはわたしが言ったことを聞いていなかった〝ホムロ、いったいどうしたの？〟と小さな声で繰り返し言って、膝に彼の頭を載せながら地面に座り込んだ。そして前後に体を揺らして、優しく彼を抱きしめていたけれど、胸の穴を塞いでいた手は強く震えていた。わたしが栓を捜しに行っていれば。栓を一つ。ホムロの顔は透明なロウのようだった。透明で湿った微笑み。歯は青白くなっていた。もうすぐ死ぬことを詫びているかのように微笑んでいた。

失明してしまうほど強い太陽に顔を向ける、いいえ、そうなりたくない、今は嫌だ。ただ文字のことだけを考えているなんて幸せ、突然、それらの文字が動き始めて、くっ付くと危険。でも、根のところで約束を反故にしている。数人の子供たち、A、B、H、M、O、それにしても……Xはとても不思議。傾いているZは一番忘れられやすい王様で、双子のSは横領者の狡猾さがある。ブーラ修道女が刺繍をして膨らんだFの文字の上に指を置く。文字もまた腹部で刃物に刺される、胸を撃たれ、殴打され、針の刺し傷、蹴り――文字はまた、海へ、深淵へ、ゴミ箱へ、排水溝へ投げ捨てられる。歪められ、壊され、拷問にかけられ、投獄される。いくつかは死んでしまうけれど、どうでもいい、新しい形で戻ってくる、死者のように。

「死者のように」と大きな声で言うと、わたしの心は再び明るくなる。「ハレルーヤ!」とブーラ修道女に叫ぶ。彼女は汚れた手のまま行ってしまった、すぐに手を洗う必要があったのだろう。彼女が抜いていたのは善良な植物だったのではないかしら? それとも悪い? 判別することの危険を冒して怖くなったのだ。彼女は庭の手入れと刺繍をすることが好きだ。アリックス院長は寛容でなくてはならない、ブーラ修道女が庭の手入れをしたり、寄宿舎の全ての服に赤いイニシャルを入れたりするのを容認するために。文字の一つからほどけている細糸を指に巻きつける、どの文字のかしら? ノッサ・セニョーラ・ジ・ファチマ寄宿舎。〝ジ〟が抜けているけれど、ノッサ・セニョーラ・ジ・ファチマだと察しがつく。最後の一枚のクッキーをかじって、元気に呼吸をする。わたしが行き着きたかったのはそこだ。何千ものことが暗黙のうちに了解される。行間で。M・N、わたしは真実が欲しい、わたしの愛する人、聞いてよ、そのことをわかってほしい、真実が知りたい。それなのに、あなたは中途半端や省略を推奨する。

「胸を開いた真実」とわたしは顔を太陽に向けて言う。脳溢血になってしまいそう、わたしの頭から煙が出ている、這いつくばって歩かないとならない、いつも太陽の下で這いつくばるのはもちろんのこと、ああ、M・N、わたしが嘘をつかないといけないのは、どんなに恐ろしいことなのかあなたにはわからない。不作為犯に関するレポートをわたしは六枚も書いた。死刑については十枚よ。するとあなたは、「もちろん、わたしの妻は知るべきではない」、どうしてもちろんなの? 逃げ腰の微笑み。曖昧模糊な。彼女が意地悪女だからとわたしは言うべきだった。妻というのは、みんな意地悪、昔は妖精だったのに。彼女たちは話すと口から真珠やバラが出てきた、時が経つと、不明瞭なバラになり、悪臭や意地の悪さを漂わせる、いったいどうすれば、そんな女とM・Nは愛を育めるのだろう。太りすぎで、斜視で、差し歯、ああ、なんてこと、彼女が入れ歯をつけたら称賛に値する。そして、皮肉的、皮肉というより嫌味。耳障りな声。耳障りな声ってどういうのだろう？　フクロウやグラーリャ〔カラスより小さめの南アメリカ地域に生息するカラス科の鳥。頭部は黒色で、体は黒、青、白、赤など多様な色の種類がある〕の鳴き声が聞こえてくる疑わしい電話、グルルル。叔母のルーシーがそう言う。彼女は美しかったとママが言っていた、大勢の求婚者、花火、今は違う、でも今もそうであるかのよう振舞う、可哀想に。誰かが教えてあげなくてはならない、でも誰が？　足まで整形手術をしている、当時の裕福なお洒落な若者《ジュネス・ドレ》たちの洋服を身に着け、表情も形作る。ファブリジオにまで色気を使って、わたしたちが映画館にいたとき、彼女は（お気に入りの）東洋風のガウンを開けて、膝を少しずつ見せ始めた、でも静脈瘤が見えていた。わたしたちはがっかりしたけれど、彼女は続けた、胸を手術したばかりだったから、どんなに見事なのかを見せたかった、ああ、まるで十五歳のように！　医者は暖炉に薪をくべながら意地悪にも、耳のほうはいかがですかと訊く。手術をしていない声は不機嫌でスポンジのようだった、声は本当の年齢をばらして、ボタン一つさえ隠さない。M・Nの奥さんが叔母ルーシーのようだったら？　失礼だけど不幸ね。〃愛するあなた、私が別居を受け入れると思うなら、大間違いよ！〃彼女はそういう風に愛するあなた、と堅固たる顎をして呼ぶタイプの人、嫌になっちゃうけれど、これはママにも言える、でも、この愛するあなたとは対照的に、ママはミュウとの喧嘩の絶頂のときに、何度も繰り返して言う。良い方法かしら？　そうね、良いやり方、ママは裕福な家庭で育ち、保守的な高校で学んだ。M・Nは貧しい家庭だったけれど、利害で結婚したわけではない、彼は貧しくても、残念なことに恋愛して結婚した。でも時が経つにつれて、妻の最大の罪であるブルジョアジーの悪癖に気づくようになった。リオンが言うように、驕りと強欲。道楽もこれに入るらしい、発展途上国のブルジョアジーは道楽だとリオンが調査で証明した。三十歳を過ぎると、二重顎で、ジャラグア草〔ポルトガル語で〃背丈の高いかやぶき草〃の意。語源はブラジル先住民のトゥピ語〕のような巨大な尻になる。だから、愛されるあなたはパイプとプルーストとともに閉じこもって、カタツムリのような孤独さで、ドアを叩いてもいいけれど、僕は開けないと言う。でも何度か開けた、そうでしょう？　五人の子供たち。どうしてそんなにたくさんの子どもがいるの？　五人もいることがわたしを苛立たせる。一巡目にハートのキングのカードが出ると、ギオマールさんは〃難しい状況ね〃

と言った。そして、スペードのクイーンを彼女のお気に入りの指で差して、彼は妻に翻弄されていると言った。〝ほら、ごらんなさい、ここに奥さんがいるわ〟それを見て、わたしが混乱して倒れそうになったから、彼女が同情して、落ち着かせようとした。そして、わたしを生涯愛してくれる素敵な男性を大勢予言した。みんなジェームズ・ボンドのように黒いブリーフ・ケースを持って飛行機で現れる。素敵な男性だって。でもわたしは禁じられた王のことだけを考えていた、彼は彼のなかに神がいる《ヒー・ハズ・ア・ゴッド・イン・ヒム》、わたしにはどの神かわからないけれど《ゾウ・アイ・ドン・ノウ・ウイッチ・ゴッド》、ああ、詩人だわ、わたしがどこにいようと、彼は可哀想なわたしの愛を守ってくれる。オグンやイエマンジャー〔アフロ・ブラジル宗教の神々。オグンは軍神、イエマンジャーは水や出産を司る女神〕に庇護を頼むべきであることはわかっている、でも、リオン、ごめん、わたしは他の森の精霊や魔物とは仲良くできる。森という言葉はなんて素敵なんだろう！ わたしたちには森はあるのだろうか、ここでは森は密林のこと。彼は彼の中に神がいる《ヒー・ハズ・ア・ゴッド・イン・ヒム》。でも禁じられている、わかっている、小さな短剣のようにわたしを時々突き刺すのは禁じられて《フェアボーテン》いること。人々はバイーアの言葉でそれを何とかするけれど、ドイツ語では望みはない、禁じられた《フェアボーテン》、禁じられた《フェアボーテン》、ああ、決定的な言葉。奥さんがリューマチで死ねば。〝ロレーナ、私には君くらいの年齢の子供がいるんだ。それでも、私のような寡を夫として受け入れるのかい？〟わたしの代母になってと、リオンの足元に跪かなくてはならない。〝ロレーナ、一体誰が結婚なんかしたいの？ 誰が？ 神父と娼婦だけよ。それかホモセクシュアルのどれか、そうでしょう？〟わたしよ、わたし！と言いたかった。M・Nと結婚したい、これ以上素晴らしい考えは他にない、彼と結婚したい、わたしは弱々しくて自信がないから。いつも一緒にいる男性が必要なの。整理された大量の書類、わたしはあまりに書類を信じ切っている、これはママから受け継いだ性格。彼女は今では古い書類に得意になっている、でも遅すぎる、それらの文書は引き出しの中にあるのではなく、彼女の頭の中にある。彼女はどんなにミュウとの結婚を望んだことか、その考えにどんなに震撼していたことか。ドレスまで絵に描いてわたしに見せに来た。〝わたしが結婚することは良くないことかしら？ わたしたちの状態を正式にすることは？〟わたしは胸が締め付けられたけれど、もちろん同意した。もちろん。その時、叔母のルーシーとの会話を思い出した、叔母はミュウというあだ名の由来を話し始めた。ある集まりの時に、ミュウはある男の話をした、その男は他に良い女性がいなかったから自分の妻と寝たという小話だった、やむなく《フォウト・ドウ・ミュウ》妻と寝た《オン・クーシュ・アヴェック・サ・ファム》男の話。ミュウはまるで、この世で最も面白いことを言ったかのように笑い転げていた。そして他の時にもやむなく《フォウト・ドウ・ミュウ》という言葉を使っていた、レストランに行って、フランスワインを注文する。フランスワインは無いの？　じゃあ、やむなく《フォウト・ドウ・ミュウ》チリワインにするよ、チリワインも無いの？　それじゃあ、やむなく《フォウト・ドウ・ミュウ》国産を頼むよ……。〃それでミュウになったのよ〃と不快そうな顔をして叔母は話し終えた。叔母さん、それで？　単純な人だからといって、何の問題があるの？　ママが良いと思っているのなら、それでいいじゃない。彼があまりに若すぎることもわかっている。だから？　二人の問題じゃない。身なりもきちんとしているし、パーティー好きで、ママが気に入るようにしている。そのうえ、思想家であってほしいなんて求められない。すると叔母はわたしを近くに引き寄せて、何でもないときにママもする神妙な表情をした。〃そこに問題があるのよ。彼は無邪気で何もわからないふりをしているけれど、抜け目がない、彼が銀行で調べている証拠がある、わたしたちの弁護士のところに行く大胆さもある、しかも、姉さんを守りたいからやっているという雰囲気をして。そうして、家や土地のことを調べて、いくらで農園が売られたかとか、彼女がどこにお金を預けているのかを調べ、そうやってすべてを知ってしまった。完全などんでん返し。あなたのお母さんが用心しなければ、彼女までサン・ヴィセンチ・ジ・パウラ養老院で最期を迎えることになるのよ〃だから、ママが胸と袖にレースとピンク色のパールのついた長いウエディングドレスのモデルを持ってきたとき、わたしは言えなかった。わたしにも同じモデル。わたしたちはまるで双子のようだった、ママはある女優の結婚式の写真を見て、髪に大きなリボンをつけ、手をつなぐ母娘をこの上ない喜びだと考えた。オオカミが来ないうちに、森で遊ぼう〔だるまさんが転んだに似た遊び。子どもたちがオオカミに言う言葉〕。ミュウはフロックコートの裾にシッポを隠して祭壇で毅然としている。でもママはそのアイデアをあきらめた、二人の間にある真実の年齢差を書類が明示することを準備のときに考えたからである。ミュウは強引に進めようとしたけれど、ママは結婚しないように何千もの言い訳を作り出して、ごねて延期して、わたしには本心を言った。〃何枚もの黄色の書類に嫌悪を感じる、文書保管所で掘り起こさなくてはならない、ブラジル人は書類のことばかり話すマニアだわ、世界中のどこにもこんな国はない。わたしはそんなことしたくない！〃その後、わたしたちはこれについて話すことはなかったけれど、ある日、チャールズ・モーガンの小説の間に、わたしたちが結婚式で着る予定だったウエディングドレスのイラストが折り挟まっているのを見つけたとき、わたしは可哀想だと思った。その本は彼女がわたしに貸してくれた本で、わたしにお気に入りの作家を知って欲しかったのだ。〃青春の第一期に、モーガンの小説の一節を覚えたものよ〃と彼女は言った。彼女の青春は第一期、第二期と第四期まであった。ある時不機嫌なミュウが、青春は一度しかないと彼女に大声で言った、なんて残酷なの。可哀想に。誰もその本を手に取らないから、わたしがM・Nに書いた手紙も保管したままだ。ああなんてこと、結局送っていない。わたしの人生はM・Nにだけ向けられていて、これから先、彼からだけ光が放たれる、とわたしは手紙に書いた。人間は自分自身の恐怖から生じた想像力によって生きるか、あるいは、生きるのを止める、とあなたに言いたい。わたしたちは決して起こることのないであろう、結果、検閲、苦しみを想像する、そうやって、もっと重要で、もっと深く、もっと生き生きとしたものから逃げだしてしまう。ねぇ、人生や世界は、わたしたちが決断するといつも別の方へ曲がってしまう、それが真実。わたしたちは死によってもたらされた傷を二度と忘れない。今が一番充実しているわたしたちにとって、それが重要。完全で本物になる力をわたしたちは構想しましょう。

「ロレーナ、太陽に気を付けて!」とプリシーラ修道女が言った。

プリーシーラ修道女の声かしら? わたしは目を開く。プリシーラ修道女が階段を数段上がってきた。修道女がわたしに差し出した手紙に届くように膝で前に進んだ。磁器のような顔が小さなバラのように開いた。

「兄からの手紙」とわたしは言う。

彼女は光で溶けてしまう目を手で守った。

「日差しがあまりに強い。髪を洗ったの?」

「もう乾かしました、ほら、見てください」

「こんなに青空の日が続くのに、このお嬢さんは自分の部屋に引きこもっている。アリックス院長があなたが元気なのか心配して訊いていた」

「シスター、最高に元気です。大学がストライキ中だから、大学に行ってもすることがないのです。恋人から電話がかかってきたら、一緒に夕食にでかける予定です。誰からも電話はありませんか?」

彼女の歯は丸くて白く少し離れている。乳色の歯で微笑む。

「恋人と出かける前に、ちょっとお寄りなさい、はちみつ入りのキャラメルがあるのよ」

そして希望もある。彼女にキスを投げる。そう、みんなとても良い人、彼女が言ったことは美しくないかしら? 平和なのは、彼が電話をかけてきたら一緒に出かける。ポジティブな思考。わたしは右側の鼻腔を響かせて息をして、階段の元のところに戻る。手紙に触れる、手紙ではなくカードだ。読むのを先延ばす、農園で最初のマンゴーを食べる時間を先延ばしたように。愛するヘモ。大使館はチュニスにあるけれど、家はカルタゴにある。ヘモ、カルタゴはまだ存在するのよね? 存在するよ。ローマ時代の遺跡のある場所に美しい家々がある美しい地区。〝サラムボー

〔フローベルの小説『サラムボー』（一八六二年）の女性主人公。カルタゴの将軍の娘〕が歩いた庭園にはジャスミンの花が農園と同じように咲いている〃と彼は時々詩的になって書いてきた。裏庭にはオリーブの木が植えられていて、オリーブを摘むことができる。それから、ナツメヤシも房をつける。〃物乞いのように〃と、わたしが手紙をリオンに読んでいたとき、彼女はわたしを制して言った。〃向こうでは物乞いは房をぶら下げて歩いている、北東部のように〃わたしは返事をしなかった。返事をしてもどうしようもない。リオンが北東部について攻撃的なことを言うから、美しいことや、優しいことを言うことができない。ヘモはブルギーバ大統領の友人の外交官や銀行家と付き合っているから、そこにいる物乞いのことなんて知らない。「電話は？」とわたしは立ち上がりながら自問する。鉄の欄干に掴まりながら、階段に身を屈める。「電話は来ないの？」

　邸宅の幅広い窓が庭園に向かって開いている、誰もいない。花壇を囲む小道には、小石が岩塩のように輝いている。ロレーナは窓から困惑した目で見まわした。邸宅がその時ほど空虚に見えたことはなかった。〃電話ではなかったのかしら？〃雌猫がブーラ修道女の庭用の籠までおとなしく近づいた、丸められたエプロンをシッポではたいてその上に寝そべった。体を輪にして完全な円を作った。〃好きなように歩き回ったから、今度は休むのね〃とロレーナは考え、濡れて熱くなっている髪の毛の中に指を入れた。風が断片的な声を運んできた。後方から、完璧で濃厚なジミ・ヘンドリックスの声がレコードプレーヤーから繰り返されていた、〃汗で濡れ、絶望的だが止まらない、急げ！と言わなくてはならない。俺が立ち去る前に、みんな聞くんだ、急げ！〃

「わかってる」と彼女は言って、床にあった皿とグラスを手に取り、ナプキンで覆った。部屋の心臓が波打つするような暗さのなかで、彼女はまぶしそうに目を開けた。〃どうしてM・N、どうして？〃とレコードのように繰り返す小さな声は、目を閉じるとよく聞こえた。

　ファブリジオでいいから電話をしてきてくれたら！　四時から六時の映画。生ビールとハンバーガー、彼は生ビールが大好き。ファブリッシ、アナタモ？　髭の濃い顔。逆立った髪の毛、洞窟に住む人のような歩き方をする、〃やあ、ロレーナ〃

　夜、土砂降りだった。ずぶ濡れで到着して、笑いながら大型犬のように体を振って、泥で重たくなったショートブーツを履いて、足をどうしたら良いのかわからないようだった。水に濡れた講義ノート。絨毯が汚れないように彼を担がなくてはならないと思ったけれど、結局彼に抱きかかえられながら部屋の中を旋回した。〃ロレーナ、君は人間なの？　まったく重さがないよ〃彼女は顔に彼の髭のざらざらした感触を感じると、笑い始め、さらに弱々しくなって、父親の腕の中に抱かれるようにして、彼の筋肉質の腕に抱き寄せられた。彼が入浴してきたという確信が彼女をほっとさせた。牧草の香りの石鹸かしら？　再びめまいを感じて、柔弱にもがきながら口を開けた、〃放して、わたしを放して〃彼の髪の毛を引っ張りながら、同時に、今夜、愛人関係になるかもしれないと考えた。愛人。わたしをパニックにしたのは、愛人という言葉だったのではないだろうか？　彼の手を解いた。〃お茶でも飲まない？　とても美味しいお茶を入れることができるのよ〃彼は彼女の手を引っ張った。陽気な大型犬のような雰囲気はなかった、目を伏せて暗い表情をしていた。小さな声。〃ロレーナ、ここに座って、ここに座って〃彼女はやかんに水を入れるために走った。お茶を入れるのは時間がかからないから、五分もかからないのよ。でも一時間かかった。最初に電気コンロを点火しようとしたけれどできなかったから、手伝うように彼を呼んだ、彼は法律の他に電子工学も勉強している、線の接続部分が機能し始めた時、どこか知らないけれど雷が落ちて、地区全体が停電になった。何人もの修道女がロウソクを持ってきてくれた、近隣では叫び声がして、庭園の暗闇で狂ったように鳴き声を上げていた雌猫を助けようとして、プリシーラ修道女が転倒し、傘——おそらくブーラ修道女の——が開いたまま暴風の中に飛んで行ってしまった。電気が復旧すると、周囲では静けさが戻り、その静けさが伝播した。屋根に小雨が降っていて、落ち着かせてくれた。わたしはお茶を入れることは、ある種の信頼ある雰囲気を作り出すのに必要だと思っている、お茶という条件を愛につける。でも、やかんに入り込んでお湯を吹きこぼすサッシ〔サッシ・ペレはブラジルの民話の登場人物。赤い縁なし帽をかぶり、パイプを口にくわえ、一本足で、手に穴が開いている、いたずら好きの黒人の男の子〕なんていないわよね？　沸騰する前に葉を取り出した、もちろん、慌てていたからではなくて、以前言ったことがあるけれど、お茶には沸騰したお湯は良くないの。結局わたしたちはお茶も言葉も無く向かい合っていた。そのとき、誰が来たと思う？　その夜ほど、彼女を頼もしいと思ったことはなかった、ボロボロのレインコートを着て、嵐のような髪の毛になっていた。腕の下には新聞を数紙と統計ファイルを持っていた、彼女は統計処理をしていたのだ。彼女のお気に入りの位置である絨毯の上に座り、ウイスキーが欲しいと言って、雨で重くなったエスパドリーユを脱いだ。足を拭くように彼女にタオルを貸して、入浴するように勧めた。彼女は断った。わたしは雨の後に熱いシャワーを浴びるのが好き。パウダーをはたいて、香水をつけて、乾いた服に着替えるのはなんて気持ちが良いの、涙が出るほど幸せになる。でも、リオンは前にも後にも入浴しない。二人の娼婦にインタビューしたことで興奮していた。演説口調でそのインタビューのことを少し話してから、わたしたちの世代の崩壊を含むブルジョアジーの退廃や、老年層の欺瞞を軽く話して、エスパドリーユを包むために新聞紙を破った。絨毯の上に広げていた自分の物を拾い始めた時、まだ半分くらい残っているウイスキーの瓶を彼女にあげてわたしは嬉しくなった、まだ他にもあるから、これを持っていって。彼女はすぐに受け取った、グループの集まりに行くところで、そういう雨の日には風邪をひいている人が数人いるからだ。ミゲウに完全に恋していて、その時はまだ逮捕されていなかった、可哀想に。〃後で個別のインタビューがある〃と彼女は特別な表情をした。そうして三段跳びで階段を下りた、わたしはレコードプレーヤーのところに行き、バッハね、こういう時はバッハが良い。ファブリジオは真剣な顔をして煙草を吸いながら腕を頭の下に置いて、床で体を伸ばして横になっていた、ここでは修道女だけが肘掛け椅子を使う。足音が聞こえてきた。〃アナ・クララだったら死んじゃう〃彼女が黒いスーツで堂々と入ってきたとき、わたしは昔の人が蒼ざめた微笑みと呼んだ表情をした、彼女は明晰な表情を二週間以上維持して、何時間もアレックス院長と話したり、深く思考したり、牛乳を飲んだりしていた。グラスを頼んで、ファブリジオが彼女に勧めた煙草を断り、肘掛け椅子に座った、忘れていたけれど、アニーニャも肘掛け椅子を好んだ。本を借りたいと言って、心理学の授業の履修登録を再開しようとしていた、今二年目だと言っていたけれど、最初の学期の半分も終了していないだろう。今試験期間中よ、ファブリジオがコンロの近くで乾かしていた講義ノートの山を指して、あれを全部読まなくてはならないなんて、どう思う?と彼女に訊いた。すると牛乳のグラスを持って、本棚近くにあった椅子の方に行った。電気スタンドをつけて、バッグからメガネを取り出した。牛乳を飲むのを止めるたびにメガネをかけた。〃あなたたちの邪魔をしない、ここで本を見ているから〃とまったく遠慮せずに、わたしがその朝に買ったばかりの本『私は神に出会った――神は存在する』〔アンドレ・フロサール（仏、ジャーナリスト）の著書（一九六九年）〕が入っていた包みを開けた。ファブリジオがわたしを見た。わたしはレコードプレーヤーを消した。わたしたちが最後の頁を開いた時、早朝の四時半だった。アナ・クララは椅子でわたしのショールにくるまり丸くなって寝入っていた。雨は止んでいた。〃明日また戻ってくるよ〃と彼は言って、元気なさそうにバイクに跨った。門を閉めた。その明日という日に、わたしはM・Nに出会った。

　ファブリジオがくれたドナルドダックの腹部をきつく締める。クエッ！　クエッ！　その口ばしにキスをする。わたしの可哀想な大型犬は雨に濡れていた、アヒルを抱きしめながら考える、いつも忠実で、あの広告の（警察の？）

の犬が金庫を守るように、わたしを守ってくれる。アストロナウタが来る前まで、わたしは犬の方が好きだったけれど、犬がわたしを感動させるとしたら、猫はわたしを魅了することに気づいた。いいえ、わたしの詩人だ、美しいけれど残酷なのは死ではなく、猫だ。暗い表情のアニーニャと映画館から帰るときに、街角に捨てられておしっこまみれの子猫を見つけた。ブーラ修道女が持ってきた薬の瓶で哺乳瓶を作ってあげた。わたしのカシミアのセーターの上で寝て、ビデやいろいろなところにおしっこをして、庭園でするようになった、わたしと一緒にベッドに入ってセンチメンタルな猫になったと思う？　笑っちゃう。眠り、それほど関心ないのにわたしを見たりしながら、一日中クッションで過ごしていた。感謝もなく、譲歩することもなかった。エジプト人のようだった。わたしの貝殻に入ってくるけれど、わたしは猫の貝殻には入らなかった。ある日、何も言わずに、何の態度も示さずに、あのドアから出て行って、二度と戻ってこなかった。でも、そのうちまた現れるだろう、汚れて、怪我して現れると分かっている。傷や病気の面倒を見てあげたら、再びつやのある太った猫に戻る、でもまた逃げるだろう。自由、自由。誰も猫を捕えることはできない。奥さんはもう歳を取っているから、もしくは、ほとんど老女だから捕まえられない、真ん中の子供はわたしとほとんど同じくらいだろう。彼女は二回整形手術をしているママと同じくらいの年齢に違いない、もうすぐ三回目の予定だ、他の構造、他の領域。〝わたしはあなたの息子の母親なのよ〟と彼女は三百六十五日、四六時中思い出させているに違いない。嫌がらせ。わたしの愛する人、わたしの愛する人、どうしてそんな嫌がらせを許すの？

「わたしは孤独を運命づけられている」と自分で言って笑いだす、叔母のルーシーが、結婚生活を終えて、別の結婚生活に入る少し前に、そうやって言うのをいつも聞く。ベターニアの曲をかける、ベターニアを聴くと、リアがお酒を飲むときに物腰が柔らかくなって、愛想がよくなるのを思い出す。M・Nに出会う前は、音楽無しに生きることはできないと思っていたけれど、今は彼無しに生きることができない。わたしは音楽、時間、日々、歳月とともに死ぬだろう、レコードは常にラ・ラ・ラ・ラ・ラ・ラと言いながら叫んでいる。いつか、普通の骸骨よりも皺のある骸骨が見つかる、微風が吹くとバラバラになって、ガウンを着た華奢な骸骨を。埃の下に埋もれたレコードプレーヤー、レコードも針もない音楽はハツカネズミのお腹の上で叫ぶ、リン・リン・リン・リン。電話かしら？　ああ、なんてこと、電話。

4

「塔に大きな時計があって、その時計の針をつかみたかった、時間を止める、どうして時間は少しも止まらないの？　そこにぶら下がって時間を止めたかった。そうやってお母さんはあたしの手を握って、あたしを広場に連れて行った、すべてが青々していた、ロンドンだったかな？　ミュージシャンが演奏していて、人々は椅子に座っていた、マックス、聞いて、モーツアルトだったの。ねぇ、聞いてるの？　モーツアルト……」

枕の下にクッキーが一枚あるのを見つけた。ゆっくりと噛む、少し甘いクッキーだからすぐに食べ終えたくない、砂糖が大好き、あたしは好きなだけ砂糖を食べられる、あたしの体は優美だから太らない。砂糖を山ほど食べられるし、食べても何も変わらない。リオンは食べられない。これ以上太ったら、あと数キロでマンイ・ジ・サント〔アフロ・ブラジル宗教の呪術的信仰をするカンドンブレ等の女性祭司。儀式の際に女性祭司や信者が白いレース生地でスカート部分が膨らんだドレスを着用する〕のドレスが着られる。ロレーナは体重がない、虫だから。太る問題のある虫なんている？　一匹の虫。

「モーツアルトなんてあっちへ行け、ショパンが良い、ショパンとルノアール、あたしは優美な芸術家が好き。口の場所には口、全部が定位置にあり、すべて幸福が良い、悪意はうんざり。そのことをロレニーニャに言ったのはこのあたし。彼女はそういう虫けらの音楽を聴くのが好き、パンにはイギリス製のジャムしか塗らない。気取り屋。彼女は、笑っていい？と訊いて、後ろに体を曲げて、ハハハと言う」

彼は時計の針から手を放して、再び横になる。

「僕たちはつまらないことに悩みたくない、そこに問題があるんだ」

クッキーを探す、かけらしか見つからなかった。彼の手から煙草を取る、煙が甘ったるい、彼のキスは氷砂糖のよう。

「マックス、あなたはルノワールが好き？　画家のルノワールよ。好きなの？」

彼は煙草を取り返して、天井に向けて腕を伸ばした。

「ボッシュ、ヒエロニムス・ボッシュ」

「ああ、怪物ばかり、苦しみばかり。狂人の絵だわ。狂人なんて大嫌い」

　彼はベッドに座って、プロペラのように腕を回し始めた。両手の握りこぶしが宙でぶつかり呻いた。

「手が折れた。痛い……」

「クズ野郎。あたしは美しいものだけが欲しい。お金に関するものだったらなんでも欲しい、あまりある豊かさ。だから、米国が大好き。どうしてだめなの、いいでしょう？　だあの左翼分子は怒っている、だってお金がないから、何かを得ることは決してない、虫けらどもといればいい、でもあたしは違う。最高級のホテル。世界の最高級ホテルにはいくつの星がついているんだろう？」

「画家は絵の中で、宇宙船を創造した。まだ誰も考えたことがなかった時代に、たくさんの宇宙船を描いた。そして信じられないことに月にいるんだ。すべてが飛んでいる。ヴゥゥゥゥゥン！」

「卑劣な奴は旅行好き。そして、旅行の時に同伴者に言う、最高級のホテルだ。来年は英語の勉強を再開する、あの講師と会話をする授業がいい、彼の名前は何だったかな？　あの最低な奴。オックスフォードの発音」

「羽をつけた悪魔くん、ひどい奴だ……、女性の足をつかんでいる！　それから、その女性に乱暴している！」

「三日間眠っていられる」とアナ・クララは呟いて、男の脚をそっと外した。そして、彼の胸まで這って上った。

「どこにあなたのグラスがあるの？　マックス、あたしは意識がはっきりしている。あなたがあたしにくれたものはアスピリンよね？　とてもはっきりしているの。こんなに効き目のある物は他に無い。わからないけど」

「見て、あの真っ黒な奴を！　尿瓶をつけている。ほら、急いで見て！　飛んでいる！　行け、あっちへ行け！」と彼は叫んで彼女の後ろに隠れた。彼女を盾にして、体をぴったりくっつけて、笑った。「奴は僕の頭に尿瓶をかぶせたいんだ……」

「あたしは尿瓶の中で暮らしたのよ。苦しみと怪物だけだった。もう疲れた。何のためにこれ以上？　これからは金色の物、天使、豪華な物だけが欲しい。完璧な絵画、それこそあたしが欲しい物。抽象画は持っている。実際、貧困は抽象的。貧困の頂点は抽象的。胃の中のあの抽象的な感じがわかる？　完璧な家が欲しい。素敵な花のある、バラが良い、ああいう風変わりな花は嫌い。顔のパーツが正しいところにある。あのヴァン・ゴッホ。ロレーナはヴァン・ゴッホが大好き、あのもう一人の狂人を。キャンキャン、キャンキャン。肉のような花を描く。肉って何かわかる？　血が滴る。破滅した肉、血が滲み出ている、白状しろ！　白状しろ！と、彼は筆を深く刺しながら言っていた。あリオンが、虫けらはそうやって破滅したと話していた。あたしをそのグループに入るよう誘うなら、少女の頃だったら入っていたかもしれない、あなたにはわかる？　正義について真剣に考えていたから、入っていたと思う、ロレーナ、あたしは特別な少女だったのよ、わかる？　でも今は別のグループがいい」

「ウサギちゃん、彼をここから出して！　僕を抱きしめて」

　彼女は彼の顔に枕を載せた。指に髪の毛を巻いた。

「これでいい。さあ、ブルジョアジーとは決別するのよ。今度はあたしの番だから。ちょっと待っていて、あたしもそうしたいの、だめ？　あたしの聖人様、来年は新しい人生。履修登録を取り消す、それから。一番になりたい、聞いてる？　お金さえあれば、あたしたちはすぐに学べる、お金があれば何でも簡単。あたしは知的でしょう？　心理学。卑劣な奴はあたしに金持ち御用達のクリニックを買ってくれる、物乞いの問題なんて吐気がする。あたしは患者を選ぶわ。大金よ。だから」

　マックスが体をよじって笑った。シーツに包まっていた。

「僕のヒヨコちゃんを突きたいという人がいる、彼の口ばしを見てと言いながら」と姿を現しながら叫んだ。突然静かになって、目を閉じた。手で陰部を隠した。笑いながら言う「僕の大切な人《モン・シュー》……」

　来年になれば、彼は誰が愛しい人《プティ・シュー》なのかわかる。あたしの美しい新しい人生。さようなら、アナ・クララ・コンセイサン、ジュジーチ・コンセイサンの娘、ヴァカ〔ポルトガル語で“雌牛”の意〕が彼女の苗字だったかな？　驚くと雌牛のような顔をした。女性はまさに敵。だから、男教師の中にはあたしを蔑視した人がいたのだろうか？　名前なんてどうでもいい。でもお母さんは気にした。ヴァカ。あたしが美人だったから嫉妬していた。アナ、あなたは言語に信じられないほど忍耐がある！　もしあたしがたくさんのお金を持ったら、彼女はその忍耐に気づいただろうか？　ヴァカ。キャンキャンはあたしの名前をアナ・クララ・コンセイサン？　と繰り返して言うときに、あたしが知るあの表情をする。コンセイサンですか、そうです。だから何だと言うの？　この都市《まち》に人の名前を気にする人なんているの？　巨大な都市《まち》ではそういうことはもう気にしない、今は家に一袋の金があるかないかを知るだけ。人々はどんな苗字でも持つことができるし、口を満たして、胸にメダルをぶら下げる。名前なんて終わり、すべて終わった。新しい時代。彼女はあたしをアナ・クララ・コンセイサンとフルネームで呼んでふざけるのが好き。ねぇ、あたしの話を聞いている？　あたしはもうロレーナ・ヴァス・レーミになる。バンデイランチス〔十七世紀に金や宝石を探し求めブラジル中西部を開拓し、領土を広げた英雄とされる奥地探検隊〕の子孫。正真正銘の。インディオを犯し、黒いシッポをつけて、火のついた薪を差し込んで、奥に金を隠していないか探った。立派な姿だった。巨大な帽子を被り、その名前はさらに偉大。でも今、一体誰がバンデイランチスの話なんて関心があるの？　誰も知らない、卑しい出自の父親との認知証明書をあたしは破る、会ってはみたい。新しい証明書、有名で賢明な父親との新しい認知証明書を買う。あたしが結婚するために、父親に命名する、できるわよね？　皇帝の名前がいい。だから。卑劣な奴が正式の証明書を読む時、喜びで涎を流すにちがいない。カイオ・セザール・アウグスト。カイオ・セザール・アウグスト・コンセイサン。教師。それとも物理学者？　物理学者の父親なんて素敵。科学者。大学教員のほうがいいかも。でも大学は隅々までバラバラに混乱しているわよね？　それなら、あたしの父は大学教員にはなれない。母が弱い人だから。荒れ地でも愛し合っていた、お母さんはそういう場所でも気にしなかった、でも、あのろくでなしどもの一人の頭をつかんで、登記所に連れて行き、さあ、あなたがあの子の父親よ、あなたが父親であると、そこに名前を書いて。お母さんが死んでから、あたしは感情的になったのかな？

「喜びだけ」と彼は腕を広げながら言った。「僕たちが潜入したら、喜びが広がる。人生は香って、甘美になる。素晴らしい平和。喜び！」

　あたしはマックスを見る。ペニスをつかんで幸せそうに眠っている。つかむのにそれ以上素晴らしいものなんてある？　あたしの愛する人、とても素敵。だから何なの。来年になったらあなたはわかる。あたしはもう感情的にならない、ただお母さんのことだけ。それなのに、あの人はそのことがわかっていなかった。あたしは誰のせいにもしたくない、残りの人生で非難し続けたくない。知らない。彼女は吐き気のするような奴らをベッドに連れて行った。黒人を連れて行かなかったことだけは良かった、たぶん黒人に対して何かあったに違いない。あらゆる人を見たけれど、黒人だけはいなかった。黒人が好きではなかったのは良かった。髪の毛の固いジョルジはニット帽を被っていた。いつも被っていたけれど白人だった。他の男たちのように。

〝あなたはイタリア系なの？　イタリア人の子孫？〟とロレーナが訊いた。卑劣な奴も同じことを訊いた。イタリア人じゃない、フランス人よ。フランス人の子孫のほうが洒落ている。父はフランス人。ジャン・ピエール・ラリボワズィエール。ラリボワズィエール？　その時に考え出したから、知らない、理解できる名前にしたの、お金は払ったでしょう？　コンセイサンは母方。できた娘でしょう？　だから。ほうの名前だけにしたの。離婚したから、母方のでも、どうやって？　知らない。質問はうんざり、あたしの赤褐色の髪の毛を見て。肌も。すべて本物よ。真っ白なの。疑わしいのはリオン。バンデイランチスの子孫だというロレーナも。マックスを揺らす。あなたも白い。あたしたちは低開発とは何の関係もない、あたしたちは白人ですもの、ねぇ、聞いてる？
「こんなに素晴らしい朝。太陽の朝。太陽に手を伸ばして！」

あたしが手を伸ばすと、彼は握ったけれど、すぐに放した。ジョルジの手に、タトゥーの文字があった、確かRじゃなかったかな？　赤い石の指輪をはめていた。母はジョジ！と発音していた。小指の爪だけを他のよりも伸ばしていた。どうして伸ばしていたんだろう？ニット帽は肩に落ちる髪の毛を抑えるためだった。振付をつけて踊れることができ、初心者用の大会でトロフィーまでもらっていた。栄光への階段。おかま。司会者に取り入ったに違いない。

「マックス、あたしは意識が冴えている、アスピリンを飲んだと思うのだけれど。アスピリンだったたわよね？」

床にある煙草を探す。瓶から飲む、月に着くまでごくごく飲む、でもどうして石の柵があるの？アリックス院長、あたしは解放されたい。忘れたいのに、忘れられない。ときどきあたしの前にいて、あの目で見て愛を滴らせ、ジョジは何だかわからない踊りを完璧に踊って、大会でこのくらい大きなトロフィーをもらったとデブの彼女に言ってください。アリックス院長、あたしを助けてください。あたしを助けて、あたしを助けて、あたしを助けてください。思い出したくないのに、思い出す。幼少期が終わった、すべては終わったとわかっている、幼少期は一回だけ。来年になったら、すべて新しく、良いことばかり始まる、これまでに経験したことのない生き方ができるようになる、それを始める。でもときどき、彼が彼女を叩く平手打ちの音が近くから聞こえてくる、小指にはめていた石の指輪を使って。決して完成することのない建設中の建物の冷たい部屋、終わらなくてよかった、だって完成する日には。アウド。確かアウドという名前だった。〃アウドはとてもいい人〃と彼女は言っていたけれど、まだジョジのことを考えていたと思う。〃この嫌な建設の仕事が終わったらすぐに、レシーフェに帰る、そうすれば、この邪魔な娘のいるお前から解放される〃灰色のセメント、石灰で汚れた灰色のネズミ、石灰で体表の汚れたゴキブリ、石灰のついた爪、髪の毛、口。パンにも、目にも、耳にも入ってくるから、パンや服に息を吹きかけなくてはならなかった。どうしてあなたはいつも物を振るの？　とロレーナがあたしに訊いた。石灰の埃はとても細かい、白くて細かい。ロレニーニャなら、繊細ねと言うだろう。ある晩アウドを見ると、吐気のするシャツにいつものニット帽を被っていた。顔、皺、まつ毛に石灰がついていた。彼は部屋の真ん中で完全に彫刻のようだった。お母さんは犬のように叩かれた後だった、あああたしのイエス様、あたしのイエス様、あたしのイエスと呻いて、横になり縮こまっていた。でも、イエスはあたしたちから離れていたいのだ。その時、コンロの傍を通り過ぎた一匹のゴキブリをつかまえて、スープの鍋の中に入れた。あたしは泣き止んだ、憎しみで泣いていた、でも、憎しみの涙が力を奮い立たせた、あたしの最高のアイディアは憎しみから生まれた。そのゴキブリがスープのプールの中を平泳ぎで泳ぐのを見ていた、ゴキブリはケールの葉の波立つ島を越えて、反対側までたどり着いた、そして、手を合わせて、沸騰している鍋から出たいと頼んだ。縁まで上り、長い羽を滴らせて、あたしの方を感傷的に見た、お母さんが、わたしのイエス様、イエス様と言いながらあたしを見ていたように。あたしはスプーンでそのゴキブリを底に沈めた、アリックス院長、あたしは嘘をつきたくありません。もうつきたくありません。セルジオが、欲しくないし知りたくないと言うから、子供をまた堕ろさなくてはならないとお母さんが言いに来た時、あたしは可哀想だと思わなかった、何も思わなかった。その時はセルジオという男だった。〃欲しくないし知りたくない〃と彼は彼女を蹴って言った。痛みで一日中泣き叫んでいた、そしてその晩、彼女は殺虫剤を飲んだ。蟻よりも小さく縮んで死んだ。彼女はこんなに小さかったのだと考えたことがなかった。黒っぽくなって、蟻のように縮んだ、こうして蟻の巣は終わった。グアイアナジス通り、一番奥。石灰はなく、ギターとサッカーがあった。そのガウショは歌を歌っていた。完璧なシュートもした。もしかしたらもう一人の違う男だったかもしれない。どうでもいい。〃彼はあなたの小さな弟を殺した〃彼女は泣きながら大きいお腹を押さえていた。あたしが夜に帰って、最初に目にしたのは床に落ちていた空の缶だった。あたしは見ていたけれど泣かなかった。どうして泣かなくてはならないの？　何も感じなかった。黒く汚れた枕の上に顔があり、缶のラベルの蟻のように縮こまり、よじれた体があった。電気を消して外に出た、明日仕事に行ったら、花屋から茎の折れた花を持ってこようと考えた。でも、花屋にはもう戻らない、その花屋が嫌いだから。嫌なものは何もいらない。誰も二度とあたしに会わないだろう。今、あたしは一人ぼっち。窓や壁に降り注ぎ、集合住宅の人々を星で照らす夜。〃お母さんはいる？　テレビドラマが始まったわよ。彼女は来ないの？〃と四六時中妊娠しているミナが訊ねた。避妊薬を使っていた。母も使っていたけれど、時々失敗していた。

「マックス、妊娠しているの。あたしどうしたら良い？　どうしたら良いの？」

小悪魔たちがまだこの辺を飛んでいて、あたしと戯れる、あたしがマックスをつねっても、何も感じていない。パーティーは？　忘れて、忘れて。あたしは顔をあげて月に入る、何て青いの、何て青いのとあたしは叫んで、地面まで青いところを滑り下り、腹部のビロードの上を通る、あたしたちはそうやって液化したように歩かなくてはならない、そうしないと地面に青色を滴らせてしまう、川の入り江に沿って流れるから、落ちる危険はない。たくさんの物が地面にある、それを見て。真っ赤な炎が歯を砕き、その炎は水で消される、でも親バッタが来て、あたしを丸い目で見て、あたしに手を伸ばす、白い靴下と紐のついた黒い靴を履いて、あたしの目の前にいる。バッタの靴をあたしは笑うけれど、バッタは真剣で、緑色の手をそろえて懇願する。〝アナ・クララ、君は約束した〟あたしはその靴にキスをする。アリックス院長、来年。来年。もうすべて準備は整っていて、少しお別れをするだけ、あたしは冴えています、そうですよね？　あたしたちは物事をすべて理解し、川底に行ったら、飛行機で急発進しなくてはならない、ウィィィィィィン！　あたしの婚約者はプライベートジェットを所有しているんです。院長に海岸近くの家をプレゼントします、あたしは海が大好きなんです、向こうに見える海を見てください。あたしの友人で寄り目のアドリアーナを覚えていますか？　あたしがどんなに意識が冴えているのかおわかりですよね？　彼女はあたしがどこに住んでいるのか知らなかった、何も知らなかった、あたしもグループのメンバーになれると考えていた、あたしたちは偶然映画館の列で知り合った、そして、その後、一緒にアイスクリームを食べた、彼女が金持ちだと直観した、ロレーナがいつもその言葉を使う、だから、あたしは直感した。あたしも月夜のネズミの大群のように繊細になった、ネズミどもは月がすべてを照らすのを知っているから警戒する。たくさんのことをでっちあげて利口になり、直観があたしを導いた、そっちはだめ、急いで口を閉じて、さあ笑うの。そして今度は泣いて。アニーニャ、口を閉じて。だから口を閉じた、ブリッジが落ちそうだから。すると、その老婆はどうしてあたしがそんなに静かにするのか知りたがった。大きな家、海岸に面している、誰も海に入っていなかった、あたしたちだけだった。老婆は知りたがった。あたしの父は飛行機事故で死んで、母は癌を患っています。彼女はなんてひどいのと言って祈ってくれた。何てひどいの、と繰り返し言って、頭を振り、あたしが泣き始めたから慰めてくれた。〝何て可哀想なの、可哀想な子〟こういうことは、可哀想で可愛いらしい孤児を養子にする偉そうな女性の偽善に起こる。すると、自尊心が強く残酷な甥が現れる、最初は悪い印象だけれど、その後、彼は愛に夢中になり、あたしに言い寄る。ドクター・コットンは？　あたしは転んでしまった。転んだのではない、ピクニックをしている時に、ある黒人が野原であたしをつかんで、あたしのドレスを破って、あたしは感覚がなくなってしまった、あたしの精神科医のドクター・ハチブがこのことを知っている。険しい岩山の高い所にある家、彼の母親はあたしのことを最初は嫌っていた、なぜならば息子に、アドリアーナのような金持ちで寄り目の彼の従妹と結婚させたかったから。アリックス院長、本当です、あたしの愛する聖女。貧困の真実はゴミになってしまう。キャンキャンもこういうことのマニア。もし使徒のうちの一人が、ピラト総督に金一袋を与えたら、総督は手を引くだろうか？　手を引くことはない。総督が馬を用意する間に、イエスは奥から逃げ、騎馬隊の護衛が国境まで守る。〝でもそれは本当のことなの？〟とアドリアーナは絨毯を織りながら訝しがる、質問するのと同じくらい絨毯を作るのに熱心だった。話す前にあたしは考える必要があったけれど、彼女はものすごい速さで針を動かして、あたしを糸で編み始めた。あたしの父がオパーラ〔ブラジル国内で初めて生産された乗用車。ゼネラル・モーターズのブラジル現地法人が、一九六九年から一九九二年まで生産した。ポルトガル語で宝石〝オパール〟の意〕を運転した時に起きたと言ったら、彼女は手を止めた。〝オパーラ？　飛行機ではなかったの？〟あたしは時間を稼ぐためにまた泣き始めた。最初はオパーラだった、その後に。〝でもあなたのお父さんは飛行機を持っていたの？〟と彼女は驚いた。父はパイロットでした。飛行機は石油で動く古いタイプでした。〝石油？〟そうです、石油です。〝その男性は何という名前？　あなたのお父さんの雇用主の名前は？〟いいえ、知りません。重要人物だったということは知っています、飛行機もヨットも所有していました。ああ。〝ああ〟とアドリアーナはその下手な織物を再開しながら言った。〝それから？〟その後、飛行機に石が当たってバラバラになってしまいました、恐ろしい嵐に巻き込まれて、父はコントロールすることができなかったのです。それで母の癌は悪くなって、あたしたちはすべてを失い、叔父と住むことになりました、優れた医者でした。〝医者？　彼は何という名前？〟あたしはだんだんうんざりしてきた、どうして彼女が期待するようにしているんだろう？　そうです、優秀で重要な医者でした、クロヴィスという名前でした。寄り目の従妹が入ってきたとき、叔父の苗字を訊こうとしていた。従妹は手に貝殻《コンシャ》を一つ持っていた。クロヴィス・コンシャウという名前です、と瞬きもせずに答えた。クロヴィス・コンシャウとあたしは繰り返して、彼女があたしに、織物で突くように、質問で突かないよう、あたしは手を振って叫んだ、スズメバチよ！　痛い、痛いと言って、そこから出た。誰も知らない、卑しい出自の父のことを彼女が再び訊くことはなかった、母親のことも、母が死んだときに待合室で座っていたという話にしようと考えていた、砂に書かれたものを消す波のように、死ほど形跡を消すのに都合良いものはない。きらめく夜。きらめく夜。きらめく人々が、前方の海で飲んで笑っている、どうして、そういうことを一つの思い出として覚えているのだろう、夜の宝石、青、赤、緑色のゼリー、ヴェランダのグラス。色とりどりのドレス、ミルクセーキのように白い人もいた、どうしてだろう？　どうして、こういう人たちはあたしに食べ物のことを考えさせるのだろう。ゼラチンとクリームはとても似ている、同じ塊からできたように。同じ形の物からできたように。あたしの口は水で一杯になり、食卓を目の前にしているようだった、食べていい？　昔からの、あまりに昔からの空腹、食べていい？　だめ。まだだめ。従兄弟の誰もあたしを愛さないの？　既婚者の誰もあたしを誘惑しないの？　笑ってもいい？　とキャンキャンが言う。ゲームは彼らの間でやる、質の高いゲーム。孤独な老女が残った、あたしは彼女をぼんやりと見た、あたしにあなたの城に一緒に行って欲しい？　あたしは古着を着てパーティーへ行き、少々頭のおかしい王女たちの中にいるあたしを王子様が見る。あたしの物語の中には、寄り目で金持ちの女の子が必ず出てきて、比較は避けられないから、私は遠ざかる。〝娘よ、十五歳になったら、イギリスで目の手術を受けましょう〟彼女はさらに寄り目になって喜び、大きな口で笑った。あたしは身震いした。そうすればアドリアーナは人形のように可愛らしくなるのは明らかで、内心では喜びで宙返りしただろう、というのは、神が手術しても、その顔を修正できなかったのだから。アリックス院長、あたしには誰も友達がいません、一人も。あなたはあたしを愛してくれる、期待していないかもしれませんが、あなたは聖女です。実際にそうです。

どうやったらみんながあたしを赦してくれるだろう。あたしにプレゼントやお金をくれ、あたしの手があまりに震えるから化粧を手伝ってくれるロレーナ、あたしの櫛をきれいにしてくれるロレーナでも赦してくれない。ネカオ。あの優越感をあたしは良く知っている。あたしをまるで居候のように扱う。大きな帽子を被ってブーツを履いた例のバンデイランチスの姿が、家族について私に言ってくる。数々の都市《まち》を開拓した国の重要人物。黒っぽいシッポは？　彼女のことが嫌いではなかった？　あたしは好き。でも、何もかも特別というあの態度があたしを苛立たせる。助言でも何でもないのに助言しようとする、混乱させる助言、彼女は完全に混乱している。キャンキャン。高価なドレスのコレクション、高級な香水のコレクション、石鹸の香りのする女の子用のガウンを着る。〝あまり香水は好きではないの、時々数滴だけ〟虫ちゃんは、ミス・ディオールをほんの数滴つけて、とても優雅。実際に、あたしはたくさん香水をつけて、香水を空にするから通俗的。空にしてやる、何なの。だから。左派のもう一人は、左派のあの微笑みを浮かべて鼻を大きく開く。〝私の部屋まであなたの香水の匂いがする〟祖国のために働いている。地獄へ落ちろ。誰が頼んだというの、誰が？　大きな目を凝視してあたしを見る。〝その腕はどうしたの？　刺し傷？〟そうよ、刺し傷よ、だから？　自分で止めようと思ったときに全部止める。雑誌の表紙になる。富豪と結婚する。あなたは、そこで面倒に巻き込まれていたらいい、来年には。あたしは良い子だから、あなたとあなたの虫けら仲間をみんな助けてあげる、集会に使う家をあげる、ロレニーニャにも家をあげる、財産を使い尽くすあのママと一緒に、何も無くなってしまうだろうから、何の問題もない、どうだっていい。あたしがすべてを解決する。だから、あたしは誠実になる。〝いつでも誠実でいられますようにとだけ神様にお願いする〟と彼女は言ったけれど、本心だったのは何回だろう、誠実だったのか知らない。あたしだってお金があればそうする、何なの。真実を流す泉の口を持つ。金持ちだったら真実を言うのは簡単。有名人がインタビューで、幼少期に、缶をネズミでかき回していたと話すのは最高に面白い、真実味があって、とっても良い。勇気よね？　素晴らしい。でも告白が興味深くなるには、ガレージに車が四台、冷蔵庫にキャビア、それから、広大な別荘が必要。ドルに唾を吐きかけることも、仮面が剥がれた物語を面白くするのに必要、アリックス院長、あたしの聖女、聖女が必要。とりあえず、何もまだ。自分を構造化できたら、すべて話す、どこに隠すと言うの。構造化するってどう意味かわかる？　必要なネカオを自分で用意できること。まず自分を組み立て、結婚の準備をする、卑劣な奴は飲み仲間にあたしを見せびらかすのが好き。優秀な精神科医を選ぶ、もうあのトルコ人は嫌だから。クズ野郎。貪欲な奴。恋愛して結婚したのかと奴に訊くと、恋愛結婚で、今も続いていると返事した。愛で結婚するなんて。あたしが愛しているこの人と、突然結婚することになっても、あたしは何も感じない。どうやったらあの卑劣な奴に感じられるのか。あたしは自分を油で満たして、うなり声をあげる。彼は向こうでパンの外皮をむしっている、どうして遅れたの？　強盗にあったのよ、これでいい。あたしは森に連れて行かれた、アリックス院長の神ノ子羊でなければ。お金がないんです、あなたがあたしにくださったあのすべても。ああ、アリックス院長、あたしに何も起こらないと言ってください、あたしの頭にその手を置いてください、ズキズキするんです、手を置いてください、そうしたら。あの波と泡が来たときのように忘れます。

「着陸します！　着陸します！」とマックスが腕を広げて叫び、枕にうつ伏せに倒れ込んだ。「《僕はガラスのショーウィンドウで見た高い台座の上で》、ああ、ウサギちゃん、この曲を僕は全部歌いたかった、彼が愛した人形のことだ、ショーウィンドウにあった人形、ヴィーナスよりも美しい人形、《魅惑的な王国の幻想のバザールで》！」と歌って、笑いながらぼんやりしていた。

　赤い道路。道路が赤いから嬉しい。あたしの目の端を小人が一人通り過ぎたけれど、もういなくなった。道路が太陽で染まっている。太陽に向かって歩く、暑くて風が吹くと嬉しくなる。向こうから、エレキギターを持った歌手が来て、その顔を見る前に、太陽で輝くギターが見えた、もう一つの太陽を肩から掛けて持っているみたいだった。黒人だったけれど、その人のことはあたしも好き。すべての黒人が好き、みんなのことが好き、みんなあたしに優しいから、あたしは太陽と音楽に満足する、彼は歌いながら道路を歩いて来た、あらゆるものが一緒に歌いながらやって来る、熱くなって真っ赤に喜んでいる、良い旅を！とあたしは叫ぶ。彼は笑ってあたしに挨拶する、目を閉じなくてはならないほど輝くエレキギターを持った彼をあたしは気に入った、太陽みたい！　道路の赤い光の中で、良い旅を！と彼も言う、そしてギターをぶら下げて遠い所に行ってしまった。ギター。

「あたしはどこにいるの？　今何時？」

チクチクする目をこする。絨毯に座る。それは何？　マックスの足がベッドからはみ出ている。彼の足にキスをする。あたしの膝が濡れている。ウイスキー？　ウイスキーなのは明らか。涎であるはずはない。クロコダイルかもしれない。あたしは喜びで腕を広げる、ああ、あの道路。話したい。すべてを話す必要がある、話し続けて告白を流す、おしっこが流れるように。おしっこがしたい、トイレまで痕跡を残しながら行く、あたしは今植物になって撒き散らす。玉座があまりに高いから、浴槽でしないといけない、ルルのように脚をあげながらする。ああいう上品な犬をあたしは飼う、黒いペニスで青い目の、名前は何だったかな？　あの犬の？　でも、ルルのような顔をした間抜けな犬でもいい。あたしが所有した唯一上品なもので、唯一あたしを愛してくれた、ルル、おいでとあたしは呼んでいた。ルル、おいで。ルルは笑いながら、喜びを体全体で表現して来てくれた。ルル、散歩よ。散歩に行きましょう。海岸を見ると、ルルのことを思い出す、ルルは海岸を喜んで走り回っていた。海。海でお母さんのことを忘れた、忘れられないのは、耳まで塗りたくったジョルジのポマードのカビ臭さ、その時はジョルジだったかな？　ドクター・コットン先生の時代、ブリッジはすでにあたしの口のなかでぐらついていたのに、泡はあたしを覆い、過去も仮面も消え、打ち寄せる波の中で笑っていた、コットンが泡の中で沈んでいった。あたしは海で一人だった、すべて一枚の袋に詰めて、紐で袋の口を閉じた、ミラが子猫の口を閉じたように、それから、船が通り過ぎる方に向かって、その袋を投げた。お母さん、部屋、男ども、ゴキブリ、洋服。ルルは入っていない。ルルは白金の棺に入れて埋めた、誰もあたしの子犬をゴミに捨てることはできない、ルル、戻っておいで。戻っておいで。あなたに金の骨をあげるから、戻ってきて、あたしの顔や手を舐めて、ああ痛い。寒い、絨毯が欲しい。アニーニャ、おいで、絨毯においで、自分を呼んで、それに従う。あなたにあげるから、泣かないで。おいで、泣かないで。波に浮かんでいた瓶の中にメッセージが入っていたから少し後を追った。腕を伸ばして、書いてあるメッセージを読む。あたしも浮かぶ、太陽が輝き、波が打ち寄せるたびに、海中でたくさんの緑色の石が行ったり来たりしていた。緑色の宝石、全体が緑色の巨大な宝石、海の一部を取り出して、体に巻き付ける。何なの、同じようなドレスを持っている人を知りたい。誰？ あたしは子宮をサーチライトで照らす。あたしは滑り出し、子宮口があたしを洞窟へ運び、あたしは奥に入り込み、隠れる。気をつけて！ ある声があたしに警告したから、あたしは頭を下げて、天井がとても低かったから、屈んで漕いだ。壁に打ち寄せる水のざぶざぶという音が聞こえてきた。洞窟の暗闇。海草に張りつき、物陰にいる生き物たちの泡、一番大きな生き物が、海草から他の多くの生き物たちと一緒にあたしを見ていた。魚のヒレ。あたしは櫂を持ち上げて、力一杯叩いたけれど、強い風があたしの手に巻き付き、あたしを海底へと引っ張った、あたしを放して！ 歯で糸を噛み切り、痛みが耐えられなくなるまで叩き続けた。目が覚めた。汗でぐっしょり濡れている。がたがた震える自分の腹部を見た。絨毯で顔を拭いた。どうして妊娠しなくてはならなかったの？ しなくてはならなかった。頭がおかしい。同じように妊娠している。でも来年、あたしはジェット機のように急発進する、違いはこれ、彼女は蟻になったけれど、あたしは。あたしはこの肌から剥がれて、タトゥーも無い、何も無い体に生まれ変わる。瓶を押しやり、中もすべて金色になって笑う。海の後だか、牛乳の後だか知らないけれど。どうでもいい。道路のあの黒人が、あたしの仲の良い友人なんだけれど、突然戻ってきてあたしをつかんで、あたしのドレスを破った、見て、この破れたドレス、だからあたしは遅刻したと言えばいい。ドクター・コットンにも黒い部分があった、何だったかな？ 爪？ そう、爪。リオンは黒人たちといると感情が高ぶる。彼女は黒人が大好き。コリンチャンスのファン。そういう言い方をするのは嫌いだと言っていた、でもあたしに挨拶するのは止めない、友達だから、でも、あたしが言い続けたら、止めるかもしれない。わかるわ、わかるわ、でも、あなたが黒人と結婚するのを見たいと言っただけなのに、彼女はヒステリックになった、そして、もちろんすると言った、だけど彼女は結婚しない、だって結婚したいと思っていないし、結婚について知りたくない、でも、いつか誰かを好きになったら考えるだろう。あたしは考える。考える。でもわからない。あなたも、あらゆる人も黒人が嫌い。あたしも嫌い。みんな嫌っている。でもそのことを言う勇気がなくて、良い子の目をしている。来年。履修登録を再開して専門の勉強をする、簡単よ、あたしはとても頭が良いから。海辺にある豪華な家にみんなを招く、そこに住んでも良いわよ、あたしはケチじゃないから、あなたたちにもあげる。宝石が欲しい。すべて輝いているものが。

「宝石！」と叫んで、マックスを揺らすと、彼はあたしを見て、そのまま寝続ける。「マックス、あたしは卑劣な奴と結婚する、でもあなたを決して見捨てない。マックス、聞いてる？　あたしは大勢の卑劣な奴と結婚するかもしれないけれど、あなたを決して、決して見捨てない」

「さあ、眠って」と彼が言うと、涎が彼の薄い髭の中に蜜の糸のように垂れた。

　あたしは彼の手、胸にキスをする。鎖にもつれている金のメダルにキスをする、その聖人は誰？　メダルにキスをして、首にキスをする。あなたを見捨てないから。あたしが行くところにあなたを連れて行って、あなたを守る。守る。美しい家を買うから、そこにいるといい。あたしたちは牛乳で解毒して、自分たちを大切にして穏やかになる。卑劣な奴があたしを怒らせたら、別居するから。工場半分、あたしは自由、自由。絨毯に倒れて、痛みで呻いて背中を打った、どこ？

「マックス、あなたがあたしにくれたのはアスピリンよね？　アスピリンだったと思うけれど、だって、あたしは冴えているもの、ほらっ」

　今、彼は咽び泣いている。足が冷たいに違いない、彼の足を覆ってあげる、彫刻の足のように真っすぐに切った爪をして彫刻の足をしている。お母さんの最低な男どもの間に、そうやって裸のまま身を投げ出したら、神様が家に来たように目立つだろう。頭にあのニット帽をかぶり、ポマードをつければ、かび臭くならない。でもあたしの印を隠す。スカトロジー的な印、リオンはスカトロジーについて話しすぎる、ある演劇があって、一緒に見に行ったら、彼女は興奮した。スカトロジー的な世紀末の見方だと彼女は言った。わからない。彼らの世界はあたしのとは違う。あたしは自分の痕跡を消すために向きを変える。でも考えたほうが良い。劇場ではうまくいく、ある男がくず拾いの女の子に高貴な話し方を教える、ドーリトルという名前のその男は格子模様の服を着ている。嘘ばかり。あたしたちは金の袋を持たなければ、高貴な話し方は機能しない。ロレーナが来て見破るから。地獄へ落ちろ。虫ちゃん。

「マックス、来年よ。来年はストップ、聞いてる？　牛乳だけ飲んで。もうたくさん。マックス、あたしを信じて、もう二度と、聞いてる？　マックス、お願いだからあたしを信じると言って！」

「ああ、ウサギちゃん、痛いよ……」

「もう二度とと言って、さあ、もう二度とと言って！」

「もう二度と。二度と」と咽び泣きながら繰り返し言って、体全体を揺らした。

あたしの口を彼につけて、彼の咽び泣きが止むまで息を吹きかける。彼はもがいて、あたしやあたしの後方にいる別の誰かに向かって笑いかけて静かになる。たぶん母親のことを見ている、そういう顔をする時、母親のことを思い出している。あたしは泣き始めるけれど悲しくない、あたしは興奮している、火山のように煮え立ったスープの上を渡り、反対側に到着したあのゴキブリのように、到着しなかった？　ねえ、お金を手に入れましょう、お願いだから、あなたはその危険で汚い仕事を止めて、マックス、あなたが捕まるのではないかと不安になる。あなたが捕まってしまったら。厳しすぎるほど取り締まっているとリオンが言っていた、とても怖い。

「マックス、起きて、怖いのよ！　もう危険を冒してほしくない、恐ろしい、マックス、少年たちに売るなんて恐ろしいことよ、少年たちに売ってはだめ！　アリックス院長、助けてください、もうこんなことは嫌、嫌、マックス聞いてる？　すべてやり直そう、スポーツの時間にはスポーツをする、ねぇ、始めよう」彼のくるぶしをつかんで命令する。「脚を動かして、少し泳ごう、あそこで日本人が時間を測っている。腕を回して、一、二、一、二、もっと力強く！　一、二！」

彼の足にキスをする、あたしは彼の足で止まらない涙を拭く。小さな声で泣き始め、すすり泣いた、泣くのは嫌い、美しくしていないといけない顔を台無しにしてしまうから、あたしは自分の顔にすべてを賭ける、あたしのことを聞いてる？　でも今は泣き叫ばなくてはならない、強い風が吹いているけれど、あたしは風より大きな声で叫ぶ、オ！……オオオオオ！……雲に巻きついて、デンタルフロスで下りてくる、そしてシーソーがあたしを受け止める、反対側に白い陶器でできた女の子がいて、あたしが上がると、彼女が下がる。春の服を着ている、彼女はどこの庭にいたのだろう？　膝に載せた籠から花を取り出した、花にはあの針金が入っていて、花弁を突き刺している、その花はいらない、いらない。あたしがその花はいらないと言うと、彼女は《橋が揺れた》を歌いだした。あたしは自分のブリッジを舌の先で押さえ、《水には毒が入っているから、飲んだら死んでしまうよ》。あたしは飲まない、あたしは飲まない、わかっている、あたしは飲まない！とあたしが叫ぶと、彼女は降りて、踊りながら姉妹のところへ行き、手をつないで芝生へと行ってしまった。彼女たちは白くて軽やかで陶器の洋服を着ていた、そのうちの一人が、わたしは夏よと言った。別の一人は帽子を被っていた。音楽はロレーナの鈴で鳴らしていた、それぞれの季節の喜びについて歌っていた、ああ、あたしの庭にもこういう彫刻が欲しい、〝わたしたちは四つの季節で四姉妹なの！〟

すると帽子を被った女の子があたしのすぐ傍に来て、帽子を脱いで笑った。歯が四本足りなかった。あたしがシーツで顔を隠すと、歯の無い口蓋裂の蟻の笑い声が聞こえて来た。もしもあたしが。何の問題もない。小人は通り過ぎるときに、問題ないと言った。そしてあたしにウィンクをした。あたしはその小人の髭を引っ張って、あたしたちは喜び合いながら回った、ああ、あたしがあなたをどんなに愛しているのか。彼の手から煙草を取り、電気スタンドの煙であたしは上昇する。幸せとはこういうこと、一つ一つのことを計算して準備する。その後に、松葉杖も全部ゴミに捨てる。良い言葉。構築するというのは。

「ねぇ、テニスをしましょう。いつもやってみたかったでしょう、覚えてる？」

「お腹がすいた」と彼が呻いた。目は閉じたままだった。

「空腹だ」

　彼女は脚を抱えて、膝に顎を載せた。シーツで煙草の灰をはたいた。〝あたしも乗馬がしたい。障害物を飛び越える、あの赤い服は派手過ぎる、キツネを狩るみたい、キツネってまだいるの？〟馬をコントロールするのは見事な技。神経のコントロール。震える手を伸ばした。高級クリニックで解毒《デスイントクシカール》したら、リオンならげとく《デスイントシカール》すると発音するだろう。二人を海岸の家に連れて行ってあげる、二人のおバカさんたちのことが好きだもの。そう、好き。煙草を持つ手を伸ばした。ちゃんとした治療をすれば問題ない。実際、ガレージにあるポルシェは、どんな振動に耐えられるのだろう？　客間にはルノワールはどう？　ねぇ？　ルノアールの作品はまだ何か売りに出ているのかな？

「マックス、ルノワールの作品って売られている？」

　雑誌の広告を見せた。広告が大好き。笑った。半分は楽しみで、もう半分は気取るため。そういうクズ野郎どもを驚かせるため。南アメリカの富豪の女性は、ルノアールの独身女性《ドモワゼル》が描かれた作品を好んで買う、野原で花を摘むあたしの髪の毛の色なんて知らない、ピンク色のかかとをした海水浴をする女性たち、そんなかかとの足なんてある？　ロレーナがルノワールはフランスの中流階級の人たちを描いていたと言っていた、でも中流階級の人があああいうふうにビロードの服を着て花を持っているのなら、あたしもその階級がいい。

「僕たちはつまらないことに悩みたくない、そうだよね？」と彼は手を伸ばしながら言った。彼は指で宙に円を描いた。「反対側から色を見て。この狂った女はどこに行く……？」

　アナ・クララは脚を広げた。裸の体を広げた手でなぞった。腹部のところで手を閉じて、怒りで腹部を叩いた。激しい視線で恥骨をじっと見た。閉じた手で最後にもう一度軽く恥骨を叩いた。また出費。うんざりする。〝こういう

一文無しの男のせいで妊娠するなんて。さあ、天使のように眠りなさい。でも今は眠らないで〝
「マックス、起きて、あなたと話がしたいの。話がしたいのよ！」
「ドゥシーニャ、気をつけて。緑色は毒がある。風の中を行くなんて、なんてバカなんだ……」
少年がキノコ摘みに妹とでかける、でもどこへ？一体どこにそんなにキノコなんてあるの？　蛙が描かれた傘。建設中の建物はとても湿っていて、泥土で覆われたレンガの隙間から芽が出てくる。低木の茂み。白いキノコ、覚えている？　指の間でバラバラにして、抵抗することなく引き裂かれる柔毛に爪を突っ込むのは楽しかった。赤褐色の蟻を踏みつけることも楽しかった、でもゴキブリは嫌。足の下でもぞもぞして、最後まで使い切った歯磨き粉のように、塊が静かに飛び出す。頑強な胸で、勇ましく上手に平泳ぎをする。ズンズン。でも、捕まると、恐怖で震えていた。キノコも白い傘をつけて震える。高慢なのは蟻だけ、反り返った鼻、一方の耳から別の耳まで裂けた口の亀裂。あのクズ野郎は歯の無い口で笑いこける。裏切り者になろうと再び考えている。時には、ビー玉くらいの大きさだった。それが突然黒いガラスに、地獄のような速さで大きくなって、反り返って黒い鼻孔をした顔が現れる。
「ねえ、あたしはカウンセリングが必要だと思う、何なの。でも費用がかかる、それでみんながあたしのことを怒っている、つまらないことばかり、誰が知りたい？　誰が。アリックス院長だけが聖女。私は聞いていますよ、さあ、話したいことを話しなさい、そうすることがあなたに良い」
ゆっくりと、アナ・クララは指に髪の毛の先を巻いたり、解いたりした。〝あなたに良い。あなたに良い。それが唯一のどうでもいいこと。唯一。クレベルまで。あたしを捕まえたがる変な奴だった、うぬぼれ野郎。あたしはどんな敬意を払ってもらえるの？〝
「どんな敬意を？」と彼女はクッションを叩きながら訊いた。バカばかり。みんな最低で、バカ。上質のライターの滑らかさ。どんなものでも滑らかなのは良い。高額。
でも必要。時々、つまらないことばかり話し続けたいという気持ちになり、気が変になる。夢のこと。話すために小切手で支払う。完全なマゾヒズム。〝どうしてあたしは自分を傷つけたことばかり話し続けるのだろう、あたしがやったこと、やっていないことで、また自分を苦しめ、自責するのに金粉で償う〝
夢。そのうちのいくつかは花のように戻ってくる。巨大な花があらゆる色をして開いたり、閉じたりしている、花びらの扉、入って、入って！　茎に潜り込むと、トンネルのように、絞めつけられる、そこをリキュールの川が流れている。爪楊枝に刺さったサクランボに到達するまで、その川を飲む。サクランボを噛むと、痛そうに収縮して、赤いリキュールを滴らせた。針金を取った、その針金に心臓が刺さっていた。〃自分の心臓を食べてしまった〃と気づいて目がくらんだ、大丈夫、もう痛むことはない。ところが、赤いサクランボが溢れているグラスが近づき、サクランボがどんどん増殖して、とげに刺さっていく。〃あたしのイエスの聖心、あたしのイエスの御心〃、祈っているのはお母さん？　彼女は祈って死を求めている。〃あたしを取り除いてください、あたしのイエスの御心、あたしを取り除いてください。あるいは彼を取り除いてください〃彼女を取り除いた。それで、ジョルジの体調は良くなった。ジョルジだったかな、ビンゴだったかな？　アウドだったかもしれない。あるいは、あの兎唇の老人だったかな？あの頃、あたしは兎唇って何か知らなかった。チケットを売る仕事をしていた、蛇。蝶。色の付いた複製画はガラスのない額に入っていた。落ちてくる棘に刺されるあの赤黒い心臓を、どんなガラスのケースに入れられるのだろう？〃彼女を取り除いて、男たちが残った。それとも彼らも死んだのだろうか？　知らない、どうでもいい〃兎唇の老人はタトゥーで胸に名前を入れていた。

「ウサギちゃん、食べたい」

「わかった、じゃあ眠って」

針が揺れながら上がり、レコードの上で回った。戸外のねっとりした騒音をろ過する閉まっているブラインドを通して、不明瞭な音が入って来た。針が再びレコード盤に下りると、アナ・クララは緊張した姿勢を緩めた。彼女はその音楽を嫌悪していたけれど、自分が言うことを聞き続けるよりも良かった。無関心に電気スタンドに視点を戻した。光の円錐が濃い煙の塊の中で抗っていた。周囲には明るい灰色のカーテンで和らげられた薄明りが、一枚の壁全体を照らし、光沢のある金属的な天井が部屋の内部を静かに保護していた。彼はシーツの中を探りながら進んだ。

「ウサギちゃん、そこにいるの？」

あたしたちが全部振ったから埃が舞って、すべてを覆った。あたしたちは服、髪の毛、箒、食べ物を振った。次の九月には引っ越しできる。各階ごとにアパートが十戸あって、地階に守衛がいる。石灰、セメント、冷たい臭い。お母さんは待ち針が布巾を振る夢を見て、夢の中で楽しく散歩をしたと言っていた、すると突然、あたしはセメントの樽の中に落ちてしまい、柔らかいセメントの中に沈んで、口や耳から入って来た。母が不意にセメントより質が悪いのは溝《どぶ》よと言った。溝《どぶ》。あたしは目を覚まして、鼻からその臭いを感じたから、とにかく体を洗わなくてはならなかった。アダマストール。その男はアダマストールという名前だった。カサカサに乾いた手で釘を打っていた。板を運んで石灰を混ぜる。レンガを次々に重ねていた、セメントが押しつぶされて、無駄にはみ出ていた。

「行かなくちゃ。むしったパンを持った彼があたしを待っているから」

「誰が？」

「あいつよ。パンの外皮を全部むしってしまった。コリンチャンスのファン。あいつとリオン。コリンチャンスのファンって何のこと？ってロレーナに訊かれた、彼女はサッカーが何なのかも知らない。あなたは、女神ダイアナにサッカーについて話すなんて考えたことある？　だから。あたしも嫌い、だって黒人しかいない。でもコリンチャンスのファンくらいは知っている。リオンのように白と黒。あっちのテーブルであたしを待っている。あたしの婚約者が」

「ウサギちゃん、きみに婚約者がいるの？」

「いるわ。あたしの婚約者はむかつく奴だけど、ネカオを持っている」

「僕のようにハンサム？」

「小人よ。体は鱗で覆われている、鱗はお腹の辺りから始まって、上って、上って、腕の下まである、わかる？」彼女は体の上部に向かって手を這わせた。「ここよ、この辺りにたくさんある……」

彼は大笑いして体を揺らした。二人で抱き合いながら笑った。

「老人の背中に乗ったまま、降りずに死んだ女性の話がある、老いた漁師は彼女の馬になった」とマックスは彼女の乳房を優しく撫でながら思い出した。

「それで？」

「終わり。家の料理女がたくさん物語を知っていた。ウサギちゃん、ねぇ、僕と一緒に来て、きみの髪の毛の色のダイアモンドを見せてあげる、庭園や寺院にも案内するよ！太陽や白く塗った僕の家を見せて、アフガニスタンを案内する、きみを案内する。向こうは物価が安い。ヤシの木、ラクダを買ってあげる。ウサギちゃん、ラクダは欲しい？ラクダを一頭プレゼントするよ、きみはラクダに乗って散歩をするんだ……どう、いいだろう？」

「いつだったか、白鳥に乗ったことがあると言っていたわよね？　マックス、覚えている？　白鳥に乗ったことあると言っていたけれど、それはどんな白鳥だったの？　ねぇ、答えて、どんな白鳥だったの？　答えなかったら叩くわよ」

「豚に乗ったことがある」

彼女はげんこつを振り下ろして、彼の顎を殴った。一滴の血が彼の唇から垂れ、薄い顎鬚の中に入り込んだ。彼が顎に手をやると、血がついているのを見て、うつ伏せになり、肩を震わせて咽び泣いた。

「きみは僕の歯を折った！　僕の歯を折った！」

「折ってない、嘘言わないで」

「折った！　折った！」

彼女はベッドの上に膝をついてバランスをとって、彼の髪の毛を引っ張り、彼が手で覆っていた彼の顔を見た。

「マックス、やめて、口を開けて、さあ！　口を開けて！」

彼は肘で支えながら首を振り、口をきつく閉じて目も閉じていた。ウゥーとうなり声をあげて拒んだ。しかし、くすぐられて耐えられなくなった。彼女は彼に寄り掛かった。

「大バカ。あたしを驚かせた。今みたいにまた驚かせたら、本当に歯を折るから、わかった？」と言って、シーツの端で彼のケガした唇を拭った。「痛いの？　あなたの歯を折ってしまったのか、わからない、本当よ。あたしを叩いて、さあ、ここよ、ここを叩いて！」と彼に腹部を示した。彼は親指を合わせて、羽のように手を開いて、アナ・クララの上に下ろした。

「月。僕は月に優しく降り立つ」

「妊娠しているの」

「妊娠しているの？　ウサギちゃん、子供？　ああ、その子が欲しい！　産んで、お願いだから、産んで！　僕はその子が欲しいよ。彼は生まれたいと言っている、彼が小さな声で言っているのが聞こえて来た、彼はとても喜んでいる、生まれたいって彼は言っている。僕たちは大金持ちになる、島を買うよ、ブラジルで島を買うのは簡単だ。やまほど土地がある……」

「どうしてああいうマフィアの仲間に入らないの？　そうすればあたしにヨットを買えるのに。ヘリコプターも。あたしは自分の乗り物で出かけられる」

「ウサギちゃん、世界一周クルーズをしよう。有名人を招待して！」

「ジャッキーも招待を受ける？」とあたしが訊くと、彼はわからないという目で見てくる。「バカ、ジャクリーン・オナシスよ！　彼女は来るの？　オナシス夫人」

彼は眉をひそめた。溜息をついた。「僕たちは愛人だった。彼女は毛深かったよ、胸にも毛があった」とあたしの手をつかんでささやいて、秘密を打ち明けようとあたしを引っ張った。「恐ろしいことを思い出した、彼女の両足の指は六本ずつあるんだ」

あたしは笑いたかったけれど、考えた。あたしは何を言おうとしたの？　もうこの時間には、パン十個の外皮を全部むしって、歯を掃除する爪楊枝を細かく砕いてしまっている。目は氷の塊になっている。よく知られた話をしてあげなくてはならない。あたしの王子様、あたしはシンデレラです。裕福な叔母が胸の大きな従姉妹たちと来て、あたしが自由に出かけるのを禁じた。年長で一番不快な従姉が〝ママ、ママ、あたしの従妹はあたしより美しい！　ずるい、ずるい！〟と口を膨らませて言った。そして、彼女たちはあたしの頭に汚いものをかけて、知らせを伝えるラッパ吹きが到着した時、灰が山のようにあった。〝ここにいる口ひげのあるお嬢様たちの他に、あなた方の城には、この小さな靴の持ち主になるような乙女はいませんか〟そこで叔母は舞台の真ん中に娘たちを引っ張りだした。〝誰もいません。台所にボロをまとった小娘がいますが、そのような進物を履くことは決してできません。さあ、あたしのハサミよ、指の部分を切るのよ、そうすればその靴は手袋として使える〟

「今何時？　時間を、時間を知る必要があるの！」

「僕の心は喜びでいっぱいだ！　いっぱいだ！」

　顔を洗ってから出かける、十分以内に準備ができる。だから。彼は洗った素顔を美しいと考えている。自然の魅力。〝素朴な美〟とロレーナは言う。彼女にとってはすべてが素朴、素朴のマニア、それは正しい、あたしも素朴になる。あたしもそれに加わる、彼が時計を見る。その時計は進んでいるでしょう？　あたしに返事もしない、爪で文字盤を叩いている、指の皮に食い込んだ気味の悪い爪をしている。指のシミ。不潔。〝僕の時計は絶対に進まないんだ〟時計職人の魂、スイス製に違いない。さあ、時計のぜんまいを巻いて、クルクル。〝どこにいたんだい？〟寄宿舎でエビのパステル〔生地に肉、野菜、チーズ等を詰めて揚げたパイ〕を食べたの。その後に救急病院に行ってきた、ひどい食中毒で、死にそうになった。どこの救急病院に行ったのか知りたがる。それから誰が応対したのか。何の薬を飲んだのか。細かいこと、細かいこと。全部。

「本性を表す嫌な奴」と彼女は呟いて、ベッドから滑り降りた。洗面所の電気をつけたが、鏡の前で後退した。驚いて目を瞬いた。苛立った視線を自分の姿から外した。長い髪の毛の間に手を突っ込んだ。

5

誰かが電話に出た。誰も窓からわたしを呼ばないの？　誰も。〝すみません、間違いです〟と不明瞭な声が言った、間違い電話の声はいつも不明瞭だ。リオンもこういう風に不明瞭な文体で書くのだろうか。そんなことはない、とても明晰な文体。明晰すぎる、専門家は言葉の曖昧さを好む、言葉のシルエットを繊細に混同させる霧のようなものを。文字の神秘を行間に装備する（ああ、装備するという言葉が好き）屏風。禁猟地で悪魔と結びつく神秘の無い文字。オーガズムはあるのだろうか？　悪魔は曲がった行間を行ったり来たりして、わたしたちが解くことのできない方法で愛される者の髪を編む。誰がわたしの髪の毛を編みにくるのかしら？　ああ、なんてこと。全部破いたと言っていた。可哀想に、でもその方が良い。十二月になると街

全体に桃の香りがするなんて、誰も読まない。また電話？　テロリストか何かが彼女に電話をしてきたのかもしれない。あるいは、婚約者がアナ・トゥルヴァに電話をしてきたのかもしれない、アニーニャが婚約するなんて驚く。今の婚約者の前にも数人いた。婚約者たちと借金、銀行口座を開いても、すべてブティックの支払いに消え、山ほどのドレス。何キロもの安物。ショーウィンドーにある素敵なもので着飾りたいという焦燥感。雑誌で見るものもそう。そんなことする必要ないのに、魅力的な顔。ギリシャの女性が着るように、薄いチュニックを纏うだけでいい。それ以外何もいらない。

「何も」とロレーナはつぶやいて、棚から琥珀の長いネックレスを取った。それを首にかけた。ほとんど膝につきそうな長さだった。オルゴールのぜんまいを巻いて、蓋の複製画を見た。橋の上にいるベアトリーチェとダンテ。彼は彼女が通れるように、少し離れていた。燃えるような視線と胸に置いた右手。〝わたしは紫色のドレスの裾を引きずる至福を受けた美しい《ベアータ・エ・ベッラ》ベアトリーチェ〟橋にいるのは、もはやダンテではなく、M・Nが愛に苦しみ顔に皺を寄せている、〝ロレーナ！〟クロチウジ修道女が門の前で取った小さな写真を鏡の隅に置いた。〝アナ・クララ、寄り目にしないで！〟と写真を撮るときにクロチウジ修道女が言った。ロレーナがアナ・クララとリアの間にいて、三人は太

陽の強い日差しを受けて笑っている〝アナ・クララ、寄り目にしないで！　ロレーナ、しかめ面をしないで、顔がゆがんでいる！〃ピラミッド。詩人H・H〔イウダ・イウスト（一九三〇―二〇〇四年）。テーリスと個人的に親交もあった同世代の女性作家〕が書いている、プリズムの中には、土台と三面のピラミッドを支える頂点〔イウダ・イウストの詩「練習問題三 Exercício N° 3」（一九六七年）〕と彼女は朗読した。視線を下げて、映っている自分の姿を見た。

あと一キロ痩せたら、九歳半くらいのベアトリズヴィーニャと同じくらいに見える。大きな腰と手からあふれるほどの胸をした妻のいるM・N。目を閉じて、〝メガイラ。魔女〃と呟いて目を閉じた。頭を振った。〝汚れた小さな頭〃だと考え、お香のある引き出しへと急いだ。周囲を浄化するのに、わずかなローズ・ジャイプールの香りほど良いものはない。〝わたしはさわやかなものに目が無い〃M・Nがわたしをもっと深刻にさせたら？　それは信じられない、でも他の人たちから深刻にさせられると、わたしたちは深刻になる。バラの香りのする煙を吸い込む。〝遠い昔の香り。通夜。死はこれだけでいい、お香と音楽。ジャズ、ジャズは絶望の中にある死と調和する。罪深い死〃レコードプレーヤーのところに行き、音量を上げると、野生馬のような力で音が耳を襲った。〝何て言ったら良いのかわからないけれど〃とリオンが今入ってきたら言うだろう。そして二十分間、この曲になぜ特徴がないのか説明するだろう。〝リオンはわたしに何を聴いて欲しいのだろう。「インターナショナル」？　どこかのアジトで叫んで歌っているにちがいない、団結し、明日へーーー！《グルポン・ヌ・エ・ドゥマーーーン》〃明日《ドゥマン》、天気予報によると、明日の気温は三十八度まで上昇して、夕方は雷雨で暗くなる。団結するというのは共謀して汗をかくこと。発汗するのは嫌い。時には空虚になることもできるけれど、政治がその空虚を満たすことができるのだろうか。わたしは共産主義を信じない、そういうことは何も信じない、装うことができない、みんなは普通にそうするけれど。見せかけるのは嫌い。〝自分のことで精一杯だから、時間もエネルギーもない。せいぜい庭だけ、それも三つから四つの植物の世話くらい〃すべての側面を壁で囲まれている。他にすることは？　セバスチアーナが払い忘れた本の埃を落とすくらい。ブリーニャ修道女の話ではとても増えた。生者の埃と死者の埃。雑巾の色が変わる、生者は黄色に、死者は紫色に。霊柩車の運転手が紫色の雑巾で、遠い所からきたのだろう棺を拭いているのを見た。運転手が蓋の埃を紫色のフランネルで何度も拭いている間、家族は待っていた。月の目をした悪魔は黒色の姿にちがいない、死は紫色の姿をする。鬘《かつら》に黄金色のバラをつけて、ああ、M・N、わたしがドアのガラスから見ると、あなたは全身真っ白な姿で通り過ぎた。手袋とマスク、その時、眩暈がした。その光景にわたしがあまりに当惑すると、あなたは気づかない振りをして静かに台に近づく。光、機器、器具のヒステリックな戦場。たくさんの準備、すべて準備はできている？　黄金色のバラをつけた死が腕を組んで微笑んでいる。「裏切り者」とロレーナは呟いて、本の背表紙の小さな穴を見た。本を開き、何頁も波のように突き抜けた穴に息を吹きかけた。〝どこにいるの？　どこ？〟と自問して、目を閉じた、考えていたのはホムロのことではなく、キクイムシのことだった。キクイムシはなんて繊細なの。迷路、回廊。

　壁に掛けてあるカレンダーを見た、シルクの生地に各月がプリントされた三角旗だった。これは太陽の暦だ。〝こんなに太陽が近いことなんてない〟と窓の方を向いて考えた。愛し合うのに良い時期だけど、革命には良くない、発展途上の地域はあまりに暑いから弱くなる。虚弱になる。〝リオンはそのことをよくわかっている、第三世界では暑ければ暑いほど、第三のまま〟

「何も？」とロレーナは叫んで、邸宅の窓に現れたプリシーラ修道女に合図をした。修道女は、腕を広げ、デッキで合図をする水夫のような身振りで返事をした。〝何も〟そして、手を胸にあてて、彼女の気持ちを表して、メッセージを締めくくった。ロレーナは力の抜けた仕草で感謝を伝え、琥珀のネックレスの一番大きな玉をかじった。〝今まで電話をかけてこなかったから、もう電話はない〟そしていつもの日常を考えた。入浴。エクササイズ。先にエクササイズをする方が良いけれど、血圧が下がっているみたいだから、元気になるには熱い湯が必要。束の間だけれど。〝ああ、なんてこと〟ママと昼食をしようかな、彼女はどうしているだろう？　もちろん最悪な状態だろうけど。車のキーを頼むのを忘れないようにしないと、リアが一日おきにキーを頼みに来る、ラッキーなことに、ママはぼんやりしているから、前日に貸したことも覚えていない。〝車の中でリアが機関銃を使わないといいけれど〟大学。ファブリジオは大学に行って、ストライキを煽っているだろう。彼を引っ張って映画館に連れて行こう、グレタ・ガルボの映画祭をやっている、ああ、彼女にあこがれる。苦悩と享楽は、永遠の女性とはどういうものかを知るためのもの、彼女はなんて儚いの。〝ロレーナ、束の間の女〟と額に皺を寄せて、考えた。でも、ノイローゼ気味の恋人は感情を掻き立てているだろう〝ああ、ファブリジオ、P〔puta: ポルトガル語で〝娼婦〟の意〕を一人愛しなさい、ノイローゼ気味の女性を愛してはダメ、Pは聖女になるかもしれないけれど、ノイローゼ気味の女性はなれない〟あのバイクに乗って、彼の腰をつかんでジャケットの革の匂いを嗅ぐ、風で振動する生き物――男、〝ファブリジオ、行きましょう。わたしはたくさんお小遣いをもらえるの、王子や王女のように食べましょう、干しダラのコロッケとファド〟大泣きするかもしれない、M・Nのことばかり考えている、それなのに彼は急性虫垂炎の長男のことばかり考えている、彼には五人の子供がいる。

頭の周りにネックレスを巻きつけ、眉毛の上まで何度も巻いてビーズのティアラを形作る。修道女の誰かが薬局に行くなら、手をすべすべにするハンドクリームとモーデス〔Modess：ジョンソン・エンド・ジョンソン社の生理用ナプキン〕を買ってくるように頼むのに、リオンもストックがない。それから、二人はペンキとワックスのストックもなくなったのに、すぐに補充しない。石鹸、デンタルフロス、コットン等も同様に。〝だから、わたしが使おうとする時に無い。それに、二人とも持っていない〟除光液も同じで、アナがいっぱいに入っていた瓶を持って行ってしまい、底の方に数滴だけ残って瓶が戻って来た。スプレーもそう、ひどすぎる！　何とかしないと。でもどうすれば？　思いやりがあることは黙認することにならないだろうか？　厳しい治療が本当は必要。でも、彼女は快復したいのだろうか？〝縫い合わせることと婚約者の企業家のことばかり考えている、処女膜手術〟

「わたしの最もお気に入りの角度」と彼女は横顔を向いてつぶやいた。ネックレスは目の上まで下がってきて耳に掛かった。社会構造。リアによると、唯一の問題は社会構造。それに関する会議もやっていた。〝わかる、わかる。わたしも完全に同意見。でもアナ・クララは？〟彼女はこの構造の文脈外にいる、アリックス院長の困惑した憐れみ。〝それで、その婚約者は？　彼は何とかしてくれないの？〟とロレーナは驚いた。アナは言葉の王国や神の王国でしかるべく分類されている。でもそれで十分なのだろうか？〝自分でコントロールするから、止めたい時に止める〟とわたしに言った。どうかな。彼女はずいぶん前から手綱を持っていない。手放している。でも、手綱を持つ人なんているだろうか？　いつも小箱の上に立って説教するリアは手綱を持っているのだろうか？〝彼女は恋人が逮捕されてしまい、授業も欠席しすぎて落第し、崩れてしまった。入浴さえしない。こんなに暑いのに〟とロレーナは考え、すぐに消臭剤を買うことを思い出したが、消臭剤を使うことを考えると気が滅入った、水と石鹸を使うほうが良い。〝でも彼女には時間がない、そうでしょう？〟絨毯の上に仰向けになった。リア・ジ・メロシュルツ、わたしはわかっている。アナ・クララ・コンセイサン、わたしはわかっている。なぜならば、わたしから愛があふれ出るから、イエス様、わたしの友人たちを救ってください。キラキラしているわたしのママを救ってください。数台の車を所有して、女性たちに囲まれ、罪を背負うお兄さん、神——神父様の右隣に座っても、忘れようと思うだろうか？　わたしの兄をお救いください、崩壊した結婚生活をおくるM・Nをお救いください、彼が喜ぶならば、その結婚もお救いください、ああ、なんてこと、ファブリジオが神経症の彼女と関わらないように、バイクで衝突しませんように、すべての人をお救いください、平和な人も精神異常の人も、処刑される人も、死刑執行人も。わたしの猫もお救いください。

「主ハアナタトトモニ。アナタノ霊トトモニ。サア行キマショウ」〔グレゴリオ聖歌「終祭誦」の一節〕とわたしは手を開き、手のひらを上に向けて言う。恩恵を受け止める二つの空《から》の盆。そういう日がきっと来る。イエス様、わたしはあなたを愛しています。忘れそうになりました、リオンの仲間たちも救ってください、捕まっているか、これから捕まるか、強い人であっても、弱い人であっても彼女の仲間たちをお救いください、わたしたちはみな傷つきやすい。ティッシュペーパーを取りに行って、それで目を拭く。

「ロレーナ！」

ロレーナは這ってベッドに戻った。腕を体に沿って伸ばして、脚をそろえて、まっすぐに上げた、つま先もそろえた。そして脚を倒して、手で臀部を支えた。足が頭について、クッションの上に扇形に脚を広げ、手を臀部から離して、尻をそっと撫でた。

「もっと大きければ良いのに。信じられない、男の人って、どうしてそんなに大きなお尻の女性が好きなんだろう」

「ロレーナ、そこにいるの？」

〝キーは持ってきた？〟いいえ、持ってきてない。ブーラ修道女はポケットに薬の使用説明書やハンカチは持っているけれど、キーは持っていない。今、ドアに寄り掛かって、聞こえるように耳をつけているに違いない、わたしが誰と話しているか知りたがる、男の人かしら？　好奇心と恐怖。わたしのシスター、勇気よ、勇気よ！　ベッドカバーの年老いたウサギの涙目。宙返りして、全力で抱きしめようとするけれど、できないからクッションの上に倒れた。修道女がついに、ドアを叩いた。コツコツと叩く音は合図を送っているかのようだった、古い映画で、派手なギャングがリーダーの家のドアを叩いていた、爪の先にはエナメルが繊細に塗られていた。

「どうぞ！」とわたしは叫んだ。

彼女は体を屈めながら入ってきた、いつもそういう雰囲気で入ってくる、まるでその空間のある場所を占めることを詫びる様に。いつも長居はしないと言って入ると、五時間くらい居座る。取っ手の付いた花瓶に入ったバラから良い香りがする、彼女はうっとりしたような仕種で、なんて素敵なのと言う。それからシャガールの複製画の前で立ち止まった。

「だんだんこの絵が好きになってきました。珍しいから」と言って、修道服の袖に手を引っ込めながら言った。「べールを被って花輪をつけた馬、それから……」

何百回も同じコメントをする、今度は青色が美しいと言うはず。

「シスター、この絵は結婚式です」

「知っています、でもこの人魚……人魚ではないの？」

「結婚式にはすべてがそろわないといけない」

「青色が美しいわ」

吊り下げランプに届くまで、天井に向けて脚を高く上げる。

「シスター・ブーラ、見てください、ロウソクのポーズです。風を蹴ると、ロウソクの火が前後に揺れる、もっともっと、ほら。床だと上手にできるのだけれど」

「ロレーナ、血がぜんぶ頭に上ってしまいますよ。撒き散らすかもしれない」

「循環して体に良いんです」

「痔にも良いかもしれない」と感傷的につぶやいた。溜息をついた。「老化は一種の病気なんですよ。すべて痛くなる。数か所は他の部分よりも痛いし。神だけがどうすべきかをご存じ、神を称えよ」

「神を称えよ」

「わたしの部屋から、あなたがとても早く起きているのが見えました。だから、何か必要なのかしらと思いました」

「孤独が必要です」

「何ですって？」

「それから、ここに肉が必要、こんなに小さなお尻なんて無いわ、ありますか？　スポーツウェアを着るときはまだ良いけれど、でも長いドレスの時はどうしようもない、本当です」

彼女は聞いていなかった。膜の張った目。農園のリビングにあった静物画の魚の目。両手鍋、魚、ウサギ、すべて死んでいた。テーブルから玉ねぎの網がぶら下がり、金色の網の編み込みが輝きを放っていた。〝ジュリエットの編み込み〟とパパが言っていた。

「不眠症なんですよ。だから夜が嫌いで、昼間が好き。太陽はとても良いわ。太陽だけがあるところに住みたいわ。夜が無く、痛みも無い」

足先で吊り下げランプを揺らす。足を中に入れて、ランプに触れることができたら。

「そうしたら素晴らしいのに」

「死が存在しない場所に住みたかった、誰も死なない場所に」と言って、その場所を発見したばかりのような微笑みを浮かべた。

今は乾いた爪を見ている、乾いた薄皮が爪先まで侵入し、爪の端にはささくれもある。ハンカチで涙目を拭いた。彼女は永遠になりたい。永遠の修道女に。

「でもそういう場所はすでに死《モルチ》だと思います」

「幸運《ソルチ》？」

ハハと笑ってしまった。そういう狡猾さで、何千枚もの密告する匿名の手紙を書いたんだわ。リオンは爆弾を製造する共産主義者。アナ・トゥルヴァは娼婦に成り下がった中毒者。わたしは不道徳で無気力で、そして、若者の退廃に手を貸す老いて放縦な母親の寄生者。わたしの世代の母親を持つ女の子に期待されるものは何だろう？〟でも、わたしよりもママのほうが可哀想。〝記憶喪失の夫をためらわずに入院させて、孫ほどの年齢差の愛人にお金をつぎ込む女性〟事実でないのは、ミュウはそれほど若くはないということ、ああ、ママがそのことに気づけば。クロチウジ修道女をプリシーラ修道女の恋人だと告発したあの別の手紙、恐ろしい人。アナがアリックス院長と話しに行ったときに、テーブルの上に手紙があるのを見た。彼女が嘘をつかなかったとしたら、その手紙は経営不振を解決するための抜本的な改革を要求していた。それでアリックス院長は？　彼女は冷静だ。そういう混乱に巻き込まれない。

「ノートに不眠症を解消するレシピはないのですか？」

「たくさんのレシピがあります。でもわたしの肝臓に良くありません」

それなら、あなたはその素晴らしい手紙を書き続けてください。一枚はスーパーマーケットの支店長に、別の一枚は青色の建物に住む陽気なご婦人たちに、それから、パンや牛乳配達人に——不眠症で思いついた何千枚もの匿名の手紙、目から涙を流して、後悔と恐怖の責任を負った指にタコができる。でも止まらずに書き続ける、仮面をかぶせた文字、仮面をかぶせたスタイル、サタンよ、出て行け！　サタンは巻いた尾をつけて座り、切手を舐める。悪魔にもトップがいる、すべての王だ。小悪魔たちは身分が低くて、それほど重要でない任務の協力者であり、ピンであり、罪の爪楊枝だ。わたしの内と外で動き回るのはこういう悪魔だ。〝悪魔の実在性を信じる必要がある！〟と教皇が言った。でも、教皇様、わたしはこう考えます。悪魔たちは昔砂漠に住んでいました。太陽の下を歩き回って、熱い砂を転がり、ラクダに跨っていました。だから今日では、彼らの理想的な住まいはわたしたちの身体なのです。こんなに多くの小悪魔たちが、身体を享受したことはありません、砂漠のように熱いからです。それに柔らかいというメリットもあります。好きな部位は子宮、つまり、層を成した南地区一帯。わたしはその部分に触れる。M・Nが入ったら、小悪魔たちは飛び出す。愛の悪魔祓い。

「《わたしたちが考えるあれらのものは不条理の三つの鏡に反射する》」と偶然開いた詩を読む、パパがいつも旧約聖書を参照していたように、わたしは詩を参照する。《不条理の三つの鏡》。一つはわたしの。他の二つは誰の？　M・Nがすぐにわたしを愛してくれないのなら、本を裏返しにする！

「ロレーナ、あなたは小声で話しているけれど、どうかしましたか？」

ああ、どうして彼女はあの見事な電話をかけないのかしら？　耳に装着したスイッチから外の通りまでつながっていて、プラスチックのアンテナのついた灰色の線を取りつけている、そうすると何もかも容易になる。ママがある犯罪について詳細に話したことがあって、事件の記事のスクラップブックを持っているのではないかと思ったことがあった、修道女も薬の使用説明書ノートを持っているに違いない。補聴器の線で少年から首を絞められた男色家の老人、死が線を通して聞こえてきた、しわがれ声で、君は何をしているんだ？　結び目を絞めつける愛。

「つまり、あまりに歳を取り過ぎている」

彼女は小さな頭頂部に手を置き、修道服のフードの中に耳を収めた。

「犯罪よ！」とわたしが言う。「たくさんの犯罪がある」

「軽率だからです。犯罪であるのは爆弾。爆弾は犯罪です。わたしの時代には、そういう暴力に依拠することはまったくなかった。薬の使用書が説明する恐ろしいことまで読まなくてはなりません。大きな違いです。以前は、元気づけようとして、繊細で、そうした使用説明書を読むのは一つの喜びだった。でも今は。厳しい脅威に満ちている」

《兄が弟をふざけて殺す。兄が弟を殺す》、新聞の見出しはスキャンダルなタイトルだろう。トップ記事は妹の証言、未成年者だからイニシャルで掲載される。《L・V・Lの証言によると、二人は遊んでいた。弟のホムロが兄のヘモに追われて走っていた。突然、ヘモが書斎にあった銃を手に取った。農園主は、通常は弾を抜いていた。武器を持っているぞ、と弟に向かって叫んだ。ホムロ、逃げるんだ、お前を撃つぞ！　そして、一度だけの引き金が、被害者の胸に当たって、死に至った。農園には大勢の使用人が働いていたが、誰もその事故を見ていなかった。ただ一人、末の妹が、少年が血を流して倒れるのを見て驚き、母親を呼びに行った、彼女はコロニアル様式の豪華な邸宅の奥にいた。農園主はその日、朝から州都に仕事で出かけており、夜になってから帰宅して、絶望的な状況の中、家庭で起きた悲劇を知った》。

写真はあったのかしら？　いいえ、写真はなかった。でも、すべての新聞社にはそれぞれイラストレーターがいるから、迫力のあるタッチでその場面の構成に趣向を凝らした。母親は膝にホムロを載せて座り、片方の手で彼の体を支え、もう片方の手は傷を塞いでいる。髪の毛を振り乱して悲嘆にくれているが、彼女の苦悩には、階段の一番上にたどり着いたような、どこか情に流されない落ち着きがあり、それ以上ひどいことは起こらないと分かっているようであった。その挿絵と、聖母マリアが死せるキリストを支える場面を描いた絵との偶然でない関係によって、イラストレーターは称賛された。ジョヴァンニ・ベッリーニ、ミラノ美術館。

「ミラノでは耳が聞こえない人や口のきけない人たちが集まる小さな広場があって、毎日午後に集まる。ジェスチャーが枝葉のように話す音を立てて、目を閉じるとカサカサカサカサ……と聞こえてくる」

「最も有名なのは、ブルニウダ夫人の事件よ、農園主の妻で、発見されたときに頭がなかった」とブーラ修道女は自分を支えながら言った「ぞっとするような事件だった。何か月も気の毒な彼女の頭の捜索がなされた」と動揺した視線を戸棚に向けて続けた。

「見つかったのですか？」

「とんでもない。犯人も頭も見つからなかった。夫が疑われた、彼女は娘たちの家庭教師を気に入っていたから、とてもハンサムな若者でピアノを弾いて、スーツの襟の折り返しに花をつけていた」

カーネーション。シューベルトのセレナーデ。燻煙と香水。ヴァイオリンの音色、だれもヴァイオリンを弾いていない。軽く触れる羽。カーテンの陰にいる誘惑の天使。

「誰かがその夫に匿名の手紙を書いた」とわたしが言う。どうして、パパのことを考えてしまうのだろう？　ホムロのことを？　ふざける気がしない。せめてM・Nが、君を愛していると言ってくれたら。ファブリジオでもいいから。

「シスター・ブーラ、ファブリジオのことを覚えていますか？」

「ファブリジオ？　バイクに乗ったあの青年？」

窓に急いで行く、電話かしら？　誰もいない窓。誰もいない庭。彼女は膜の張った目でわたしをじっと見る。処女も目でわかる、嫌、そうありたくない、わたしは嫌！　ああ、M・N、わたしの愛する人。わたしの愛する人。

琥珀のネックレスを首のところできつく締める。舌を出す。

「彼がわたしに会いに来てくれないなら、自分で首を絞める。わたしは列聖する最初の自殺者になる」

彼女はフフフヒヒヒと妖精のような笑いをした。

「ああ、ロレーナ！　結婚が解決してくれる、どうしてそのファブリジオと結婚しないの？」

「できません。彼は片方の脚が義足だから」

「何をしているって？」

「義足です！」

わたしはリキュールの小さなグラスを取りに行く。

彼女は笑い過ぎて咳をして体を揺らした。ピンク色のプラスチックの歯茎が見え、そこに、砂の色をした巨大な歯がインディオの隊列のようについている。どうして歯医者はこんなに大きな入れ歯を作ったのだろう。歯を失くしたことによる浪費？　放蕩息子がぼろを纏って、歯の無い状態で家に帰って来た、歳月が経ち、ジョアンズィーニョとマリアが森に落とした豆のように歯が落ちた。二人は、帰り道の目印をつけたかった。小鳥たちが降りてきて、その豆を食べてしまった、さようなら、火のついた暖炉、さようなら、幼少期。どうして、あなたにはそんなに子供がいるの？　その子たちが予備校を終えたら、あなたは何をしようというの？　結婚生活を救うの？　それにしても、まだわからないの？　あなたの結婚生活はとっくに終わっているのよ、何を救うの？　当然、奥さんに何か考えがあるのだろうけれど、魔女。魔女はそういう魅力的な男性を簡単にあきらめるだろうか。それに五人も子供がいる。デブに違いない。お尻に皮下脂肪がある。胸は垂れ下がっていて。つまり、雌牛。

「わたしはとても苦しんでいます。わたしのために祈ってください」

「これは杏のリキュール？　わたしはペパーミントのリキュールより、この方が好き。美酒ね」

わたしは鼻腔を開いて、みぞおちを締める。ブーラ修道女の臭いはリキュールや葉巻よりも強い。消毒剤を塗られたドライフラワーや、青白い鱗に入り込む海の何かのようだ、呼吸をしたら死にそうだ。生を宙づりにしたまま、わたしはクッションの下に潜り込む。死は別の服を着てここにいて、塩漬けにした魚の目でわたしを見る。わたしは自死することはできるけれど、死にたくない。

「かくれんぼをしているの？　ロレーナ、ロレーナ！」

最後の一口を飲んだ、彼女はリキュール好き。リキュールに似た度数の高い微笑みにわたしは応じる。修道女、わたしの修道女、パステル屋の日本人を告発する手紙をわたしに送らないと約束して、彼はわたしが好きなパステルの具を作ってくれた。ああ、なんてこと。

「シスター・ブーラ、もう一杯いかがですか？」

彼女は肘掛け椅子のクッションで手を支え、立ち上がる準備ができている。海の潮の匂いはもう感じない、死は消えて、そこには、耳の遠い、処女の老女がいるだけ、手紙のせいで天国に行かれなくなった。自分に対してそうするように隣人を愛する。わたしは彼女に手を伸ばす。しかし、彼女は不意に不信感を抱いて立ち去りたくなった、彼女がパニックに陥って立ち上がるには、彼女を愛するだけで十分だ、わたしが彼女を恐れたように、彼女はわたしを恐れている。

「プリシーラ修道女がココナッツを細かくおろすのを手伝わなくては、彼女はココナッツのお菓子のレシピを考えたのだけれど、指をけがしてしまったから、行かないといけない」と繰り返した。

「その前に、クッキーを食べてください、シスターはこのクッキーを食べたことがないと思います」とわたしは言う。缶詰を持って戻ると、自分の足を興味深そうに見つめていた。なんて短い脚をしているのだろう、床についていない、足をブラブラさせて、まるで客間で座る子供のよう。

「ありがとう、でも行かないといけない」

でも、行かない。プリシーラ修道女は他の指もおろし金でおろしてしまっているにちがいない、ああ、言行一致はなんて難しいのだろう。わたしが愛し合うことについてそんなに言わなければ、アナ・クララが金持ちになることをそんなに言わなければ、リオンが革命について四六時中言わなければ。

「シスター・ブーラ、まだ早いです。昨日、この雑誌を手にいれました」とクッキーと雑誌を渡して言う。

彼女は表紙の若い女性を手でなぞる。

「どうして、こういう女性たちは、いつもこんなに脚を開いて写真を撮る必要があるのかしら？　どうして脚はこういう風に開いていないといけないのかしら？」

「主張です。開いたアングルの性器。女性はこれまでずっとそこを閉めてきた、だから今、論争する必要があるのです」

「よく聞こえないわ」

「リオンがそれについて述べた論文を数十本書いています、シスター・ブーラ、性の解放です。もっとも簡単な扉は、奥行きがある」とわたしは大きな声で言ってレコードを代える。

バッハ？　頬にレコードをつける。M・N、わたしの愛する人、このプレリュードを聴きながら、愛されたかった。すぐには何も求めない、でもその前に、わたしは永久にあなたのところに戻らない、あなたはわたしを愛する必要がある、あなたでなくてはだめなの、聞いてる？　聞いてないのね。落ちているバラの花びらを拾い、唇に持って行く。キスをして砕いて、唇に挟み舌先に載せる、そうやって農園の花で遊んでいた。彼女にはがどんな風に聞こえたのか知りたい。

「シスター、わたしのシスター、わたしは病気だと思います、いつも性のことばかり考えています」

「そんなに考えているの？」

「一日中」

悪魔に思いやりがあるのなら、ブーラ修道女をそよ風で運んで、その風が帰ってくるときにM・Nを運んできてください。わたしたちは浴室に閉じ込められたままになる。なんて素敵。リオンかアナ・トゥルヴァが来たら、ごめんなさい、入浴中だから、二時間くらいかかると言う。そしてわたしは蛇口を開ける。

「アナ・クララがたくさんの雑誌の表紙に載ると言ってい

ました。でも、まだ見たことがありません。あなたは見ましたか」

　爪を整えるセットの入った箱をベッドに持って行く、わたしはいつもこの箱を手の届くところに置いている。流動的で不確かな会話だと直感したから、時間を無駄にしないように紙やすりと小鋏を取る。だから、わたしの爪は手入れが行き届いている。足の爪の手入れは次の日までかかり、その間に、リオンはシモーヌ・ド・ボーヴォワールを楽しんでいた。シモーヌ・ド・ボーヴォワールから性まで、それが第一歩だった、だって第一の性だから、第三の性だから、第二の性だから。必然的に、わたしたちは自分の性そのものへと向かう。その時、カール・マルクス博士《ヘル》の血があらゆる物事の上を舞った。わたしは腕を強くつかまれて思わず呻いた。〝まさか、まだ処女だなんて言わないわよね、驚くわ！〟わたしはため息をついた。そうよ、そうなんだから。彼女は歯で、お気に入りの指の爪に残っていた最後のささくれを引き抜いた。悪いのはM・Nよ。〝無能なブルジョアジー！〟と新聞記事を切り抜きながら呟き、政治に関する切り抜きで溢れるファイルの山をしまう。狭い出口しか残されていない。ゲバラのような人が毎日いるはずがない、とわたしが言うと、彼女の視線は和らいだ。ナチスの鷲が鳩に変わった、椰子、《イタポアンの椰子、椰子！》〔サルヴァドール出身の歌手ドリヴァル・カイミの曲「イタポアンの椰子 Coqueiro de Itapoã」（一九五九年）〕母親のジウ夫人はハンモックで笑った。〝すべて失ったと感じ、ミゲウも私を立ち上がらせられないとき、私はチェのことを考える、すると、耐えられると確信する。レーナ、でも時々考えるの、私が生まれ変わるには、彼が死ななくてはならない〟わたしは賛同した。でも彼女に再生の泉を与えたら、彼女は怒るだろう、マルコによる福音書だったかしら？〝《あなたがたは新しく生まれなければならない、とわたしが言ったことを不思議に思ってはなりません》〟〔新約聖書「ヨハネによる福音書」第三章七節〕わたしは口をつぐんで、急いで革命を祝うウイスキーを取り行く、飛んでいるかのような軽やかさを感じた、やっと、M・Nのことを脇に置くことできたから。それから、わたしの処女性の問題も。正直に言うと、時々このことについて話したくなる、問題提起して反応を見る、わたしはテーブルの中央で、厳しい必要性の中で、すべての結果に自分を曝け出す。でも不意に恥ずかしくなって（それが恥ずかしさなのかわからないけれど）、それ以上口に出すことに耐えられなくなる、わたしの問題だから、見知らぬ人が入らないように、ワイヤーの柵を設ける。彼女にウイスキー、わたしにはガラナ、わたしはガラナが大好き。リオンが瓶二本並んでいるのを見て、あの考える人の表情をした。〝レーナ、この銘柄はプレジデント？　わたしたちのガラナちゃんの恥ずかしいこと〟前もって、ママのプレゼントだと言っておいたけれど、本当はM・N

からのプレゼントだった、こういうちょっとした嘘は共生を容易にする、教皇ヨハネ二十三世は咎めなかった、聖人である教皇。わたしがお酒を飲めないことを知っていて、M・Nはわたしにその瓶をくれた、〝君の友達が飲むだろう？〟こんなに繊細なことはない。〝そういう卑怯な人ができる唯一のことだ〟とリアは言いながら、かなりの量を注いでいた。卑怯な人たちの映画にも階級があると、わたしが危険を冒して言うと、彼女は聞いていなかった、というのは、薬物使用による、ブルジョアジーの退廃を証明するという彼女の最大の講義に進んでいたからだ。〝何て言えば良いのかわからないけれど、薬物が反ブルジョア的姿勢だと考えるのは間違っている、そうでしょう？ 最後にサルヴァドールに行った時、悲しくて気が狂いそうになった、たくさんいた〟と彼女は強調して、目を涙でいっぱいにした。わたしの目も、ああ、悲しすぎる、悲しすぎる。バイーアの人々は無垢な状態のインディオにとても近いから。彼女にそう言ったけれど、わたしはぎこちなかった《ゴウシユ》に違いない、彼女が意味ありげにわたしを見て、首を振りながら言った。〝ロレーナ、あなたのその言い方。言い方〟、と彼女は繰り返し、肩をすぼめた。〝何て言えば良いのかわからないけれど……〟そして何時間も、ブラジルのインディオを全滅させる最も速い方法は彼らを文明化することだと説明した。ある程度のところまで彼女の説教を聞いていたけれど、だんだん疲れてきた。そうね、インディオ。わたしはインディオが好き。でもすぐにゴンサウヴェス・ジアスの神々しいインディオのことを考え始める、一体わたしに何ができるの。その後、彼女が悪癖について話し始めたから、その間に、わたしは詩の一節をはさんだ。《おお、トゥパン！ わたしはなんてことをあなたにしてしまったのか、あなたの怒りで、毒を塗った矢をわたしに射るのでしょうか？》〔ロマン主義を代表する詩人ゴンサウヴェス・ジアス（一八二三～一八六四）の詩「チンビラ族――第三歌 Os Timbiras, O canto terceiro」（一八五七年）の一説〕

でもリオンは詩に感動しなかった。そして、突然ドルの暴落について話し始め、その時、何て言えば良いのかわからないけれど、と彼女が言ったのは正しかった、本当に理解できないことを言っていたから。左派の新聞に書くことがこういうタイプのことだったら、読者をうまく片付けられる。でも彼女の編集の仕事は記事を集めること。まだ良かった。ミゲウが逮捕されているから、空いている時間は何をしているのと彼女に訊いてみた。すると、〝わたしたちに空いている時間なんてない、そうでしょう？ パンフレットを配布したり、勉強会を指導したり、本の翻訳をしたりする。それも、他に重要な使命が無いときだけ〟エスパドリーユの紐を結びながら、遠回しな言い方をした。わたしも床に座って、彼女のエスパドリーユに惹きつけられた。汚れが帆布にこびりついていて、どんなに巧みな化学的方法でも、それを取り去ることはできないだろう。でも靴紐はきれいだった、不思議なくらいきれいだった。紐だけ真っ白なのは変じゃないだろうか？　紐のことを考えながら、彼女にあなたの友人はまだ音信不通なのかと訊ねた。〝レーナ、どの友人のこと？　あまりに多くの人が連絡を取れない状態なの。地獄のような危機よ。お金、人、あらゆるものを私たちは必要としている。早急に調達しなければならない物資が多すぎて、頭がおかしくなる。でも、ネカオがなければ、いったい何ができるというの？　何が。それでも私が信念を失ったと思う？　そう思う？　革命の準備は完全に整っている、あとは、私たち主電動機に、その他の小さなモーターを繋げるだけ〟彼女は街頭集会をするときの顔つきをして立ち上がり、歩き回りながら、労働者階級を組織化することの難しさについて論じた、彼らが隷属や貧困に慣れきってしまっていることに最大の要因があり、順応主義世代によって引き継がれてきた遺産だった。〝レーナ、怖いの。引き受けることは怖くて泣きたくなる。私たちにはどんな状況にも耐えられる素晴らしいグループがある、問題は、年長者や知識人。彼らの半分は逃げてしまっている。意見表明にサインをしたり、秘密の会合を開いたりはする、モナ・リザの秘密の微笑み、手にはグラス。それで？〟彼女は、競技者がリレーでバトンを持つ力強さで握りしめていたグラスを見た、アナ・クララがグラスを持つときは、小指を上げて持つ、ウエディング・パーティーのトラックの運転手の巧妙さで、一方のリオンは指と爪を使ってすべてをつかむ、つまり、爪があるべき場所にある。爪を全部噛んでしまったら良いのに、リアは爪を切るということを考えるのかしら？　わたしは彼女の靴紐に目を戻した。それにしても、どうして、そこだけがきれいなのだろう。彼女は話すのをやめた、森の中で迷ってしまい、迷ったあげく、気づいたら再び同じところに戻っていたというような様子でわたしを見つめた。絨毯に座って、煙草を手に取り、指の間に挟んだ。〝友人たちはみな捕まってしまっている、私もここを出たら、捕まる可能性がある〟と落ち着いて言った。〝マヌエラは気が変になってしまい入院していて、ジャグアリベは死んでしまった。それなのにあなたは私のエスパドリーユの靴紐のことばかり気にしている！〟

「わたしは重要でないことを重要視する」とわたしは言い始めてやめた。

ここにいるのはリオンではなく、最大の関心を払って読んでいるブーラ修道女。それにしても、そんなに面白そうに何を読んでいるのだろう？　望遠鏡のレンズのメガネをかけ、鼻から一センチメートルのところまで雑誌を持ち上げている。タイトルを読もうとわたしがその雑誌を引っ張っても彼女は気づかなかった、「エロチシズムは愛か？」

ああ、なんてこと。

「なんて大げさなの」と彼女は紙面から目を外して呟いた。

リオンが嬉しそうにするのを見たいのに、どうしてわたしは時々彼女を傷つけてしまうのだろう。彼女が床でとても悲しそうにしているから、わたしは急いでクッキーの缶と櫛を取りに行く。彼女のそばにひざまずいて、彼女の髪を櫛でとかす。あなたはアンジェラ・デイヴィスに似ている、とわたしが言うと、彼女は笑った、でも、彼女の思考が遠くにあるのをわたしは感じた、マヌエラが精神を患ったこと。ジャグアリベが撃たれたこと。そのマヌエラって誰？　ジャグアリベって誰？　その人たちのことを話してくれたことは一度もなかったとわたしが言うと、彼女はエスパドリーユに手をやって、絵が一杯描かれているゴム製の靴底を撫でた。ごちゃごちゃした絵の中で、丹念に描かれた黒い花が際立っていた。リオンはエスパドリーユのつま先部分を両手でつかんで、〝これは彼のものだった〟と言った。彼女のグラスに、さらにウイスキーを注いだ。リオン、元気を出して、苦しまないで、わたしの願いを聞いてくれる聖人がいるから、あなたは信じていないけれど、わたしに任せて。〝祈る必要があるなら、チェに祈って、いい？　私に必要なのは彼だけ〟そして、靴底のゴムに描かれた黒い花にさっと指で触れた。ホムロが死んだことを思い出して、わたしが感情的になって泣くと、彼女はわたしを慰めようと彼女の死んだ仲間のことを忘れようとした。彼女は自分のような実利主義者にとっても、決定的な死は無いと言った。死と生は合一し、円のように互いに補完し合う、だから、わたしの兄は生き続けている。生は生きるために死を必要とする。〝何て言えば良いのかわからないけれど、そうでしょう？〟と言った。思いがけなく彼女は陽気になって、ヴィニシウス〔ヴィニシウス・ジ・モライス（一九一三〜一九八〇年）。ボサノヴァの名曲「イパネマの娘」の歌詞や、フランス映画『黒いオルフェ』の戯曲の作者〕のレコードに合わせて口ずさんだ。そして最高のユーモアでＭ・Ｎのことを訊いた。〝老人はどうしたの？〟わたしも陽気になった。誰かがわたしのそばで泣くと、わたしも泣き、飛び始めると、わたしも一緒に飛ぶ。熱いお茶を入れに行った、リオンはスポンジのようにアルコールを飲むと、クッキーとお茶を飲みたがる。二人でティーポット一杯分を飲み干した、彼女がおしっこに行かず、わたしが入浴をしなかったら、二人できっと朝五時まで楽しんだだろう。

「なんてたくさんのばかげたこと」とブーラ修道女がつぶやいて雑誌を閉じた。

わたしは小鋏の先で半月型の血が出てしまった親指の表皮に息を吹きかけた。そして、ブルースのレコードを選んだ。

「シスター・ブーラ、すべて読んだのですか？」

「どうしてこんなにばかげたことに、紙を無駄にするのかわからない」とメガネをしまいながら言った。大量の鼻水を拭くために使うハンカチで目を拭いた。

「こういう人たちは性がこの世でもっとも重要なことであるかのように生きている」

そうではないの？　あるいは、重要なことの一つ。ある晩、アナ・トゥルヴァがオーガズムの状態で到着した、もちろん嘘だと思う。でも他の人はどうだろう。わたしが耳にする話の中では、性がいつも話題になる。確かに中には頭のおかしい人もいるから、そういう人は医者に相談するほうが良い。普通じゃない、大げさすぎる。

「ロレーナ、ショパンを少しかけてくれないかしら？「夜想曲」にしてもらえる？あなたの好きな歌手たちは少し疲れさせるから。最初は喧嘩や怒鳴っているのだと思ったくらい。でも、このごろは慣れました。それに、歌詞には何か意味があるのか考えているくらいよ」

もちろんある。平凡な言葉だけれど、その平凡さの中に、悲劇がある。そうでないようにしている。庭の芝は庭の芝だ、スープ鍋のスープはなんのシンボルも隠さない、ハチドリは神秘の否定。でもわたしたちが神の恩寵の中にいれば、様々な方向へ開く扇子の襞を直感できる。扇子はギオマールさんのトランプのように、多様に開く。スペードのジャックはダイヤの七の近くに出ると結婚、でも、クローバーの五とペアになると悪い知らせになる、そのクローバーの五はハートのキングと結びつくと旅行を意味する。そのハートのキングがクローバーのクイーンと腕を組み合うと、なす術もなく死刑宣告となる。ああ、なんて情勢。リオンにトランプ占い師について話すと彼女は怒り出す、わたしはトランプ占いに夢中なんだけれど。運命なんて無い、そんなことは関係がない、わたしたちは自由だ、完全に自由だと彼女は言った。〝何て言ったら良いのかわからないけれど、いつの日か私が捕まったら、その投獄こそが私の自由を証明する〟わたしには理解できなかった、とても暑かったから、日蔭でも四十度くらいあって、思考力が全くなかったのに、彼女はサルトルの思想をわたしに説明した。敷かれた線路の上を列車が必然的に走るように、登場人物が善悪に宿命づけられた十九世紀の文学をどんなに嫌悪するかを一人で話し続けた。〝線路なんて無い！〟あるわよ、笑っちゃう。「あの昔の黒魔術」〔That old black magic（一九四二年）米国の作曲家ハロルド・アーレン作〕はガス室に入る宣告を受けたときに彼が歌った曲、昔の宣告、彼が生まれた時には運命づけられていた、わたしたちは松明から逃げられても、星座からは逃れられない。星座について話そうとしたけれど、彼女は中途半端なキリスト教徒だと批判するだろう。〝どうしたら、キリスト教徒が星座を信じることなんてできるの？〟

「わたしはうお座」

修道女は天井を見た。

「若者たちによるコンプレックスの腹いせには、暴力が必然的であるという記事を読みました。この前、十四歳の少年がガソリンを撒いて、祖母の車いすに火をつけて、丸焼きにしたというニュースがあったけれど知っていますか？　その少年は必要だったと言っていた。こういう若者たちが暴力を嫌になるには、どうすれば良いのかしら？　嫌になったときには、私たちのように年老いてしまっている」

〝賢い人ね〟と、ロレーナが絨毯の上で足の裏をこすりながらつぶやき、それからショパンのレコードを探した。笑った。〝もう一杯飲んだら、世代間の対立について説明するだろう〟。瓶を取ってきて、再びグラスを満たすと、修道女は若干の抵抗を示した、〝酔ってしまうわ！〟その抵抗は、ああ！という至福の言葉へと変わった、すると、「夜想曲」の最初の旋律が始まった。

「シスターは読むのと書くのではどちらがお好きですか？　日記を書くとか、手紙とか……」

　修道女は少しずつ飲んだ。足を交差して揺らした。

「どちらもだめなの。目が悪くなってしまったから」と精彩のない、潔白な視線をロレーナに向けた。

「あなたのお兄さん。彼はまだイタリアにいるの？」

「北アフリカです！　北アフリカ！」

「ロレーナ、知っていますよ。ホムロですよね？」

「ホムロは死にました、ヘモです」

〝帰国したら、思い出す〟と考えながら、手を開いて、手のひらを上に向け、供物を捧げる仕種をした。彼は研究をして、専門を修めて、美しい女性たちと恋愛して、可愛い子供がいて、旅行をして、たくさんの女性、たくさんの車、たくさんの子供がいる。帰国したら、思い出す。わたしはママを見ているだけで十分、透明、苦しみは透明。聖ヴェロニカのベールに浮かび上がった顔
「目ヲ留メヨ、ヨク見ヨ！」〔旧約聖書「哀歌」第一章十二節〕と前に腕を伸ばして叫び、本の様に開いた手を見せた。修道女の耳に近づこうと体を傾けた。「シスターは、わたしは気がおかしくなっていると思いますか？」

「何を思っているって？」

　ロレーナは微笑んだ。手を組んで爪を見た。そんなことがどうして可能なのか。ヘモの指は、ピアノを弾くには重すぎたけれど、軽くほっそりしていた、ホムロが生きていたら、今頃、ホムロはどんな指をしているだろう。そうよ、国外に居続けたほうがいい、そして、プレゼントやカード、写真を送ってくる。見えなくなるほど広がる緑色の芝生にある邸宅。鮮やかな色のセーターを着た子供たちは、犬の後ろを追いかけて走る。近くに駐車している輝く車。アナ・クララはジャガーのことばかり話す、可哀想に。ジャガーはもう古い。彼女は車の展示場に行って、新しいのを見ないと、ヘモはいつも最新のモデルを購入している、機

械が好き。〝帰国したら、思い出す〟兄と会うのは、外でなくてはいけない、どこか遠くで、ヴェネチアでそうだったように。博物館、店。遺跡とワイン。〝ママはやっぱりゴンドラを買ってしまった〟と彼は言って、車のトランクから荷物を取り出すのを手伝った。彼はロレーナが唯一買った、バザールのアンティークショップで見つけたビーズの小さなバッグに口づけをした。彼は昼も夜も予定が入っていた、他の国、他の国の人たちと付き合う必要があった。一時帰国して、初めて時間が空いたとき、彼は早口で大きな声で話した。ママは耳障りな声で笑い始め、二人は黒い底から湧き上がる囁《ささや》きを抑えようとした。川。夏に水があまりに熱くなると、冬でも水を冷ますのは難しい。それと同じように二人は夢中になって息をしていた。ヘモは渡ろうとする、〝寒いの？　川でお尻を洗って、叔父さんの上着で体を拭きなさい！〟水の下で、ヘモの黒い髪の毛はそのまま黒かったけれど、ホムロの金髪は灰色になった。灰色、灰色。

「お兄さんはハンサムでしたか？」とロレーナは訊ねた。

修道女は涙がこぼれ出る目をハンカチで拭った。最後の一口を飲んだ。

「ハンサムではなかった。でも、善良な少年でした。学校の同級生とピクニックに行った話はもうしましたね。海で溺れました。彼の体を引き上げた時、私は近くにいました、おお！　どんなに恐ろしかったことか、たくさんのエビが集まって目のくぼみで動いていた」

ロレーナは目を閉じてホムロのことを考えた、青白い歯、どうしてそんなことが可能だったのだろう？　歯が青白くなっていた。そして、強烈な血の赤い色が、シャツを赤く染めて、徐々に広がっていた。ママの手は、ワインの瓶がタオルを濡らすように血が噴き出す穴を抑えていた、

「栓が一つあれば解決するとわたしは思いました」

「何年も何年も、あの生き物の顔を見たくありませんでした。でも少しずつ忘れていきました、私たちは忘れます。それに、先日、クロチウジ修道女が作ったエビのタルトをとても美味しく食べました。その生き物の名前を思い出しさえしませんでした」

ロレーナは考え込む仕種でゆっくりとリキュールの蓋に栓をした。不思議ではない？　あんなに小さな穴だったのに、大量の血。ママも理解できなかった、〝いったいどうしたの？〟と繰り返した。急いで塞ぐ必要があった、彼女が上に置いたのは一本の指だった、手の方がいい、こうやって、ママ、こうやって！　ママがすべて治す、ママはすべてわかっているから、力一杯塞いで！　でも流れ続けた。ママの手の下から、ほら見て、赤いシャツの色が落ちてきていた、もう一つの赤色がもっと強いから、どうしよう、とても強い。わたしは視線を素早く逸らしてしまった、

ママが恥ずかしそうにその傷を隠したからだ、それは、彼女が胸を隠した時と同じだった、わたしたちが部屋に入ると、彼女は着替えていて、〝見ないで、裸だから〟と言った。わたしは声と傷を覆う時間をあげた。ホムロがスイカを割ったときに指をけがした時よりも、彼女は落ち着いていた。〝それにしても、ロレーナ、何が起きたの？〟としわがれ声で訊いた。ただ、しわがれていただけだった。二人は遊んでいた、ヘモがギャング役だったと思う、彼は銃を持ってきて、狙いを定めた、でも悪意があったからではない、ママ、そうではなかった。彼女が小さい声で話す真似をした、そして、ひそひそ声で、医者を呼んでくるとわたしは言った。それともラウロ？　もしくは、ジャンジーラを呼んでほしい？　彼女は首で、いいえ、いいえ、必要ないと頭を振って合図した。わたしはその場所で身動きできなくなっていた、口は渇ききって、開いたり閉じたりしていた、どんな声も出せなかった。ホムロの口も、水の無い砂の上に投げられた魚の口のように、静かに開いたり閉じたりしていた。だんだんぐったりしていった。できることなら、死にゆくことを詫びただろう。

「ロレーナ、夢を見ているの？」

ホムロのことを閉じる、カウンターの収納棚にリキュールの瓶をしまう。カーテンを閉める。

M・Nは電話をかけてこない。この「夜想曲」は太陽と一緒に演奏している、ああ、今バイクに乗りたい、身体も無く、考えも無く、走りたい、ファブリジオ、わたしを迎えに来て！　燃焼して死ぬ。M・Nは、血に染まった破片を見るだろう。〝ロレーナ！〟燃焼して散ったわたしを。「シスター・ブーラ、わたしは恋い焦がれて炭になる。マルクス・ネメシウス！」

とわたしは叫ぶ。彼女を抱きしめ、彼女の耳に口を近づける。「父親はラテン語学者で、子供全員が語尾変化する名前を持っている、彼の妹はローサ、ロサエという名前です、ボスタ、ボスタエ〔ラテン語で家畜の〝糞〟の意〕のように」

理解しなかったけれど、笑った。ブーラ修道女をドアまで付き添う。彼女の骨がポキッと音を立てる。いつの日か、わたしも同じように歳を取るのかしら？　でもその前に自殺する。頭を下げる。彼女がわたしに祝福を与え、階段を下りる準備をする。レコードプレーヤーのスイッチを切る。声の音。この島は物音でいっぱいだ《ジ・アイル・イズ・フル・オブ・ノイズイーズ》〔シェイクスピア『テンペスト』第三幕第二場のキャリバンの科白〕。猫の鳴き声が物音に交じる。猫の鳴き声は英語で何と言うのだろう？　辞書を開く。

6

薄明りに照らされた低い天井の小さな部屋には、小さな古いテーブルが二台、古いタイプライターが一台、藁椅子が数脚ある。そのうちの二脚の座面には穴が開いている。床には、山積みの書類ファイルと新聞があり、その上に服が散乱している。一本の紐でくくられた枕二つと毛布一枚。煙草の吸殻で焦げた床は黒くなっていて、溢れ出ているゴミ箱から、部屋の真ん中に立て掛けられた箒で掃かれたことがわかる。塵取りの柄には、丸まったティッシュペーパーが突き刺さっている。

リアは肩からトートバッグを外して、近くの椅子に掛けた。埃だらけのテーブル、後ろにあるタイプライターに先端が向けられた巻いたカレンダー、底にコーヒーの残りが溜まっているグラスに目を向けた。カレンダーを広げる。ビキニをつけた一人の金髪女性の複製画が、カレンダーの枚数の半分以上を占めている。肉付きの良い唇は、コカ・コーラの瓶に口をつけようと半開きだった。カレンダーが落ちて、バネのように再び巻いた。黒っぽい天井に目を向けると、ぶつかったハエの跡がついていて、古い蜘蛛の巣の細糸の中で大半が死んでいる。微笑んだ。〝ロレーナがここに来たら喜ぶ〟と思った。乳白色のガラスの地球儀の真ん中には、入り込んで出られなくなり、そのまま死んだ虫が山積みになって濃い汚れになっている。

〝か弱い〟と考え、視線を逸らして人差し指を真剣に観察した。それから、入ってきたばかりの若者の方を向いた。

「もっと強い電球が必要ね。どこに行っていたの？」

若者はジーンズの尻当てで手を拭いて首を振った。

「トイレもひどいよ、ホーザ、見てきたほうがいい。廊下の奥だ。僕たちは女王のことを考えて、目を閉じなくてはならない」

「便器を換える予定、金メッキの飾りと天使がついた磁器の便器を持っている友人がいる。彼女が中に置いているサマンバイア〔南アメリカの熱帯地域に生息するシダ科の植物〕の鉢を取り出したら、あなたのために便器を頼むわ、それでいい？」

彼は椅子を引っ張って跨った。

「一人で引っ越し作業をした、みんな命令ばかりして、僕だけが働いた。ここはゴミだらけだった。ゴミを三つに分別して、あとこれだけ残っている。鼠までいる、抜け目のない奴らのトンネルを見て」と、板の間に開いた穴を指しながら、小声で言った。「賢いよ。獣のように僕を走らせて、後は自分たちの住処に入ってしまう」

「鼠に変装した警察かもしれない」

「きのう映画館を出る時に、身分証を見せるように言われた。ホーザ、怖かったよ。君は怖くないの？」

　リアは噛んだ爪に舌先をつけて、なかなか返事をしなかった。

「これでいい。明日、もっと強い電球を持ってくる。それから、コカ・コーラの宣伝が入っていない紙も。どこからこの素敵なものを持ってきたのだろう」

「ふん、そんなこと知らないよ」

　リアは窓に近づいて、ベネチアンブラインドを開けようとしたが、掛け金が動かなかった。虫食いだらけの木製のブラインドの一番開きの大きい隙間から外を見た。

「うわ、中庭がある。正面には何があるのか知っている？」

「洋服店。到着した時に、そこの年老いた店主と話したよ。感じの良い人だった。ホーザ、下に金網があるのが見える？　緊急の時には、ここから飛び降りて、あの老店主の窓まで歩いて行ける」

「オバン〔Operação Bandeirante（Oban）：バンデイランテ作戦。一九六九年に創設された軍事政権期の情報調査センター〕のスパイかもしれない。私たちが窓に頭を突っ込むと、彼が私たちの首根っこをこうやってつかむ」と言って、リアはペドロのプルオーバーの襟を引っ張った。

　二人は縺れ合って、数分間、互いに激しく叩き合った。それから離れて笑った。ペドロは噛まれた手首を見て、リアはペドロが引っ張った彼女の長い髪の毛を首筋に巻き付けた。

「くそっ、力が強いな。続けていたら、君に殴られるところだった」と腕を見ながらつぶやいた。

「ペドロ、わかったでしょう。あなたが見かけたと言っていた修道女がわかった。彼女のようなおばあちゃんはいないから。みんなに書いている匿名の手紙をあなたも読むといい。彼女がドプス〔Departamento de Ordem Política e Social（Dops）：政治社会秩序局、一九二四年に国家安全を目的として創設され、ジェトゥリオ・ヴァルガス大統領の新国家体制や軍事政権期に反政府勢力を抑える治安維持のために機能した政治警察部隊〕の住所を見つけないといいけれど。彼女はほとんど目が見えていない」

「匿名の手紙？　愉快だね。君も何通か受け取ったの？」

　リアは割れた窓ガラスをトントンと叩いた。

「新聞で塞ぎましょう。糊はある？」

「一滴も無い。セロテープも紙も無い、僕たちには何もないよ」

「明日、何か持ってくるわ。ブグリはお金を置いて行ったの？」

「明日だと言っていた。みんな、明日、明日って言う」と、彼は頭を掻きながら嘆いた。「僕には煙草も一本も無い」

リアは彼に煙草の箱を渡すと、おどおどした雰囲気の光を放つガラスの地球儀を見ていた。

「罠よ。虫は入ってしまうと、もう出ることができない。たとえ出られたとしても、外には蜘蛛の巣がある。死んでしまうなんて最悪。闘わずに死ぬなんて、とんでもない。蜘蛛の餌食」

「入ってきたように、出ればいいんじゃないの、出られないの？」

「出られたら、その中で死んでいない」

「でも、政治意識があれば逃げることができた」

緑色のキャンブリック生地のハンカチで、リアはタイプライターのキーボードを拭いた。次にテーブルを拭いて、なかなか取れない汚れを擦れ取った。黒くなったハンカチをトートバッグにしまって、灰皿を探した。笑いながら床に煙草の灰を落とした。

「規律にうるさい友人がいて、私も彼女の偏執狂的なところがだんだん似てきている。私が行くところに、彼女が手に灰皿を持ってついてくる」と言って、持ってきた本の中から新聞の切り抜きを取り出しながら、「フランス語は読める？」と訊いた。

「英語なら少し読める」

彼女は切り抜きをなぞり、ペドロと向き合った。

「ゲバラについてのアンドレ・マルローのインタビュー記事。マルローって誰か知ってる？」

「作家じゃないの？　少し前に死んだと思ったけれど」

「死んだのはアンドレ・モーロワよ。その作家には興味がない。これはマルローのほう、重要人物よ、いい？　彼の小説は、私が今まで読んだ小説の中でも、最高に素晴らしかった。『人間の条件』、翻訳がある」


一緒にコーヒーを飲んでいた。それにホットサンド。〝コーヒーでも飲もうか？　俺たち体が冷えているから〟と彼が提案した時、ものすごく嬉しかった。私の膝と彼の膝がぶつかって、サンドイッチがあまりに近かったから、彼が息を吹いて冷ましていたホットサンドを私がかじれるくらいだった。彼の口からも湯気が出ていた。何て言えば良いのかわからないけれど、と前置きしてから、あなたが捕まったら、私も捕まると言った。彼は返事をしなかった。キャンバス地のバッグから本を取り出して、それをテーブルの上で開いた。〝このマルローの本は素晴らしいんだけれど、うんざりするのは、君が本全体に×印をつけていることなんだ、どうして印をつけたのかい？　君は全部に線を引いている、ほら、こんなに〟でも、ミゲウ、この本は私のでしょう？と私が訊くと、彼はトーストにジャムを塗っていた。〝リア、ナチス党員のような話し方をしないでくれ。君は他にも読む人のことを考えなくてはならない、君の好みを他人に押し付けてはいけない。読むときに混乱するよ〟とつぶやきながら、ジャムで汚れた口で私にキスをした。オレンジ・マーマレード。載せておいたマッチ箱から落ちた煙草を私は見ていた。テーブルの上で回って火が消えた。

「ホーザ、機嫌が悪いの？」

「仕事をしましょう」

乱雑な引き出しの中には、紙以外何でもあった。ペドロは一本の鉛筆を見つけたと思って、赤い柄の歯ブラシを奥から取り出した。狙いを定めて、ゴミ箱にその歯ブラシを投げたけれど、歯ブラシはゴミ箱にぶつかって、窓の方へ飛んで行った。

「ビリヤードがどうして面白いのかまったく理解できない」と彼は言って、私と向き合った。「ホーザ、訊きたいことがあるんだけれど。いいかな？　知りたいことなんだ」

「言いなさいよ」

「君は女性と関係を持ったことがあるの？」

「あるわ」

「カッコいい！　それで？」

「あなたが何を知りたいのかわからない」と言って、私は心の中で笑っていた、だって、彼が何を知りたいのかよくわかっていたから。「ペドロ、特別なことなんて何もないわ。とてもシンプルなこと。住んでいた町で、私はまだ中学生だった。私たちは一緒に勉強して、二人とも可愛くなかったから、恋人ごっこをしていた。思い出す！　架空の男の子から愛されていると想像するのはとても楽しかった。ラブレターを交換し合ったの。彼女はオフェーリアで、私がリチャードだった、リチャードは緑色の目をして、からかいの視線を彼女に送るの、ああ！　彼女がどんなにその悪戯に苦しんだことか。でも苦しむことが少し必要だった。その後、リチャードという名前がどこかに消えてしまい、私の名前をそのまま使うようになったの、いつだったか覚えていない。でもたぶん、ある晩のことだった、感傷的なレコードをかけて、私を楽しませてと言って、彼女に踊ろうと誘った。私たちは大笑いした。踊りだすと、すべてが変わるように思えた。私たちはとても真剣だった。とても。そして恥ずかしかった、そうでしょう？　私たちは抱き合って、恐る恐るキスをした。怖くて泣いていた」

「ホーザ、君は幸せだった？」

私は彼のがっしりした顎に手を当てた。

「悲しくて深い愛だった。みんなが不信感を抱くようになったら、私たちは苦しむようになるとわかっていた。だから、盗みや犯罪をしているかのように私たちの秘密を隠さなければならなかった。怯えていた。私たちは似たように話し、似たように笑うようになった。自分自身に恋をしているかのように、とても親密だった。何て言えば良いのかわからないけれど、初めて、男性と寝たとき、見知らぬ人、他人との恋愛という気がした。あの口、あの体、私はもう一人ではない、私たちは二人。一人の男性と私」

「それは良かったと思う?」

「もし自分たちにそうしたいという気持ちがあるのなら、すべて良い。選択することができるのはどういうことなのか知りたいと思った。そして選択した。でも、思い出してみると、ああ、どうして、周りの人はそうやって介入してくるのだろう。理解していないのに誰もが噂した。裁きを下す判事がたくさんいた。ある晩、彼女が私に泣きながら電話をしてきて、彼女の家族がスキャンダルにしようとしたから、私は消えなくてはならなかった、つまり、男性になる必要があった。だから、私たちが最初に始めたゲームのように、急いで男性の恋人を再び作り上げなくてはならなかった。男の字体でサインをした手紙やプレゼントを彼女に送った。もうリチャードという名前は使えなかった、なんていう名前にしたと思う? 私は電話口でパン屋の若者だと偽って、ヒカルドの声を作り、ヒカルドになりきる必要があった。私たちは他の人に対応するために、あまりに多くの嘘をついて、嘘で汚染されていった。私たちは恋人同士ではなく、共犯者だった。よそよそしくなって、不信感を抱くようになった。遊びは楽しさを失って、辛くなっていった。彼女は偽りの恋人を、本当の恋人にした。私も、いとこに言い寄られて、婚約まで話がすすんだ」

「ホーザ、君の家族はどうだったの?」

「父はすべてのことに気づいていたけれど黙っていた。母は独りよがりになってパニックになり、私が従兄とすぐに結婚することを望んだ。隣人でも誰でもよくて、チェロを弾く寡もいた。母は私の足を捕まえようとあらゆることをしたけれど、私は必要《ネセセール》なものをまとめて、出てきたの」

「何それ? 必要《ネセセール》なものって?」

私はテーブルの上で新聞の切り抜きを開く。時計を見る。

「ある女友達が必要《ネセセール》なものを準備するってよく言うの、必需品。旅行鞄や化粧バッグをまとめること。少し仕事をしましょう」

「何でもご用命ください、ホーザ・ジ・ルクセンブルゴ」

トートバッグから板チョコを二枚取り出して、彼に一枚あげて、もう一枚は。いや、もう一枚も彼にあげることにしよう。二枚目の板チョコも彼に渡す。私はあと五キロくらい痩せなくてはならない、そうよね? 彼の手から私の分を割って取る。私の口は今いっぱいだから、返事をすることができない。ミゲウは捕まっている、お金は足りないし、お父さんもお母さんもここにいない、私の仲間はみんな弱体化している、それなのに私は砂糖まで奪われるの?

二人で噛みながら、集中した。

「誰が彼女のことを話したの？　ホーザ・ルクセンブルゴ〔ポーランド出身のマルクス主義の政治活動家（一八七一～一九一九年）〕のことを」と私は訊く。

「ジャンゴだよ」

「驚くべき女性よ。世界大戦後すぐにドイツの警察から暗殺された」

ペドロの視線に悪意が感じられる。

「君のお父さんはナチス党員だったって聞いたんだけれど、本当？」

腹が立ってテーブルを叩いたけれど、痛みを感じなかった。

「ふざけ過ぎ。私たちがしていることは遊びじゃないのよ、そのことをよくわかってほしい。ここでは私はホーザで、あなたはペドロ。それがすべて」

「もう一つだけ訊きたいことがある、もう一つだけ、約束する！」

「質問し過ぎ、わかる？」

「そのホーザ・ジ・ルクセンブルゴって、美人だったのかな？」

「その〝ジ〟っていうのは付いていない。さあ、続けましょう。マルローは古いタイプの革命家だった、事態が勃発したとき、中国にいた。スペインの市民戦争、フランスのレジスタンス等々に参加した。歳を取ると、肘掛け椅子に座って、ドゴール政府の大臣になってしまった。でも、その前までは素晴らしかった。見て、彼がゲバラについて言っていることは、なんて明晰なんだろう、チェは我々の時代で最も偉大な人物だけど方法が間違っていた、だから、そこにある地球儀よりもまぬけな罠に引っかかって死んでしまった。彼は周囲の村を統率できていると考えたときに間違ってしまった、何て言えば良いのかわからないけれど、実際には、米国人によってすべてがコントロールされていた」

「ゆっくり言ってくれる？　メモしたい」

彼は紫色の鉛筆を見つけて、舌で鉛筆の先を舐めた。文字は鮮やかになるけれど、唇が紫色になっていた。私は切り抜きを整理して保管する。こうやってトートバッグの一番奥に、十分に守られて、切り抜きをしまっておきたい。ああ！　私は感傷的な老婆になっている。

「ねぇ、ペドロ、マルローは、ラテンアメリカの革命はトロツキー的特徴を有するだろうと言っている、大衆による革命ではないということ」

「僕もそう思うよ」

最後の煙草に火をつける。彼が手に取る。その手は少し震えている。

「ペルー人の司祭、ヴェンセスラウ・カルデロン・デ・ラ・クルスの証言も含めることができる。美しい名前よね」

「ヴェンセスラウ、それから何？」

「カルデロン・デ・ラ・クルス。ゲバラやキング牧師のように真の聖人だと考えられている」

「キング牧師は好きじゃないね」と彼がつぶやく。

「じゃあ、チェだけ入れましょう、でも、キング牧師のことも考え直して。あなたも知っているように、昔は健全性が罪の償いや慈悲の最良であると考えられていた。でもすべてが変わった。今は、カトリック教徒も具体的に社会奉仕しなければ、魂の救いに到達できない、何て言えば良いのかわからないけれど、無知や貧困が蔓延する中で、誰かを助けようと、強い意志で闘うあのすべての人たち、仕事や職務の手段を通して、隣人に手を差し伸べる、あのすべての人たちが聖人。道が曲っていようと関係ない。それが聖人なのよ」

「じゃあこの辺で、我々の神父の話をしようよ、いいかい、ホーザ？　君はクリストヴァン修道僧に会う必要があるよ。昨日、彼は風邪を引いていて、それに雨が降っていたにもかかわらず、赤い家の少女たちと話すために出かけた、この女主人に一発食らわせなくてはならない。少女たちの年齢は十三歳から十六歳の間で、この年齢層の子たちだけが集められている。修道僧はそこを出て、墓地の門に立つ金髪女に話しに行った、彼は一人ずつ捕まえる、ゆっくりとした仕事だから、たくさんの唾を消耗する。それで彼は代わりに何を聞くのか！」

「ロマン主義。結局のところ、バチカンを埋め尽くす山ほどの神父の要求よりも、明らかなロマン主義。結婚！　神父は教会と結婚しなくてはならない。そうしないのなら、神父にはならずに、別のことをすべき。中途半端な神父というのは、中途半端な政治家のようなもので、屑よ。神父は母親と結婚すべきではない。私たちは尊敬の念を抱くことができない。私は教会に行かないけれど、また通うようになったら、清廉潔白な神父に聖体拝領を授けてもらいたい」

　彼は笑った。

「それじゃあ、汚れた性っていうこと？」

「ペドロ、何て言えば良いのかわからないけれど、でもこのことは紛れもなく混乱になる。細分化するというのは。神父は完全でなくてはならない、だって私たちは細分化されてしまっているのだから。肉体関係を持つ神父には天賦がない、間違っている、そういう過った話は、嫌悪すべき」

「まあまあ左派だっていう人もいる。もちろんやめてほしいけれど」

　空腹で寒い。床から紐を取り、それで髪の毛を結ぶ。

「時々そういう人たちに憤りを感じる。あの大使のこともあったし。なんて怖いの」

　彼は立ち上がって、窓のほうへ行き、ブラインドの壊れた隙間から夜を窺った。手をポケットに突っ込み、私と向き合った。

「警察よりも家族のほうが怖い。兄は伝統と家族のことになると感情が高まる。ひどくヒステリックになる。兄のことが恐ろしい」

「お父さんは？」

「母と別れたんだ。ああ、ホーザ。二人が別れてどんなに僕が苦しんだか。枕を噛みながら夜になると泣いていたんだ。馬鹿みたいに泣いた。二人で一緒に死ぬのはいいけれど、別れてほしくなかった。変だよね？　でもどうして僕はあんなに悲しんだのかな？　誰にも言えなかった、両親にも言わなかったし、誰も知らない、今初めて君に話している。心の中がずたずたに砕けてしまったようだった。石が当たって割れた僕の部屋の窓ガラスのように、僕はそのガラスを眺めて、自分のようだと思っていた。一度も言ったことがない、今初めて話しているんだ、また泣けてきた。くそっ、どうしてまた泣かなくてはならないんだ。なんて臆病なんだ」

　セーターについた汚れを取ろうとハンカチで拭った。取り去ることができないことはわかっている、でも、その汚れを取り去ることが世界中で最も大切であるかのように、私は擦り続ける。ロレーナが私を見たら、大喜びするだろうな。

「再婚したの？　お母さんは」

「ある人と出会ったみたい、感じも良かった。でも、僕はその人とは関係ない。僕がサイエンスフィクションばかり読んでぼんやりしていたから、二人は僕のことを精神的に問題があると考えて、そっとしておかれた」

　彼は再び椅子に座って、腕を背もたれにかけて、腕に顎を乗せた。字を書き始めたばかりの子どもの指のように、口と指がインクで汚れていた。彼の頭を私の膝に乗せて、ペドロ、眠りなさいと、いたわってあげたかった。

「家族なんてうっとうしいだけ。私の家族は遠くに住んでいるから完璧な関係」

　近くに住んでいても、私たちは完璧に暮らせるわよね？　でも、今は彼を慰めるほうが良い。彼は舌先で鉛筆を舐めて、紙の端に絵を描き始めた。飛んでいる小鳥だった。それから一軒の家。煙突から出る煙を書き足した。

「働き始めたら、夜間コースに変える、それと、友達二人と住む。君はおかまに対して偏見がある？」

「私が偏見を持つのは、性格が悪い人」

「二人のうち一人はおかまだと思う。彼は女の子が大嫌いで、女なんて悪魔の扉だと言っている」

靴下を脱いで、それを丸めてボールにする。笑いたいけれど、彼が真剣な表情をしているから。靴下を引き出しにしまう、私を困惑させるのは、ゴムが緩くなったこういう靴下。ただの靴下がどうして私をこんなに困らせるんだろう。いつだったか、この引き出しの奥に、黒い毛のタイツをしまったはずだけれど。まだあるだろうか？　手でそのタイツをつかむ。埃がついているけれど、暖かい。ペドロを見ていると、どこからかわからないけれど希望が湧いてくる。

「良かったら、引っ越す前に言ってね、それから、すべて納得してからのほうがいい、わかる？　問題に巻き込まれないようにするのはとても大切。あなたは童貞？」

「完全な童貞というわけではない。わけありさ」

知っている、童貞よね。ロレーナと良いカップルになるかもしれない。彼から鉛筆を奪い、煙の隣に灼熱の太陽を描く。

「もっと暑くなったでしょう？　ペドロ、また笑うようになるわよ。短刀を研ぐことを学ぶと輝く。もう煙はたくさん。憐れみ深くなったり、感傷的になったりしてはいけない、そうすると、あなたはもっと多くの人を傷つけてしまう。断言する」

「でも、その二人は感傷的なんだ。わかって欲しいんだけれど、僕の友達が自分を制御できなくなったとき、死にそうになってしまって、自分がどんなに不幸なのか、どんなに家族が残酷なのかを僕に言いに来たんだ。そいつが性悪な奴に過ぎなかったから、僕も他の人と同じようにしようとした。でも、彼は跪かなかった、僕がそうさせなかったから」

「どうして性悪なの？　私はパニックも、原理の表明も、意気地無しも、挑発も、我慢できない。私の大叔母は性のことで苦しみ傷ついて、修道院に入って、修道女になった。別の叔母はスキャンダルになることが好きで、多くのことをして、結局、ふしだらな女性になった。二人とも恐れによるもの、恐れに。私たちがそんなに恐れさえしなければ」

〝昼でも夜でもなく〟と、ロレーナは裁定を下した。〝ホモセクシャルたちは薄明りにいる。薄明りはいつも不確実。不安定〟

「ああ、文学。女性はもう自分の方法を見つけ出している。未来ホモセクシャルの人たちもすぐに見つけるでしょう。未来は両性具有だけになるかもね」と言って私は笑う。

ロレニーニャだったら、可哀想な人たちと言い添えるだろう。でも、彼女は詩的なトーンで話すとき縮小辞は使わない。

「ホーザ、君は誰かを愛しているの？」

「愛しているわ。さあ、そのプルオーバーを脱いでくれる？　今日はそれを着る必要があるから。その代わりに私のセーターを着て」

「何かミッションがあるの？　ブグリと一緒に？」

私の手の中に彼の手を取る。汚れていてかさかさしている。

「質問を聞いていなかった」

彼は再び椅子に跨る。顔が赤くなっているの？　なっている。

「ああ、僕はどうしようもない男だ。ホーザ、頼むから、恋人になってほしい。君に、僕の可愛いウサギや自転車、鳩の卵をあげるから。鳩の卵を持っているんだ」とつぶやいて、小さな声で笑った。「だから、僕の恋人になって」

彼の髪の毛をつかむ。

「私には恋人がいるの。そういうわけ。もう行かなくちゃ」

「待って、第三世界の国の特徴って何？　例えば、僕たちの国のように。僕は記事を書きたいんだ。でもどこで出版できるかな？」

どこで出版できるのだろう？と私は訊いた。ミゲウは、私が今ペドロを見ているような目付きで私を見ていた。彼は私の小説の留め金を手探りして触りながら曖昧な返事をした。彼は曖昧な人ではないのに。出版することを考えずに書き続けたら、ひょっとするといつか出版できるかもしれない、書いたものに価値があれば。ミゲウは私の小説が愛と誠実さで書かれているとわかっていた。

ペドロの手を自分の手を握るように握る。愛というのは素晴らしい感情、でも十分じゃない、そうよね、ペドロ？

「出版することを気にせずに書き続けると良い。ジャーナリストになりたいんでしょう？　まずは書くこと、その後に考えましょう。開発途上について論じるには、子供のことを言うだけでは不十分。子供が一日に何人死んでいるのか、今度、正確な人数を教えてあげる。それから文盲の問題。ファヴェーラはますます拡大している。ヘチランチスの存在、長距離バスターミナルに行って、人々が話していることに耳を傾けるの。櫛、鉛筆、カミソリを売り歩く行商人。街中にはゴミが溢れている、歩道でいつも詰まっているあの開口部は何ていう名前だったかな？　それから、カフェテリア、レストランやトイレの汚れ。トイレは礼賛するほど汚い。ペドロ、大学と言えば、ちょっと寄ってみるといい、そうすれば副次的にも、メインとしても書く記事がたくさんある。私の女友達がラテン語で言うように、彼女はラテン語が好き。明日、こうした要因について話しましょう。もう行かなくちゃ」

彼はドアまで付き添った。私はトートバッグの底をかき回す。

「このネカオを取っておいて、お金を逆さまから言うと、良いことがあるの、さあ、ネカオを取って。後で、精算すれば良いから」

「ホーザ、でも多すぎるよ」

彼の顔にキスをする。私が暗い廊下に出ると、彼が私の小説について訊いた。全部破った、破ったと答えるとき、顔を見られたくなかった。

「自分では才能があると思っていたけれど、間違っていた、結婚してしまう神父と同じね」

「でも間違っていたって、どうしてわかったの？」

「ペドロ、私たちにはわかる。わかるのよ」

彼が私を力強く抱きしめたから、驚いた、彼にそんな力があるなんて考えたことがなかった。彼の唇は私の唇を求めて震えていた。私のほうから近づいてあげた、うわ、キスをすることも知らないんだから。順序を教えてあげる、ちょっと待って、そんなに慌てないで。私を押し潰さないで、私たちは敵ではないんだから、私の舌で彼の舌を落ち着かせ、ゆっくりとした深いキスを彼に教えた。最初は合わせられなくても気にしないで、すぐにすべて上手くいくようになる、あと十五分くらいならある、と私は彼の耳元で囁く。抱き合ったまま、部屋まで後ずさりする。彼は手を伸ばして、暗い方が良いから灯りを消す。それが良い、暗くして、ドアを閉めた方が良いから、ドアを足で押すことにした。彼の歯が私の唇とぶつかる、なんて大きな歯、おお、そんなに激しく闘わせないで、私が教えてあげる。苦痛、でも、喜び、私のことは心配しないで、いい？ さあ、怖がらないで、私はあなたの味方、あなたに逆らわない。

「大丈夫よ、ペドロ。ゆっくりとリラックスして。時間は十分にある」

彼は私にキスをして、苦しみと怒りで咽び泣いた。困惑したセックス。私がリードしてあげなくてはならない、そうしないと、彼は感情をコントロールできなくて落ち込むだろう。ペドロ、さあ。悪魔の扉なんてないのよ、と私が彼の耳元で囁くと、彼と私は一緒に笑った。それに、神様の扉でもないのよ、ただの扉よ、入ってきて。彼が精液を破裂させたから、私は痛くて涙を流した。

「ホーザ、ごめん、ごめんよ！」

「これ以上私に謝ったら、今すぐにあなたを殺す」

「まったく上手くいかなかった……」

「上手くいかなかったなんて、そんなことない。良かったでしょう？」

トートバッグからハンカチを取り出して、彼の顔を拭く。彼が笑っている気がしたから、一緒に微笑んだ。〝君がペドロを指導するんだ〞とブグリから言われていた。ほらね、完璧な指導だったでしょう？ 上手くできたでしょう？ それとも、単に私がセックスをしたかっただけなのかな？ ああ、わからない、わからない。わかったことは、裏切り行為の後に、ミゲウを愛しているということ。これは裏切りと言えるのだろうか。ペドロの髪の毛を引っ張った。彼は私が驚くほどの速さで立ち直っていた。彼は最高の笑顔になった。私の手のひらにキスをして、その手を彼の真っ赤になっている顔に持っていく。

「君を愛しているよ、ホーザ、君を愛している」

「これでいいのよ。さあ、彼女に会いに行きなさい」

「待って、ホーザ」

　私は自分の荷物を持つ。彼が私をつかもうとしたけれど、私の方が力があった。彼は痛ましそうに茫然としていたけれど、私は彼を床に伸びたままにした。翌日も会えるのか、私の恋人はミゲウなのか、彼は知りたがって訊いてきた。

「またね、ペドロ。良い記事を書いて、わかった？」

　螺旋階段は暗かった。誰かが息苦しそうに咳をした。プルオーバーの襟を耳まで上げた。ペドロは私のセーターを着て寒く感じるだろう、でも、コーヒーを飲めばいい、彼は明日、彼女と会うだろう。ああ、ミゲウ、私がどんなにあなたを必要としているか。ペドロが私を必要としたように。いつか私も上手く書けるかもしれない。もしかしたら。最近は日記について考える、日記はシンプルでないといけない、飾り気のないものに。ロレーナは私にシンプルに書くように薦める、私のことをバロック的だと思っている。私は裏も表もバロック的であることを認める。優美な襞と星。天才であることを見せない天才性、ミゲウ、そういうこと？　誠実な日記。冗漫でない、栄光も何も無い、私のなすべき事を語る。捕らえられ、死んで忘れられても。私が選んだこの名前、ホーザという名前だけが残る。急いで外に出ないと私は感情的になっている。建物の出口のドアを開けると激しい雨風が私の顔に当たった。激しい雨だった。激しさという言葉は素敵な言葉ね、逆さまから言うと、サシゲハ。ホーザは胸にサシゲハを抱くと、それほど深刻にならない。曲がり角まで走る、ブグリと私は同時に到着した。車は夜の色をしている。

「ブグリ、どうだった？」

「すべて先延ばしになった、もっと重大なことが起きている。君にとっては良い知らせだ。君の時計はちゃんと動いている？　時計を失くしてしまったんだ。君のを貸してくれないかい？　そこのグローブボックスに入れておいて」

　彼女は腕時計を外した。

「私に良い知らせ？　ブグリ、言って」

「ちょっと待って、前が良く見えない、ハンカチを持っている？」

　ワイパーの動きが鈍くなっていて、霧雨を拭い去ることができない。窓ガラスの扇形の半分まで行くけれど、ぶるぶる震えて戻ってしまう、死にかかった虫の触覚のように、その役割を果たす力がなかった。右側のアンテナはただ震えているだけで、動くこともできなかった。

「私が運転しようか？」

「少し見えるようになった。僕に煙草の火をつけてくれないかい？　グローブボックスに入っている。ああ、そのニット帽！　そこからとって、今日から君が使うんだ。君のものだ」

彼女はサンフォーナ〔北東部のセルタンの音楽バイオンで使われる楽器でアコーディオンの一種〕のように伸縮する黒いニット帽を手の上で広げた。

「私のもの？　ブグリ、素敵な帽子！　私の髪の毛にぴったり、うわ、最高！」

彼は煙草を受け取って、バック・ミラーで彼女を見た。

「ホーザ、水夫の顔をしている。旅の時にも役立つよ」

「旅って何のこと？」

彼女はスピードを落として、彼女の方を向いた。

「ミゲウがリストに入っていて、交換になる」

「リストに？　ミゲウがリストに入っているの？」と言って、彼女は顔を上げた。

「君の恋人は搭乗する。アルジェリアだ。リストの上位に名前がある。彼の代わりに俺が行きたい。その知らせは明日発表される。パスポートが準備できたら出発できる」

〝アルジェリア？〟霧雨のかかるフロントガラスを眺める、ワイパーが痙攣して間隔が開いている。〝アルジェリア、アルジェリア〟と繰り返した。目をハンカチでゆっくりと押さえた。鼻をすすり、手の甲で鼻を拭いた。

「ミゲウ？　アルジェリアに？　私たちは一緒にいられるようになるの？　信じられない、ブグリ、信じられない。何て言えば良いのかわからないけれど、気を失いそう！　私たちは一緒にいられる、そういうことなの？　お金をなんとかしなくちゃ……ちがう、ネカオ！　航空券は高いのかしら？　そんなことどうでもいい、とにかく、みんなに話さなくちゃ、ロレーナ一族も助けてくれる、絶対に。アルジェリア？」

涙と笑いで息を詰まらせた。

「まず、パスポートを用意するんだ、準備を急ぐ必要がある。もう君の家で降ろすよ。これからまだ予定がある。明日また話そう。水夫さん、嬉しいかい？」

彼女は口を開けて、空気を吸い込みすぎないように気をつけて息をした。指で、アルジェリア〔Argélia〕と書く代わりにアウジェリア〔Algéria〕と書き、アウジェルと考えた。息を吐いて白くなったフロントガラスに、今度はℓの次にeを置いて、喜び〔alegria〕と書いた。ハンカチで、フロントガラスをゆっくり拭いた。

「ブグリ、私は完全に興奮している。なぜなのか、ずっと悪いことばかり考えていた。それにしても、どうしてそういうことになったの？　どうして？」

「ホーザ、説明すると長くなる。とにかく今はこの良い知らせを受け止めて、また今度話そう。君たちは厳しい人生を送ることになる」

「そうね、わかっている」

「準備が大変だ、でも、君たちは連絡がとれるようになる。君の家族は大丈夫かな？」

「たぶん、母は三日間泣いてから、お金を工面するのに奔走する、私を守りたいから、私が外国でお腹をすかせることをひどく心配すると思う。父は感傷的なドイツ人だけれど、我慢する、父は理解してくれる。家族に花嫁衣裳を着た写真を向こうから送る、ミゲウに花婿のポーズをさせて、ああ！　客間に置かれることになる銀製の額縁に入れた写真」

　私は映画スターのようなポーズをとる、お母さんが大好きだったあの女優の名前は何だったかな？　リタ・ヘイワースだ。お母さんはハイヴォルチと発音していた。父はぼんやりしていて、名前を覚えていなかったけれど、一人だけ忘れていなかった。クロード・レインズ。〝感じの悪い年寄り、俳優は今風でハンサムでないといけない〟とお母さんは呟いていた。

「君は後でミネイロと話して。パスポートのことで。君の家はこの通りだよね？　標識が見えない」

「次の通りだから、もう少し先。コルセウはどうする？」

「明日、君の家の門のところに置いておく。革命家の敬礼とともに」

「ブグリ、ブグリ、このニット帽とこの知らせ！　あなたはこれからどこへ行くの？　そこの門のところ」彼にキスをしようと体を曲げながら示した。

　ミゲウが自分のことを何か言っていたか訊こうかと考えたけれど、トートバッグと本を手に取って、煙草を一箱もらっていいかとだけ訊いた。

「マッチも持って行っていいよ。そのハンカチ、君のハンカチだよね？」

　雨足が強かったから、トートバッグで頭を覆って中へ入った。

　邸宅の玄関ホールで体を振りながら、「ひどい天気」と呟いた。

「リア、リアなの？」と、アリックス院長が書斎の扉を開けながら訊いた。「リア、少し入って。お掛けなさい。私の隣に。コーヒーはどう？　今いれたばかりよ。砂糖もちょうど良い具合」

　リアはトートバッグと本を床に置いた。どうしたら良いのかわからなくて微笑んだ。一人になりたかったのに、考えて、考えたかった。

「アリックス院長、眠れないのですか？」

「そうじゃないの、仕事がたくさんあって。それにしても素敵なニット帽ね」

「そうなんです。男友達がくれたんです」

「あなたが髪の毛をそうやって垂らすと、船乗り、ドイツ人の船乗りのような顔になる。あなたの目はお父さん似ね」

「私の友人も同じことを言っていました、水夫の顔だと」と私はコーヒーを飲みながら言った。熱すぎるし、甘すぎる。「院長、母からの手紙を受け取りましたか？」

「長い手紙でしたよ。私はあなたのお母さんが好きよ」

白く塗られた壁に掛けられた、八の形をした時計を見た。音も古めかしい。

「私の家にも同じ時計があります」

「リア、あなたは懐かしくないの？」

「何て言えば良いのかわからないのですが、でも、あそこはこの甘くて熱いコーヒーのようなものなんです。私の母はあまりに愛情深くて、私を息苦しくするから、それほど私を愛さなくてもいいのにと時々思ってしまいます。父は仏頂面をしているふりをしているし、叔父や叔母たちはいとこたちの喧嘩で、あっちでもこっちでも大声を張り上げている。居心地の良さ、祝い事。みんなのことをよく覚えているし、大好きです、でも帰りたいとは思いません。懐かしさと言えるのでしょうか。もう終わってしまった段階なのです。寄宿舎に来て別の段階が始まって、これから第三段階が始まろうとしています、だから、今までの二つの段階は思い出になります。懐かしさになるのでしょうか」

「そう思うわ。私も若い頃には、周りの人のことばかり考えていました。もう戻らないとわかっていたけれど、強く考え続けていました。トランクの中から、古い服を取り出しても、着るためではなく、ただ見るためであるように。その服がどんな風だったかを見るだけです。そして、私たちはそれを畳んで、またしまう。処分したり、誰かにあげたりしない。懐かしさとはそういうものではないかしら」

プリシーラ修道女がバラの絵付けをした灰皿に煙草の灰を落とした。考えることがたくさんある。ああ、あの知らせ。アルジェリア。それにしても、なんてすごいことなの、アルジェリア？ うわ、アルジェリアだって！ ここで、服のことを聞きながら、アレックス院長の冷酷な目を見る。服に関することではなかったかな？ ロレニーニャが朗誦してくれた詩。私はピンク色の貝殻に別れを告げなくてはならない。でもどこに行こうと、どんな時を過ごそうと、私は決してあなたのお香の匂いを忘れない。詩の朗誦。音楽。何千年経っても、あなたは真っ白で痩せている。黒いソックスを履いて、仰向けに横たわって自転車漕ぎをしている。

「もう一杯いただきます」と言って、私は魔法瓶を持った。

　彼女は耳まで修道服の白い頭巾を引っ張って下げる。体に対して頭が小さくないだろうか？　彼女の若い頃を想像してみる。すでに修道女になっていて、衣服と頭巾に従った灰色の人生、頭巾はヘルメットのように彼女の頭を取り囲む。でもなぜ、灰色の人生？　彼女は半世紀以上も最大の愛で、職務に献身している。だから、灰色でも何でもない。キリストの戦士、讃美歌はどんなだったかな？　《キリストの戦士よ、立ち上がれ！》〔ブラジルで歌われるカトリック教会の讃美歌〕半世紀もの間、一つのことだけを考えている。

「リア、学問のほうはどうなっていますか？　履修登録は取り止めたのですか？」

「そうなんです、物事が別の方向へ進み始めました、わかっていただけますか？　アリックス院長、私は旅に出ます。外国です。出発を早めて、近いうちに抜錨します、見てください、さっそくニット帽を被っているでしょう」と言うと、私はなぜだか感情的になった。「院長が私に対して忍耐強く接してくださったことを忘れません。私は攻撃的で、錯綜していました。私をここから追いだしたいと何度も考えたと思います。それなのに、院長は私に門を開け続けてくださいました」

　彼女は眼鏡を革製のケースにしまった。手をもう一つの手の上に載せて、両手をテーブルの上に置いた。私は彼女の銀製の指輪を見ていた。

「あなたたちはそれほど不可解ではないし、隠れるわけでもなかったので、あなたたち一人ひとりのことをすべて理解していると考えていました。でも、それは間違いであり、私はほんの僅かのことしかあなたたちのことを知らないということに気づくと、私は突然恐ろしくなりました。ほとんど何も知らなかった」と彼女は大きな声を出して、驚きで手を開いた。「結局、何を知っていたのでしょう？　左派活動家で、出席不足で進級できなかったこと？　逮捕された恋人がいて、小説を書き、私がどこへ行くのか想像もできない旅について計画していること？　ロレーナについては、私は何を知っているのでしょうか？　ラテン語が好きで、一日中音楽を聴いて、電話してこない恋人からの電話を待っていること？　アナ・クララについても同じ。アナ・クララ。私に助けを求めて打ち明ける。だから、彼女について私はすべて知っているのだと考えていた。でも本当に知っているのかしら？　どうしたら彼女の現実と作り話を区別することができるのでしょう」

　院長が黙ったから、私は時計の音を聞いていた。背もたれの高いジャカランダ製の椅子には、頭の高さのところに手編みのレース編みが掛けられている。レースは擦り切れていた。それは、祖母のジウが編んだレースだった。

「アリックス院長、それはご謙遜です。実際に、院長は見えていること以上に深いことをご存知です」

「リア、あなたたちは若い。あなたたちから近づいて来ることは期待していませんでした。だからこうして遠くから、どうしたら役に立てるかしらと考えていました。役に立ちたかった」と彼女は繰り返して言った。頭巾の布地が襞をつけ、額に深く刻まれた皺と形を成していた。「アナ・クララだけが遠慮せずに頼ってきた。でも、彼女を前にすると、あなた方の前にいるときと同じように、自分が役立たずだと思わずにはいられなかった。私は単なる録音機で、彼女が私に言うことを録音しているだけだった。私は任務を受け入れた、彼女を感化し、彼女が変えなければならないことを変えようとしたけれど、彼女はウナギのように私から逃げてしまう。私は懇願して要求した。いつだったか、彼女は心の底から後悔して、約束をして、計画を立てた。彼女が快復するのを私は信じた。あなたも知っているように、私は奇跡に対して無限の信頼を抱いている」

彼女は私が返事をするのを待っているけれど、私は彼女の思うようにはならない。今日はそうしたくない、ああ、真っ暗な中でベッドに一人で喜びを満喫したい。

「アレックス院長、あなたはこれまで、たくさんのことをしてくださいました。私にはわかっています。あなたは彼女の聴罪司であり、看護師でした」

「そして、今度は告発者。私は療養所の所長をしている従兄に相談しました。彼女を力ずくで入院させることはできない、彼女の同意が必要です。そして、彼女は同意すると言ったのに、後で考えを変えた、自分はもう治って誓いを果たしたと考え、派手な計画を立てている。彼女の婚約者に会って話がしたい」

私は窓の方へ行き、雨で輝く夜を見る。また書きたいと思うけれど、誰が決めてくれるだろうか？　私に才能があるかないかを。ロレーナとミゲウは読んだ時にたいして興奮しなかった。いや、まったく興奮しなかった。でも、二人の方が間違っているのではないだろうか？　破るべきではなかった。焦り、ヒステリックになってしまった。でも、そんなこと問題ではない。書きたかったら、また書けば良い。ロレーナは洗練されていて、ミゲウは知的だから、フィクションを馬鹿にする。

「リア、あなたは会ったことがありますか？」

「誰にですか？」

「その婚約者に。とても金持ちのようだけれど、彼女はその人をあまり好きではないようですね。別の男性、マックスのことが好き。マックスのことばかり話すもの。彼も堕落している。完全なカオス」

灰色のエプロンをして、頭巾を被った後ろ姿は、昔の田舎女のように見える。アカデミズムの画家にとって、うってつけのモデル。狙いを定めて、煙草を花壇に命中させる。向こうの窓から様子を窺っているのは、ロレーナだろうか？

「入院して、依存症を治す。そうすれば申し分ない。そして、一週間後、あるいは一ケ月後に退院する、一生入院したままではいけない。でも同じことを繰り返す。院長は私よりもそのことをよくご存じです。私は解決できないと思います」

「彼女がカウンセリングを受けたいと言ったから、私は治療費を負担することを約束して、彼女も医者を探すことに同意した。でも、私がどの医者にするのか、いつから治療を始めるのか訊いても、あいまいな返事をして、先に延ばす。彼女は決めることができない。昨日は、彼女が買った服が届いた。私はすべて返却した。彼女は寮費も支払うことができない、私も彼女が払うことは期待していない。サインを要求する横柄な取立人と借金。困ったこと」

この床は、ほぼ白色をした幅の広い板でできているから明るい。実家では大人たちが夜通し話しをしていたから、私は床に寝転がるのが好きだった。あの話し声を聞きながら寝るのは心地良かった。

「時々、アニーニャを揺り動かしたり、彼女を叩きたくなる、怒りを感じる、ああ、彼女が病気であることはわかっている、それは明らかです、でも、その病気が私を苛立たせる。精神科医が彼女の今の状態を解決することができるとお思いでしょうか？　アリックス院長、彼女はもうすでに何十人もの医師にかかっている。何十人もの。しかも、彼女はそのうちの何人かと肉体関係を持ったし、何人かには治療費を払っていない。快復できる人というのは、快復できる場合です。そういうことです。それほどには精神を患っていない精神異常者です。そういう人たちは普通の人と変わりません。ノイローゼなだけで、それほど注意を引きません、というのは、少し問題がある程度だからです。ノイローゼの人は妥当な精神異常だから、働き、愛することができます、何が問題だというのでしょう。でも、髪の毛のように細い一線を越えてしまうと、ロレーナの髪の毛はとても細いのですが、ほんの少しでも踏み外してしまうと、黄色の水の中に潜らなくてはならなくなります。どうしようもない《カプット》」

冷酷な目が今にも溶けそうになっている。院長はあのおバカさんのことが好き。望みがないのは明らかだ。

「昨日から彼女は帰っていない。電話をかけてきて、婚約者の別荘にいると言っていたけれど」

「婚約者。アリックス院長、不躾な言い方ですみません。でもアナはこの美しい私たちの社会の賜物です、何千人ものアナがいて、そういう楽しみを我慢する人もいれば、苦しむ人もいる。救済等の試みはこの世で最も良いことです、そうした良い意図の軌道から外れているのは地獄ではなく、この都市《まち》なのです。院長が善意のある修道女たちと、物乞いにスープを与えに出かけているのを知っています。温かな助言と布団。でも彼らはスープを飲み、助言を聞くと、布団を一リットルのカシャッサ〔サトウキビから作る蒸留酒〕に代えに走って行くでしょう、その方が温かい朝を迎えられます、なぜ布団など必要でしょうか。施しを受けて正気を失った夜の前日と同じことが続くのです。私たちの友人のある神父がカトリックの教義を九歳の女の子に教えに行きました。その子の父親が売春宿に娘を売り、その娘は売春宿の女主人の居候の男からひどい暴力を受けていました。神父は教訓を得ました、いいえ、自ら学んだのです。個人の慈善は情緒的なだけだと、私も最近この結論に至りました。今、その神父は私たちと活動していますが、彼には彼の見方があります。《我々は忘れる、我々は怠る》とベーラ・アフマドゥーリナ〔ロシアの詩人（一九三七～二〇一〇年）〕は言いました。《すべては逆へ向かう》」

　魔法瓶のところへ行き、もう一杯コーヒーを注いだ。サンドイッチが食べたい。ハムとチーズ。一匹の蜂が窓枠で羽ばたいている。突然、その羽音のほうが、私たちの会話よりも重要なように思えた。こんな夜にこの蜂はどこから来たのだろう？　蜂が蜜を作るように、私も書きたい。理性を欠いた笑いが私の中で広がった。寓話に出てくる歌うキリギリスは本当に頭がおかしいけれど、手に箒を持つ蟻もそれに劣らない。

「あなたに言いたいことがたくさんありました。でもどこから始めたら良いのかわかりません。例えば、あなたの政治活動。あなたは安全なのかどうかと自問します」

「安全？　でも安全な人などいるでしょうか。院長は表面的にはベルジャーの中にいて安全だと思われているかもしれません、もちろん、このベルジャーが守ってくれていることに気づいていれば、理解しているということです。神父の中には、私が話した人のように、ガラスを割った人もいる。それでも安全なのでしょうか？　いいえ、そうではありません。枕なしにマットレスに横たわるときや、祭壇の代わりに木箱の上でミサを行う時には、安全のことなんて考えません」

　彼女が微笑んだ。彼女が悲しそうにほほ笑んだので、挑発的な態度をとってしまったことに気づいた。

「リア、私はベルジャーの中にはいません。その点においてあなたは間違っているし、私があなたに門を閉ざそうと考えているとあなたが言ったことも。私の最大の願いは、できるだけあなた方を守り、いつまでもあなた方を保護することです、神はご存知です。私が介入せず近づかないのは、見張られ、監督されているとあなたたちに思われたくないからです。あなたたちは速いスピードで羽ばたいている」

　わかりました、院長は苦しんだのですね。私はバイーア出身の反体制活動家の説教マニア、もっと言ってもいいでしょうか？

「アリックス院長、何て言えば良いのかわからないのですが、院長は控えめであるとしても、ご自分のやり方で闘っていると思います、私はあなたの闘いを尊重します。私たちを破壊したいと考えている人たちに対しても、私は敬意を払います、彼らには彼らの闘いがあるのだから、それを尊重します。私たちは、自分たちの闘いの中で、弱体化し、裏切られ、分裂してしまったので、どんなに私たちが分裂しているのか想像することもできません。でも私たちは耐えています。残った者は、次の人に松明を渡すために、ケガをした犬のように走らなくてはならない、次の人は受け取ったら走って、次の人のところまで行く、でも、その次の人はまだレース場に来ていない、そうでしょう？　手から手に渡す必要があるのに。とても時間がかかります、でも、もう私たちは急ぎません」

「リア、松明？　あなたは松明だと言う。でも私が思うに、ある人が別の人を暴力や死に至らせているだけ。あなたたちが通るところに血の痕跡を残している。私たちには導いてくださる神がいる、神の崇高な計画から、暴力は取り除かれている。精神性だけが……」

　ほらね、精神性の勝利だって。ささくれと一緒に剥がれた爪の端を引き抜く。血が出て、指をなめる。胸にバンバンと撃たれる方が痛くないだろう。

「金の子牛の像が広場に建てられました。院長は私に精神性ということをおっしゃいました。崇拝者たちは精神的というわけではありません、崇拝者なのですから、そうではありませんか？　国民は精神的ではありません、国民は崇拝の一部となりたいのです、それなのに、近づくことができずに絶望しています。あの輝き、あの心地よさ、喜び。惨事、そうした犯罪のすべてが絶望から生じています、国民は希望もなく、知ることもできない。だから、電柱に上って、当てもなく発砲し、苦しんで、灯油やガソリンを飲むのです。恐れています。私も方向を見失っていました。今は、すべきことがわかっています」

「暴力も？」

　もうこれ以上ここに座っていることはできないから立ち上がった。危険を引き受ける。「いいえ、アリックス院長。私は自分が変化していることを白状します。暴力はうまく機能しません。機能するのは対話を生み出す私たち全員の連帯です。院長、あなたが暴力のことをおっしゃったので、一つお見せしたいものがあります」と言って、ペドロに見せるために持って行ったのに、忘れてしまった証言を出す。

「法廷での、ある植物学者の証言の一節を聞いていただきたいのです。彼はある工場でパンフレットを配布しようとして、逮捕され、警察の留置所に連行されました。彼が言ったこの部分を聞いてください。全部は読みません。《あそこで、私は二十五時間尋問され、祖国の裏切り者、裏切り者！と叫ばれました。その間中、私は食べ物も飲み物も与えられませんでした。その後、私は小聖堂と呼ばれる拷問室に連れて行かれました。そこで繰り返されるある儀式が始まりました、そのセッションは、毎回三時間から六時間ほどかけて行われました。最初に、政治活動のグループに所属しているかどうか尋ねられました。否定しました。すると、私の指の周りに何本かの線を巻き付け、電気による拷問が始まりました。最初は弱いショックを与えられましたが、どんどん強くなっていきました。そのあとで、服を脱ぐように命じられました。裸になり、何にも守られていない状態になりました。最初に手で叩かれ、次に警棒で叩かれましたが、一番叩かれたのは手によるものでした。それから、電気ショックが効果的になるように、全身に水をかけられました。もう死ぬだろうと考えました。でも殴られることに耐えて、耐えました。私の膝は深く割れました。シモンイス軍曹とパソス伍長が傷口に線を差し込みました。彼らは私に私自身に電気ショックを与えることを強制し、私が私の友人にも同じショックを与えるよう強制しました。私が叫ばない様に、口に靴を突っ込みました。悪臭を放つタオルを突っ込むこともありました。数時間後、その儀式は頂点に達しました。私を止まり木《パウ・ジ・アラーラ》にぶら下げました。手を膝の前で縛り付け、膝のうしろ側に棒を差し込み、その両端はテーブルに置かれました。私は空中で回転しました。一本の線を私の体に通して、口、耳、手に結びつけました。続く日々にも、その行程がもっと長い時間、もっと暴力的に繰り返されました。あまりに強く私を叩くので、鼓膜が破れたと感じました。ほとんど聞こえなくなったのです。私の握りこぶしは手錠でこすれ、私の手や性器は焦げた電線でまっ黒になってしまいました》。証言はまだ続きます」

　私はその紙を畳んだ。アリックス院長は私を直視した。灰色の目は優しい表情をしている。

「その人のことを知っています。その若者はベルナルドという名前です。私は、彼の母親のそばで寄り添いました。枢機卿と話すために一緒に行きました」

　今、何を考えたらよいのかわからない。ロレーナだったら、特別ね、と言うだろう。彼女が私に教えてくれたように、氷と火の団結というアイデアをこれまで誰も私に教えてくれなかった。院長は青ざめた顔をしていたけれど、再び血色を取り戻して、あちこちに落ちて切れた髪の毛のように、血管が細かい網目になって交差して、表面に浮き出ている。血管の先端はどこへ向いたらよいのか迷っていて、その宇宙でただ一人の存在であるかのように、超越的で、言い表せないものを形作るまで探し求めている。宇宙とは彼女の幼少期の宇宙である。人類の幼少期そのもの。

「アリックス院長、おやすみなさい。院長とお話することができて良かったです」

「リア、気をつけなさい。あなたに苦しんでほしくありません。お願いだから気をつけて」

「私は強いから大丈夫です」

「いいえ、リア。あなたたちは脆い。あなたもロレーナも、アナ・クララと同じくらいか弱い。何があっても、私に報告するのですよ。私を頼ってほしい」

「アリックス院長、あなたに私の日記を送ります。手紙ではなくて、旅行記を！」

　彼女はドアのところまで、私に付き添った。

「あなたにエピグラフを一つ贈ってもいいかしら。創世記から、受け取ってくれる？」と訊いたから、私は微笑む。

「《あなたは生まれ故郷、親族、父の家を離れて、私が示す地に行きなさい》〔旧約聖書「創世記」二章一節。十二章一～五節はイスラエル民族の先祖とされるアブラハムが、神の言葉に従って、その地から旅立ち、カナン（アブラハムとその子孫に与えられた約束の地）へと向かう〕。これは、今まさにあなたがしようとしていることです」と言い添えた。そして少し躊躇して言った。「私も同じことをしました」

7

《コメット通信》のこれまでの主な執筆者

浅沼圭司
石井洋二郎
伊藤亜紗
小田部胤久
金子遊
木下誠
アナイート・グリゴリャン
桑野隆
郷原佳以
小沼純一
小林康夫
佐々木敦
佐々木健一
沢山遼
管啓次郎
鈴木創士
筒井宏樹
イト・ナガ
中村邦生
野田研一
橋本陽介
エリック・ファーユ
星野太
堀千晶
ジェラール・マセ
南雄介
宮本隆司
毛利嘉孝
オラシオ・カステジャーノス・モヤ
安原伸一朗
山梨俊夫
結城正美

クロチウジ修道女がマーガレットの花一束と果物の入った袋を持って、勝ち誇ったように入ってきた。

「オレンジ、メロン、リンゴを持ってきたのよ。それから、バナナも。見事な房を見て」

自転車漕ぎのエクササイズを中断したけれど、そのまま床に横たわっていた。指先で彼女にキスを投げた。

「あなたは聖女です」

「そう願っています」

彼女は修道服の袖の中で、行場のない腕を垂らしたまま、首を傾けて考え込む。自分の内面を見つめている。たぶん、楽しいことではないだろう。

「本当にそうなりたいのですか？」

彼女は青白い微笑みを顔に浮かべた。歯並びは植物的でどこか得体の知れない雰囲気を漂わせている。マーガレットの香りを嗅げれど、顔は相変わらず晴れやかにならない。

「十代の頃、小テレジアになりたいと思っていました。私の手本です。彼女のしたことはすべてやりました、油絵を描くことまで真似したのですよ。熱に浮かされることにはなりませんでした、私はいつも健康的でしたから。その後、アビラの聖テレジアになりたいと思いました」

それは難しすぎる。わたしは天井を眺める。

「『霊魂の城《ラス・モラーダス》』」

「あなたは読みましたか？」と彼女は手を合わせて訊いて快活になった。「私はほとんど暗記しています。それは小さな哀れみでも動揺でもない、《ノー・エス・ペケーニャ・ラスティマ・イ・コンフシオン》わたしたちは自らの罪をわたしたち自身で《ケ・ポル・ヌエストラ・クルパ・ノー・エンテンダモス》理解することはないし、《・ア・ノソトロス・ミスモス》わたしたちが何者なのかを知ることもない《ニ・セパモス・キエン・ソモス》［『霊魂の城』「第一の住まい」第二節］」

灰色がかった鉛色のエプロンは、巻き付くようにくるぶしまでかかっており、細紐がついている。裸の方がずっと良い。

「修道服を脱いでいる修道女はたくさんいるのに、それについては考えないのですか？　シスターの脚はとても美しいのに」

「恐ろしいのは魂が互いを知ることなく、《テリブレス・ソン・ロス・アルディレス・イ・マニャス・デル・デモニオ》進む道を理解し合うことがないようにする、《パラ・ケ・ラス・アルマス・ノー・セ・コノスカン》悪魔の巧妙さと策略である《ニ・エンティエンダン・スス・カミノス》〔『霊魂の城』「第一の住まい」第二章十一節〕」

わたしは指二本を額に突き刺し、訳がわからないことを示して顔を歪める、だって、彼女がまた自分の内面を見ているから。彼女は奥へ入り込んでいる。混乱と哀れみ《コンフシオン・イ・ラスティマ》。口を開けて深呼吸をし、再び表層に戻ってきた。

「二人のテレジアのようになりたかったと言いましたけれど、私には前者の純真さも後者の知性も持ち合わせていませんでした。教えを学んで、その手本をとにかく真似しただけ。だから、それによる魂の状態は、別の状態にあったというより、無意識の状態だった。私は素朴な画家が、自分が素朴であると気づいていない画家が好き」と彼女は、アニーニャがテーブルに置き忘れた化粧ポーチを調べながら言った。留め金を開くと、アイシャドーの小筆が飛び出した。「例えば、あなたの友達。そのために生きるわたしたちよりも、彼女が神の近くに居ることになれば」

ああ、まったく。クロチウジ修道女がこのまま話し続けたら、わたしは死にそう。

「シスター、電話ではありませんか？　電話を待っているんです」

彼女は耳を傾けた。取りに行ったトレーを抱きしめて、苦くも甘くもないアーモンド色の目でわたしを見た。修道服の袖は指先までかかって、まるで羽のよう。陸上でも空でもない小鳥。意識の危機、可哀想に。女性と愛し合うことはそれほど深刻ではないけれど、快楽で燃え上がることも彼女はわかっている。

「近所の家でしょう。近くに音がうるさく鳴る家があって、誰も出ない」

わたしは本を閉じて、その上で頭を支えた。平和より多くの戦争、レフ・ニコラエヴィチ・トルストイ。世界の戦争をすべて数えたことはある？　国際法の理論にわたしは賛同する。異常な事態が平和。

「殺された」

「ロレーナ、誰が？」

「その電話に出ない隣人。ママは犯罪の話が大好き。この前、フランスで起きた恐ろしい犯罪の話をしていた。ある神父の」

「神父？」

「ずいぶん前に起きた話。ある神父が妊娠していた彼の愛人を森で殺して、胎児を取り出して、その胎児に洗礼を授けて、その後、その胎児を母親と一緒に楢の木の下に埋めて、その上に細い枝で作った十字架を立てた。信じられますか？　神父は自分の子にどんな名前を付けたのでしょう」と言って、わたしは床に転がっていたオレンジを拾った。彼女はトレーの上に果物を並べている。

「その罪を犯したのは神父ではなく、悪魔だったのです。悪魔が彼の魂を支配した」

「シスター、でも、完全には支配していません。彼は胎児に洗礼を授けて、その後、墓の上に十字架を立てています。そうした犯罪が起こるから、昔、教会は少年愛を認めていたのではないでしょうか。彼に男の愛人でもいれば」とわたしは言った後に後悔した。

遅すぎた！　沈黙が充満したので、彼女が果物をピラミッド型に重ねる音が聞こえた。とても疲れているけれど、再び自転車漕ぎを始める。何かをせずにはいられない。歌でも上手に歌えたらどんなに良いだろう。ああ、まったく。

「ロレーナ、これで良いかしら？」

彼女はピラミッドのてっぺんに、リンゴを載せようとしていた。真っ直ぐに揃えて置いてある彼女の使い古された大きな靴《サパタオン》〔隠語で〝レズビアン〟の意〕を撫でたいと思った。気の毒に、彼女のすべてが真っ直ぐだ。でも、誰がレズビアンだと言ったのだろう？　どうしてわたしはそれを信じたのかしら？　どうしてわたしはいつも悪い方を受け入れてしまうのだろう？　脚を東洋風に折り曲げて、絨毯に座った。

「もちろん、悪くありません。わたしの頭に思い浮かんだことは」と急いで言い添えた。「シスターの時制は過去完了形ですね。わたしの時制は何だろう？」

「まだわからないの？」

「わかりません」

「あなたは若すぎるから、まだ見つけられないのね」

ああ、ババババババ、古典的な言い方、わたしは何者なのか？　どこから来たのか？　どこへ行くのか？　リオンは誰かがこういう弁舌を始めると腹を立てる《プータ・ダ・ヴィーダ》。〝働くのよ、そうでしょう？　参加して役に立つ。あなたが自分の臍《エンビーゴ》に見とれながら、休息する姿が見たい〟彼女は臍《エンビーゴ》〔ポルトガル語で、embigo は umbigo（臍）の廃語〕と言う、ああ、リア・ジ・メロ・シュルツ。全面的にあなたに賛同する、でも、わたしは何千時間も自分の臍を見て〔〝自分のことだけを心配する〟の意〕、時間を無駄にしてきた。わたしは何者なんだろう？　せめて彼がわたしに電話で、もしもしと言ってくれたら、溢れるほど満たされる。もしもしロレーナ。

「シスター、恋をしたことがありますか？　もちろん、修道院に入る前のことだけれど」

彼女は床に落ちていたマーガレットの葉を拾う。

「私たちの冷蔵庫にあなたの人参が入っているから忘れてはだめですよ」

人参。わたしが美しい物を食べたがるから、彼女はわたしに人参をくれる。

「美しくなりたかった」

沈黙。わたしがそのことを言うと、いつも幾分かの沈黙が生じる。だから、わたしは話し続ける、ああ、みんなからの同情が必要。

「ねぇ、ロレーナ。あなたのような人は、そうね、とても……」

特別だというの？わたしは自分の手のひらを見る。

「ママが若かったとき、純真な女友達がいて、ある日起きたら、手にキリストの傷跡がついていたらしいんです。驚きませんか？」と訊いてみる。

でも、返事はいらない、一人になりたい。わたしは人が好きだけれど、みんなから自由でいたいという貪欲な必要性が時折起こる。孤独になると充実する。知的になって、しとやかになり、醜くても、鏡の奥で自分を見たときに気が滅入らない。二百九十九回、同じレコードを聴く。詩を思い出し、ピルエットをやり、夢を見て、創作して、すべての門を開けて喜びを感じると、自分を落ち着かせられる。

「それは初めてのケースではないわ。傷跡については」と、クロチウジ修道女が言った。彼女は体を真っ直ぐにして、槍の束のように花をしっかりと握っている。トイレに突進した。「使っても良いかしら？」

彼女はトイレで男性に会うリスクを冒すかのように、入るのに許可をとる。許可は必要ないから、どうぞと彼女に伝えた。わたしは仰向けになる。《この果実には火が宿る》〔エネルギーや性的衝動のある人の意〕、ああ、生きることは、なんて恐ろしく、驚くべきことなのだろう。銅製のタンクに流れ込む水の流れる音が聞こえてきた。愛するという行為。こぼれ出るのだろうか？

「あなたが肉を食べないからです。血色が悪い」

「シスター、わたしはベジタリアンなんです」

朝生まれたばかりの大気をわたしは真剣に吸い込む。天井に向けて、伸ばした手を開くと、わたしの澄んだ静脈叢も開き、ヒマワリのように回り始める。「《根のある花をどうやって知るのか？》〔真実を知るには正直さが必要であることを意味〕」わたしは大きな声で訊く。詩人たちは予感するけれど、確信しない。

「憂キ人ノの慰メ〔カトリック教会祈祷文「聖マリアの連祷」の一節〕」と心の中で叫ぶ。

根は金色の布で覆われた金色の聖具保管室にしまってある。鍵は真実であり、わたしは真実だけを請い、代わりに真実を渡す。高価かしら？　見たところでは、とてつもなく高価。誰が気にするだろう？　みんなわたしを好意的に見て、わたしの頭を撫でて、それから、彼らは走って幽霊列車の切符を買いに行く。トンネルは色が塗られた段ボールでできていて、旅行客はプラスチックでできている。列車は人工の花や小さな滝のある風景を走る。鏡の効果を利用した、ただの笑劇。

「アナ・クララはヨーグルト色をしている」とクロチウジ修道女はドアに再び現れて言った。手を拭いた。「リアまで色を失ったザクロの実のように見える。あなたたちに何が起きているのかわからない」

〃よくご存じなのではありませんか〃と考えて、ロレーナは社会法の論集を手に取った。その論集を振って、ページの印をつける細長い数枚の紙片をカサカサと音を立てて落とした。そして、その内の一枚の端に書かれたメモを読んだ。窓から身を乗り出して庭を眺めた。法律は、森の中で芽を出すあの花のように自発的に生まれた。〃でも、悪賢い人たちが来て、その悪賢さですべてを複雑にした〃と考えてから、本に挟まれた別の紙片を抜いた。それを注意深く読むと、紙吹雪のように細かくちぎった。そして手のひらに乗せて吹き飛ばした。〃イエスは悪賢い人だったのかしら？　どう思う？　後から来た人たちが、ああいう抜け目のない顔をして、サレド法ナリ〔ラテン語法格言〕だと言い出した〃でも、本当は、それほど厳しくない。アリックス院長から、悪賢いという言葉を教えてもらった。〃あなたの猫は悪賢いのね〃と彼女はアストロナウタを指しながら言った。まさにその瞬間に、アストロナウタはそこで用を足した。辞書には、狡猾な、巧みな、ごまかし、と書いてある。悪賢いという言葉は北東部が起源で、つじつまが合う。アリックス院長はセアラ州の出身。

　クロチウジ修道女のバリトンのきいた声が低空飛行のヘリコプターの騒音を抑えた。

「映画に出てくるトイレのようね。あなたのように、気ままな女の子を見たことがない」

「シスター、わたしは無秩序だと気が滅入るんです。ああ、もし自分の中でうまく整理することができれば、すべてが引き出しの中にうまく入るのに。あまりにゴタゴタしている」

　彼女は床に落ちていたものを拾った。それから、クローゼットを開けた。ロレーナは修道女が物に触れるたびに発せられる小さな音の後を追った。〃興味津々。わたしの服も映画のようであるのか確認したいのね〃と本の間に折って挟まっていたノートの切れ端を見ながら思った。M・Nに書いた手紙の走り書き。送らなかった詩の手紙、たくさんの下書きや想像。わたしの心臓から血が流れ出る、泡立つ波を進む赤い帆船と彼女は読んで、紙片の端に描かれた、口に花をくわえた小さなシマウマを見て微笑んだ。

「わたしの詩はたいして良くない」

「どうしたの？」

〃ああ、まったく。この人も、耳が遠くなっている〃リアがそう言っていた気がする。小さな入口は、しまいには、正門と一致団結して閉じる。〃従ハ主ニ従ウ〃〔ラテン語法格言〕と修道女の方に体を向けて呟いた。表情がパッと明るくなった。

「わたしが神々しく輝いていたら、彼はわたしが神々しく輝くから、わたしを夢中になって愛し、彼はわたしが神々しく輝くから、わたしを夢中になって愛す。そして彼は」

「ロレーナ、その調子よ。積極的に考えて」

ロレーナはその本を任意に開いて、労働災害に関する一節を読んですぐに目を閉じた。読んだばかりの一節を一語ずつ繰り返して言うことができる。気持ちが高まって微笑んだ。閉じた目で見えるものは何だろう？　実際には存在しないものだろうか？　どうして妄想は現実と一致してはいけないの？　修道女がテーブルの上に置いた銅製のジョッキに入ったマーガレットを眺めた。支える力のない長い茎が頭をもたげ、白い花びらの花冠を垂らしている。〃自信の無い花嫁みたい〃と考えて動揺した。そのジョッキを父親の写真が置いてある棚に持って行った。〃パパ、わたしを助けて。彼がわたしのことを好きだということをわたしは知っている。でもそれで十分だと思う？　奥さんも子供もいる、たくさんいるの。真似事をするだけなんて、わたしは嫌だけれど、彼はそうしたい、ああ、わたしの愛するパパ、わたしは耐えられる、諦めると言うことができる。でも、彼がわたしを呼んだら、破片を踏みながらでもすぐに走って行き、二時間前には着いてしまう、わたしの愛する人！〃

「祖父母の家にも、同じものがありました」とクロチウジ修道女は言って、金メッキのベッドのフレームをエプロンの先で擦りながら言った。

彼女に雑巾を渡すと、彼女は喜ぶ、働くのが好き。掃除好きの妖精のように効率の良いママの家政婦に、頑丈な靴を履いてそのうちに来るように伝えてあったと思うけれど。覚えているわよね？　彼女は手で何かをしていないとならないのだ、大きくて骨ばった手、まっすぐ切り揃えた爪。何時間も前からわたしの部屋にいる。ひょっとしたらわたしに恋をしているの？　考えたことなんてなかった。神父の愛人がムーラ・セン・カベッサ〔ブラジルの民話に出てくる〃頭無し雌ラバ〃。神父と恋仲になった女性が罪となる行為の罰として、頭の代わりに炎をつけたラバに姿を変えられてしまう〕になる。修道女の愛人も？　切り揃えた爪。爪で彼女だとわかる。注意深く切り揃える必要がある、重要な要素、ああ、なんて恥ずかしいの！　だって、そういうことだけがわたしの邪心に入り込んでくる。誰もがわたしをお気楽だと思っているだろう。子供だと。

「わたしたちに見えるのは三分の一だけだということを、ご存知でしたか？　残りは見えない。裏側です」

「三分の一だけが目に見える？」

わたしはページをめくる。まだ労働災害に関すること、ババババ、バババ。知っていることばかり。要約はこの先に書かれている、ほらあった、バババ。彼女に向き合う。彼女は手で広げたフランネルの生地を握ったまま、動くのを止めた。金のように輝くベッドのフレームを磨く動きを再開する準備ができている。

「三分の一だけです。わたしには、シスターの頭巾、顔、布を握るあなたの手が見える。でも、ほんのわずかではありませんか？　残りの部分は？　わたしが見ることのできない残りはどこにあるのでしょうか？」

　彼女は神秘性の割合の高さに満足しているに違いない。

「ロレーナ、残りはすべてです。でも、それは神に属しています」

　紐で結ってある靴が彼女の表情を表している。何をすべきかを知る者の靴。そのうえ上手にする。水に向けてしっかりと立つ雌のマガモの均衡のとれた開いた足のように、外側を向いて踏ん張っている。処女かしら？〝ある意味では、そう〟とリオンがどこか控え目に言った。まだ、彼女はそれに関する調査をしていない。プリシーラ修道女の部屋に走って行くには、裸足である必要がある。ひそひそ声、吐息、修道女たちは愛を囁くときには、そっと息をするに違いない。短い言葉。短い呼吸。フランス語名のある修道院長が極秘の記憶を新米の修道女たちに語った一八世紀の破廉恥な本にそう書いてあった。

「わたしが歳を取ったら、回想録を書くつもり」とわたしが言う。「つまらないのは、美しく乱れた妄想的な考えが結局は整ってしまうこと。行儀の勝利」

　彼女は洗面所で手を洗っている。何かをするたびに手を洗う。

「わたしが若い頃、若い女性はみな、自分の日記を持っていた。でも、今の時代のあなた方は、すべてを恋人や精神科医、両親にまで言うことができる。それなのに、どうして面倒な日記なんて？」

　たぶん、足を洗うのも好きなはず。夜、朝の慌ただしさを迎える前に、大きな靴から解放された足の指は扇型になって、もともときしむ床で、あまりきしまない板を選ぶ。ああ、なんてこと。ブーラ修道女が目を光らせて、鍵穴から覗き見たり、推測したりしても驚かない。行列。世界の埃を背負ってエスパドリーユを履くリオン。それは何の小包？　パンフレット？　爆弾？　それから、イサドラ・ダンカンの長いスカーフを踏みつけて、金色の酔っ払いの靴を履いたアナ・トゥルヴァ。クロチウジ修道女がレースのついた綿のキャミソールで現れるのも、そう遠くはない。彼女の足はきしむ板の間の繊細さには大きすぎる、ああ、これは地下廊のある古い修道院からの着想。側近を閉めだして、足に手袋をはめた猫の大きなお腹は床すれすれを通る。その床には他の猫を寄せつけない隠れ家がある。雑多になりがちな場面での入口の順番、代替できない物。ブーラ修道女が目をハンカチで拭いて、震えながら窓から身を乗り出している。わたしが貞淑で静かにして、救いの希望があるかを確かめたいのだ〝大丈夫なの？〟悪魔に取りつかれた女の子は、夜に姿を現し、船の信号で助けを求める、ピピ、ピピー、ピピ！　怖い、なんて怖いの。解決するには、ブーラ修道女が急いで匿名の手紙を書いて、あらゆる事に聡明に飛び回るアリックス院長が読んで破る、主ヨ、私タチニ汝ノ慈悲ヲ示シタモウ〔旧約聖書「詩篇」第八十五章八〕。

「さあ、行かないと。何か必要なことはありますか?」

彼女に謝りたい。

「シスター、果物をいくつか持って行ってください。もう少ししたら、ママがもう一箱送ってきますから。一人でこんなに食べられません。わたしにそこのバナナを一本取ってくださいませんか?」

彼女はバナナの房を見て、額に皺を寄せた。

「たぶん、二日後が食べ頃ね。果物にはすべて時期がある」と言って、バナナを見る代わりに、自分の手を見た。

「食べるのは前日でも、翌日でもだめ」

彼女の死後の顔に薄曇がかかっている。可哀想に、事前でも事後でもない。彼女がわたしをじっと見ているから目を逸らす。

「わたしが愛する人は、わたしを未熟だと考えている」

「未熟?」と言って、へたの部分でつかんでいたイチジクをわたしに差し出した。

「その人は何歳? あの青年、ファブリジオではないのですか?」

「別の人です。マルクス・ネメシウス。父親はラテン語学者で、子供全員の名前が語尾変化します、素敵ですよね。ローサ、ロサエ、セルヴス、セルヴィ」

ボスタ、ボスタエのように。淫らな感じでイチジクを噛む。彼女の顔はまだ雲がかかっている。ポケットの中に手を入れた。身の置き場がなく悲しそうにしている。

「わたしたちは愛人です。彼の子供を妊娠しています」

「夢みたい!」と笑いながら叫んだ。

彼女を笑わせることだけはできた。急いで彼女のポケットに果物を詰める。

「シスターは恋の病に効く薬を知りませんか? わたしは恋に病んでいます」

「ドクター・ハンフリーは〔ハンフリー・ボガート(一八九九〜一九五七年)米国の映画俳優〕素晴らしい医者です。すべて治療してくれる。心臓側の胸に湿布を貼るだけ。さようなら!」

彼女は階段の途中でリオンに遭遇した。

「入っても良い?」と彼女は部屋に入ってから言った。バナナが置いてあるところまで行き、二本引き抜いた。

「まだ熟していない」とロレーナが教えた。

リアは肩をすくめた。

「彼女のレシピの一つ? 湿布のことは聞いたことがあったけれど、そうでしょう?」

羽で蝶をつかむように、ロレーナはイチジクのへたをつかんで、高く持ち上げて見回した。どこに置こう? 灰皿の中はだめ、水分を滴らせるから、灰と混ざってしまう。皿を一枚取りに行き、その中に、リアが手のひらに重ねていたバナナの皮も入れた。ロレーナは友人の前に跪いて、糸のほどけたジーンズの裾を注意深く折り曲げた。エスパドリーユの紐を結んで、フード付きの黒いプルオーバーを調べた。〝この服は初めて見た〟そして、ニット帽に興味を持った。

「それをどこで手に入れたの？」

リアは絨毯の上にトートバッグの中の物を出した。

「友達からのプレゼント。あなたのママの車は正門の前にある。キーがなかなか見つからない」

「すべてうまくいったの？」

「完璧」とリアが言った。

ガリ版印刷された政治的なパンフレット、箱から出ている煙草、歯ブラシ、クッキングシートに包まれた食べかけのサンドイッチを出して積み上げた。最後に小さな物を取り出した。硬貨、ひび割れた部分に煙草の煙が細糸のように付着している黒い櫛、銀のキーホルダー、丸まった真っ黒の布。ロレーナは足元に転がってきた黒ずんだ布は、緑色のハンカチだと認識した。トートバッグの奥から、ハンカチがもう一枚出てくるのではないかと期待したけれど、最後に出てきたのは、紙片に混ざったパン屑だった。リアは皿の隣に座って天井を眺めた。

「リア・ジ・メロ・シュルツ、わたしは悲しんでいるのに、あなたは嬉しそう」

「とても」とリアがテーブルの上にキーホルダーを置いて言った。リアがクッションに乗って跪いてニット帽を脱ぐと、髪の毛が元気よく爆発した。「最高のことが起きたの、わかる？　問題になるのはネカオ、でも、父が協力してくれて、あなたもそうしてくれたら」

「いくらなの？」

「まだわからない、あとで伝える。旅をするの。外国よ。あとで全部話すから。ああ、レーナ、体が沸き立っている」

ロレーナはそばに寄った。絨毯に座って膝を折り曲げて、自分の裸足の足を眺めた。

「マイクを持って、わたしをインタビューして」

リアはバナナをしっかりと握って、ロレーナの口元まで持って行った。

「真実を言うと誓いますか、真実だけです、真実以外のものはだめです」

「誓います」

「お名前は？」

「ロレーナ・ヴァス・レーミ」

「大学生ですか？」

「大学生です。法学部の」

「どこかの政治団体に所属していますか？」

「いいえ」

「それでは、女性解放運動か何かに参加していますか」

「いいえ。わたしは自分の問題だけを考えています」

「つまり、政治に無関心な若者ということですね」

「お願い、わたしのことを裁かないで、インタビューだけして。嘘を言うことができないから、女性一般について心配をしていると回答したら嘘を言うことになるから、わたしはわたしのことだけを心配している、わたしは恋している。彼は結婚していて、年上で、子供がたくさんいる。わたしは完全に恋している」

「ぶしつけな質問を一つしてもよろしいでしょうか？　あなたは処女ですか？」

「処女です」

許可を得て、リアは手に持っていたバナナの半分まで皮をむいてかぶりついた。それから、大げさに深呼吸をした。口をいっぱいにしたまま続けた。

「つまり、あなたたちは愛人ということですね。この理由をわたしが質問することは、無謀でしょうか？」

「彼は望んでいない。彼はわたしを訪ねて来ないし、ずっと前から電話もかけてこない」

「性的不能なのではないですか？　あるいはホモセクシャル？　わたしの記憶が間違っていなければ、確か、その子供たちのことで、何か悪いことを聞いたような気がしますが」

「彼はジェントルマンです」

「ははーん」

「彼がわたしのことを最後の砦だと言ったら、わたしは走って行って、わたしのことを呼んだ？と彼に訊く。彼とだったら、船倉や橋の下、道路、売春宿でも暮らす、リオン、リオン」と彼女はバナナを遠ざけて、泣き声になった。「もうふざけたくない、とても悲しい」

リアは太い眉を吊り上げて、集中して噛んだ。それから手を伸ばして、灰皿と櫛の間にある丸まったハンカチをつかんだ。絨毯で手を拭いて、ロレーナの頭を優しく撫でた。

「何て言えば良いのかわからないけれど、たぶん、問題はあなたにあると思う。結婚のことを言い続けたんじゃないの？　そのことを言ったから、彼は困ってしまった。結婚のことばかり口にするマニア。それから処女だということ」

「彼の息子が予備校に入ってから悪化した」

「予備校に入った？　入ったのは、彼が結婚生活を取り戻そうとしているから。あなたは愛人も夫も持つことができない」

「じゃあ、誰が結婚したいの？」

「あなたでしょう？　あなたは結婚がしたいのよ、そして、他のことは何も考えていない、そうでしょう？　だったら、一人身の人を探さないと、まったく！　ファブリジオはどうなの？」

「知らない。来ない。わたしがM・Nといるところを見たの。あなたが知っているように、わたしは正直だから、誰も騙したくない」

　リアは親指をゆっくりと口に持って行った。爪を噛み始めた。そして突然笑いだした。

「ペドロはあまりに経験がなくて、うまくいかなかった。私たちの神父の中にも未経験者がいるはず、年甲斐もなく、あなたの場合はオイディプス的。あなたのような神父は夢を見る、素敵な夢を。結婚したくてしようがない」

　ロレーナは黙って笑って、肩をゆすった。

「ねぇリオン、神父は本当に望んでいると思う？」

「他のことは何も望んでいない」とリアは言って、トレーの上のリンゴを手に取った。かじる前に、プルオーバーの袖口でリンゴをこすった。「結婚が機能しないから、多くの神父が元気づいてしまい、たくさんの辞職願が提出されている。教会に対する慈悲のクーデターということ？　どうかしてる」

　リアが絨毯の狭い範囲にトートバッグから撒き散らした残り屑を、ロレーナは指先で丁寧に拾い集めて小山にした。集めた屑をタイプされた紙に移してから灰皿に捨てる前に、その紙を読んだ。《土地に帰する日でなければ、我々は決して自由と再会しない》、一八四四年にマルクスが書いたもの。《不幸にも、従属と反動主義はドイツ史の中で、今日まで継続している》。

「リオン、無意味よ。あなたは左派だから想定内のこととして、こうした刷新を受け入れなくてはならない。新教会はもう一方の残骸から生まれる。抑圧されていない、満足した神父がいるべき。ラテンアメリカは、他のアメリカより愛を育む必要がある。熱帯！」

「ロレーナ、何て言えば良いのかわからないけれど、教会は脚を開きすぎている。でも救われるのは、多くの神父が闘っていること、どんなに闘っているか、感動して泣きたくなる。それは歯車全体の中で生きるということ」

　サンドイッチを包んでいたクッキングペーパーを開いて、元気よく噛みつき、散らばった物を集めてトートバッグに入れた。

「カービン銃を手にすることは許される。でも、結婚することは禁止《フエアボーテン》される。そういうこと？」

　彼女は胸に落ちて、セーターにくっついたハムを口の中に入れた。口がいっぱいになって、話すことができない。わたしは落ちてきている彼女のズボンの裾をもう一度、二重に折った。埃のついた黒い綿の靴下、彼女はどこで手に入れたのだろう？　ああ、リア・ジ・メロ・シュルツ。シユルツ氏《ヘル》のナチズムに合わさったジウ夫人の純粋な偏見。神父が肉体関係を持つ？　彼にはガス室。主が水と大地を、光と闇を、一方には善をもう一方には悪に分け、夜明けにわたしたちがいるように。夕暮れは？

「リア、夕暮れ時には、違反した愛が留まるのよ。その時間帯は日中でも夜でもない、薄明り、あいまいな色彩。沈黙。黙ることを好む時間。そこにはホモセクシュアル、近親相姦者、不倫者、強姦者が入る。わたしの小さな頭で考えた分類は、なんて素晴らしいの。女性を求める神父もこうした人たちの中にいる。曖昧さ。恐怖」

　リアはゆっくりと、クッキングペーパーをしわくちゃにして、溢れている灰皿の隣に丸めて置いた。プルオーバーを脱いだ。ロレーナはリアが裏返しに着ている綿のTシャツを見た。

「なんて頑固なの」とリアが呟いた。「頑固で、ロマンチック。その両方なんて」

「裏返しよ」とロレーナが教えた。

　後悔した。表側はもっと汚れている可能性が高かった。リアがTシャツを脱ぐのを目を伏せて待った。

「いい、レーナ？　彼らが女性と関係したら、もっと恐れを、もっと問題を抱えるようになる。どうして彼らが結婚するの？　彼らが政治的問題を引き起こしたくないのは、四六時中彼らを必要としている多くの他の女性たちがいるから。おそらく、これほど神父が必要とされたことはなかった。人々は狂しみ、死んでいる、告白したい、聖体拝領をしたい！」脚と手を痙攣させて叫んだ。「恥知らずは辞職している。素晴らしい。それはショパン？　別のレコードに替えて、陽気になるのが良い。レーナ、だって嬉しいから。何をやっているの？」

　友人の首に持たれかかりながら、ロレーナは銀メッキの小さな魚と鈴のついた紐ネックレスの結び目を解こうとした。

「ねぇ、じっとして、ねぇ。もう使わない銀のネックレスを持っているの、この紐はみすぼらしいわ、待っていて、取り替えてあげる。それにしても、神父のことはどうしたら良いの？」

「私たちのインディオは梅毒にかかっているし、少年たちはみな薬物中毒で、ファヴェーラで暮らしている、ネズミは恐ろしいほど繁殖するのに、パンは減っている。まさに今、そうした若者たちは、這い上がろうと無害証明を得ようとする」

　ネックレスの結び目をやっと解くことができた。ロレーナは銀のネックレスを取りに行って、小さな鈴を鳴らした。

「リオン、とても似合っている。もう少し待って、動かないで。あなたの首に、少しコロンをかけてあげる。あのひどい紐ネックレスのせいで跡がついている、気づいていた？　香水をかけると、爽やかな気分になるわ。感じて」

　順応しているかのように、リアは彼女に首を持たれかけ、鼻をこすった。〝香水にアレルギーがあるのに〟と顔をしかめた。

「闘っている神父に、どんなに私が感激しているのかあなたには想像できないでしょう。レーナ、行動よ、考えることはもう充分してきたから。そこから出て、唾が乾くまで話す、骨が皮膚に穴を開けるまで歩く、罵られても、戸口で顔を突き合わせて、石を投げられても、憔悴することなく続ける、無理解や敵意の中でも続ける、死ぬまで続ける、そうすることを選んだのは彼らだから。彼らはキリストの兵士、そうでなければ何なの？　キリストはハンモックで休むために止まっていただろうか？　キリストは一人の人間として埃にまみれて乾ききって、サンダルは破れて、狂人のように早歩きをした、空腹、辛辣な喉の渇き、泥土、使徒たちでさえ疑うほど怒りに満ちていたと私は思う。それなのに彼は？　レーナ、何て言ったら良いのかわからないけれど、安楽椅子に座る神父の話を聞くと、ガラスを粉々にしたくなる。ねぇ、もう止めて、アレルギーがあるの、そんなに香水をつけると、息ができなくなる。もう行かなくちゃ」

　ネックレスを見て、それにキスをした。それからロレーナにもキスをして、プルオーバーをトートバッグに入れて、肩からかけた。

「ねぇ、リオン、約束していた昼食は？　今日じゃなかった？　素晴らしい昼食をあなたに食べてほしかったのに。クリームを添えたイチゴを憶えている？　結局、わたしたちは一度も一緒に昼食を食べることができなかった」

「別の日に。門まで私と一緒に来て」

「ちょっと待って、少しネカオを持って行って、わたしはすごくお金持ちだから」

「でも、これは多すぎる」と彼女が私のトートバッグに一束の紙幣を入れようとするから言った。

「グループに、わたしの名前で電気スタンドを差し入れて」

「電気スタンド？」と私は繰り返して言って笑った。あまりに嬉しくなってしまい、恥ずかしい。「そうする、事務所にはすべてが足りないから、文房具店で必要なものを買うことにする。アマゾン横断道路的乏しさだから」

　私たちは手をつないで階段を下りる。彼女は階段の途中で立ち止まって叫び声をあげる。彼女の素足を見る。ケガでもしたの？

「リオン！　ねぇ、夕方に映画でもどう？　狼男の映画よ」

「今日はだめ。やらなきゃならないことが山ほどある。それに……」と言い始めて途中で止める。クロチウジ修道女が私たち方に来たから。「とにかく、いろいろある」

「ロレーナ、また石の上で裸足なの?」と修道女が驚く。

「足の裏が痛くない?」

ロレーナは私の腕に寄りかかって、修道女の方に苦悶の顔を向けた。

「とっても」

そして彼女たちは笑う。今日の天気は素晴らしいとコメントし合っている。ロレーナがこういう日は叫びたくなると言う。私は小さな石をつかんで、それを手のひらで強く握りしめる、ああ、石が抵抗する、でも、いつまでも握りしめると何も感じなくなる。こういうふうに抵抗してくるものが私を喜ばせる。石をトートバッグに入れる。今度は私が太陽に向かって叫ぶ。「ミゲウ! 私たちが絶対にあなたを救う、私たちがあなたを救う」と繰り返して言うと、目に涙があふれてくる。

「ねぇ、成績がもう出たことを知っている?」とロレーナがまるで舞台にいるような声で訊いてくる。

いつもの兆候だ。彼女が話そうとする秘密を聞こうとわたしは首を傾ける。クロチウジ修道女が謙虚な別れを告げて買い物籠を携えて離れた。

「いいわよ、言って」

「アナ・クララがまた妊娠しているの」

「婚約者の?」

「それならまだ良い。でも、その婚約者とは完全にプラトニックな関係。マックスっていう別の男との子供よ。急いで堕して、その後、南地区の形成外科に行かないと。ここのところ最悪な状況みたい、可哀想に。リオン、それに彼女ヘロイン中毒なの。傷跡を見たわ」

「今日、朝早く彼女が部屋を間違えて、部屋に入ってきた。私を揺り起そうとベッドに突進してきて、驚いて死にそうになった、警察だと思ったから」

ロレーナが私に抱きつく。足が痛そうだけれど、痛みを感じる必要がある。

「リオン、わたしたち何とかしてあげないと。正気じゃない、狂っている。今の状態が続くのはあり得ない」

一度も果実をつけたことのない萎びたフトモモの木を見る。枯れているように見える。でも、芯はまだ生きている。ロレーナも私の視線の方向に目をやった。そして、小さな葉を取って、指で細かく砕いた。それから匂いを嗅ぐ。すると、不意に私の腰に手を回してきて、私の足の上に乗る。〝連れて行って!〟彼女の腰を支えて、二人でくっついたまま、ゆっくりと、結合双生児のように庭園の小道を進んだ。彼女が先導する、私の頭の前に彼女の頭があって、私は足元が見えないから。洗ったばかりの髪の毛に感じる石鹸の香りのように彼女は軽やか。彼女の髪の毛が、私の顔を風に舞うハンカチのように覆う。私はカルラのことを思い出す、どうしてカルラのことを思い出すのだろう？　彼女の体をもっと強く抱きしめる。彼女が笑う、くすぐったかったようだ。私たちは愛し合っている、そう、私たちは愛し合っている、これが愛。何て言えば良いのかわからないけれど、私はペドロのことも愛している、ブグリのことも、アナ・トゥルヴァのことも、みんなのことを愛している。みんなを愛せる、ミゲウが一番だけれど。彼女の足が私の足の上から滑り落ちてバランスを失った。私は彼女の上に倒れそうになる。

「さあ、降りて」

従わない。もっとふざけたがる。彼女の腰をつかんで立たせる。彼女は体をぴんと張って、バレリーナのポーズをする。門の前に彼女を残す。

「子供のころ、ホムロとそうやって何キロも歩いた」

「あの外交官？」

「ホムロは死んだわ。外交官はヘモ」

「いつも間違えちゃう」

「みんな間違える。ガレージにしまってある収納箱のことを知っている？　その中に、昔の写真のアルバムが入っている。いつかあなたに見せる。農園の家はとても美しかった、純粋なコロニアル様式で、百二十年前に建てられたのよ、信じられる？」

私は門を開ける。何か言うことがあったはず、何だったろう？　頭を下げると思い出した。

「レーナ、私は完全に拘束されているから、アナ・クララを助けることはできない。私が中毒者と関わったら、それが、たとえ私の姉妹だとしても、助けることはできない。密売人や中毒者のいるところには、大勢の警察官がいる。警察は彼らと私たちを一緒くたにしたがる。だから、私は身を危険にさらすことになる。アナ・クララは病気だとわかっているけれど、そういう病人は絞め殺したいと思わせる病気なの。中毒者というのは驚いた顔をして水の中に沈んで、一人ずつ溺れていく、彼らの腕、髪の毛を引っ張って、叫んで脅すと、彼らは沼地に投げ出されたセメントのブロックのように溺れる。動物でさえ、レーナ、動物でさえ反応して脚をばたつかせる。でも、彼らはしない。あの驚いた顔のままで溺れて、水の中で死ぬ。何ができるというの？」と私は訊いて、門を揺さぶった。「レーナ、もう行かなくちゃ。旅をするの、たくさんの準備をする必要がある」

ロレーナは門の縁につかまって、痛いからなのか、落胆したのかわからないけれど、うめき声をあげた。

「可哀想でしょうがないと思ってしまう。それで手を貸すから、わたしは自分が共犯者のように感じる。刑法に共謀罪という言葉がある。でも、どうやったら拒否できるの？　わたしが車を買うようにママが小切手を用意してくれた、そのネカオで手術させる、なんの問題もない。でもわかっている、ネカオは解決しないということを。でも今は仕方がない」

「レーナ、私も必要になる。旅行は目前に迫っている。パスポートを取得するのはなんて大変なんだろう。ああ、たくさんの書類。たくさんの要求」

「別の日に、彼女は神を見たとわたしに言っていた」

「見たことのない中毒者はいない。でも、神が身近になっているのは良い兆候ね」

赤いコルセウが太陽の下で輝いている。一人の少年が自転車に乗って通りを横切った。誰かの庭では、一匹の犬が吠えている。曲がり角の木の下に、立ち止まって黒いスーツを着ている男がいる。見られていることに気づいて、ポケットから新聞を取り出して読み始めた。

「リオン、どうしたの?どうしてそういう顔をするの?」

「あの男」と私が言う。

ガレージから出ようとしていた女性が車のドアを開け、その男が中に入った。私は地球の中心まで深呼吸する。ロレーナは子供のように、鉄製の門の模様に指を入れて、錆びた黄色のバラ形の装飾にぶら下がる。

「リオン、もしそれが本当なら。彼女が神を見たって言ったこと」

「あなたは見たことがある?」

ロレーナはその姿勢につかれてしまい今度は赤くなった両手を見ている。

「ママの友達に、学校で夜が明けたときに、手のひらに聖痕があることに気づいた友人がいた。兄のホムロはその話を聞いて、翌日ベッドで寝ていたわたしを起こしにきて、手に傷！　僕の手にも傷がある！と印のついた手を見せに来た。でも、もう一人の兄へモが賢くて、マーキュロクロム液だと言った。わたしは巨大なシャボン玉をつくるのが得意で、ホムロもへモもわたしほど大きいシャボン玉を作ることはできなかった」

黄色い色の甲虫が彼女の真っ白なガウンの袖を上っている。彼女が甲虫をつけて裸足であること、処女であること、膨らんだシャボン玉のように困惑していることをすぐに記憶する。

「旅行だけど」

「バイーアへ行くの?」

「もっと遠くだと言ったわよね、ロレーナ、よく聞いて、外国よ！　詳細は今度あなたに話す。今はいろいろ質問されたくない」

「リオン、じゃあ、お別れのパーティーをしましょう。グガがギターを持ってきて、太鼓を叩く人たちを連れてくる。飲み物もたくさんある、パーティーをやりましょう。友達をみんな呼んでいいわよ」

「私の友達？　禁止される《フエアボーテン》、ああ、時は過ぎゆく《デイー・ツアイト・エントリント》」と私は言って門を開ける。

　気がおかしくなったドイツ人。私のお父さん。時にはお酒を飲むと歌うこともあった、父が歌うと、なんだか神のように見えた、理解できない言語で歌っていたから、とても奇妙に思えたけれど。戦争と亡命という威信を携えてよそ者になった。兵士の低くて太い声、どんな風に歌ったのだろう？

「あの時のように《ヴイー・アインスト》リリー・マルレーン！　あの時のように《ヴイー・アインスト》リリー・マルレーン！〔一九三八年に作曲され、第二次世界大戦中に兵士によって歌われたドイツの歌謡曲〕」

　ロレーナは嬉しそうに足で地面を軽く踏みしめながら口癖を言った。〝もっと、リオン、もっと歌って！〟まだ私を引き留めようとする、私は本当に昼食を食べたくないのだろうか？　コルセウに乗って、一回りするのはどう？　クラブでアイスクリームを食べない？　外に出て門を閉める。庭の柵から、彼女は囚人のように見える。なんだか悲しくなるけれど、すぐに笑いたくなった。見方を変えて、彼女から見たら、囚人なのは私のほうよね？

「あなたのママに人にあげるような服がないか訊いてくれる？　シャツ、パンツ、プルオーバー、どんな衣類でも受け取るから」

　彼女は腕を格子の間から伸ばしてきて、ズボンの中にTシャツを入れた。

「もちろん持っているわ。もしかしたら、ホムロの服もあげるかもしれない。十三歳だったけれど、体が大きかったから。わたしの青いストライプのセーターを知っている？　あれはホムロのだった。ママは全部とっておいたけれど、色が褪せてしまっている」私にかけた小さな魚のついたネックレスをTシャツの外に取り出しながら小さな声で言った。「ねえ、ミュウのものはいる？　大量の布を買ったのに、その後、考えを変えてしまった、制服も作れるくらい」

「革命を起こさない革命家たちの？」と私は訊いた。

　ロレーナは門に頭を乗せて、リアを目で追った。ガウンを上げて、ゆっくりと腹部を掻いて、そのまま指は円を描きながら、臍まで下りていった。そして、白いズボンから透ける性器の小さな三角形の陰になった部分に関心を示した。それから、松の樹幹を素早く横切って、隣人の家の塀に止まった小鳥に微笑みかけた。その鳥に向かって子供っぽくお辞儀をした。〝グッド・モーニング、ミスター・スミス。グッド・モーニング、ミスター・スミス。あなたのお父さんはお元気ですか？《ハウ・イズ・ユア・ファーザー》　わたしの父はとても元気です《マイ・ファーザー・イズ・ヴェリー・ウェル》、サンキュー。あなたのお母さんは《アンド・ユワ・マザー》いかがですか？　オー、わたしの母は猫なんです《マイ・マザー・イズ・ア・キャット》。とても小さな猫です《ア・ヴェリー・リトル・キャット》。ソー・ソーリー〟

太陽の日差しが当たる庭の静寂のなかで、女性の強い日差しを浴びた笑いが反響した。ロレーナは小石の上を痛そうに歩いた。貝殻の形にすぼめた手は胸の周りを覆っている、ああ、彫像の胸！　特にあのブロンズの四人の女性の胸は山型で、半裸で台座の周りに腰かけていた、その上には、吸血鬼のマントを羽織った老人。バラの広場。花を開いたバラの胸からは、乳が出る時間になると乳が流れ出た。農園の牛乳、泡を立てて真っ白だった。乳白色の月夜。月が雲の影に隠れてしまうと、老人の犬歯は鋭くなり、さらけ出された胸の膨らんだ乳房を愛撫しようと降りてくる。いけないかい？　良いわよと彼女たちは黙って返事をして、ブロンズの首の血を捧げる。微笑んだ、彫像たちも微笑んだに違いない。自分のほとんどない胸の乳房を優しく撫でた。溜息をついた。雌牛になりたかった。濡れた鼻、ピンク色の額をした農園の雌牛。斑紋の雌牛に。〃この雌牛の紋章を見てごらん〃と蜜色の斑模様のブランキーニャの臀部を撫でながらパパはよく言っていた。ロレーナはフトモモの木に寄りかかって〃紋章〃と呟いた。足の裏の砂を落とした。臀部よりもずっと高貴な紋章だった。〃もう交尾はしたのかい？〃とパパが聞くと、雌牛は優しくモーと鳴いた。牧草を反芻し、涎も緑色、糞も緑色、緑よ、私は君を愛する、緑よ！《ヴェルデ・ケ・テ・キエロ・ヴェルデ》〔ガルシア・ロルカの詩「夢遊病者のロマンセ」『ジプシー歌集』（一九二八年）〕若さで濡れた鼻にM・Nが顔をもたれかけ、〃私の愛する君〃と言ったら、苔に覆われたようにモーと鳴くだろう。周りをすべて雄牛に囲まれた雌牛の牧歌的愛。そのうえ処女だから、危険な事態になると、首の鈴を鳴らす、リン、リン、リン！　未経験の若い雌牛。アナ・クララの最初の相手はドイツ人で、彼女の上に乗ると、雄牛のように強い息を吐いた。それは、S・S〔Schutzstaffel：ナチス親衛隊〕が着剣した銃で敵の上に倒れ込んで襲撃するみたいだった。でもその後、最初の男は、黒い顎鬚で手が毛深い哲学の教師だったとアナ・クララが言わなかったかしら。〃だから、アナ・トゥルヴァにかかると、何でも狂気の沙汰になる〃とリアは天井を向いて煙草を吸いながら、最初の恋人のことを思い出し、ひどかった、ひどかったと言った。〃何て言えば良いのかわからないけれど〃と前置きしてから彼女は話し始める。平然と相手を選んだと詳細に説明した。歯ブラシを選ぶのと同じようなもので、いいわよ、寝ましょう。〃リア、それで？　彼は何をしたの？〃リアはジーンズのジッパーを縫い付けようとしていた、そのジーンズはずいぶん前から着古していたのだろう。〃えっと、二人でベッドに横になって、天井を眺めながら、煙草を吸った。それから、いろいろなことを話した、そうでしょう？〃信じられない。〃リア、そんなこと信じられない。初めての後に、すべてがそんなに冷めているなんて〃と食って掛かった。リアはロレーナを疲れた表情でじっと見た。爪の最後のささくれを歯で引き抜いた。〝どうして冷めていると言えるの？　私は男の人を知りたかったから、策を練った。どこに氷があるの？　ヒステリックになる必要はない。彼は感じの良い医学部の学生で、私たちの仲間だった。別の日に一緒に軽食をとったんだけど、結婚するみたい〟わたしは彼女がジッパーを付けるのを見続けた。彼女は縫いつけながら、同時に高揚した様子で話をした。変よ、そうじゃない？　とわたしが勇気を出して言うと、彼女は皮肉めいた顔をして、わたしと向き合った。〝水を一口飲むのと同じようにシンプルなこと。あなたは、どうだったら良かったと思うの？〟わたしは櫛にアンモニアを数滴つけて、お湯で洗った。彼女にもう何回も櫛の洗い方を教えたけれど、覚えたのかしら？　アナ・クララはディオールのバッグに汚れたプラスチックの櫛を入れている。リオンは黒色の櫛がお気に入り。いつも不思議に思うけれど、彼女の櫛に汚れがついていたことがない。解決するには、二人の部屋に行って、彼女たちの汚れた櫛を取ってきて、わたしの櫛と一緒に洗う。以前、彼女にアコヤ貝の装飾がちりばめられた素敵な櫛をあげた。それは大叔母の物だったと彼女に伝えた。彼女は喜んだ。そして、彼女の落とし物入れになっているトートバッグにそれを入れた。でもその後、その櫛を見たことがない。あの髪をとかそうとして、真ん中で折れたに違いない、バイーアの人の髪質は硬いから。

〝あなたは、どうだったら良かったと思うの？〟とまた訊くから、彼女が書いていた小説のようなことを期待していたと返事をした、桃の香が漂う街で登場人物の一人の女性が完全に自由な行動によって、ある男性と肉体関係を持つ。初めて会ってすぐに。今日、わたしは口を閉じる機会を失っている。彼女は結局その小説を破いてしまった、可哀想に。知的な女性は本を書く必要があると定めるどんな条項も無いことを彼女は知っている。わたしは自分がかなり知的だと思う。だから詩を作り続けるのだろうか？

熱くなった石の上が気持ち良いから、ゆっくりと階段を上がった。一羽の蝶がわたしの手が届きそうな欄干の上に止まる。わたしはその羽をつかんだ。でも、あまりに震えるから放した。すると、その蝶は百年間囚われていたかのように、生き生きと飛んで行った。わたしの指の間には、銀色の粉が残った。すべてがとても短い時間だった。そうやって束の間、自分のものになって喜びを得ることができるけれど、あまりにバタバタするから、傷つく前に指を開いてしまった、強要することはできない。ほんのちょっと体が締め付けられただけなのに、粉だけでなく、魂も残していった。わたしは自分の貝殻の中に入る。ああ、Ｍ・Ｎ。あなたを選んだのは、初めてなのかわたしに訊かないと思うから。煙草を吸いながら天井を見たりしないだろうし、わたしがセックスに関して厄介だとわかっている、気をつけて、気をつけて。それから、選んでくれてありがとうなどと言わないだろう。嬉しいなんて嫌よ。ああ、なんてこと。M・Nが感謝の言葉を言って、ちらっとでも天井を見たりしたら死んじゃう。熱くなりたい。熱くなるってわかる？　彼は自分が渇望していることを表に出さない、自制できるからではないかしら？　自制、当然よ、ジェントルマンだもの、慌てふためいたりしない。〝婚約者はあたしに欲情するの〟とゴムで髪の毛を結ぼうとしながら、アナ・クララが興奮しながらCタイプの言葉を放った。わたしはそういう言葉を嫌悪するけれど、ここでは許す。M・Nはわたしを欲するけれど、わたしに欲情しない、それが問題だ《ザット・イズ・ザ・クエスチョン》〔シェイクスピア『ハムレット』第三幕第一場におけるハムレットの科白〕。わたしのああいう胸をしていたら。彼はわたしのことを健康的でないと思って、その手は愛撫するよりも保護してくれるだろう。わたしがまるで陶磁器《ビスキュイ》でできているかのように。〝陶磁器《ビスキュイ》の物に気をつけて！〟とママは引っ越し業者に言った。性急で荒々しかった業者の男たちはぱっと急ぐことを止めて、ガラス製の置物の透明なバレリーナたちを綿や藁で包み始めた。民族最後の水っぽい血液。わたしのように白い肌の男性との間に子供が生まれたら、その子はシーツの白さの中に消えてしまう。そこにいるわたしの息子を見てとわたしが言うと、みんなが、どこ？　どこに？と探す。黒いシーツの上に置く必要がある。

窓に射す太陽に向けて手を伸ばす。貧弱な爪。貧弱な指。M・Nの指はエネルギッシュで、休息の時に、四角い爪はきちんと磨かれる。婦人科医は他の医師よりも手を洗う。指先の繊細さはわたしたちのあの部分を熟知している。わたしたちの根源と完璧につながる。そのことを考えると、わたしは動揺するけれど、それが安心という甘い感覚をわたしに与えてくれる。わたしは正しい手の中にいる。

8

ベッドに座る、部屋が回っている。あたしは止まっていて、あたしが中心。世界の中心。〝ここに座れ、ここが世界の中心だから〟とジョルジが上方に指を突き立てながら言った。クズ野郎。梅毒男、彼が梅毒だったことはわかっている。もう死んだに違いない。やかましく叫んで、あたしを起こした。〝コーヒーだ、コーヒーが飲みたい！〟お母さんはベッドで、タオルに吐きながら、〝弟ができるわよ〟と言った。少し頭が悪かった。ああ、でも優しい人だった。頭の悪い人の好さは優しさだけ。うぬぼれ野郎があたしを揺り起こすから、早朝からコーヒーを入れなくてはならなかった。そいつのクソ仕事場が世界の果てにあったから。バカ野郎、すぐ行くわよ。好きなだけ寝られることなんてなかった、いつも誰かがあたしを揺り起こした。起きろ、起きろ。五日間ぐらい寝て、トルコ人の診察室で目覚めるなんて良いじゃない、彼の名前は何だったろう？あの精神科医の名前。何なの、忘れてしまった。そんなことどうでもいい。黒い水の中で母の顔をして沼地のことを話したかった。泳げないけれど、ばかみたいに全力で泳いで逃げる、底のぬかるみや、体に巻き付いてあたしの口を塞ぐ植物を引き抜きながら泳ぎ続ける、あたしを放して！手ではたいて、魚や葉、ゼラチン質のものから自由になろうとした。すぐ向こうにプールがある、そこにプールがあることを知っている、あたしは言わなかった？　頭からきれいな水に入って、体全体を洗う。横で泳ぐロレーナと笑う。泳げるのよとあたしが言う。彼女は頭を振って、顔をしかめて、青いプール、青いプールと言う。あたしも顔をしかめて笑いたいのに、口を塞ぐ。ブリッジを失くしたから。お母さん、あたしのブリッジ！　ブリッジを失くしてしまったの、ブリッジ！と舌を舐めながら叫ぶ。歯茎が泥のようにぬめぬめする。ロレーナが見る、ロレーナが見る。あたしはもがき始める、もう泳げない、あたしの足に巻き付く植物と一緒に沈む、放して！

「ドクター・ハチブ。彼の名前はドクター・ハチブ」と汗で濡れた顔を拭きながら言う。手を拭う。「あのあたしの精神科医」

マックスはベッドから飛び下りて、一本脚で跳ねながら、うめき声をあげて笑っている。

「ウサギちゃん、僕の脚は眠っていた。眠っていた。完全に眠っていたよ」

彼のグラスで飲む。地獄へ落ちろ。もう一人の赤い帽子の小人が笑いながら素早く通り過ぎる。それともさっきと同じ小人？　あたしも一緒に笑う。そんなことどうでもいい。

「ねぇ、マックス、そのレコードを代えて。黒人女が叫んでる」

彼は積み重なったレコードの中から一枚を指先でつまみ上げる。ロレーナと同じ仕草。彼もバッハが好き。時計のように厳格なマドモワゼルは二軒の家で役目を果たして、同じことを教えていたに違いない。ネックレスについた金のハート型のペンダントヘッドは女の子の首を絞めつけないように、夜には外さなくてはならない。そんなことを言う必要はなく、カタコンベのキリスト教徒が広場ですれ違うように、遠くからでも互いを認識する。他の人に混ぎれることはできるけれど、混じり合わない。下品になることはできるけれど、下品にならない。淫売になることもできるけれど、淫売にならない。紋章の指輪。神でさえどこにあるのか知らない彼の指輪がここにある。ここにある。家族制度。あたしは苦しんできた、だって、あたしはそんなものを持ったことがないから。これからどうすれば。知らない、すべて終わった。衰退は遠くから来る、アルバムで見た。

「キャンキャンは収納箱にアルバムを入れている。ピロードの表紙。銀の留め金。ポーズをとる昔の親戚はみんなセピア色になっている。彼女は気にしていないふりをするけれど、そのことしか考えていない。そわそわして、あたしにすべてを見せなかった」

でもキクイムシが来て、巧妙に攻撃して、琥珀織のスカート、イギリス製フランネルのズボン、それから、それぞれのお尻の部分を横切った。セピア色の上を。そして、ゆっくりと噛み切り始めた。キャンキャンは口を押えながら話す。それがいい。虫はお尻を噛み切り、骨に到達する、キクイムシの食欲さといったら、何なの。骨を順番に。彼女が収納箱に耳をそばだてたら、キクイムシがセピア色のなかでゲップをしているウップウップという音が聞こえるだろう。時代の色。

「火をちょうだい」と胸の上に散乱したマッチ箱のマッチを拾いながら彼が言った。

「彼女のお母さんはジゴロと暮らしている。ロレーナのお母さん。あの痩せっぽちはキャンキャンて話し方をする。未亡人は若い男たちに財産をつぎ込むけれど、それでも金持ち」

「アメリカの老婦人、彼女は金製のヨットで世界中を旅行して、僕と暮らしたがった。でも人を怖がらす顔をしていた、鼻はこっちを向いていた、見てよ、こんな風だった！ ……口はここまで広がって、全部曲がっていた、見てよ、ウサギちゃん、見てよ！」

「彼女はある医者に夢中。ロレーナのこと。その医者は妻帯者で、たくさんの子供がいるクソ野郎。でも彼が現れないと、彼女は気がおかしくなる。お兄さんは外交官。兄のヘモって彼女は二分ごとに言う。素晴らしいプレゼントを送ってくる、彼は良い趣味をしている。子供の頃に、弟を殺してしまった」

「誰を殺したって？」

「弟。銃を携えて狙いをつけ、バン。その瞬間に弟を殺してしまった」

「ウサギちゃん、なんて悲しい話なんだ」

「処女だって言うの」

「その弟が？」

彼の胸をげんこつで殴る。彼は腕を組んで防衛して、大笑いして転がる。

「処女なのは彼女。処女なのは彼女」と、あたしは〝彼女〟という度に、彼に強いげんこつを食らわせる。「愛しいあなた、ハチドリのさえずり声が聞こえるとドキドキする。愛するあなた。彼女は恋人と愛人を混同する、バカみたい。自分のことを受け身の瞑想家って言っている」

「彼女は女性が好きなんじゃない？」

「わからないふりをしないで。瞑想家というのは、瞑想に耽る人のこと、知らないの？ 能動的な人と受動的な人がいる、あまりに受け身だから、小鳥たちが瞑想家の髪の毛で巣をつくる。部屋で素っ裸になって朗誦する。詩とラテン語のマニア」

「きみたちは友達じゃないの？」

あたしたちは友達だと言いたいけれど、あたしはもう言えない。それとも言える？ 友達というのは、そのためのものじゃない？ なんでも話すことができる。揺るぎないもの。

アナ・クララはベッドに腰かけ、手で煙草を握りしめて集中しようとした。彼女のことが好きじゃないのだろうか？ 好き。大好き。だから。

「高慢なのよ、自分のことを特別だと思っている。もちろん、あたしの友達。閉じ込められているところから、あたしを救い出してくれるのは誰？ あなたでも、あのおバカさんのリアでもない、彼女よ。あたしの友達。あたしのことを美人だと思っている、あたしを羨ましがる、あたしの目を特別だと思っている。ねぇ、あたしの目は特別だと思う？ マックス、話しているんだから聞きなさいよ！」

彼は彼女にゆっくりキスをした。

「色っぽい目。その色気が欲しい……」

「だめ」と彼女は言って、シーツに包まる。腕を組んで手を閉じる。「あたしは今ミイラなの」

彼は床に身を傾ける。ゆっくり手探りする。瓶をつかみ、また置いた。

「ウサギちゃん、腹が減ったよ、何か食べたい、一緒に食べよう」と誘って、台所に急いで行く。冷蔵庫を開けた。「いいねぇ。見事だ、いろいろなものがある、チーズがたくさんある。ワインは？　あるある、うー、寒いよ、ウサギちゃん、寒いよ、僕を覆ってくれる？」

「今何時？　もう行かなくちゃ。わかった？　わかった？　そんなことどうでもいい。がっかり」

彼はプルオーバーを着て、膝まで引っ張る。それから台所に戻る。

「ウサギちゃん、おいでよ。見事なサンドイッチがあるよ」

彼はパンの外皮を一つむしり取ってしまった。今二個目をむき始めている、カリカリ。品の無い爪で。吐き気を催す爪。電話をしたほうがいいかな？　彼の婚約者です。遅れると伝えてもらえますか、ちょっとした事故に巻き込まれてしまって、証言を、たくさんの証言をしないといけなかったんです。あたしは大丈夫です、でも、神父さんが。どうして神父さんなの？　怪しくなる。神父はタイヤの下でいつも頭を圧し潰されるわけではない。黒いスターン。頭巾のついた黒い司祭服。頭巾の白い部分はカッコいいと思う。それにしても、そんなに時間がかかったのですか？　いいえ。いいえ、そうではないんです。というのは、あたしの友達のリアが撃たれてしまったんです。戦闘員だから。戦闘員はそういうもの。危険に身をさらして、撃たれてしまいました。いま救急病院にいるので、電話を切らなくてはなりません、大勢の人がいるんです。どこの救急病院なのかわかりません、わからないんです。どうしたらわかるというのか。住所ですか？　住所が知りたいんですね？　彼は住所を知りたがる。嘘じゃないかと不審に思っている、卑劣な奴は何もわかっていないのに、何も見ていないのに、もう疑っている。

「来てよ、もっといろいろなものを見つけたから」とマックスが言ったけれど、その声はお皿が割れる音でかき消された。「ああ、全部落としちゃった」

あたしは枕の下に頭を突っ込む。マックス、怖い。怖いの。リオンが言っていた。そんなことどうでもいい。彼女が嫉んでいるだけ。どうして彼女はグループの虫けらどもに助言しないの？　口を開けると、ゲバラ、ゲバラってばかり言っている。誰が気にしたりするの？　来年。アリックス院長があたしの代母になってくれる、あたしを溺愛している、誰に対しても多くのことをするけれど、あたしに対しては格別。ロレーナもあたしの代母になってくれる。

彼女はVIPの母親と来てくれる。田舎出身の上流ブルジョアジーって、どんな風なのかあたしは知らない。左派のインテリはどういうものかわかるから、リアはジプシーのような服装で行けばいい、おもしろくなる、でもロレーナとその母親は違う。だから。修道女たちは儀式用の正装を着る。完璧な聖職者があたしに威厳を与える。あたしは代父の腕を組んで入らなくてはならない。代父は誰？　ランゲ教授でもいい。貴族の称号のあるランゲ教授は黒っぽいスーツを着る、教授は落ちぶれた貴族だけれど上流階級。何なの、どの階級だって？　あたしのウエディング・ドレスはシンプルだけどゴージャス。みんなが騒ぎ立てる、俺が選んだ花嫁を見てくれと卑劣な奴が興奮する。彼女は雑誌の表紙を飾ったこともあるし、先月はロンドンでファッションショーに出演した。大学生。履修登録を取り消してしまったけれど、来年は。

「マックス、あたしは来年、履修登録をする。マックス、聞いてる？」

「みんな履修登録を取り消している。たくさんの女の子たちが履修登録を取り消したって言っていた、僕も取り消した」

あたしの婚約者はいつも輸入物をプレゼントしてくれる。だから、あたしにヒョウ柄のコートも贈ってくれるでしょう？　くれない？　どうしてあたしにお金をくれるの？　寄宿舎の安い寮費とわずかな出費があるから？　クズ野郎、よく考えろ。借金があるんだから、それに扁桃腺も手術するし。

瓶を口にくわえて飲み干す、毛穴が開いて胸が開く。気楽な暮らし。そういえば、叫んでいたのは、あの黒人ではなかった？　黒人が嫌い、白人も嫌い。誰のことも好きじゃない。人の頭を小便で濡らすチャンスを逃さない相当な数のうぬぼれ野郎。今小便をしたいのはあたし！と叫ぶと笑って嬉しくなる。マックス、あなたを愛している、あなたを愛している、あなたを愛している。あたしのビキニの上にあるあなたの靴にキスをする。靴。彼の靴を愛している、彼の物すべてを愛している、でも行かなくちゃ、行かないと。封鎖が解かれたら、あたしたちは喜びで転がりまくる、喜びで転がりたい。ビキニにつけた神ノ子羊にキスをする、あたしの神ノ子羊を愛する、アリックス院長を愛する、あたしの聖女、悲しまないでください、一月になれば、あたしの聖女、聖女。何なの、あたしの洋服は？　全部消えてしまった。姿を消したかった、漫画の登場人物のように、彼は何ていう名前だったかな？　彼は出たり、入ったりするけれど、誰も見ていない。

「マックス、もう行くから」

引き出しが落ちた。そんなことどうでもいい、彼は訊いてこない。すぐに訝しがるあの男とは違う、ノーナのことも不審がった。具合が悪いの、具合が悪くなったらだめなの？　婦人科の病気、だってあたしはとても女性的だもの、アニーニャ、こっちに来て、兄が婦人科医だから、君を診察してくれるから、すぐに行こう、さあ、脚を開くんだ、もう少し開いて、そう、良い子だ。もうリラックスしていい。終わり、早かっただろう？　パンティーを履いていい。君は弟が選んだもっとも美しい妊婦の花嫁だ。ロレーナが病気なの。中絶する必要があるのはロレーナ。〝中絶？　君の友人たちというのは、いったいどんなにバカなんだ？〟バカなのはあなたの姉。ロレーナは由緒ある金持ち。あなたのノーナが船倉で腐ったバナナを食べる一方で、ロレーナの家族は。リオンでさえそう。ゲリラ部隊員で、それから、彼女の父親はナチスの重職に就いていた。母親は砂糖工場の所有者。あたしの友人たち。だから。さあ、ふしだら女、もう服を着るんだ。裸のままで何を期待しているんだ？

「とっても美味しい食べ物を作っているよ！」

アナ・クララは便器に寄りかかった。鏡で自分を見た。唇をめくって歯を眺めた。舌を調べた。浴槽に座って排尿した。両手で頭を支えて、指に髪を巻き付けた。

「わたし、二十歳より上に見える？　老けた気がする」

「知り合いがいる」と彼は言って部屋に戻る。ワインで汚れたプルオーバーの上から胸を指先で撫でる。「僕の友達。世界一の料理人、僕たちはそこで……」

横で眠る人を起してしまって悪いと感じたかのように、彼は静かにうずくまって体を横たえた。

〝突然、腹痛になれば？　解決するかもしれない〟と彼女は濡れたタオルで脚の鎖骨や腹部を拭きながら考えた。〝腹痛になったと言えば、それでいい。強すぎる鎮痛剤を飲んで寝たから、時間が過ぎてしまったの〟タオルで顔を拭く。花嫁がそんなことを言うのはふさわしくないけれど、それなら、どこまで。鏡で輝いている顔をじっと見る。リオンは女性の優位という自分の理論を相変わらず言っている。〝でもどこが？　どうでもいい話。腹痛ですべてが解決する。腹痛でなければ、神の子羊を胸にぶら下げるだけ。できあがり。ゲリラ戦がそういうことを解決できるとでもいうの？　女性はそうでなくてはならない、人形のように可愛くなる。美しい服を着る。思うに唯一の利点は、あたしたちはセックスの時に汚れないということ。それが唯一の良いこと。そのことをリオンに言う必要がある、彼女の集会で繰り返し言ってあげる〟と彼女は思い出して、笑いながら、胸と太ももにオーデトワレをかける。片足で跳ねて、呻いて笑う。〝何なの、ひりひりする！〟赤色の棚にある、パウダーの横の銀のグラスを手に取る。麦の穂と花のブーケが描かれた真ん中あたりにマクシミリアーノと彫られている名前を赤い爪で撫でながら輪郭をたどる。水でグラスを一杯にして、ラベンダーの香水を数滴垂らしてうがいをした。便器に吐いて、倒れないようにカーテンにつかまった。ドアノブにかけてあったバッグを取って、バッグにグラスを転がして入れた。再び力を込めて髪の毛をとかし、王冠を作るような高さまで、髪の毛を上げた。ペンシルの先を舌で濡らして、眉毛を鉄さび色で強調した。目に目薬をさした。手が震えている。手首を抑えながら、まつ毛にマスカラを入れた。マスカラが触れて瞼についた。クレーンのようなぎこちない動作をして、左手はもう一方の手を支え、腕は体につけて、口は半開きだった。目を閉じた。〝酔ってる?〟蛇口を開けて、胸を濡らした。棚からアスピリンの袋を取り出して、一錠を歯で噛み砕いて、水で口を満たす。床に座り靴下を履いて、シルクの黒いセーターを着た。絨毯に落ちていた銀のネックレスを首にかけた。

「君の口が欲しい」マックスは瞼をなんとか開こうとした。膨張した瞳がぐるりと回って、眼窩の奥に消えてしまった。

　彼女は刺繍の施された銀の古めかしいバックルのついたエナメルの靴に届くほどの黒いベルベッドのコートを羽織った。両手で頭を抑えた。この痛み。彼が肘掛け椅子のそばに放り出していたズボンを手に取った。ポケットの中を調べて、自動的な仕草で紙幣の束を取り出し、数えることもなく、コートのポケットにしまった。アメリカ製の煙草の箱が肘掛け椅子の下にあった。二本の指を煙草の間に突っ込み、箱の底にあるものを探した。注意深く折りたたまれた薄いパラフィン紙を指先でつまんで取り出した。陶酔状態でベッドに戻った。彼は青色のプルオーバーを着て静かに眠っていた。彼女は彼の脚に毛布をかけた。頭の下の枕を整えた。

「マックス、眠って。遅くならないから、眠って」

　灰皿の火のついている煙草を手に取って、コートの襟を胸のところで閉じて、ゆっくりとその場を去った、ジグザグによろめきながら、しかし、上体を起こして顔を上げて。

街路では、霧雨が降り往来が激しかった。彼女は不穏な空を凝視した。〝ムカつく空、ムカつく都市《まち》〟ライトを上げて、スピードの遅い車にクラクションを鳴らして、一方通行でものすごい速度で通り過ぎる車に合図をしながら、ぶつぶつ言った。タクシーに手を振ったが止まらなかった。かすむ目をバッグで守りながら、次のタクシーにもっと激しく手を振った。

「低能、クズ野郎!」逃げたドライバーに向かって叫んだ。禿げ頭の男が、同じ様に光る黒い車で近づいてきた。北も南も知っていると言わんばかりの態度をとった。

「乗っていく? あっちの方に行くけれど……」

　彼女は車で男をすぐに判断した。開いたドアに、息を切らして寄り掛かった。車に乗り込むとバランスを崩して、ハンドルの上に倒れこんだ。ドアに引っかかっていたコートの裾を強く引っ張った。

「あの曲がり角で八時半から待っていたわ！　今何時？」

「八時半から？」と男は訝しがった。車のパネルに嵌め込まれた時計をクッションに置いていた指でさした。「お嬢さん、もう十一時だよ、どうしたんだい？」

アナ・クララは両手で頭を押さえた。

「なんて痛いの。アスピリンを持っていませんか？　それから、煙草を一本」

彼は車の速度を落として、サッカーの試合を中継していたラジオのボリュームを下げた。ベルベットの子熊がぶら下がる鏡で彼女をよく見た。

「気が高ぶっているみたいだけど、どうしたんだい？　グローブボックスの中に君が言ったものがすべて入っているから取っていいよ。ただし、水は無い。ウイスキーもない」と微笑みながらつけ加えて言った。

彼女はアスピリンの袋を歯で破った。咳が出てむせた。

「連絡を受けたとき、パーティーの最中だったんです。遅くなってしまって不安。彼がまだ命を取り留めているかわからない」

「彼って誰のこと？」

苦しそうに彼女はアスピリンを飲み込んだ。座席のクッションに頭を持たれかけた。指に髪の毛の先を巻き付けた。

「父です。オフィスで心筋梗塞になってしまって。サン・ルイスで降していただけますか？　サン・ルイスでわたしを降ろしてください。でももう少しスピードをあげていただけませんか。お願いします」

男はメルセデスベンツの速度をあげた。ラジオを消した。

「でもそれはいつだったの？」

「時間の感覚がすっかりなくなってしまって、あの曲がり角に何時間もいた気がした。パーティーにいたんです、あ、わたしのお父さん！　可哀想なお父さん！　オフィスから出るところだった。弁護士です」

「初めてかい？」

「何がですか？」

「心筋梗塞だよ。心筋梗塞になったのは初めてかい？」

「二回目だと思います。最初の時は弟が逮捕された時。弟はテロリストなんです。生きているのか、生きていないのか今日までわかりません。いなくなってしまいました」

男は唇までかかっている口ひげの先端を噛んだ。

「俺は実業家だ、医者ではない。でもできることがあれば、何でもするよ」

ええ、できる。あんたの工場を閉めなさいよ、クズ野郎。殺人犯。あたしたちの頭に残骸を捨てて、その後に。来年になれば、あたしも自分の残骸を捨てる。それから海岸沿いに家を一軒、もう一軒は田舎に。バラバラに崩れる貧困層の集合住宅。

「父はこの空気に耐えられる心臓ではないんです。セニョールは中心街に住んでいるのですか？」

「ええと、実際のところ別荘に住んでいる、素晴らしい別荘を持っている。ヘリコプターも所有している、ちょっとそこまで行くのに便利だ。君はヘリコプターに乗ったことがあるかい？」

〝それしか乗っていないわよ〟と、グローブボックスから取り出した煙草の箱をしまいながら、彼女は思った。クロムメッキのライターを素早く調べた。

「セニョールの工場は何の工場ですか？」

「冷蔵庫だ」と彼は呟いて、赤信号の前で急ブレーキをかけた。「見たかい？　残念なことに青から赤に変わってしまった。黄色はどうしたんだ？　頭をぶつけなかったかい？」

彼女は手から落ちた火のついた煙草を膝のあたりで探した。〝低能。豚野郎。ちゃんと運転しろ〟

「何ともないわ。セニョールは運転が上手ですね」

「俺たちは信号も隣人も信用できない……」

「そんなこと言わないで。わたしはコルセウを一台持っているけれど、楽しむのは控えているの」

男は彼女をよく見た。興奮して落ち着かなくなった。

「オフィスはサン・ルイス通りにあるのかい？　君のお父さんのオフィスは」

「全フロワーよ。父は著名な弁護士なんです。フランシスコ・ジ・パウラ・ヴァス・レミ」

「お嬢さん、彼はまだあそこにいるのかな？　あそこにはいないと思ったけれど、どうしているの？　病院に運ばれたと聞いたけれど」

彼女は窓ガラスを下げて、煙草の吸殻を外に投げた。体を前に傾けて、閉じた両手を胸に押し付けた。〝このムカつく奴は全部知りたがる〟

「叔父が心臓外科医で同じ階に診療所を持っています、だから最初の時、父はその診療所で診てもらったんです」とアナ・クララは膝で頭を支えて脚を交差した。「気が萎える。セニョール、ハンカチはありますか」

男は背広のポケットからハンカチを取り出した。

「使っていないから。でも、どうしたんだい？　泣かないで、落ち着いて、泣かないでよ。君のお父さんはちゃんと診てもらっている、そうだろう？　君の叔父さんの名前は何ていうの？　医師の」

「ロレーノ。ロレーノ・ヴァス・レーミ。わたしの名前は彼の名前をとってロレーナというの。わたしの代父よ」

男はアナ・クララの頭を軽く撫でた。

「その通りの医者をたくさん知っているけれど、君の叔父さんのことは知らないな。ヴァス・レミ？　聞いたことがない」

「実際には、彼はほとんど米国で過ごしているから」

ある会議にロレニーニャと行ったと言おう、そうしよう。ある人が二時間しゃべり続けたの、そのうえ水差しを倒した。〝その会議はどこであったのかい？〟大学で。ロレーナの親戚の法律家が話した、法律家はみんな彼女の親戚。あたしたちは最前列にいたから、会議を抜け出すことができなかった、咎められるから途中で退席できなかった、そんなことをしたら、洗練されていないもの、あたしは洗練している。あなたは、洗練した女性と結婚したいのでしょう？　だから。

「君はお酒を飲んでいたんだね？　ロレーナ、聞いている？　ロレーナ！」

顔を上げる。眠ってしまった。言わなかった？　いつも誰かがあたしを突くって。そして今は、この小さな手の男、こいつの小さな手を見てよ。まだ質問してくるの？　するわね。乗せる代わりに、要求してくる。卑劣な奴だとわかる。

そんなことどうでもいい。今、あたしはロレーナ。

「君はお酒を飲んだ、そうだろう？　しかも大量に」

「パーティーでいろいろなお酒を飲んだの。慣れていないから、でももう大丈夫です、気分が良くなりました」

「コーヒーでも飲むかい？　降りてコーヒーでも飲む？　そうすれば覚める。それから、俺のことをセニョールと呼ばないでいいよ、俺はそんなに歳を取っていない、そうだろう？　コーヒーでも飲みに行こう」

「いいえ、お願いです、みんなわたしのことを待っているんです。不安になるから。ごめんなさい」

「ロレーナ、君は何をしているの？　とても魅力的だね」

「心理学部の最終学年。サンパウロ大学です」

またあたしの膝に小さな手を載せてきた。父親が死にそうなのに、この豚野郎はあたしに敬意を払わない。

「ソーリー！」と彼は叫んだ。「この非常識！　びっくりしたかい？　ソーリー」

大型トラックに突っ込みそうになって、ソーリーとあたしに言った。びっくりしたのはこいつだ。両手で運転しないからでしょう？　さあ。大事故に遭うところだったって言ってやろうか。あたしは目撃者、車が三台衝突して、あたしは三台目に乗っていた。ドライバーたちは手錠をかけられて逮捕される。ああ、早く行かないと。急いで、急いで。

「もう少し急げますか？」

「ロレーナ、でも君は気分が良さそうじゃないよ。どうしたら……」

「ドトール、もう大丈夫です、ちょっと驚いただけ。忘れたと思ったから」

「ヴァウドミーロと呼んでくれるかい」

「実際に、こんなに気分が良いことはなかったくらい、父のせいではないんです。お願いです、あの曲がり角のところで降ろしてください、急いで、そのほうが都合良いんです。セニョールは聖人のような方です」

「でも、お父さんがそこにいないとしたら？　ロレーナ、待っているよ、心配しなくていいから、あの建物だよね？　でも、扉が閉まっていないかい？」

「いいえ、あそこではないわ。もう少し前。ここで止めてください、歩きたいから。夜の外気はわたしにとても良いんです」

「お嬢さん、でも雨が降っている！　これを、俺の名刺を持って行って、電話番号が書いてあるそのオフィスにいるから、電話してくれるね？」

「必ず明日します、明日」

彼はあたしの手に口づけをした。車のドアを開けると、歩道に膝から落ちてしまった。彼はまだ何か言っていた、後ろから追ってきた気がする。あたしは走り去った。スケート靴があったらよかったのに。いつもスケート靴が欲しかった。道路をスケートしながら去る、一人でスケートをしながら。雨は止んでいるけれどあたしの体は冷え切っている。お金を貸すよう頼めたかもしれない。貸してくれただろうか？　あれ、名刺は？　わからない、捨ててしまったのかな。ヴァウドミーロ。メルセデスベンツ。何もくれなかった。

「コニャックを一杯」カウンターの若い男に注文する。

彼はあたしを見ている。どうしてそんな風にあたしを見るの？　あたしは顔を上げて、お金を取り出す、考えているのはこのことか。

「国産？」

「外国産。店で一番良いものを」

ポケットに手を突っ込んで、パラフィン紙を粉々にする。ゆっくり飲む。目と口が水分で溢れる。あたしたちはどんなに人目を避けているのか。どんなに自由なのか。どうして、あのバカな彼女はあんなに自由ばかり言っているの、何なの。あたしたちは自由、だって誰もあたしがポケットに何を持っているのか知らない。誰もあたしが何を飲み込んでいるのかしらない。たくさんの人が周りにいるけれど、誰も知らない。あたし一人。まさにこの瞬間に、大量の人が大量の人を殺している、誰がそのことを知っているの。この上の建物の中で。大量の人が。愉快ね。他人の前ではまともなことをする。他の人たちも。

「今晩は」

今晩はと言ってきた老人があたしの目の前にいる。この老人は何を望んでいるのだろう？　レインコートを着た物乞いのように見える、でも、周囲の人は彼を信用している。

この恥知らずは、あたしと飲みたいようだ。誰の同伴者もいない。あたしも同じ。同伴者のいない夜。グラスを空ける。女王になった穏やかな気分になる、女王だと感じるなんて光栄だ。自分が別人だと感じるのは。アナ・クララはもうたくさん。あたしはロレーナ。

「夫と待ち合わせをしているの」

彼は何か言いたかったようだけれど言わない。汚れたレンガに汚れた靴の裏をこすって、出て行ってしまった。彼があたしのお父さんなら、彼が突然あたしの父親になる。彼の後を追いかける。彼の肩を軽く叩く。彼の顔をよく見てみる。

「セニョール、今何時ですか？」

彼は灰色がかった毛の腕を見せる、あたしの父親かもしれないその男は時計を持っていない。悲しくて倒れないように、あたしは自分を支えなくてはならない。なんて幸せ。幸せ、幸せだわ。多分そう。多分そうじゃない。そんなことどうでもいい。彼はどちらにしたらいいのかわかっていない、バーに残るのか、それともあたしと腕を組んでそこを去るのか。あたしはすべてを詫びた。あたしたちはまた会うだろうと確信した。入口の男たちが鏡のせいで増えていく。あたしは人々の列の間を堂々と通って、一隻の船のようにあたしの秘密を掲げながら、男たちの間を通る。あたしは遠くを通過する一隻の船、全身を輝かせて、遠くを通り過ぎる自分を見る、海を進む自分を見るのは素敵な光景。コートの襟を立て、目だけを残して、顔を隠した船のようになる。あたしを呼ぶ声、声。振り向くと、彼がそこにいて、あたしの腕を取っている。父とあたしは海の夜にいる。彼は何もわかっていない。あたしは小さな女の子、彼はそのことをわかっていない。

「君はなんて美しいんだ！　美女！」

「ありがとう」と言って微笑む。どうしてお礼を言ったのか彼は決してわからないだろう。

あたしを抱きしめた。重さからあたしを欲しているのがわかる、彼の欲望は錨のよう、でも夜は軽やか、こんなに軽やかな夜はあったかしら？　父と娘。夜に出会う。あたしは夜のように軽く舞い上がる。ここはすべてが静寂。星が通り過ぎ、通り過ぎて、あたしを照らす、あたしは尻尾であの星をつかむことができる。タクシー？

「タクシー？」と叫ぶけれど、ヘッドライトがあたしの目を眩ませる。

「僕の美しい人、タクシーはいらないよ。アパートはすぐそこだから、狭いけれど快適だよ、おいで。僕に寄りかかる？　支えるから。僕の美しい人は飲み続けていたのかい？　手に負えない子だね。何も言わないの？　何も？」

「雨」

彼は笑った。歯。良い歯をしている。時計は持っていないけれど歯はある。時計はどうでもいいけれど、歯は重要。何なの、なかなかハンサムな顔をしている。お父さんがあたしとたにちがいない、あたしにはわかる。ハンサムだっ一緒にいる。あたしは守られている。守られている。

「僕のウイスキーは一級品だよ。僕たちは飲みながら、音楽を少し聞くことができる。タンゴは好きかい？　ガルデル〔カルロス・ガルデル（一八九〇―一九三五年）。アルゼンチン出身のタンゴの国民的歌手、作曲家〕のコレクションを持っている、僕はガルデルが大好きなんだ。それにしても、君はなんて美しいんだ。まるで女神だ」と彼は言ってあたしをきつく抱きしめた。「僕は身なりが悪いけれど、何にも気にしないからだ、僕はボヘミアンなんだ。でも、こんなに美しい女神と出会うことがわかっていたら、燕尾服を着てきたのに！」

　あたしは透明になった。透明に。透明になったから、自分の姿を見る、あたしの体のピンク色の組織、絡み合った静脈、それぞれの部位で有機的に組織された器官、ウィンドーに飾ってあったプラスチックの男の人形のようにあたしの身体は完全に配列通り、ウィンドーで足が逆さまについていた人形があった。配列と光だけ。あまりに光があるから、コートを閉じなくてはならない、誰にも見られないように、イエスの御心はあたしの胸の中にある。あまりに思いがけないことだったから、ぼうっとして、跪いて叫ぶ。主だわ。

「主よ」

　男が驚いてあたしにしがみつく。一緒に回る。

「どうしたの？　何かあったの？　何を見たの？　僕たち脚を折ってしまうよ。怪我はしなかったかい？」

　あなたに話したら、信じてくださいますか？　アリックス院長、聞いてください。主が茨の冠を被ってあたしの胸にぶら下がったのです、あたしは祈っても何もしていないのに、主があたしを選んだのです、おわかりですか？　まさにあたしのところに。主はあたしのところに来たんです、そのことを大声で言いたい、だって、ものすごい光栄ですから、主があたしを選んでくださった、でも、あなたにだけ、あなたにだけ、あたしは話したい。あたしは輝く御心とともに、真剣に、威厳を持って行かなくてはならない。主があたしを選んだのは、それにふさわしいから、主はあたしがこれまで受けた屈辱や苦しみを見ていてくださった、すべての最低な奴らのせいでどんなにあたしが苦しんだのかを覚えていてくださった。あたしは子供だったのに、あの最低な奴らは。あたしは自分の身を守ることができなかった、何もできなかった、子供だったから。

「何なの、何もできなかった」

「僕の美女《エルマノ》、泣いているの？　どこか痛いの？　ここにいる兄さんに話して」彼は呟いて、彼女が落としたバッグを拾いながら調子外れに口ずさんだ。「助けが必要なら《シ・プレシサス・ウナ・アユダ》、助言が必要なら……《シ・テ・アセ・ファルタ・ウン・コンセホ》〔ガルデル作曲のアルゼンチン・タンゴの名曲「二人で一緒にMano a mano」（一九二〇年）〕」

「わたしの名前はロレーナ。ロレーナ・ヴァス・レミ」

「僕にとっては美女だ、君のことを美女とだけ呼ぶから。君がミス・グランプリに出場したら、簡単に優勝するよ、醜い女ばかりで、君だけが特別な顔立ちをしている、君の上着の中のことを言っているんじゃない、でも想像できる、僕はそういうことのスペシャリストだから。ほら、もう泣かないで、もう少し歩かないかい？　怠け者ちゃん！　もうすぐだよ、すぐ近くに住んでいるんだ、ボヘミアンはボヘミアン地区に住まないといけない！」と彼は叫んで笑った。「古風な僕の小さな住処を君はきっと気に入る、ハンドル式のレコードプレーヤーもある、どんなものかわかるかい？　ああ、バカな質問だね。君は昨日生まれたばかりだった。美女、美女。僕は君がそうやって笑ってほしい、人が喜んでいるのが好きなんだ。僕は寂しい人間だから。タンゴが大好きだ、タンゴを一緒に聴こう」

「わたしは一人ではないの」

「そうだよ、一人ではないよ。なんて素晴らしいことなんだ。気をつけて、美女、僕につかまって、足をくじいたのかい？　後でマッサージをしてあげるよ、マッサージ師だったことがある。マッサージ師、スーポツライター、ラジオパーソナリティ、それから、株を売買する株屋も。たくさんのことをやってきた、金持ちになる以外は。若い時には、モデルの学校を経営したこともある、今でもトレーニングをしているよ、触ってみて、ほらね？　四十六歳だけれど、腹は出ていないだろう？　闘牛士のように！」

遅れたのは。お父さんとイエスが、誰も信じてくれないことはわかっている、わかっている。とてもシンプルなこと。パンをこねる、ネズミもこねる、彼の手の中にいるネズミ。彼の怒りと恐怖の視線に耐える。あたしは決して恐れない。あたしは光で、彼は卑劣な奴。暗闇と卑劣な奴。そんなことどうでもいい。

「気にしない」

「僕の古物をみてくれ、古物ばかりだ」

幅の広いベッドは、レースで縁取られたベッドカバーがかけられ、部屋のほとんどを占領している。シルクのクッションが心地良く、半裸で体格の良い男たちの写真に混ざって、家族の写真が壁いっぱいに飾られている。家族写真は古くて黄ばんでいて、巻き毛でブーツを履いた子供たちに囲まれた、黒い服を着た男女のグループは因習的な様相を呈している。ベッドサイドテーブルには、色とりどりのビーズの房飾りのついた電気スタンドと、手編みのレースのカバーがかけられた小さなレコードプレーヤーがある。

「僕の家族だ」と彼は腕を広げながら言った。「僕の家族」

彼は彼女のコートを脱がせ、サテンのクッションでできた椅子にコートを畳んで置いて、よろめきながら歩く彼女の前に跪いた。そして、彼女の黒いストッキングに指先を軽く走らせた。

「なんて素晴らしい体なんだ。美女、素晴らしい体だ。この脚。ストッキングも靴も脱いでほしくない、黒いストッキングに魅了される、特にこういう長いストッキングに、上まであるのかな？　ああ、上まであるね」と彼は呟いて、彼女の靴のバックルに敬意をこめて口づけをした。「美女、美女」

「写真」とアナ・クララは強く心が惹かれたように壁を指した。「少年と猫。ああ、あたしの兄弟、何なの、あたしの兄弟」

「そうだよ、美女、僕たちはみんな兄弟なんだ、世界のことなんて気にしないで、片隅にいる僕たちのことを……とにかく休んで、来て、ここに横になって、クッションに頭を置いて、真綿だよ。柔らかいだろう？　美女、快適かい？　少しウイスキーを飲んで温まろう、ウイスキーはどう？　美女、スコッチ・ウイスキーだよ。友人からもらった、彼は税関で働いている、あらゆるところに友人がいる！　君が見たい……美女！」

「あたしの猫がいなくなった」

「まかせて、僕が他の猫を探してあげるから。さあ、飲もう。グラスを持つことができるかい？　雰囲気をよくするためにタンゴをかけるよ、いい？　この曲を歌ったことがある、でも声がかすれ始めてしまった、煙草の吸いすぎだ。喫煙は毒だ」

「もう行かなくちゃ」彼女は体を揺すって呻いた。立ち上がろうとした。「今何時？」

「どうしたんだい、何を言っているんだい？　まだ子供の時間だよ。さあ、飲んで。気をつけて。ブラウスにこぼしてしまう。ああ、こぼれた。大丈夫だよ、すぐに乾く。美女！」

「来年。来年の一月。もう言ったことだけど」

　彼はレコードプレーヤーのハンドルを調節した。ぜんまいを巻いた。突然、詰まったような激しいギターの音が鳴り出した。レコードが回る度に、針は溝の障害物で飛んで、制御不能になりながら落ちた。そして、すぐに軌道に戻った。彼が近づいた。

「君に穏やかにしてほしい、そういう風に服を着たままで」と彼は低い声で呟いた。「これから僕があるものを読む間、君に静かにしていてほしいんだ、心地良いかい？　小さなグラスを僕に渡して、あとでもっと注いであげるから、今はそうやってほしい。このタンゴの曲は美しいだろう？　僕の胸に嫉みなど無いと君はわかっている《ビエン・サベス・ケ・ノー・アイ・エンビディア・エン・ミ・ペチョ》！　僕は正しい男だから《ケ・ソイ・ウン・オンブレ・デレチョ》……ちょっと待って。すぐに戻るから」

　彼女はクッションに頭を置いてゆっくり動かしていた。胸の上で閉じた手を交差させた。

「もう行かなくちゃ。あたしのお父さん。そんなことどうでもいい、お父さんだから」

　落ち着いた仕草で、彼は服を脱いでいった。几帳面に一枚一枚畳んで、椅子の上に積み重ねた。裸になった。息を吸ったり吐いたりしながら、胸を膨らませて、胃を収縮させた。スペイン風の古いショールがかけられたテーブルの引き出しまで厳めしく前進した。中からボロボロの雑誌を取り出した。サージカルテープが貼られた表紙には昔の映画俳優の写真が載っていた。アナ・クララの隣に横たわるが、彼女には触れなかった。体全体が震えていた。紅茶色の手編みのレースが施された赤いサテンのクッションの下から眼鏡を取り出した。眼鏡をかけた。とぎれとぎれにしわがれ声で言葉を発した。「《ワーテルローの陰鬱な夜、絶望したナポレオンが、敗走開始時に軍の砲兵隊全員に一斉に砲撃するように命じると、戦場の地盤が爆破され、ぬかるみに埋められていた爆弾が鳴り響き、水流の間の空間から音が轟くのが聞こえた、並外れたその男の栄光は百日間の決定的な敗退で明滅した、彼は空に自信ありげな目を向けて、こう叫んだであろう〝我々は意見が一致している〟》」

　一休みした。強く息をして、鼻を開き、唾で濡れた白い歯の間でヒューヒュー音を立てた。うつ伏せになり、クッションに開いたままにしていた雑誌を置きなおした。弦をはったような筋肉は硬くピンと伸びていた。左足は収縮して痙攣していた。クッションを噛んで、顔をあげて、唇をゆがめた。深く息を吸い込んでから続きを読んだ。

「《他の有名な征服者たちは、最後の一息を英雄的な胸から放ち、鳴り響き、閃光を放ち、流れ落ちる崇高な連帯感の宇宙的な自然の要素を激しく掻き立てながら聞いた。偉大なる指揮官たちは雷にも、雨にも、風にも、稲妻にも屈しない。彼らの恐るべき栄光はその場の共通利害の怒りによるテロリストの偉大さを付加した。ルドルフ・ヴァレンティノ〔イタリアの映画俳優（一八九五～一九二六年）〕が錯乱した我々の時代のもっとも偉大なる征服者であることに誰も異論はないだろう》」

　彼は呻きながら、眠っているアナ・クララの泡のついた口にほとんど触れるまで這って行った。彼女の香水や、尖った顎のせいで詰まった歯の匂いを嗅いだ。開いたままの雑誌を自分の腹部に置いて、ベッドのマットレスにひじを突いた。曇った眼鏡をかけなおし、苦しそうに呼吸をした。大きく見開いた目を雑誌に落とした。

「《確かに、彼はアンドロマケを寡婦にしたわけでも、アキレスとの対決を受け入れたわけでも、ガリアを征服したわけでも、カルタゴを破壊したわけでも、コンスタンティノープルを占領したわけでも、十字軍で戦ったわけでも、トラファルガーに行ったわけでも、ベレジナ川を渡ったわけでも、パラグアイのロペスを槍で傷つけたわけでもなかった。しかし、多くのことを成し遂げた、果てしなく多くのことを……》」眼鏡を持ち上げて、枯れた声を出した。震える手でベッドカバーをかき寄せて、汗で濡れた体をよじり揺らした。声はゼイゼイと音を立てた。「《スクリーンで彼を見ていたすべての女性たちのハートを征服した、彼を見るやいなや、彼を見るやいなやプラトニックな愛から生じる失神を経験した、生理学者によると……恐るべき情熱の繊細な事実は……限りあるものを見つけられないこと、飽くなき無限性の中に、限りあるものを見つけられないことだった！》」

彼はクッションの上に開いた腕を沈めた。動かなくなった。ぜんまいの切れたレコードプレーヤーから、音が次第に消えていった。

9

アナ・クララはセックスをする。リオンは街頭集会を開く。ママはカウンセリングを受ける。修道女たちはお菓子を作る。ここからでもカボチャのお菓子の熱い匂いを感じる。わたしは哲学する。存在するかもしくは、いかにあるか。存在するか、存在しないかということではない、すでに実在するのだから、今思いついたばかりのわたしの哲学と混同しないようにしないといけない。わたしのオリジナル。わたしが存在するのは、いかにあるかではないからである、だってわたしが存在するには、わたしはいかにあるかではないことが必要だから。じゃあ、わたしはどこでその状態ではないのか？　良い質問だわ、どこでその状態ではないのか。もちろん、わたしの外で。わたしが（本質的に本質が）全体であるためには、わたしの中でない他の場所では、わたしがいかにあるかではない必要がある。わたしは自然の中で分離しない、なぜなら自然はわたしをつかまえて、再び統合するから。競争はないけれど要素の確認はある。ただそれだけ。わたしは都市《まち》で分離する、だって都市《まち》では、わたしは存在するのではなく、わたしがいかにあるかだから。わたしは競争していて、ゲームのルール（たくさんのルール）の中で、上手に競争しなくてはならないから、結果的に可能な限り上手に競争するには、良い状態でいないといけない。可能な限り上手に競争するために、存在することを犠牲にする（自分自身も他人も、同じ結果になる）。しかし、ただ良い状態であるために存在を犠牲にするなら、完全に粉々になるまで、（本質的に本質が）自分を分離してしまう。虚栄心の虚栄心。ただの虚栄心。結論は聖書的だけど、分離して混乱したこの世界のあらゆる問いに答える。生者と死者を統治する狂人。狂気の手綱を掴むことのできる僅かな人だけが支配する、それは誰？　汚染された肺と頭脳。重要な書類は精神科医が保管する。予言者を、それでも予言者を信じる。医学について学ぶほうが、私は役に立てると思う、何であるかすでに知られている法律は未来に価値があるのだろうか。優秀な精神科医。うんざりするのは、わたしが精神病の本を読んでいると、ほとんどの症状が自分にあることに気づくこと、内面が狂気すぎる精神科医。愛によってお救いください。

ああ、なんてこと。どうしてM・Nはせめて……言うために電話かけてくれないの？　わたしは美人ではない、それはわかっている。でも、わたしのIQは普通よりずっと高いのではないかしら？　それに少しは魅力があると思う。ベールで覆われているけれど、あなたが探せば、きっと地面に隠れた金を見つけるでしょう、隠れた金《ロール・カシェ》。

わたしの論を尽くした論文を終わりにする、試験を受けたかったのに、ああ、このストライキで。一緒に勉強したのはずいぶん前（かなり前じゃないだろうか？）。リオンとわたし。アナ・クララは今のように、錯乱状態で彷徨うことはなかった。可哀想に。わたしたちと一緒にいくつか課題を勉強していたけれど、自分の予定のためにうろうろし始め、わたしのドレスを試着した、でもそれほど混乱してはいなかった。リオンは調査をしていた頃、それほど革命に熱心ではなくて、普通に勉強していた。統計。記入用紙。それから、運転手が車のミラーに小さな飾りをぶら下げる動機を調べるようになった。明らかに異なる二つのグループに分けられる。小さな飾りをぶら下げる人と、何もぶら下げない人。リオンの結論によると、後者は前者よりも知的であることが明らかになったらしい。わたしは単に好みの問題だと思う、M・N、そうよね？　プラトンがポルシェを運転するとして、彼は子供の小さな靴をミラーにぶらさげるだろうか？　その小さな帽子をぶら下げるのは、妻か娘であるのは確か。メキシコのソンブレロは、アイ、アイ、アイ、アイ！　ミュウはママのコルセウにエロチックな赤ちゃんをぶら下げなかっただろうか？　リオンが、M・Nの車にソンブレロを見つけたら、どうかしてる《カプット》！と言って、足の親指を下に向けて差すだろう。リオンは知っている。何でも知っている、快楽を感じている娼婦が何人いるのか、感じていないのは何人なのか。彼女はそういうことも調査していた。ファイルを携えて、トートバッグを肩にかけて、丸まる一カ月間、そういう地域に入って、オリジナルの質問をしていた。若者の薬物中毒のリハビリテーションセンターで働き始めた時に、例のグループに入った。そのまま働いていれば、子供の心の相談室で白衣を着るようになって、子どもたちは皆、最初はしおらしくしているけれど、すぐに十一月まで予約でいっぱいになっただろう。大人たちはすでにこのやっかいな状況に骨の髄まで入り込んでいる。今度は子供たちの番だ。精神科医が一人減、それは、ざーんーねーん。彼女の論文のタイトルはこうなるだろう。「妊娠中の黒色紐帯の重要性について」

憂キ人ノ慰メ。浴室に入る。目を閉じると、自分がユーカリの森に入っていくのが見える、聖セバスチャンは好きなだけ噴霧器を使った。でも本物の香水は違う。浴槽の縁に座って、親指と人差しでリングの形を作って、水の噴出が真ん中を通るようにする。二本の最も重要な親指と人差し指で、M・Nがわたしのブラジャーのフックを外す、普段は必要が無いから身に付けていないけれど、こういう時は必要。アナ・クララは、ドイツ人の男が彼女のブラウスを引き裂いたと話していた、例の魅力的なドイツ人、最初の男、最初の恋愛、すべて初めて、でもM・Nの呼吸はすぐに速くなるだろう、長い階段、いわゆる螺旋階段を上ってきたかのように。でも、彼を落ち着かせる、わたしは何か飲みたいから、のどが渇いている。珍しいことではない、子供の頃からそうだ。家を出る前に、子守りも、ママも他の皆も、わたしにおしっこをしたくないかと訊いた。行きたくない、大丈夫。みんなで車に乗る、農園は都市《まち》から十五分ほどだった、それなのに、わたしは乗るやいなやごそごそし始める。教会の入口で降りる。行列の出発とともに、天使のグループが最前列で通る、わたしは走って戻る、だって、のどが渇き、締めつけるから。一番困ったのは、胸に括りつけた羽で、サテンの下着を着用していた。今でもどうしてかわからないけれど、ズボンを下ろした時に、羽が外れてしまった。〝水割りを少し飲む？〟と彼が訊ねる。彼はとりあえず上着を脱いでネクタイを緩める。(暑すぎるわけではなかったけれど）その暑さにもかかわらず、わたしの血圧は低かったから、お酒が必要だった。わたしは大げさにかなりの量を頼むけれど、ほとんど飲酒しない、でもこういう時は、お酒が緊張をほぐしてくれる。ゴクゴクゴク、一挙に飲み干す。こめかみから始まったぼうっとする感覚が、ゆっくりとした吸引するようなキスのせいで口まで広がる。スローモーションの映像のように、すべてが急くことなく、ただ動きやすくなりたいからそうするように、彼は服を脱ぎ始める。〝少し暑いね？〟まったく緩慢な動作だったけれど、残すはパンツだけになった、ああ、なんてこと。わたしはパンツを嫌悪する、その名称も嫌い。パンツがカッコいいほど、パンツ姿の俳優を映画のシーンで見ると不快になる。どうして、その俳優は映画の間ずっと、白いパンツを履いている必要があるのかまったく理解できないとリオンに文句を言うと、レンズが回って、少し別の物を映し、高架道路とパンツに焦点が当たった。その俳優の顔が見たいのに！とわたしは文句を言った。サンドイッチを食べているときにリオンが説明した。〝何て言えば良いのかわからないけれど、映画監督は全員おかまだから、おかまというのは女性よりも、ペニスに強迫観念を感じる、そうでしょう？〟彼女にパンツに対するコンプレックスのことを話したけれど、彼女はすでに政治に会話を移していた、わたしたちが寮に到着した時には、すべての責任は米国の帝国主義だった。理想の共和国はビーチであって、わたしたち二人は水着を着る。ビーチは詩的。とにかく、今はどうしようもない、わたしたちはアパートにいて、彼も巧みにパンツを脱ぐしかない、気づくと、彼は裸だった。

浴槽の底に沈む。なんて気持ちが良いの、この上ない喜び。水の蛇口を開く。落ち着いて、ロレーナ・ヴァス・レミ、落ち着いて。エレベーターのところから始めよう。あなたはエレベーターに乗ったばかり。一人？　もちろん、一人よ。でも、どうして彼はわたしと一緒に乗らないの？〝私が妻帯者であることを忘れないでほしい。危険を冒すことはできない〟小瓶を開けて、お湯にバスソルトを入れる。ユーカリの香りがする、偽物の森だけれど。泡。恐れて彼がこそこそするなんて、がっかりする。彼はマスクを奨めるけれど、わたしはマスクが大嫌い。わたしはそのままでいたい。正直者だから。〝ブルジョアジーの世界は見せかけの世界〟とリオンは何回繰り返したことか。わたしとM・Nはブルジョア階級に属している、だから、この世界で非難される。でも、本当に非難されている？　わたしは自分でありたいけれど、都合のよい歯車になっている。〝君にM・Nって呼ばれるのが好きだ〟と彼は言った。泡をふっと吹くと、顎まで飛んできた。わたしのことが好きなの？　それとも、わたしを賢いと思っているだけ？　イニシャルで呼ぶ。大雨が降る前に、彼は秘書に車で送る必要があるか訊ねた（彼の息子の転学のために大学の秘書室へ行っていた）。秘書は車で来ていると答え、M・Nはわたしに同じことを訊ねた。わたしたちは夜の薄暗い廊下を急いで出た、パイプを持った褐色肌の男性のイメージをわたしは記憶にとどめた。それ以上何もない。車中で彼の男らしい匂いを感じた、ラベンダーの香りが少しする。それから煙。わたしは煙の匂いが大好きだった。乗っている時、がっしりして、ゆったりとした彼の手を見ていた。シンプルな結婚指輪。ほどほどに幸せな中年男性の吐く息をわたしは吸った。完全に不幸であるより厄介よと叔母のルーシーが言った、彼女は何回も結婚している。わたしは彼と心地よく過ごした。彼の運転スタイルもわたしを魅了した、車に乗ったときに、それほど安心だと感じたことはなかった。途中で嵐になった、その時、わたしは農園のことを彼に話していた。わたしが門で降りた時、彼も一緒に降りた。わたしが遠慮する前に、彼はコートを脱いでわたしに着せた。そして、小道に放つ閃光で青く光る庭を二人で走り、彼の右腕がわたしの肩を覆って、もう一つの腕はわたしの頭にかけられたコートを押さえていた。聖体を守る行列の祭服。

祭服。信じられない、バラバラだったのに、ある瞬間に、些細なことがこんなに強く思い出されるなんて、雷、稲妻、わたしの指は彼のイニシャルをなぞる。彼の腰につかまると、シャツのイニシャルの刺繍に触れた。彼から離れて階段を上がるときに、何の文字？とわたしが叫ぶと、〝M・N〟と彼が返事をして、その声は嵐よりも強かった、M・

N!　わたしは階段の途中で立ち止まって彼を見た。彼は同じ場所にいてコートで身を守っていた。M・N、戻って！とわたしは叫んだ。翌日、彼は微笑みながら、よくわからなかったことをわたしに自白した。結局、あの指示は車に戻ることだったのか、わたしに会いに戻ることだったのか？

バスソルトの泡が浴槽の表面で結晶化し始めた。自分を抱きしめ、理性を失って走っている自分を見る、まるで、愛のために衰弱し、脚を棒にして愛する人を探す雅歌の女性のように。彼はゴルフをするから、頑丈な脚をしているにちがいない。ふさわしい瞬間に（彼はその時だと考えたのだろう）彼が理知的な手を伸ばすのを見る。金庫破りの指のように、肉の部分までやすりをかけられた指先の洗練した繊細さで丹念に触れる《タクト》、性急に言わないように、わたしは〝ク〟を入れて発音する〔ポルトガル語で「触れること」を意味する〝tacto〟と〝tato〟があり、前者は主としてヨーロッパ・ポルトガル語で、後者はブラジル・ポルトガル語で使用される〕、いくつかの言葉は段階があるにちがいない、慌てふためかないようにする方法、段に気をつけて！　彼は注意する、ああ、彼は注意深い。すると、彼の両手がわたしの胸にあったから、どうやって彼の手がそんなに近づいていたのか気づいていなかった。初めてのタッチ、ボタンを右に、次に左に軽く回す。一息入れる。その後、ほとんど動いていないような動きで、もう一度動かし、わたしは隠さず全開する。

〝女の子の宝は処女であること〟と農園の邸宅で働いていた若い女性の使用人たちに、ママが何度か言うのを聞いたことがある。この忠告をあの時以来聞いたことがないから、その宝はあの当時だけ有効だったのだろう。ああいう身分の女性たち、つまり、契約労働者や親のいない娘に対するものだ。でも、愛人がいるとわたしが言ったら。ママは目を開いて、驚きで蒼白になり、そのままの状態で数時間いるかもしれない、ママは新しい状況に折り合いをつけるのにいつもしばらく時間かかる。〝愛人？〟わたしはすぐに決定的な言い訳を探す。ママはわたしに残りの人生を処女でいてほしいわけではないのでしょう？　もちろんその通りよ、どんな場合であってもそれは望んではいない、処女のまま死んで、星になった女の子について何度も話していた。それから、わたしがレズビアンであることも望んでいない、でも男性と一緒にいられないなら女性といるしかない、そうでしょう？　彼女は困惑して頭を振って、そんなことだめ、そんなことだめ。たとえ破局的な状況であっても、その時、わたしに起こる最悪の場合をママは考えられず、普通で健全な場合を想定していた。どうして婚約者ではなくて、愛人なの？　結婚に反対するリオンの主張をすべて並べようと集中した。でもあまりに弱い主張で、結婚がこの世で最も素晴らしいことだと考えている、わたしはM・Nと結婚する、二万個の教会と登記所で。ああ、なんてこと。結局、わたしは誠実さを優先する、それは、葡萄が未熟であるときにわたしたちを惹きつけるのと同じくらい誠実だ。彼女は突然煙草を吸い始めて、一本、また一本と吸う。不安な証拠である。自分が現代的であることを示そうと、コルセットを着用しない若さを享受する、自由である、でも、幾分かの困惑を感じているのを表す。〝例えば、わたしの世代とあなたの世代間にある溝を理解できないわ。何世紀も違うのかしら、それとも数年？　わたしのいとこが、結婚後四か月後に子供を産んだ時、世界が逆さまになるほどのスキャンダルになった。彼女は今何歳だと思う？　もう四十歳くらいよ！　今誰かが、あなたの友人のことをコメントするとしたらどうなると思う？〟と強調して、途中で言葉を止めた、そのことについてはもう全て話してあることに気づいたのだ、彼女には、自分の時代と娘の時代にある距離のことで騒ぎ立てないゲームのパートナーがいないのだ。あるいは孫。直径の子がいない場合には姪。彼女は黙って考えた。わたしが男性とベッドで快楽の顔をして結婚の意思もないのに呻くわたしを想像すると、表情が大げさになった。放縦で何が悪いの？　目を細める。苛立ちのスポンジは穏やかな微笑みに滴り始める。まだ女の子だというのに（わたしのことをまだ十二歳だと思っている）、愛人がいるなんて、年老いたファウヌスが汚れたよだれであなたを濡らしている。失望が怒りに変わり、腕を組んでうろうろする、座っていることもわたしを見ることにも耐えられないから、歩くしかなかった。わたしのせい《メア・クルパ》。わたしのせい《メア・クルパ》〝わたしが非常識で不注意だから。どういう人なのかも知らない人たちの中に娘を置いてきて、わたしをあざ笑って隙を突いてわたしを裏切ろうとする男と暮らす。わたしが苦いお茶を飲まなければ、彼は砂糖にヒ素を入れて、わたしを殺していただろう。母親は大人になりかけている娘から親離れすることができないけれど、あなたはそんな状況でも分別がある……〟ミュウとの関係が終わったことを知らせることで、自戒を甘くする。そして、もはや享楽的生活を止めて、隠棲したいと考えている、〝娘のことに全力を尽くします。でも神がお赦しくださるなら、新しい結婚をお授けください〟と彼女はパパを入院させた後に懇願していたことをすぐに忘れて、また同じことを言うだろう。そして、わたしの友人たちと少しずつ責任を分ける。〝そこに住む二人の友達はとても変わっていると思うわ。一人は太っていて、レズビアンの顔をしている。もう一人はありふれた女の子。若い娘にとって、二人は良い同伴者なのかしら？〟若い娘の手を握る、本当のことであり、嘘を言っているのではないことを示す態度である（これに関してはそれほど心配していない）、そして、わたしを慰めることを口実に（彼が妻帯者だから）、自分自身をノスタルジックに慰める。〝あなたが満足なら、わたしも同じよ〟と言って、満足していることを示そうと、悲しそうなあの微笑をする。現在が嫌になると、いつも（こういうことは頻繁に起こるのだけれど）過去に逃げ込む。時系列で現れない思い出はいつも同じことばかり。〝ロレーナ、覚えている？〟わたしは農園の噴水で遊んでいて、喉が痛かったから首に赤いフランネルの布を巻き付けている、バランスを失って、水中に落ちて尻もちをついたところを、パパが写真に撮った。誰かが（イフィジェニアだったかしら？）家の中から叫んだ。〝ロレーナが肺炎にかかってしまう！〟今度は、ヘモの自転車の後ろに乗って散策したときのこと、前日に引き抜いた犬歯で隙間のあるわたしの顔が鮮明に現れる。歯はぶら下がって、振り子のように糸の先で揺れていた。〝ここにあった歯はどこ？　猫が食べた！　猫を探して！〟金のネックレスやブレスレットで飾られた銀のタライに入って最初の洗礼、水の中から、わたしにその輝きを伝えようとする金を見る。わたしが洗礼を覚えていると言うと、彼女は笑った、〝不可能よ、あなたは生後八日目だったから〟でも、わたしは覚えている。水と、底で輝いてもつれていた金を見た、溶けていなければ、どの貴金属だったかわかる。長くもちこたえた金属は、幾重にも巻いて、巻いて、でも、ミュウが一周して持って行ってしまった。初めての登校日、ランチボックスを遠くへ投げて、ベッドの脚にしがみついた。ママは白いリンネルのワンピースを着て、ジャスミンの枝を襟に刺していた。〝わたしはあのワンピースが気に入っていた〟と彼女は繰り返し言って、ワンピースやその他のことを再構成しているのがわかる。わたしを見つめると罪の意識が強くなって、〝農園を売るべきではなかった、そのままにするべきだった。看護師を雇って、彼が愛していた植物や動物のなかで暮らせるようにすれば、彼はあんなに悪くなることはなかった、彼の手を握る人も誰もいないまま、冷たい療養所で孤独に死んだ。ホムロも死んだ。ヘモは遠くにいて、死んだようなもの。娘は妻帯者の愛人。そしてわたしは、わたしを裏切り、つけこんで物笑いにする恥知らずな男を同伴者にしている、ああ、なんて罪。なんて罪なの〟

浴槽に深く沈む。目に涙が溢れる、胸がいっぱいになる、どうしてわたしは物事を複雑にしてしまうのだろう？　動揺する、動揺するつもりはないのに。彼が結婚しているということを話さないほうが良い、結婚していなければ、彼女は希望を抱くだろう、ママから希望を奪うことは、わたしがする最後のことだ。結婚したいと思わないとだけ言おう。そうすれば彼女は元気になる。〝今は結婚したいと思わなくても、そのうちにそういう気持ちになる、あなたたちはみなそう言うけれど、子供が欲しいと思ったら、結婚したいという気持ちになる。それが運命よ。ロレーナ、実際的なことなの。旅行でも、ホテルでも。人生でも共通する、あなたには財産もある。夫以外の誰がわたしたちの財産を管理するの？〟自分の管理のなさを考えている（だからと言って、あんな軽薄な男を信用するの？　あの無責任な人を）、彼女の手にわたしの両手をとる、これは、女性から女性に話したいことを示す仕種だ。〝あなたはもう一人の女性として構造化している〟と厳かに言って、自分の語彙に構造化という言葉を組み込むけれど、自分で何を意味しているのか分かっていない。〝決めるのはあなたよ。あなたの心が望むことをやりなさい〟わたしの心が望むこと。わたしの心は何を望んでいるのだろう？　ああ、ママ。わたしの心は、彼と一緒にいたいということ、結婚もせず、何もせず。彼女は付けまつげのせいで、しっかりと瞬きをする、わたしの人形も同じようにまばたきしていた。〝でも、彼が別れたくないのは、奥さんを愛しているから、あなたを愛しているからではない！〟

〝おしまい〟とリオンなら言うだろう。耳の内側を洗う、再び誘惑の天使が堕落と嫉みの罠を吹き込んだから。怠惰だけでは十分ではないかのように。蛇口を開くと、お湯が噴射しているところに泡が立つ。《行動か自発的な手抜かりか、怠惰か無分別によるものが、他人に損害を及ぼす要因であり、自分自身の損害に気づかざるを得ない。義務を果たさなければ、債務者が損失と損傷を負う》〔ブラジル民法第一八六条〕。

〝損失と損傷〟とロレーナは繰り返し、鏡に映る自分の姿を探す。濃い湯気の向こうに、水を吸い込んだ得体のしれない植物のように、泡から出没したくすんだ頭のしみやピンク色の膝部分を見る。〝愛するあなた、これは規則よ。法規よ。あなたが怠惰だから、わたしは喜びを失った〟と考えながらタオルに包まる。足の裏を床でこすって、鏡に向かって顔をしかめるが、それでは納得できない。〝悲しい〟体にパウダーをつけて、椅子の背もたれにタオルを広げて掛け、赤いガウンを羽織った。突然胸をときめかせて、ああ、M・Nが今わたしに会いに来てくれたら。棚に本を急いで取りに行って、中から一枚の手紙を取り出した。クッションの上に座る。タイプのインクリボンがあまりなかったせいで、青い薄紙の文字は消えそうだった。

「ロレーニーニャ」

何も言わずにドアを開けて、隙間から中を覗いていた若者に彼女は微笑む。

「グガ、こんにちは。入って。入浴したばかり」

「そうみたいだね」

「何か飲みたい？　飲みたければ何でもあるわよ」

「今はいい」と言いながら、キャンバス生地のトートバッグを肩から外して置く。彼女のそばで絨毯に座った。「今日、集会に行く？　格納庫である」

「グガ、わたしは行きたくない。あなたは行くの？」

「まだ決めていない。兄貴がサックスを吹く、行くとしてもそれを聴くだけ。でも、僕もわからない」と呟いて脚を交差して、サンダルの先をつかむ。

　彼女は彼の綿のTシャツの胸の部分に刺繍された黄色い太陽を見ていた。

「自分で刺繍したの？」

「そうだよ。どう？」

「グニャグニャね」と彼女は言って、体を屈めて彼の顔にキスをする。指先で彼の髭をなでる。「アヒルを完璧に刺繍できるわよ。Tシャツを持ってきてくれたら刺繍してあげる」

「このTシャツしか持っていない」

「これだけ？　ああ。可哀想なわたしのグガ、なんて貧しいの」

「僕を養子にしたい？　僕を養子にしてくれる人を探しているんだ。それから僕を愛してくれる人を」

「待って、ウイスキーを取ってくる」と彼女は言って、レコードプレーヤーのところまで急ぐ。「シコ〔シコ・ブアルキ（一九四四年～）MPBを代表する国民的音楽家、作家〕」の最新の曲を知っている？」

「多分知らない、ロレーナ、僕は今何にも知らないというか、逆に、何でも知っているというか」

　彼女は瓶とグラスを持ってきた。彼がまだ火のついたマッチを持っていたから、彼の手に灰皿を近づけた。二人は黙って並んで座り、音楽を聴いた。

「何でも知っているって、どういうこと？」

　彼は微笑んだ。

「知っている。僕は狂人のように、何にでも首を突っ込むのを止めた。僕は狂人のようだった、意欲もないのに勉強して、意欲もないのに、何かをやる、意欲がないのに何でもやった、ただ証明するために。でも、もう証明するなんて嫌なんだ、僕は今自分の意志と共にある。それが大切なんだ、そうじゃない？」

「だから、あなたは学校に来なくなったの？」

「ロレニーニャ、僕は勉強するのを止めた。家を出て、勉強するのを止めた。僕たちは地下の部屋を借りて、家賃を出し合って共同生活をしている」

「ふーん」

「どうして、ふーんなんだい？」

「絶対うまくいかない。結局は喧嘩することになる、他人よりも面倒な人が必ず一人いて、あらゆることに巻き込む。イエスでさえ、自分が創ったコミュニティに耐えることができなかったわよね？《いつまであなた方に我慢しなければならないのか！》〔新約聖書「マルコによる福音書」第九章十九節〕と、ある日彼は爆発して、そう言った。あのイエスが、どう思う？」

「それじゃあ、僕たち二人でコミュニティを作ろう、君と暮らすことができる？」

　彼女は彼の手を取り、その手にキスをした。

「あなたを愛しているけれど、わたしは恋しているの、望みはないけれど」と言って顔をしかめて、ため息をついた。

「演劇は？」

「それも止めた。あれは演劇だったのかな？　すべてが貧弱だったし、意味がなかった。僕は深く生きたい」

　少し大きめのサンダルから見える黒く汚れて痩せた彼の足から、彼女は視線を逸らした。

「でも、深く生きるとあなたが考えていることは何？　体制批判をすること？　それとも、社会の周辺で生きるということ？」

　彼は静かに自分でウイスキーを注いだ。彼の仕種は柔らかい。優しい声。彼女に向き合った。

「僕が体制批判をしていると、誰が言ったの？　ロレニーニャ、僕は体制批判なんてまったくしていない。そういうことじゃないんだ。体制批判をするというのは、行動を起こすことだ。行動を起こしたい人がする。僕はただ自分が喜ぶことだけをしたいんだ。読んだり、話しをしたり、音楽を聴いたり、曲を作ったり、愛し合ったり。すべてとてもシンプル。考えるということも学んだ。これはとても重要な発見だ。考えるということ」

　彼女は立ち上って、爪切りを取りに行った。

「あなたと話しをするのが大好き、でも、おしゃべりしながら、あなたの爪を切っても良い？　グガ、お願いだから」彼が這って後ずさりして、Tシャツの中に手を隠すのを見ると懇願した。「すぐ終わるから！」

　彼女の膝に頭を横たえ、体を緩めて手を差し出した。小さな声で笑った。

「いいだろう、デリラ〔旧約聖書「士師記」第十三章～第十六章。イスラエルの豪勇サムソンが愛人デリラに裏切られペリシテ人に捕らえられる物語〕、君が喜んでくれるなら。君は僕の母に似ている、僕を見ると、もう爪切りを持っている。僕は攻撃的で論争したいのだと母が言う。ああ。僕がやりたいことはまったく違う」

　爪を切りながら、彼女は切った爪をオレンジの木の小枝で掃いた。

「あなたはわたしが考え出した理論の中にいると思う、たいしたものではないんだけれど。存在するかあるいは、いかにあるか。こうも言える、あなたは何であるか、あるいは、あなたはどんな状態なのか。あなたは存在することを選んで、大学にも行かず、舞台にも出ず、芸術や政治活動のグループにも属さず、その他に何があるのかわからないけれど。あなたは、あなた自身でありたい、そうでしょう？　でも、グガ、あなたは自由でいることができる。あなたの運命を果たすと同時に、あなたには運命がある」

「ああ、僕のロレニーニャ、そんなに読書をしないで、もっと生きよう。君は一冊の本だ。僕たちと一緒に住もうよ、そうすれば、そんな理論を少しは忘れられる」

「あなたたちは床におしっこを垂らすもの、わたしは一日中トイレ掃除をして、玉座を良い香りで匂わせなくてはならない」

「玉座？」彼は笑って、彼女の手をつかんで引き寄せた。そして彼女の首にキスをした、彼女の口にキスをしようとすると、彼女は素早く避けた。

「グガ、だめよ。したくないの」

「どうしてしたくないの？」

「だって、恋をしているから」

「ファブリジオ？」

「そうだったら良いけれど。結婚している人で、中年、などなど。わたしは恋焦がれている」

「ああ、君はまったく文学的だね。もう終わった？」と爪を調べながら訊いた？「ローズ・ピンク色のマニキュアが欲しい、僕は母に買おうとしたんだ、ローズ・ピンク色のを」

ロレーナは切った爪を小山にして集めた。

「彼がわたしに書いた手紙をあなたに読みたいんだけれど、いい？」とクッションの下に置いてあった紙を手に取り、膝をついたまま戻った。体を後ろに倒して、正座した。

「全部は読まないわ、ほんの一部分、よく聞いて。《私は二つの次元を生きている。ひとつは日常で、日々の義務や大切な人たちと私を結ぶ絆とともにある現実だ、私はその日常を愛していて、彼らの前で私は一人の人間であり、確固として確かなアイデンティティと、ゆったりとした道に私をくりつける過去、現実、未来とともに、意識的に受容する責任とともにある。ロレーナ、この世界に、君は含まれていない、この大きな感情がときに否定的になるけれど、これが現実で真の世界だと感じる、つまり、私たちはそうしてはいけないのだ、できない、できないのだ……。すぐに止めなくてはいけない、そうであったら素晴らしかった温かな思い出をしまって、逃げなくてはならない……》」

「ロレニーニャ、もういいよ。これ以上聞きたくない」

「待って、重要なところがあるの、だから待って！」

「もういいって言っただろう。そんな男のことに興味ないよ、僕が興味あるのは君なんだ。それに、その人が何を言いたいのかわからないよ」

「この部分だけ、聞いて、とても重要なの、お願い。《ロレーナ、君の儚く美しい世界が期せずして入り込み、私の中にそうやって落ち着いてしまった――この感情が私の中に広がるように――とりわけ、奇跡的で崇高な贈与を受け取ったことで僕を動揺させる喜びについて考える。とりわけ、君のイメージのような時間、小さくてこまごまとした出来事で作られる時間について考える。今日の電話、朝の短い逢瀬、神だけがいつなのかを知る希望。そうした出来事はあまりに不確かで僅かだけれど――私たちの目に見えるすべての物語を作り出している。君が望むなら、この僅かなことも、私はあきらめられると思う》」

口が渇ききってしまったから、読むのを止める。水のボトルまで急いで行き、一口飲んで戻る。グガは口を半開きにして、一言も理解していないかのようにわたしを見ている。

「それにしても、彼はどうしてそんな風に書いたの？」

「そんな風って、どういうこと？」

「ロレニーニャ、全部オブラートに包まれているじゃないか」

「彼はずいぶん年齢が上だと言ったでしょう、妻帯者だって話したわよね？　彼のスタイルなのよ。最後の一文だけ読ませて、聞いて。最後だけから。《この深くて清らかな愛情。秘めて崇高な。めったにない幸福として心にしまう。すべて明日終わってしまうことを君も受け止めることはできないだろう。私に譲与してくれたこの愛情から、君の姿を再創造する、そうすることで、君の姿はいつまでもわたしのものになり、常に一緒で離れない、M・Nより》」

わたしは手紙を畳む。グガがわたしをじっと見る。

「M・Nっていったい何？」

「彼の名前のイニシャル、マルクス・ネメシウスっていうの」

「ロレニーニャ、オブラートに包まれすぎている。苦痛なだけだ」

足に溜っている余分なパウダーに息を引きかける。もう一つの教訓、どうして彼に手紙を読んだのだろう？　自分の可哀想な愛をライオンに投げつけて、絶望するため？　リオンなら、そうね、リオン。何て言えば良いのかわからないけれど、と言って、恋して怖がる中年の手紙だと解説する。恋しているより恐れている。でも、どうしてこうやって彼に見せたのだろう？　わからない。アニーニャは素晴らしかったと言うだろう、自分だけが想像できると彼女は興奮する。貸していたショールを返しに来て、靴を脱ぎ、座ってウイスキーを飲んだ。狂人や酔っ払いの得体のしれない本能を信用しないのなら、彼女に手紙を見せないだろう、パパがわたしにそのことを教えてくれた。その後、可哀想に。それで、彼女は美しい脚を組んで、ちょっとした嘘をついた、ローマで雑誌の表紙に載るから、シコグナ伯爵が彼女を夕食に招待したなどなど。彼女が自分の能力と栄光に浸っていた時、わたしは彼女に手紙を見せた。半分のところで彼女は読むのを止めた。彼女の目には涙が溢れていた、〝何なの、こういう男性に愛されたい〟わたしは最高の気分になった、アニーニャ、そうよね？　するとリオンが言った。彼女はパイプに煙草を付けて、しばらくパイプを持ちながら歩き回った、その後一度もそのパイプを見ていない。〝彼女のような物質主義者は、単なる精神的愛というものを理解することはできない。私だったら彼に夢中になる〟アニーニャが出かける時に、ショールをあげた。とても綺麗だけれど、わたしだと房飾りが床を引きずってしまうから、叔母のルーシーは、わたしが背が高いと時々なぜ勘違いするのだろう？ショールを引きずる小人。ああ、なんてこと。

「ロレニーニャ、悲しくなった？」

「そんなことない、大丈夫よ」

「小さな花のように縮こまっていたから」

「マグノリア・デズマイアーダ。大学でのわたしのあだ名を知っている？」とわたしは訊いて、ガウンで顔を隠す。

「ロレニーニャ、泣かないで、泣くなよ！」

泣いていないと言おうとしたけれど、時間がなかった。彼は立ち上がって、わたしの肩を支えて、わたしの額と髪の毛にキスをした。ガウンが開いてしまった。閉じようと格闘したけれど、どうやって？ 彼の腕がわたしの体を包み、彼の舌が、その瞬間（いや一世紀くらい）わたしの意志に反して降伏したわたしの口をいっぱいにした。わたしが急に離れると、彼も離れた、わたしは彼の顎ひげや髪の毛を引っ張って、グガ、止めて！ 止めて！ わたしの胸に触れてきた彼の手を噛むと、彼はわたしを解放した。わたしたちは息を切らせながら体勢を整えた。わたしは怒りで顔が赤くなったのだと思ったけれど、本当はそうだったのかわからない。彼はトートバッグを手に持った。

「グガ、わたしは別の人に夢中なの」と彼のベルトを引っ張りながら言った。

「もう聞いたよ。問題ない」

彼は再び微笑んだ。彼にウイスキーの瓶を渡した、彼はわたしを見てまた笑い、指先で顎ひげを撫でた（美しい手をしている）。わたしに投げキスをした。

「君の恋人は事態を複雑にする素質がある、僕の父みたいだ。父は何時間も僕に話すけれど、何を言いたいのかわからない」

彼の胸に刺繍された太陽をなぞる、どうして彼に帰ってほしくないのだろう？ 彼のジーンズについている灰を落とす、ほとんど色あせて白っぽくなっているところが三カ所あって、二カ所は両膝の部分で、もう一カ所はもっと上の部分だった。わたしは太陽に目を向ける。

「刺繍をするから、袖にアヒルの刺繍をしたTシャツを取りに来て、来週にはできあがっている、とても素敵になる」とわたしは言いながら、彼の後ろに続いて、彼の耳の近くで話す。「グガ、バカなことはしないで」

「必ずしもしない」

「必ずしもって何を言いたいの？」

彼女は穏やかに眉毛を弓型にした。

「ロレニーニャ、僕が言ったこと。必ずしも。僕の心が締め付けられる」

「グガ、あなたの世話をさせて」

「世話をするということはどういう意味？　僕の爪を切るということ？」

わたしは後ろから彼を抱きしめる。抱きしめたら、彼の肩幅が広いことに初めて気づいた。

「おバカさん、まず、あなたの受講登録を取り消す。そして、すぐに戻ることにする、どう？」

「母は僕の卒業証書が見たい。君が母に似ているって言わなかった？」

庭の小道の曲線で姿を消す前に、彼は振り向いてわたしにキスを送る。わたしはそれに応える、目が潤んでいるのを感じる、どうしてこんなに感情的になるのかわからない、彼のTシャツの太陽のように、光線を放つ太陽のせいなのかわからない。階段の鉄格子の螺旋に足を入れ、邸宅の方を見る。電話ではないかしら？　窓からブーラ修道女が、子供がするように、手を開いたり閉じたりしながら、さようならと、挨拶をしている。雲の中に入って行く飛行機のエンジンの音が聞こえる。電話ではない。たとえそうでも、ママくらいだ、ミュウがどんなに腹黒いのかをわたしに話すために。わたしはママがキラキラしていしている時が好き。でもキラキラするのは喜んでいる時だけ、落ち込むと、背中に落ちてきた黒い甲虫のような陰気な声になる、ヴウウウウ……。ファブリジオかしら？　陰鬱な瞑想家に囚われたから、彼はわたしを愛したのだろうか？　でも、あれはどういう愛だったのだろう？　別の方向にわたしを少し向かせてくれるだけで十分だった。欄干を握ると、爪の先まで白っぽくなる、グガ、グガ、気をつけて！　彼はわたしを忘れていなかった。わたしたちはどんなに楽しいことをしたか、ね、グガ？　ある午後、彼は身障者の真似をして、街中を身をよじって、涎を垂らしながら歩いた、わたしはそばで深刻な顔をして、何キロもそうやって歩いた。周囲の人は心を痛ませて見ていた。グガ、こっちよ、こっち、とわたしが言うと、彼は別の方を向いて、他の人たちにぶつかった。別の日には、黒眼鏡をかけたけれど、周囲の反応は無かった、都市《まち》にはたくさんの盲人がいるから。それで、わたしは彼の腕をつかんで、彼と大声で、ひどい喧嘩をしながら歩かなくてはならなかった、みんな、わたしが逆上しているという目で見ていた、わたしは映画を観に行きたいのに行くことができない、どうしてあなたの手引きをしなくてはならないの?!　あなたの盲導犬でいることにうんざり！　わたしがこう叫ぶと、憤慨した二人の老婆がわたしたちに近寄ってきた、傘を手に持っていたほうの老婆はわたしを叩かんばかりだった。〝なんて残酷なんだろうね！　お嬢さん、あんたには心がないの？〟もう一人の老婆はもごもご、もごもご言った。〝若さ故の野蛮さ！　野蛮人！〟彼女たちが離れて行った時、彼は眼鏡をはずして身をよじって笑ったけれど、笑いながら、どこか痛みを感じていた。映画館の列で、困惑した様子で文句をつけた。〝僕は盲人なのに、君が僕にひどい仕打ちをした〟ああ、グガ。あの時のことが、とても遠くなった、奇妙じゃない？　M・Nに出会ってから、わたしの子供時代の一部になったかのようにファブリジオとグガは少年になった。ヘモも一緒に。ホムロもそう。パパがわたしの手を取って、一緒に畜舎で夜明けに生まれたばかりの子牛を見た。わたしは手を伸ばし、他には誰も来なかった、わたしはいつまでも手を伸ばし続けるだろう。永遠に。誰も。ヘモの手は平凡で、ホムロの手は輝いていた、輝いていた腕の柔毛は手まで伸びていた。手も輝いていた。パパの手は褐色で、手の甲の毛はいろいろな方向を向いていて、わたしはそれにぶら下がっていた、パパは猿の毛をしている！パパは猿だ！

「夢を見ているの？」

びっくりして階段から落ちそうになった。リオンがわたしの後ろに立っている、彼女はどうやって音を立てずにここまで上って来たのだろう？

「リオン、二度としないで。死にそうになった、震えているのを見て！」

彼女が笑った。

「つま先で来たの、ほらね？　あなたが子牛の死について考えていて動かなかったから……」

わたしは彼女の手をつかんだ。

「子牛って言った？　リオン、子牛って。不思議だわ」

「何が不思議なの？」

「だって、本当に子牛のことをわたしは考えていたから、父がわたしの手を取って、生まれたばかりの子牛を見たことを思い出していたから、子牛はいつも早朝に生まれる。信じられない」

「じゃあ、お茶を飲まない？　重要なことがあるの、今一人？」

「グガが帰ったところ」と言って、小さな声になる。「リオン、リオン、彼がわたしの口にキスをしたから、とっても混乱したの」

「それで？」

「それだけ、わたしはすぐにガウンを閉めて、彼を外に追い出した。でも変じゃない？　全部伸びていた、髪の毛も、爪も、すべて逆立っていた、どんな風かわかるわよね？　わたしは清潔な男性の夢を見るけれど、彼にばれてしまうくらい興奮して、彼と一緒に埃をかぶって、汗をかきながら床に転がりたいと感じたの！　でも、M・Nのことを思い出して、魔法の瞬間が壊れてしまった」

　リオンは絨毯に倒れ込んで、クッションを抱えて笑い出した。

「ロレーナ、ロレーナ、なんてバカなの？」

　わたしも思わず笑った。そうよね？

「リオン、狂っている。完全に狂っている」

　彼女はトートバッグから物を取り出して、周りに積み上げた。わたしはポットに水を入れた。

「旅立たなくてはならないのが残念、あなたが幻影に夢中だということを、AプラスBで簡単に証明するのに」

「何の幻影？」

「M・Nのこと、まったく！　彼が父親代わりになっていることにまだ気づいていないの？」

　カップを片付ける。ティーンエイジャー年鑑に掲載されていることを繰り返して言うために、彼女が有名な精神科医に依拠するなら、わたしは自殺する。漫画だったら、うーん、若い秘書が、白髪交じりの雇用主が実は血がつながっていることに気づく、その物語では血縁者というのが父親だ。考えてみると、彼女は反体制運動に関わっているほうがいい、自己認識とか、別の場所へ行くとか、ああいう風に気持ちを高ぶらせて、べらべら説明するから。

「リオン、あの精神分析家の名前は何だったかしら？　彼のことをよく話していたわよね、あのフランス人のことを」

「ラカン？」

　そうそう、その人。ラカンともう一人はアメリカ人の女医、わたしもその名前を知っている。とにかく、どうでもいい、彼女はアンチ・オイディプスになってしまった。つまり、わたしたちは多かれ少なかれ、みな狂っているから、何人かを閉じ込めるなんてばかげている、そうでしょう？　狂気はシステムから作られる。システムで終わって、病気になる。

「そういえば、アナ・クララはあちこちを遊び回っているみたい。昨日電話をかけてきて、金持ちの豪華な別荘にいると言っていた。ペンキとニス〔結びつきの強いことを意味する〕」

「真面目な話をしたいと彼女に伝えた、あなたもアニーニャと一緒にわたしのところに来て。今、パスポートの手続きをしているところ」と私が言うと、ロレーナは浴室に姿を隠してしまった。

　鈴のコレクションが手の届く棚の上にある。一番大きな鈴を鳴らしてみる。若い雌ヤギの音。襟の外に首飾りを取り出して、彼女が私にくれた小さな鈴を振る。

「リア・ジ・メロ・シュルツ、すぐに出るから！　今行くから！」

バレーの黒いタイツを履いて出てきて、手にはマーガレットの入ったジョッキを持っている。アンフォラを抱えて舞台に立っていたような姿で現れる、そういうタイツを履くと、バレリーナのように歩く。それとも、いつもそういう風に歩くのだろうか？

「マーガレットが大好き」と言って、棚にある父親の写真の隣にジョッキを置いた。「農園では、マーガレットがたくさん咲いていた。兄のホムロの棺を覆うほどの花だった」

「あなたのママが約束してくれた服を取りに行かないとならないのに、まったく時間がない。街頭活動で忙しい。レーナ、ウールのものを持って行きたいの、必要になる。アルジェリアよ。アフリカの冬だけれど、冬は冬」

「あなたがレズビアンかどうか、彼女は何十回もわたしに質問したのよ」

私は笑う、とても嬉しい。何もかもが楽しい。

「事態がますます難しくなっている、今はまだミゲウのことを公表することはできない、ああ、みんな身近な人の性のことで動揺しているなんて。他の事に動揺しなくてはならないのに。あなたもそう」

彼女はマーガレットの茎の部分を手に取って、私の前に跪いた。わたしの口までマーガレットを差し出した。

「リア・ジ・メロ・シュルツ、インタビューを受けていただけますか？　恐れ入りますが、もっとマイクに近づいてください。女性と男性の同性愛について、あなたの見識あるお考えを伺いたいのです」

「その前に、お茶を入れて。お湯はまだ沸騰していないの？　お茶を入れるときは沸騰したお湯はだめだと言っていたわよね、早く、急いで！」

完璧。さあ、次はお金。ロレーナ、そうでしょう？　ネカオでしょう？

「ほとんど沸騰していた」と彼女は言いながら、ティーポットにお湯を注いだ。

彼女の足が絨毯に残したパウダーの跡を私は見ていた、少し前に入浴したばかりに違いない。それにしても、一日に何回入浴するんだろう？

「昨日父と話したの、母が出かけていたから、父が電話に出た。彼は素晴らしいの、わかる？　何も私に訊かなかった、すべて説明してから、外国へ行くと伝えたの。父は何も言わなかった。お父さん、聞いているの？て言ったら、聞いているから続けなさい、と言った。チケットを買うお金が必要だと知らせた。わかると思うけれど、チケットはとても高い。お金を出してくれる？　父はしばらくの間黙っていた。黙り込んでいた、わかる？　私たちはお互いに、曲がり角を挟んで話しているように通話が近く感じた、父の心臓が鼓動するのが聞こえるような気がした。お父さん、どう？　私にお金を出してくれる？」トートバッグに入れているハンカチを探す、あの役立たないハンカチはどこに入り込んだのだろう？　ブラウスの袖口で目を拭う。「すると父が、リア、私たちを頼っていい。こっちで用立ててから送金する、心配しないで大丈夫だ。月末になるけれど。月末まで待てるかい？　チケット代の他に、もう少し余分に送るから、お前がどこに行くかわからないけれど、費用がかかることはわかる」

ロレーナがお盆を持ってくるところだった、彼女の顔から、一言も聞いていなかったことがわかる。クッションの上にお盆を置いてバランスをとった。

「M・Nはもう二度とわたしに会いに来ない気がする」

「それで私は電話を切って、自分の手にキスをした、父の手にキスしたかったから」

「リオン、どう思う？」

「何が？」

「M・Nがもうわたしに会いに来ないということ。そう思う？」

カップにお茶を注ぐ。彼女は私のことをじっと見て待っている。私は足元に届くほど深呼吸をした。

「あなたは話し始めると結婚のことを言う。だから、彼は女性のことが怖いのよ、そうでしょう？」

彼女は手でティーポットの縁をなぞる、いつも冷たい手、冷たい足をしている。

「彼がわたしと結婚してほしいわけではない、わたしに会いに来てほしいの！」

「レーナ、同じことよ。電話をかけてきたら、あなたは結婚したくなる、結婚のことばかり考えている。あなたはママとカクテルを勧めて回る」

彼女は皿を私のそばに押した、私がクッキーを食べると屑をこぼすから。彼女は絨毯を汚す灰と食べ物の屑のことしか考えない。その頭が心配するのはそういうことだけなの？　それに、そのM・Nって人は、最高に最低な男に違いない、うー！　わたしはうなり声をあげたい、だって、彼女が私のズボンの裾を折り始めたから、私がこのズボンを履くたびに、彼女はすぐに近寄ってきて、この祝福された裾を折り始める。しばらくしたら、今度は櫛を取りに行くだろう。私は笑い始める。

「レーナ、あなたは十分頭がおかしい。よく聞いて、もう何度も言ったことだけれど、あなたは聞いていない、私のパスポートはほとんどできていて、数日以内に旅立つ。ここを去るの、聞いている？　もうすぐ出発する」

「リア、でも、そんなに急いで？　あなたが話すのを聞いていたけれど、わたしにはとても遠いことのように思えた、今パスポートを取るって言ったわね、外国なの？」

「どこかはまだ秘密、絶対に言うことのできない秘密なの。父にも言っていない、アルジェリアから手紙を書く。向こうで彼を待つ」

「彼って誰？」

「ミゲウよ！　ミゲウが釈放されるから、私たちアルジェリアで会うの、カサブランカで降りるの。これ以上詳細を聞かないで、また今度細かく話すから、とりあえずこのぐらいで止めて、私はアルジェリアに行くのよ！」

「アルジェリア？　リオン、なんて素敵なの？　どうして、もっと前に言ってくれなかったの？　アルジェリアだなんて。リア・ジ・メロ・シュルツがアルジェリアに行く。それなのに、そんな風に落ち着きはらって言う……。なんて素敵。地図で確かめましょう。兄のヘモはその地域をよく知っている、チュニジアのカルタゴに住んでいるから。あなたがベラベラ旅のことを話すのを聞いていたけれど、まさか考えなかった……」

　地図を取りに飛んで行った。絨毯に地図を広げた。私のカップから一滴、アジアに落ちた、でも彼女は興奮して見ていなかった。

「アルジェルはここにある」と指してから、地図の上にリボンのように垂れ下がる髪の毛をゆっくり後ろへやった。

「チュニジアの隣国よ、ほら？　それから反対側はモロッコ。サハラ砂漠を見て。砂、砂。M・Nを待つためなら、わたしは元気に走って、砂漠を超えて、この港にすたすたと辿り着く」

　彼女は世界地図を畳む。私はクッキーを頬張る、ああ、感傷的なんだから。

「問題がある、父がわたしにお金を送ることができるのは月末なの……」

「ネカオ！　いい？　ネカオ！」

「ネカオ、いい？　準備は完璧だと言ったけれど、いろいろなことが早まって、すぐに出発しないといけないの。私にお金を貸してくれる？　父からは、今すぐは無理。前借りできる？」

「リオン、もちろんよ。ママがわたしの名前で大金を振込んでくれたから、有名なスポーツカーを買うために。車なんていらない、とりあえず、まったく欲しくない。アナ・クララには貸さない、彼女は何に浪費しているのだろう？　それでチケットはいくらするの？」

「すぐにわかる」

「わたしのサインの入ったチェックを持って行って、金額を書けば良い、手数料も含めないとだめよ、リオン、お願いだから、最初はお金がかかるから多めにね。あなたが、向こうでお腹をすかせていることを知ったら、わたしは死んでしまう、ああ、なんてこと、狂気の沙汰よ、あなたのその旅。わたしは興奮している」

「もちろん私も。数日間眠れなくて、横になって、ずっと考えている」

　わたしは小切手帳を開く、リアがクッキーをかじるのが聞こえる。わたしは彼女を失ってしまう。彼女は二度と戻らない、彼女を失う。アストロナウタを失ったように。目に涙が浮かんで、目の中に文字が沈んでしまう、最後のレミの文字が震えてしまった。これから誰が私をインタビューするのだろう、お名前は？　ロレーナ・ヴァス・レミ。大学生ですか？　大学生です。処女ですか？　紙をめくり、もう一冊の小切手帳にサインをする。涙が再び暗い泉に戻ってくる。


「ネックレスに十字架をつけて行ってほしい、さあ、つけていくと約束して、そうしなければ……」

　彼女の腕をつかむ。彼女は小切手を破ろうとしている。

「ロレーナ、どうして脅すの？　つけていく、そうして欲しいなら、いくつでも十字架をつけていく。問題ない」

「そのネックレスにつけたままにすると約束して」

「約束する」

　彼女が私にキスをする。喜んでいる。芸者の仕種をして、お茶を取りに行き、わたしのカップに再び注ぐ。

「いつか、あなたは手でその十字架をぎゅっと握る」

「私が？」

「リオン、わたしは確信している。絶対に。あなたの頭は政治やいろいろなことでいっぱいで、やっかいなことに首をつっこんでいる。わたしの診断だと、麻痺した信仰。潜伏状態」

　トートバッグの奥に小切手をしまう、そのうちに旅行に持っていくネックレスの鎖がたまっていくだろう。この銀行はどこにあるんだろう？　まだ噛める爪を一つ見つける。たぶん税関手続きの近くにある。きっと。目を開けると、私を見るロレーナの目と合う。彼女の頭を撫でる。ああ、そうね。神様。

「私も行列の天使だったことがある、ミサにも出席していたし、何にでもなった。幼少期のことを強く信じている、熱のように。だから和解することができたのかもしれない、わかる？　レーナ、何て言えば良いのかわからないけれど、私はそうやって新聞を読み始め、自分の住む都市《まち》で、世界で起きていることを意識し始めた、私は嫌になった。憤りを感じた。あきらかに嫌悪が存在するとわたしは考えた、それはただ残酷だった。そういう状況だったから、嫌悪から皮肉へと変わった。だから私は皮肉屋になった、でも器用人《ブリコルール》なだけ、器用人《ブリコルール》ってわかる？　私の家の通りに、信心深いバイアーノがいて、偶然に、当てもなく、残片や破片を集めていた、彼はとても器用で、しまいには自分の制作物を作り出していた。それで私は、神も単純にそういうことなんだと考えるようになった、人間の器用人《ブリコルール》。ここで何か余った物を拾って、あそこでまた別のものを、そうやって自分の簡単な制作物を作る。自由に使用できるように、わかる？　思いつき。器用仕事《ブリコラージュ》が機能して、良かれ悪しかれ動き始めると、もう関心がなくなって、また別のものを集める。何千もの人間の制作物は用途もなく、狂ったように壊されてしまう。どうかしてる」

　ロレーナは、今度は仰向けになって、腕を広げ自転車漕ぎを始める。私は絨毯の上に落としたクッキーの屑をお盆に集める。機械の話で十分だった、彼女は真剣に自転車漕ぎをして、ギアを入れている。

「リオン、人間の制作物なの？」

「漕いだり、食べたり、便をしたり、性交したりする制作物」

　彼女は笑いながら倒れた。

「なんてひどい言葉、わたしの耳が爆発しそうになった」

「じゃあもっと繊細な言葉を使う、排便《シエ》したり、接吻《べぜ》したり……お上品じゃない？」

「そのアイディアはあなたが考えたのか知りたい」

「どのアイディア？」

「その制作物の話」

「読んだの。フランス哲学」

　彼女は〝オゥ！　オゥ！〟と言って体を縮め、足をつかんで折り曲げて、黒いボールのような尻部につけた。体に張り付いた網目の下の肋骨を数えることができるかもしれない。レコードプレーヤーの音楽が再び始まり、床や壁のように、このすべてのことを作り出している。猫の鋭い鳴き声が、絨毯の下から湧き上がるように、近くから聞こえる。彼女の額に皺が寄っている、アストロナウタのことを考えているのかもしれない。あるいは神のことを。困惑した顔を上げた。ペダルを漕いだり、体を曲げたりするのに、汗をかかない。

「夢を見る制作物は？　それについて説明して、夢を見る制作物。わたしは一種の夢見る制作物、そうじゃない？ママ、兄のヘモ、叔母たち、たくさんの人々、すべてのことが制作物。でも、兄のホムロとわたしは他の人といつも違っていた。とくに彼は。あの兄は特別だった」

　すべてが遅れている、今日中に用意するものをリストアップしているけれど、わたしはここで観念的な脱線をしている、黒いストッキングを見せるロレーナを見ている。でも、もうすぐお別れ。あと何回この階段を上って、この部屋に来るだろう。最後のクッキーを手に取る。今のような彼女のことを思い出すだろう、埃も汗もない、漠然とした自分の世界を見ている。

「後で考えましょう」と私は言う。

「それじゃあ、彼のことを信じて、お願い。一人の器用人《ブリコルール》として、どうでもいいかもしれないけれど、信じて！」

「そのことについては、また今度にしましょう。今日はまったく時間がない。ただ、あなたは決して私のようにはならないし、私も決してあなたのようにはならないと思う、単純よね？　それに複雑でしょう？」

　ロレーナはドアまで付き添って、リアがズボンの上に出しているブラウスの裾を整えた。

「あなたは決してないと言ったのを覚えている？　でもわたしたちは生きているでしょう？　いつか、私がカナンで午後の五時に《ア・ラス・シンコ・エン・プント・デ・ラ・タルデ》〔フェデリコ・ガルシア・ロルカの詩「午後の五時」〕散弾されるなら？　あなたがスペインで修道院に入るなら？」

　リアは笑って階段を下りた。振り向くとロレーナが顔をしかめていた。

10

猫がマーガレッドの花壇で寝転がり、大きなお腹を太陽に向けている。この猫たちをまた見ることがあるだろうか。ミモザはハンモックで子供を産むのを好んだ、覚えている？　まだ毛もなく、目も見えない子猫たちが、網の間から滑り落ちるから、ミモザは子猫を一匹ずつ、羽毛のような口で受け止めた。ミゲウは子供のことを知りたがらなかった、少なくともさしあたり。もちろん、私は同意していたけれど、時々私もこの猫のように、一本の藁が入り込む余地がないくらい、身体が妊娠で満ちて飽きるまで横になりたい。子供の名前はエルネストにしよう。

「ネコちゃん、おはよう」

猫は顔を上げて愛撫を求め、再び寝始めた。ぶち猫が二匹庭を横切り、庭は猫の王国になった。猫たちはここでは殺されないことを知っている。それなのに、ロレーナのアストロナウタは必要なもの《ネセセール》をまとめた。アナーキーな独立左派。小石を蹴る。この庭をもう見ることはないだろうと考えると悲しくなる。二度と見ないのだろうか？　現在に二度とないということはない。現在は予見できないということ、私は今すべてを見ることができる。あるいは少しすると、再び今になる。アルジェリア！　叫びたい、娘に良い名前だ。アルジェエリアは帰宅した？　アルジェリアが呼んでいる？　バイーアではすぐにジェジェと呼ばれるようになるのが残念、あだ名をつけるマニア。航空券を手に入れられなければ、泳ぐか、歩いて行く。川、山、谷、山脈、オアシス。一カ月、一年。埃と血まみれで到着するだろう、私の靴は道路で乗せてくれたジープの男にあげる、私のブラウスは飲み物をくれた飲み屋の男にあげる、私が裸になるのを望む男がいたら、裸になる、後でお米を分けてくれるだろう。まだ足りない？　足りない。砂漠があり、砂漠の向こうに川がある。乗せてもらう代わりに船頭に差し出したのはどの聖女だったろう？　お母さんがこの聖女の話をしてくれた、意地悪な船頭が彼女に服を脱いで、それを彼に与えるように要求した。それで、彼女はマントを外し、サンダルを脱いで、川を渡るためにあげた。そして、川を渡ると天国に入った。「人を信じることは、神を信じること」とアリックス院長は言った。何て言えば良いのかわからないけれど、言いたいことは人を信じること、人々が語るそういうばかばかしい話を信じることほど幸せなことはない。物語が単純で純粋であればあるほど、ヒーローや聖女の偉業に魅了される、お母さん、来て、そして私の日常に入らない迷信を満たしに来る、もちろん忘れることはない、母が夜に私の所に来て、背中を掻いて、それから私の髪の毛を調べた、インバニウダ、あの子がクラス中にシラミを撒いた。カフェオレ色のエプロンのポケットにはサビアが刺繍されていた。

門を開ける。ロレーナのママの赤色のコルセウが門の前に停車していて、中に運転手がいる。彼は新聞を読んでいる。

「ロレーナを待っているのですか？」と訊いてみる。

「三十分以上も。彼女が車を呼んだのに、出かけてしまって戻ってこない、忘れたのだろう、月の世界に住んでいるからね。戻ろうと考えているところ」

「帰るのですか？　一緒に行ってもいいですか？　服をもらいに行かなくてはならないんです」

彼の隣に座る。白髪交じりのムラート〔白人と黒人の混血〕、見たところ、三十分どころではなく、半世紀ほど待っていたような感じだ。月の世界。祖母は別世界に住む人のことをよく話していた。変わった人のこと。ロレーナは空飛ぶ円盤を見たことがあるだけでなく、空で隊を成す大勢の人を見たことがある。

「セニョールは長い間あの家で働いているのですか？」

「そうだよ、どのくらいの年数か忘れてしまうくらいだ。ロレーナ嬢ちゃんを膝に抱いた、その前は、農園でトラクターを運転して働いていた」

たとえばこの男。グループに入る興味があるだろうか。もちろん、肘掛椅子に座るだろう。主人の肘掛椅子よりもずっと質素な肘掛椅子であるけれど。入りたがらず、知りたくないだろう。彼の息子は？　もしかしたら興味があるだろうか？

「セニョールにはお子さんがいるんですか？」

「君たちと同じくらいの年頃の娘が一人と、それより年上の息子が一人」

「息子さんはどんな仕事をしているのですか？」

「メルセデス・ベンツの事務所で働いている。とてもうまくいっている。亡くなった御主人の従兄弟がそこの社員で、息子を世話してくれた、息子は私をいつも喜ばせてくれる。年末には昇進して結婚もする、婚約中だ」

ミラーにぶらさがるプラスチックの赤ん坊を見る。厚かましい顔で笑っているから目を逸らすことができない。

「娘さんも喜ばせてくれるのですか？」

彼はなかなか答えない。彼の口が曲がるのを見る。

「君たちの間で流行っている自由とかいうもの。好きにできることだと思いこんでいるけれど、私はそれに賛成しない。娘は勉強し直そうと考えていて、成人用の予備校に入った」

「それは良いことではないですか?」

「私が目を閉じる前に結婚している娘を見たい、それだけを神に願っている。彼女が結婚するのを見るということを」

「娘さんが保証される、セニョールはそう言いたいのでしょう? でも彼女が勉強して、職業について、そして結婚もする。その方がもっと保証されるのではありませんか? 間違った結婚だったら、仕事のない状態になる。歳も取り、子供たちもいて、そうでしょう?」

厚かましい赤ん坊が、車の急な揺れで、笑いながら揺れる。私をイライラさせるのはその赤ん坊の自慰行為ではなく、テカテカして満足げなその顔であることに気づく。

「ロレーナ嬢ちゃんも同じことを言っていたけれど、君たちは金持ちの出身だからね、そういう贅沢をすることができる。私の娘は貧しい、貧しい女の子の場所は家庭だよ、夫と子どもがいる。勉強したって、タライで洗濯をするのに頭の中を混乱させるだけだ」

プラスチックで覆われた居間の肘掛椅子。テレビ。金持ちのテレビドラマと貧しい者たちのテレビドラマ、貧しい者たちはより誠実だけれどたくさんの問題を抱えている。解決するのは、ほぼ最終章で、やっと美徳が報いられる。世間を冷笑する二人は罰せられないとしても、あまりにそういう類の人が多すぎる。新車や大型のカラーテレビを欲しいということだけで揺さぶられる順応主義、ああ、でもそれはあの猫を見たほんの少し前に、私も願ったことに似ているのではないだろうか? 冬のバーゲン・セールでミゲウをウインドーに引っ張っていったことを思い出すと顔が赤くなる。彼につき合わせた、日常のくだらないことに彼の体力と忍耐を費やして、彼の失意の日々に励ます言葉を拒否した、私は否定的な存在だった、そんなの嫌! 多くの人々が失敗したように失敗するのなら、風が頬いっぱいの力で私の飛行機を岩山の山頂の尖った所へ吹き飛ばす、深淵に身を投じたバイーア出身の若い学生以外の乗客は全員救出される。おしまい。

「彼女がつまらない男と結婚して、何もできないから、やむを得ずどんなことでもするしかなくなったら? 考えたことありますか?きつい言い方をするのを赦してください、でも、父親が満足して死ねないから、娘よ、早く結婚しなさいと、こう言うのであれば、セニョールが神に責任をとらなくてはなりません。娘さんを信じれば、彼女はその信頼にふさわしくなりたいと考えて、責任を持つでしょう。そうでなければ、彼女にその資質がないからです、そうであれば、結婚しても独身でも同じ結果になります」

私は説教をした。車から降りてドアを閉めた。彼はまだぼうっとしていた。

「考えたことがなかった……」

「考えてください」と私は窓に頭をつけて言う。

「それから、もう一つあります。災難で死にたくないなら、ミラーの赤ん坊を取り外したほうがいいです。そこにその赤ん坊をぶらさげたのは誰ですか？　何て言えば良いのかわかりませんが、最悪の霊気を持っています、ある二人の知り合いが車にそれと同じマスコットをぶらさげていました。一人の車は橋から川に落ちてしまった。もう一人の車は二台のトラックの間に挟まれた。彼らは二人とも車とともに粉々になった、火災、大損害、全部。それなのに、プラスチックの赤ん坊だけは笑っているのを発見された。無傷で。

建物に入るとき、私も笑っていた。


「何か御用ですか？」とドアを半開きにして給仕が言った。

リアは腕の下にはさんだ本の束を抱えなおした。

「ロレーナの友人です。服の入ったスーツケースを取りに来ました」

「彼女は来ないのですか？」

「さあどうだか？　でも、ロレーナのお母さんが私を待っています」

控え目な態度で、彼は薄暗い玄関ホールにある椅子を指差した。その視線は目の表面がどこか淀んでいて無関心に漂い始めた。ドアを閉めた。リアをゆっくりと眺めた。ためらった。

「今日、彼女が応対するか私にはわからない」

「昨日の早い時間に電話をして、来ることを伝えてあります」

「名前は？」

「リア。リア・ジ・メロ・シュルツ。シュルツ。父がドイツ人で、ドイツ語を話せます」

彼は彼女に背を向けて、絨毯の敷かれた大理石の上を黙って歩いて去った。

〝なぜ王の奴隷は、その王以上に、結局どうしようもなくなってしまうのだろう？〟とリアはズボンにブラウスの裾を入れながら考えた。ベルトを手探りした。このベルトを誰が使うことになるのだろう？　手で髪の毛を押さえた。赤く腫れた親指を見て、かじった爪を舌先で濡らした。壁に掛かった大きな鏡が彼女をあらゆる角度から映している。〝どうしたら自分の姿に酔いしれるのだろう〟鏡の縁の下になるまで素早く体を屈めた。絨毯に座った。自分自身の姿にとらわれているナルシストはどうすれば自由になれるのだろう？　微笑んだ。ロレーナも母親と同じように鏡が好き。ロレーナ哲学はどんなだったかな。状態は存在の淀みである。〝私が存在したいのであれば、鏡の中でいかにあるかということはできない〟と、明るい栗色と青色の絨毯に視線を向けて言った。暗がりに慣れた目は、もつれているけれど鮮明な絨毯の絵を見られるようになった。一頭の虎がガゼルを追い、細い線状の青色の血を流している横腹に爪と歯を突き刺して、もう少しでそのガゼルに襲いかかるところである。追跡され、食いちぎられる他のガゼルも、毛と絹製の東洋の細密画の中で逃げ惑っている。走ればば走るほど——なんて速く走るのだろう！——一頭残らず犠牲になっている。やぶに逃げ込み怯える一頭のガゼルの頭を撫でた。そのガゼルが間近に迫る虎から逃げることができるように、別の道をアラベスクの模様のもつれた葉の中に探した。でも、絨毯から出るしかない。触知しうるすべての宿命を創造し、あるいは破壊する人間の快楽。そして、すべて神々の責任にしてしまう。〝あなたは自由よ〟とパニックに陥るガゼルの耳にささやいた。もう自由。まだ自由。ハンターのトラを本で覆って、仰向けになった。天井のピンク色のガラス製のシャンデリアも、もう一つの宿命だ。金色と黒色の長い箱に入った壁掛け時計も。振り子は竪琴の形をしているが、針は攻撃的な矢だった。〝我々が指す数字だけに価値がある〟と二本の矢が的を指しながら誇張して知らせた。機械的な心臓のエネルギッシュな音が箱の中で時を打つ。時というのはなんて不思議なのだろう。アルジェリアの時間。突然アルジェリアの時間になる。どうなるだろう。予想できない。冒険。確かなのは、闘いの欲望。生き延びる欲望。もちろん日記。〝世の中の誰も、自分の国民のことも祖国のことも、もはや愛していないことをみんなにわかってほしい〟と導入部分に書くのに。選挙キャンペーンで政治家にあまりに吸われてしまったので水気がなくなった言葉。でも、新しく、生き生きした感情を表現するのに、そうした言葉は役立つだろう。ミゲウとはそのことについて何度も話した。新左派が他のグループとまとまることがなければ、数が増えるばかりで弱体化し、共通言語で試そうとしても、だれも理解しないだろう。〝教会はすでにバベルの塔を生きている〟虎の目に煙草の灰を落としながら、彼女は思い出した。〝私たちは同じ道を行くのだろうか。バベルの塔。相いれない言語。レンガを一つ頼んだら、横材を投げてくる。砕かれ、割れる。困惑する大衆をどうやったら組織化できるのだろう？〟

灰を吹き飛ばすと絨毯に散乱して消えた。エスパドリーユの靴底で煙草の火を踏みつぶした。みんな、定められた宿命のこのガゼルと同じ。二羽は跳びはね、三羽目は首の部分で捕まっている。さらにもう二羽から青い血が流れている。〝そんなことない！〟と叫んでうつ伏せになった。日記はメモ書きやノートの覚え書きのようにシンプルな文体にしないと。日記を無造作に開いた。大きくて自分で書いた字なのに、乱雑で読みにくかった。《今日、十二日、ロレーナが入浴の日だと言った。シャワー室に入ると、冷水の蛇口が壊れていたから、私は飛び上がりそうになった。それからすぐに、彼女は私に昼食を出してくれた、といっても、生のニンジン、ゆで卵、それに一杯の牛乳。私がバナナに手を出さなかったら(私は半ダース食べたに違いない)、私がやったことの多くが実現できなかっただろう。出ようとしたら、帰宅したばかりの落ち込んだアナ・デプリメンチに会った。彼女のことを我慢できなかったに違いないアリックス院長と話したばかりだった。彼女はロレーナに小さな声で、お金を貸してほしいと言った。それから、セーターも貸してほしいと頼んだ。苦しんでいると私に言ったけれど、何かに心を奪われていて、気落ちしているのは、いつものこと。どうして彼女のあの寄り目は私にめまいを起こさせるのだろう? 私はパスポートを受け取った後に――アルジェリア! アルジェリア!――事務所へ行くと、ペドロとプラトニックなエリザベッチに会った。二人は愛し合っている、つまり、ペドロは夢中だけれど、彼女のほうは理性的なようである。そういう頭で考える人は、ペドロや私のように感情的な人とは違う方法で恋愛する。彼女はあるフェミニズムグループのリーダーで、労働市場での女性の仕事に関する記事を書いている。ペドロが苦しむのではないかと考えると、なぜ私の心は動揺するのだろう? 苦しまないといけないなんて、最低。ある構造がしっかりするには、灯油やガソリンを飲まないといけないと思う。でも、私は心の中では感情的になる。ロレーナが言うように、可哀想にと言わないだけ。そこから、ブグリのアパートに行った。ジウ、イヴォーニ、エリエゼルが音楽を聴いていた。シコ・ブアルキやカエターノの曲。ブグリが戻ってくると、私たちは仕事を始めた。四時間の根を詰めた勉強会は実りが多かった。経済至上主義から哲学的理想主義、哲学的理想主義から今世紀初頭の物理学の危機、それからヘーゲルまで。そうしたことすべてが、ブラジルの中を軽率さ、無知、愛という曲がりくねった道を通って行った》。

〝ミゲウも理性の人だ〞と、リアはノートを閉じながら考えた。でもそれは良いことではないだろうか? 感情的な自分とバランスを取っている。一人が爆発する時には、もう一人は理知的になる必要がある。そうじゃない? この走り書きが見られたら、私がどうしようもなくバカなのがばれる。私はどうしてこのノートを持ち歩く必要があるのだろう?

「奥様が入浴から出たので、まもなく応対するでしょう」と、玄関ホールに入ってきたピンク色のエプロンをつけた女中が言った。すでに消えていたリアの煙草を灰皿の中でこすった。

「この客間にお入りなさい。ロレニーニャはどうしたのですか？」

〝それにしても、みんなそのことばかり訊いてくる〟と、女中の後について行きながら、リアは思った。広くて明るい居間の絨毯に本を積み重ねた。

「今日はロレーナに会っていません。また別の時にします。問題ありません」

「でも、奥様があなたに会いたいようです。もう少しお待ちなさい。今日、この家では呼び鈴が鳴り続けているのです。可哀想な奥様は泣き続けて目が腫れてしまっている」

「どうしたのですか？」

「ドクター・フランシスが亡くなったのです！」

「ドクター・フランシスって誰ですか？」

「彼女の神経症を治療していた医者です。昨日、埋葬されました。でも、奥様にはまったく知らされなかった。冷たい飲み物でもどう？　それともウイスキーのほうがいい？」

「ウイスキーを少し。ストレートで。でも、私は服の入ったスーツケースを取りに来ただけです、何とかしていただけませんか？」

「お嬢さん、もう少し待ってあげてください。あなたが行けば、彼女の気が紛れるだろうから」

それほど嬉しいわけでもなく、リアはグラスを受け取った。最初は無気力な顔をした給士と暗い玄関ホール。今度は、飲み物を出してくれる気の緩んだ女中と客間。ランクのあがった訪問客のような気がした。壁一面に描かれた油絵の肖像画に近づいた。新たに輸血されて若返り、生き生きとしたロレーナのママだった。ロレーナは吸血鬼の映画が好きだけれど、色褪せたネグリジェを着て、蒼白の顔をした陰鬱な目のママがここにいる。髪の毛は二つの凝固した黒い塊のように、額に張り付いている。ドラキュラ伯爵夫人。

「気にいった？」と女中は、ピンク色のエプロンのポケットに手を突っ込み、微笑みながら知りたがった。「この肖像画にはとてもお金がかかったんですよ」

「なんだか不安にさせる」

「彼が現れなくなって二日目でした。今日も三人の女性が、ドクターはいますかと電話をかけてきました」女中は甲高い声で言った。「彼は、奥様の息子といってもいいくらい」

「でも彼は医者でしょう？」と挑発する。

女中は笑って口をエプロンで押さえた。その顔はプラスチックの赤ちゃんのような顔をしている。

「快楽を与える医者だったのよ、お嬢さん」

塩気のあるアーモンドで口を一杯にする。無礼講の宴で、この忠実な女中は主賓席に座るだろう。大理石のテーブルに置かれた中国磁器の龍の犬歯を指先で撫でてみる。小さなテーブルには、枝からぶら下がった楕円形の果実のような、四つの七宝細工のミニチュアをつけた小さな銀の木がある。七宝細工の一つには、褐色肌をして青白い顔の、神秘的な顔をするときのロレーナに似た男性の写真。平行する枝には、ロレーナのお母さんが大きな麦わら帽子をかぶり、庭用のハサミをにぎって、胸のところで束のジャスミンを手にしている写真。その下の低い枝に、小さな頃のロレーナの写真があり、いつものようにヒヒヒと笑っている。隣の枝には、仏頂面をした前髪をあげた男の子の写真、ホムロ、それともヘモ？　木には四人しかいない。もう一人のお兄さんは？

「行きましょう、奥様がお呼びです」と女中が知らせた。遠くから聞こえてくる呼び鈴の二つ目の音で、彼女はよそよそしい態度に変わった。「お嬢さん、そこからではありません、そのドアは書斎に通じています。あなたはここに来たことがなかったかしら？」

「何もかも変わっているから忘れてしまいました」

廊下、いくつかの部屋、さらに、謎めいた暗く狭いトンネル。玄関ホールは暗い寝室に繋がっている。寝室？　まさに寝室、こんなところに入るのは初めて、窓は無く、四本の柱で支えられた艶めかしい天蓋からカーテンと布が掛けられている。近づいてみる。ゆったりと垂れ下がって襞のついた布地が金色の天蓋のついたベッドを覆い、一種の熱い繭を作り出していた。香水の生暖かさ。シーツと縁で隠れているかのように、彼女は高くした枕の上で、目にコットンを二つ載せて横になっている。ベッドサイドテーブルの上のスタンドの明かりがついている。戸外では太陽が灼熱しているのに、そこは夜だった。

湿ったコットンで詰まった声がした。

「そこにお座りなさい。ロレニーニャは？」

「そのうち来ると思います」

「今日は彼女が必要なの。あなたたち皆が必要、何が起きたか聞いたわよね？　わたしの友人で、わたしの弟だった。わたしの半分は彼とともに死んでしまった。ああ、神様」

「ママ、また別の時に来ます。問題ありません。」

指先で、彼女は目のコットンを外した。それを、バラの香水の小瓶の隣にある銀製の小さな盆に置いた。力を入れてまぶたを開いた。

「そういう風にママと呼ばれることが好き。わたしはすべてを失おうとしている。皆死んで、消えていく。でも、あなたが来て、ママと呼んでくれる。リア、いつもあなたのことが好きだった。近くにあなたのような友達がいると思うと安心するってロレニーニャに言っていたのよ」

心の中で笑う。安心するですって？　鼻がむずかゆくなってくしゃみをする、持ってこなかったからハンカチで鼻をかむことができない、ああ、その香水のせいで鼻がムズムズする。

「すみません、ひどい風邪をひいたのです」

「彼が死んだと考えるのは、なんて辛いのでしょう。あの笑い、甘く力のある眼差し……。それで？と彼はわたしにいつも訊いた。だからわたしも同じ調子で返した、それで、ドクター・フランシス？　ああ、神様、わたしの親愛なる友、何といってもわたしの友人。わたしはまた一人ぼっちになってしまった。完全に一人に」

泣いているから、私は何とかしたいけれど言葉が見つからない、彼女は静かに泣いている。以前、彼女に会ったとき、白いパンツスーツを着ていた、フランネルのスーツだった。ロレーナだったら、完璧、と言っただろう。あれは日曜日で、クルミと一緒に焼いた七面鳥半分を持って来てくれ、アナと私は貪り食べた。ロレーナは手羽先をつまんだだけだった。整形手術をしたばかりで恍惚としていた。この人があの優しい声の夫人なのだろうか？　チョコレートやクリームのアイスのように溶けてしまっている、チョコレートアイスというよりクリームアイス。私は小さなテーブルのほうに下がる。彼女は私の後ろにさっきまでいた女中を探している。

「セニョーラ、何か必要ですか？」

「ビラがいなくなった。あの呼び鈴で鳴らして。四人も使用人がいるのに、わたしが呼んでも誰も来ない。奥で四人はおしゃべりしている、もっと鳴らして、そうしないと聞こえないから。ああ、神様。彼は揺るぎなく、公明正大だった、ねぇ、聞いてる？　すべてが崩壊し滅びるとしても、彼は違った。不死のようだった。洗練され、威厳があり、威力があった。荒々しい一方で、優美だった。同じような人を一度だけ見たことがある。ある小説、クローニンの小説の中で。その人物は彼のようだった、そんな人は存在するのかしら？　ドクター・フランシス。彼の死を見ることができなかった、誰もわたしに教えてくれなかった。彼は午後にテニスの試合をした、素晴らしいテニス・プレーヤーだったから、優勝したこともある。彼が手にラケットを握る姿を想像できる。エネルギッシュで張りのある動き、彼の全身からエネルギーがみなぎって溌剌としている。ああ、神様、ああ、神様。私の親愛なる友、それで？と彼は訊いたものだった。それで、ドクター・フランシス」

涙が流れ、一本の皺も無いピンと張った顔に流れ落ちた。でも手は、地面から抜かれた植物の晒された根のようにねじれている。ああ、他のどんな場所でもいいから、ここ以外の場所にいたい。ミゲウのことを考える、ミゲウはアルジェウと韻を踏む、たいした韻ではない、でも素敵、私はもうすぐ行く！　地中海。アルジェリア民主人民共和国。海、その海はどんな色をしているのだろう？

「セニョーラは別の精神科医を探せば良い、問題ないです。お金を持っていらっしゃるのだから、セニョーラは世界でもっとも優秀な精神科医の治療を受けることができます」

「七年間。七年間。それなのに、またゼロ地点に戻ってしまった、彼に言われたことを、わたしはすべてやったのに、難破したようにすべて消えてしまった。彼が死んでしまったから、またゼロ地点に戻ってしまった……ああ、神様、どうやったら、わたしは立ち直れるのかしら？　どうやったら、立ち直れるの？」

　今頃、彼のほうが不安定になっているに違いない、そう考え、私はシャツの裾で鼻をかんだ。彼女は目を閉じる。もう間に合わない、事務所に行くのは明日になる。ブグリに電話をかけて状況を説明して、ミネイロにメッセージを伝えてもらおう。大丈夫、電話すればなんとかなる。無駄な一日。ロレニーニャがここに来て、少しでも寄り添ってあげられないのだろうか？

「わたしは彼にすべてを捧げた、過去も、現在も彼に託した。それなのに、彼が死んでしまって、すべてわたしに戻ってきた。あの石。石を一つずつ外していった。わたしの上にたくさんの石が積み重なっていた、このわたしの胸に、だから、ゆっくりと外した、彼はわたしを勇気づけ、頑張って、お嬢さん、頑張って！　深呼吸して！　と言ってくれた。ときどきわたしのことをお嬢さんと呼んでくれた。どうしましたか、お嬢さん？　お嬢さん――涙を流して口を押さえながら、繰り返した――今、石は再びここに落ちてきて、前よりも重くなっている。わたしのことを何も知らない見知らぬ人をどうやったら探せるの、最初からもう一度繰り返すなんて……七年間。歩くのを見るだけで、彼はわたしの状態をわかってくれた、時々、今日は彼を騙してみようと考えた、わたしは治った、元気になったと思ってもらいたい、ドクター・フランシス、今日、わたしは絶好調です。すると、彼は奥まで突き刺す視線でわたしを見た。それで、わたしはおびただしい涙を流した、本当は泣きたかったからだ。またゼロ地点に戻ってしまった」

　まだ読んでいない私の『零度のエクリチュール』〔ロラン・バルト（一九五三年）〕は誰が持っているのだろう。マヤコフスキーとロルカはブグリにあげよう。マルロー、ボーヴォワール、サルトルはペドロに、彼はきっと震撼する。エリエゼルには国内の作品をあげる、インディアニズモ〔十九世紀の国家形成期の文学思潮ロマン主義に属する文学運動で、熱帯の自然や先住民を称賛して描いた〕から最近の作品まで読むことは大切、大切なこと。思想史や辞書はロレニーニャにあげる。心理学はアナ・クララに。ひょっとすると快復して、復学するかもしれない。アナ・トゥルヴァ。常に賢明なアレックス院長でさえほとんどノイローゼになっている、ノイローゼは感染する。乾いた藁に火がついたように、すべてを燃やしてしまう。

「彼でなければ、わたしがあの窓から身を投げ出していることを神は知っている」

私は彼女が指した方向を見た。掛け布の向こうにある窓を思い描く。ロレーナも貝殻のような空間を作っているけれど、戸外も好きだ。

「どうしてキリスト教徒がそんなことを言えるのでしょうか？　セニョーラはキリスト教徒ではないのですか？」

再び涙が間隔を開けて流れ始めた。目の縁から落ちて髪の毛に入っていく。

「わたしの父であり、兄であり、愛人だった。精神的な愛人、わかるわよね？」

「もちろんわかります」

「持っていたものすべてをわたしは失った。考えるのだけど、人生で恐ろしいことは、物事が終わること。あらゆる物事が終わる。農園にはサトウキビ搾り機があって、子供たちはサトウキビジュースが大好きだった。夫のホベルトもサトウキビを選ぶのが好きだった、青々としてみずみずしいサトウキビを入れていた、新鮮なサトウキビを入れると、反対側から、乾ききって粉砕した滓が出てきた。一滴の水分も無い、滓だけだった。リア、わたしたちの人生も同じなのよ、同じ。人々はわたしたちを粉々にするのを手助けさえする。彼女がどうしてあんなに残酷なのか考えるの」

「誰が？　誰が残酷なのですか？」

「あの毒蛇のような目つき。毒蛇！」

「ママ、誰のことですか？」

彼女はベッドカバーの真ん中あたりで一枚のハンカチを引き寄せて、指先でそのハンカチをつまんで垂らしていた。天蓋の布のように、透けて柔らかなハンカチだった。

「リア、あなたはバイーア出身なのよね？　だから、だからあなたは繊細なのね。バイーアの人はとりわけ繊細だと思う。そして、法学を学んでいるんでしょう？」

「社会学です」

「そうだったわ、社会学。あなたが私の愛する娘ロレニーニャの友人だと考えると、わたしはとても嬉しいの。彼女はあまりに純粋で、正直で、感受性が強い。そして繊細。わたしの娘ではないみたい。彼女のような女の子を見つけることはなかなか難しい。わたしを泣かせてばかりだった男をわたしは愛して、もう一度結婚しようとばかな真似をしたとき、娘に、どう思うか教えてほしいと訊いてみた。すると、彼女はわたしの手を彼女の手に取って、わたしが知っているあの優しさで、ママがそうしたいなら、そうしていいと言ってくれた。彼女はわたしに起きていることの半分も知らない、彼女が傷ついたり、苦しんだりしてほしくない。彼女の今の恋人にあなたは会ったことがある？」

「少しだけ」

「よくわからないけれど、相手の人は結婚しているような感じがした。ロレニーニャの話だからよく分からないけれど……。十代の頃、夢中になってある本を読んだ、今は誰もその本を読まないけれど、わたしの母の世代がその本を読んでいた、セギュール夫人の『ちっちゃな淑女たち』という本だけれど、あなたは聞いたことがあるかしら？　ロレニーニャが昔の女の子のような態度をとるのを見ると、わたしはその本を思い出す——溜息をして、ハンカチで目を覆った——あなた方のもう一人の友人のことは、わたしはあまり好きではないわ。わたしたちは本心を言う必要がある、わたしに言わせて。あの赤い髪の毛の女の子は、周囲の変な人たちと一緒に飲み屋にいた。間違いなく美人だけれど、平凡な子。名前は何だったかしら？」

「アナ・クララです」

「そう、アナ・クララだったわね」

「とても良い子です」と動かしていなかった脚を揺らして、私は言った。そして、一度立ち上がり、また座った。それにしても誰が残酷なのだろう？「セニョーラは、毒蛇の女性について話していました。覚えていますか？　誰が残酷なのですか？」

彼女がシーツを引っ張ると、キャミソールの紐がずり落ちて、胸が露わになった。黒くて萎んだ蘭の花のようだった。ああ、まだ外は明るいのだろうか？

「エステーラ、彼の看護婦。本物の毒蛇だった。ドクターフランシスがその色が好きだったから、ターコイズブルーのワンピースを着て、わたしが元気よく到着したときがあった。予約の時間より前に着いて、今回は不平も涙も無い、楽なカウンセリングになるだろうと考えていた。楽しいことを言って、彼に少し笑ってもらいたかった。あなたは、カウンセリングを受けたことがある？　部屋に入る前には、話すつもりでいることを考えるの、でも、それを言えずに別のことを言ってしまうと、すべてが変わる。でも今回は予定通りにしよう、悲しむのはもうたくさん！カウンセリングの前後に待機する小部屋がある、特に終わった後。その部屋で目を拭くのに、いったい何枚のティッシュペーパーを使ったかしら。いつもバッグにティッシュを持って行くけれど、ときどき忘れてしまったり、あるいは失くしたりする」

彼女がその看護婦の話をするのを待つ、母の代母で、引退した占い師のランおばさんが予言していたようになるだろう。永々しい未来、遠い喜び。洗面所のテーブルに彼の写真がある、頬ひげがあり、パイプをくわえている。煙を吐いて格好つけている。いい年齢をした女性がこんな男に心を奪われるとは、なんてばかげているのだろう。カウンセリングは役立っていたのだろうか？　七年間も。そのうえ、治療途中で他界してしまった医者に夢中になっている、問題はすべてそこにある。

「死にたかった。どんな痕跡も残さずに死ぬことができるのなら。わたしは葬式というものが嫌い、心の準備のできていない人たちがわたしたちをいじくりまわす。若者の棺だけ開いたままにするべき」

「若者と吸血鬼のを」と私は言った、場を和ませたかった。

でもだめだった。低い天井で何も見えるものはなかった。パイロットは、飛行機の左翼半分を失うと、あの微笑んだ声で、〝技術的理由により〟という文言で始める。それで私たちは、ベルトを締める、怖い、怖い。私は陸の生物なのにあの代物に乗らないといけない。不安になる、そのおんぼろが爆発すれば、そうなってほしくないし、思いたくもない。さあ、ベルトを締めて。

「人がドアをノックせずに入ってきて、後ろから驚かされるのが嫌い。油断している状態が嫌い、それは死がすること、時間を与えない。一種の裏切り行為よ！」

皺の無い顔は、どこか不吉な感じがする、一本の棒に突き刺さった、小さくなった頭の一つに見えないだろうか？ミイラのようじゃない？　看護婦はどうしのだろう？　看護婦の一人もいないのだろうか？　その看護婦に何があったのかを知る必要がある、ロレーナも物事を中途半端にすることがよくある。

「どうしてその看護婦は残酷なのですか？」

「わたしをいつも嫌っていた、いつも。見るのも嫌な女、服の着方、髪の梳かし方も知らずに、歳を取ることになる毒蛇。わたしが彼女より若く見えるとしても、わたしのせいじゃない。私はオシャレをするのが好き。わたしを嫉んで怒っていた、彼女はドクター・フランシスを愛していた、ドクター・フランシスに夢中だったとわたしは確信している、彼女は彼が死んで喜んでいるわ、わたしのものでも、他の人のものでもなくなったから！　勝利よね？」

ソファーのクッションの間に、金色の箱がある。ボンボンだろうか？　手を伸ばしながら、涎が出そうになる。

「いいですか？」

「わたしはターコイズブルーの服を着て、軽やかに、幸せな気分で到着した。でも自分を鏡に映したら、年齢そのものだった。整形手術をしたけれど、重要なことは外見の年齢を内面でも持つことだとわかっている、話したいことを予行練習した、ドクター・フランシス、今日はとても良い状態で目覚めました！　夜の間に、一人の妖精が来ていたかのように、昔話の妖精の一人は、魔法の杖を持つ善良な妖精で、可愛い人、もう苦しまないで、と言って、わたしの頭を杖で触れて、もう苦しまないで、苦しまないで、と繰り返した、その時目覚めて、自分が変わったように感じた。わたしは変わりました。ドクター・フランシス、変わりました！　ミュウに対して何の後悔もしていない、裏切られ、嘘をつかれたのだから、単純にわたしたちは別れて良かった、良識のある二人が、一緒に暮らすことができなくなっただけ。ただそれだけ。なんの恨みも傷もない、そのほうが良いでしょう？　わたしよりずっと若いから、彼の年齢に見合う人を探せばいい、わたしたちが一緒に暮らす前に彼がしていたこと。それを進めて、わたしを一人にする、わたしは孤独になる準備をする。ドクター・フランシス、わたしの目を見てください、わたしは無理をしているのではありません、深呼吸をして、胸を開け、頭を挙げて、起き上がりました。頭を妖精が杖で触れてくれました、覚えていますか？　もう苦しまないで、可愛い人、苦しまないで……。ドクター・フランシス、わたしは何も約束できません、でも、わたしは今日、新しい段階に入りました、最高の気分です、あるいは、ほとんど。ほとんど、とわたしは自分自身に向かって繰り返し、髪をブラシで梳かし、鏡に笑いかけて、入ったら見せる予定の表情をした。ドクター・フランシス、それで？　すると、後ろから彼女の足音が聞こえてきた。ゴムの足音、看護婦のあの靴は、いつも周りこんでわたしたちの後ろにいる。わたしの肩のすぐそばで彼女が話すのを聞いたとき、わたしは怯えた、セニョーラはここに何をしにいらしたのですか？　わたしは彼女をじっと見た。どういうこと？　彼女は頭がおかしくなったのかしら？　そんなことをわたしに訊くなんて、どういうこと？　わたしが何をしに来たかって？　覚えていないの？　今日、わたしはカウンセリングがなかったかしら？　わたしはパニックになりそうになった。わたしはうっかりしているから、日にちを間違えたのかしら？　今日は火曜日よね？　その時、彼女はわたしをゆっくりと見て微笑んだ。わたしの肩に手を置いたときに、確かに微笑んだ。ドクター・フランシスは亡くなったんですよ、セニョーラはご存知ではありませんか？　彼は亡くなりました。心臓発作を起こして、昨日埋葬されました。セニョーラには知らなかったのですか？　埋葬は夕方遅くでした。わたしはバッグをつかんでその場を去った。エレベーターを待つこともできず、階段で下りたけれど、あの声がずっとついてきた、埋葬は夕方遅くでした。夕方遅く、ああ、神様。どうしてこんなに多くの残酷な行為が可能なのだろうか、わたしは自問した」

三つ目のボンボンの包みを開けた、それもリキュール入りだった。今世紀の最も重要な発明の一つは、セロテープの発明だと思うけれど、それ以外に、このチェリー入りのボンボンもそれに入る。

「ママ、何て言えば良いのかわかりませんが、彼女のどこが攻撃的なのか理解できません。彼は亡くなったのですよね？　死んだのなら、彼女は伝える必要がある。明らかに、それは彼女の資質ではありません。残酷だと思いません」

「わたしが彼の愛人たちと鉢合わせる絶好の機会だった、そのときしかなかったのでしょう、今日も、給仕が二回電話に出て、勇気あるほうの女がカリンと名乗った。給仕が伝言を残すか訊ねると、その売女はアハハと笑って、私的なことなのでと言った。今すぐに彼にここに来てほしい、荷物をまとめて、すぐに荷物をまとめて、私の家から出て行って！と彼に言いたいから。わたしの前から消えなさい、恥知らず。最初はちょっとしたプレゼントや花を持ってきて、その優しさでわたしをたぶらかした、こんなに洗練した男性はいないだろうと思った。彼はインテリアの店を開きたがっていたから、持たせてあげた。すると、今度は広告代理店を始めたがった、お金が必要だったから、できることは出してあげて、できないことにも出してあげた。冷笑家。恥知らず」

　このボンボンにはバラ色のクリームに浸かって、チェリーの代わりにブドウが入っている。なぜかわからないけれど、有能な政治家の言葉が浮かぶ、《統治するとは捕らえること》。そこにいるママなら、洗練している、と言うだろう。金色の紙で、どんぐりの形をつくる。勇気を出して深呼吸をする。さあ先に進もう。

「でも、セニョーラの問題は現実的なものですか？　それが歯の痛みなら、精神科医は何ができるでしょう？私は構造主義について学びたいけれど、できません、なぜならば、私は頭が悪いから。こんな私を助けられる医者はいるのでしょうか？」

あなたの問題は老化です、老化は治療することはできません、そうですよね？　と言いかけた。彼女は理解していない。枕の底に沈みながら、私を見ている。もう歳を取っているから、世界のどんな精神科医でも彼女を若返らせることはできないことを理解することは決してないだろう。ドクター・フランシスの役割は、彼女に老化を受け入れさせることだったのだろうか？　それとも、小説の登場人物のように、精神的なものも含めて恋することを許し、例の炎を点火させたままにすることだったのだろうか？　そんなこと知ったことではない、疲れた。別の方へ行かないと。

「セニョーラは神を信じていないのですか？　信じているのであれば、ドクター・フランシスよりも重要です、神はすべての者の上にいます。何て言えば良いのかわかりませんが、セニョーラが困難な状況のときに神に支えてもらわないのなら、神はいてもしようがないですよね？」

　彼女は微笑した。

「修道院に入りたい。修道院に入れば幸せになるでしょう、そこで静かにして、世界を遠くから見れば、証言者もいず、穏やかに歳を取る、わたしは証言者が怖い、わたしを最も怯えさせるのは、生においても死においても証言者なの。あの時どうだった、この時どうだったと覚えている人にいつも会う、証言者は注意深く、すばらしい記憶力をしている！　人々はどうしてそんなに記憶するのかしら？

あるとき、わたしがある夕食を楽しんでいるときに、わたしを見ている人が近づいて来た。わたしを見て、ぞっとさせるあの話を始める、あなたは私のことをもう憶えていないと思いますが……。ああ、神様、その始まりを聞くと、わたしは凍りつく。こうやって始める。おそらくあなたは憶えていないと思いますが！　わたしはその時、曖昧な表情をして、知らないふりをするけれど、どうすることもできない。その証言者は貪欲な口ばしをして、わたしの肉片をコッコッと引き抜く、獲物をあきらめることはない、貪欲だから。あの日ではありませんか？　とにかくその祝福の日を完璧に憶えている。時間まで。その証言者は、わたしの社交界デビューのパーティーでの彼について思い出すことを求めた。わたしはすぐに、ああ、もちろん憶えていますと言う。全部憶えています。でも彼はそれでは満足せず、まるで昨日パーティーがあったかのように、私たちは「ストーミー・ウェザー」を一緒に踊りましたね。当時、ペアで踊ることが必須だったように、その曲は必須だった、憶えていますか？　ミュウが純粋に幸せそうに笑っていた、離れたところにいたけれど、何かを予感がすると急いでこっちに来る。テーブルに巨大なケーキがありました、真っ白だった、憶えていますか？　とその証言者は訊いた。そんなケーキのことは憶えていない、でも彼は憶えていて、ケーキにはパールシュガーでできた鳩がいて、飾り房が床に届くようなサテンの布の結びの上を飛んでいました。あなたが招待者一人一人に一羽ずつ鳩を配っていました。十五羽だった、あなたが十五歳になるお祝いでした、憶えていますか？　すると、周囲の頭の中で、その日に彼女が十五歳になったのなら、今彼女は……と素早く計算する音が聞こえてきた、ああ、神様、ああ、神様。パーティーに最後まで残っているにはウイスキーを瓶の半分ほど飲まなくてはならなかった、話して、笑って、そのバカな非道な男に対しても笑顔を向けた、あいつは恥知らずな顔つきでまたわたしのところに来て、自分が失礼をしなかったか訊いてきた、あなたは気分を害しませんでしたか？　気を悪くしませんでしたか？　完全にあなたに好印象を抱いています、さあ、向き合って《フェイス・トゥー・フェイス》踊りましょう、あの夜のように、わたしはそう言ったけれど、心の中では、火のついていた暖炉に彼の顔を突っ込んでやりたかった、火を持って向き合う、ああ、神様、なんて恐ろしいの、なんて恐ろしいのだろう」

私は立ち上がる。おしっこがしたい、歩いて、水を飲む、塩気のあるものを食べる。ああ！　私とのセッションは二倍だ。こういう精神科医が高額なのかわかる気がする。

「トイレはどこですか？　お借りします」

薄紫色の洗面室は、部屋の夜が燃えて向こうまで広がっているかのように輝いている。彼女が話し続けるから、ドアを開けたままにしなくてはならない、その一方で、肌に引っかかるジッパーと格闘する。便器にも（ロレーナ、ごめん）、便座にも、大理石の上に輝く物が付いていて、ロレーナのピンク色の貝殻にある物のことを思い出す。ガラスの小瓶に入った色のついたバスソルト、ミンクファーボール、クリームの容器、金色のリングにタオルが掛けられ、そのタオルには、紫色で大きくMと刺繍されている。レーナのLはピンク色。声は続いていて、重々しく、速くなっている。

「ほとんど毎晩、外出させられた、パーティー、パーティー、君は行きたくないの？　それなら僕一人で行くよ。行きたくなかったけれど、行くしかなかった、たくさんのドレス、たくさんの美容室、わたしは若い時から美容室に行って、髪を染め、ブローし過ぎたから、頭皮が赤くかぶれていた、だから、鬘を五個買って美容室にあまり行かないようにした、そうすれば、鬘を変えるだけで、後は化粧をして、彼について出かけた。ナイトクラブ、夕食、カクテル、ベルニサージュ、彼は絵画に投資することばかり考えていて、最低の教養もないのに、最高の教養があると思っていた、もう少しでギャラリーを始めるところだった。その合間には、彼の友人の取り巻き達と、今日はこのカップル、明日はこのカップルという感じで知り合いになり、その頃、彼はすでにこの家に住んでいた、お酒を飲んだり、ちょっとしたことで楽しんだりした。わたしの目は閉じて、うつらうつらしていた、ねぇミュウ、そんなにたくさんの人をもてなす必要があるの？　必要だよ、僕の職業はインテリアデザイナーだよ。その後、広告代理店の仕事でも、接待を求めた。次から次へと変わる職業で接待を必要とした。商売人《マルシャン》の、ああ、神様。ああ、神様。君はどうしたの？　疲れているの？と彼は訊いた。いいえ、まったく、とても調子が良いわ、と返事をしていたけれど、疲れ切っていてテーブルの上に横たわりたかった。だから、夜に目を開けていられるように、興奮剤を飲み始めた、最高だった、最高だったわ。彼はあの微笑みを見せた、わたしが知るあの微笑みを、とっても楽しかったね？　どうだった？　君は気に入らなかった？　すべて意図的だった。完全に精神的な残酷さだった、僕の愛する人。精神的な残酷さが何かわかるわね？」

　私は小瓶をミンクファーボールで塞いだ。匂いが充満する香水の小瓶を塞いだ。娘が小箱や鈴をコレクションするように、彼女は香水をコレクションする。精神的な残酷さ？　あの話は子供の頃に祖母から聞いた、入れ歯を上下に入れたら、厚い皮のグアバが柔らかくなって食べられたと妻に力説する夫の話。今日、家族に長い手紙を書こう。他人の親のことを知れば知るほど、あの二人のことが好きになる、私の愛するドイツ人、私の愛するバイアーナ、ああ、お母さん、あなたが気に入るように、分別があって神の祝福を求める手紙を書こう。私が政治活動に関わることを二人で気をもんでいる、もうそうして欲しくない。オデュッセウスの旅のようになると言おう。父は『オデュッセイア』を読んだことがあるから、若者の放浪は、自立するための無謀なヒロイズムにすぎないと考えるだろう。ああ、お父さん、あなたを愛している、病的な愛ではなく、心からの愛。ナチス党員は共産党員であっても良かったかもしれない、純粋な情熱で、制服や賛歌に感激する。十分に血迷った一人のドイツ人。ナチスが彼の想像していたものと違うと気がついて、大急ぎで逃げ出し、サルバドールに到着した、兄弟よ、ようこそいらっしゃいました《サラヴァ》！〔アフロ・ブラジル起源の宗教の信者の間で交わされる挨拶の言葉〕

彼女は、一匹のスズメバチが入って来たという話をしながら、まだ精神的な残酷さについて話している。

「もう行かなくてはならないのです。スーツケースはどこですか？」

「待って、行く前にお茶を飲んでいきなさい、もう一度呼び鈴を鳴らして、それにしても彼らは奥で何をしているのだろう？　四人も使用人がいるのに」と言って、シーツの下に隠れていた鏡を手に取りながらため息をついた。そして、自分を映しながら、自分の姿に口づけをするように唇をつけた。「ロレニーニャは？　カード占い師のギオマールさんのところに行こうと約束しているのに。でも、彼女は逮捕されているみたい、なぜ警察がそういう可哀想な人まで追跡するのかわたしにはわからない。ギオマールは一度もはずれたことがない。息子のヘモが北アフリカに行くことも予言したし、ドトール・フランシスが死ぬことも予言した、セニョーラは最も愛する人を失いますと教えてくれた。ミュウが裏切ることも予言した、すべて予言した。ルクレシアがまだ生きていれば、わたしのために祈祷してくれただろう、彼女は交霊術師だったけれど、かつては奴隷だった」

「私は今日、そのスーツケースを持って行くことができるのでしょうか？」

「もちろんよ、ビラが全部準備している、冬物がたくさん入っている。ミュウは役立たないけれど、彼の服は上等よ。あなたは運転できる？　車で持っていきなさい、ロレニーニャのところに置いておけばいい。そうしたら彼女が来るかもしれない。わたしの愛する娘が。教養があって、優しい子よ。小石や葉をコレクションしていた。川に落ちた生き物をいつも救っていた。彼女はまだ処女かしら？」

「まだ」

「純潔なままでいることを知って嬉しいわ」とこの上なく満足した様子で呟いた。でも、すぐに額に皺を寄せた。そして、その声は疑っていた。「彼女は少しでもセックスに興味があると思う？　わたしは時々とても心配になるの、言っていることがわかるわよね？　あなたが知っているように、最近はそういう女の子たちがたくさんいるから……」

もう一つボンボンを噛み砕く。

「ママ、失礼をしたくないのですが、でも、そのことを心配するのは、まったくばかげていると思います。セニョーラは精神的な残酷さについて話していました。母親が息子や娘がホモセクシャルなのかどうかで悩むなんて、最高に残酷だと思います。薬物やその他のことで悩むのは理解できますけれど、セクシャリティのことで悩むなんて。ご自分のことを心配してください、もう十分務めを果たされています、無礼を申し訳ありません、でも、わたしは他人の南地区に対するどんな介入にも反対です。ロレーナがそういう問題のことを南地区と呼びます。北地区はすでに到達していて爆撃を受けています。それにしても、どうして人々は自由になれないのでしょう、他の人を自由にしないのでしょうか。人種に対しても、宗教に対しても悪意に満ちた偏見です。私たちは隣人を、私たちがその人にそうあって欲しいようにではなく、あるがまま愛さなくてはならないのです」

私はそう言ったとたん、アナ・クララのことを考えた。私は彼女を愛さなくてはならない。そう、とても難しい、我慢できなくてイライラする。それにしても、私はキリスト教徒なのだろうか？

「男性のいない女性は扱いにくくて不幸になるわ」

男性のいる女性も同じだと言って、彼女の手に鏡を渡したい。

「周りをうんざりさせるから扱いにくいと思われるのでしょう。ロレーナのことを言っているのではありません、私はもう彼女のことを考えてはいません、その問題について考えているのです。成長して、愛する人から愛されることは難しいことです。セクシャリティを決めてくれる誰かが来ないといけない」

「リア、あなたはどうなの？　誰かを愛しているの？　答えたくなければ、言わなくて良いのよ」

私は答えるときに笑いだしてしまったから、ああ、なかなか答えられない。

「問題ありません、そうでしょう？　私には愛する人がいて、彼は私を必要としていて、私も彼が必要です。彼はもう出発しているから、でも、私たちはすぐに再会します」

彼女は遠くから私を見ている。ハエを追い払うように、軽くハンカチを振っている。額や首に香水をつけた。

「息子のヘモかロレニーニャのことなら、わたしは悲しみで死んでしまうでしょう……。質素で簡素な埋葬が良い。

彼女はわたしがどのドレスを着たいのかわかっている。どのように化粧をしたいのかも。細かいことまでわたしたちは決めてある。棺はわたしの状態が良ければ開いたままだし、その逆であれば、わたしの死んだ姿を見たいと思う人は誰もいないでしょう。以前は、死ぬということを考えるとパニックになった、ミュウが山積みになった文書を詮索するから。わたしはあの黄ばんだ大量の文書が嫌い、死亡届には、年齢やすべての情報が書かれる。彼がわたしの年齢を知った時に見せるであろう驚く顔を考えるだけでぞっとした。いつも知りたがって、嗅ぎまわっていたけれど、許さなかった。許したことはなかった。でも、わたしが死んだら、守れない、わたしが言っていることがわかる？今は、わたしは恐れることなく死ぬことができる、わたしの可愛い娘がすべて面倒を見てくれる、あの邪悪な男はもはやわたしを辱めることはない」

女中が突風のように入ってきた。私はガス室で宣告されたかのように息をした。

「何時間も前から呼んでいたのよ。わかった、もういい、もういい。すぐにお茶を持って来て」と女中に向けてハンカチを振りながら言った。それから私の方を向いた。「ロレニーニャの新しい相手はもしかしたら妻帯者？」

「まったくわかりません」

「おかしいわね、あなた達はあんなに仲が良いのに」と呟いて、手で目を覆った。「すべてが変なの、そうじゃない？どうして、ドクター・フランシスの前では、老いを恥ずかしいと思わなかったのかしら？何も恥ずかしくなかった、美しいと、そう、気品があると思われたかった、他の人の前では感じてしまう羞恥心、そういう恥ずかしさを感じなかった。ある種の人々の前ではまるで何か悪いことをしたかのように隠れたいと思った、それはまるで、犯罪者が被害者を隠すように、わたしは老いを隠そうとした、みんなが気づいて広めたら、どんなにパニックに陥ったことか。でも、変じゃない？ある種の人たちは、今でもわたしに恥ずかしい思いをさせる、あたかもショーウィンドーで裸になっているかのように。でも、あなたには心を許せる、あなたや、ロレニーニャには。わたしの愛する娘。わたしはたくさんのことを失ったけれど、娘を得た、私はまた娘と一緒に暮らすことができる」

「でも、彼女はセニョーラと暮らすでしょうか？あなたの翼の下に再び戻るでしょうか？わかっています、セニョーラは完璧な母親です。私の母もそうです。でも、だからこそ、臍の緒を切る必要があるのではないでしょうか、そうでしょう？そうしないと、臍の緒が私たちの首に巻きついて、締めつけ、軟弱になります。ごめんなさい、でも、そうした考えは最も誤った考えだと思います。子供は準備を整えたら、できるかぎり早く、巣の外へ飛ばなくてはなりません。私たちが知っているようなことにならないように、すみません、言い過ぎたと思います」

私はブラウスの袖を下ろした。彼女は絨毯のガゼルの血よりも細い血を持つ娘からの血を吸い取ってしまうだろう。

「このアパートは広いのよ。彼女のためだけの翼にいることができる。あなたもここに住んだらどう？　大歓迎よ」

私は返事をしなかった。ああ、なんてこと、ロレーナが悩んでいる時に言う言葉。パイプをくわえて、煙を吐き出している ハンサムな男性の写真に好感を抱いて目を向ける。

「写真がぶら下がっているあの小さな木、その若者はホムロですか、それともヘモですか？」

「ヘモよ。ホムロがあそこにいることはないの」

「どうしてですか？」

「赤ん坊の時に死んだからよ」

「赤ん坊の時に？」

「一カ月にならなかった、一カ月ももたなかった。彼には生きる力がなかったと医者が言っていた。一吹きだけの心臓だった」

私は立ち上がり、あの布を引っ張り、すべてを引き抜いて、部屋に日の光を入れたいという衝動に駆られた。それにしても、まだ日中だろうか？

「待ってください。二人で遊んでいた時に、ヘモが彼を撃ったんですよね？　胸に一発、十二歳頃のことではありませんか？　ロレーナが何千回も詳細にその話をした、彼は金髪だったと。赤いシャツを着ていて、あなた達はその時農園に住んでいた」

彼女は天井を見ながら辛そうに微笑んだ。

「可哀想なわたしの娘。彼女はその兄のことは知らないのよ。末娘だから。作り話をし始めた時、まだ小さな女の子だった。最初はただ、使用人たちに話すだけで、使用人たちはわたしに訊いてきたけれど、わたしはそのことを否定せずに、そう装っていた。悪いことかしら？　でも、彼女は学校でもパーティーでもそれを話し続けて、事態は深刻になり始めた。ああ、神様、みんなが本当なのか知りたがるようになると、わたしは不安になった……彼女が嘘をついていると思われたくなかった、いつも正直な子供だったから。医者は私たちを落ち着かせようと、深刻なことではありません、時が経てば治るでしょう、豊かな子供の想像力です、成長したら変わるのではありませんか？　でも治らなかった。ホベルトはいつも自信があり、確信して、何でもないと言って、わたしを落ち着かせた。ドクター・フランシスに話して、ロレニーニャと面談してくれた。彼は彼女を知的で繊細だと判断した。わたしが言っていることがわかる？　彼も問題視しなかった」

なんだか吐き気がする、チョコレートのせいだろうか？　胃を押さえる。絨毯を見続ける、これは無地。蜜の色。そそれにしてもどういうこと？　それじゃあ、私に話していたあの話は全部、なんて痛ましいの、ああ、ロレーナ！　ああ、ロレーナ。何の意味もないのに、どうして？　どうしてと私は何度も繰り返す、それから、ママが上半身を起して寝ている繭に近づいた。まぶたはほとんど閉じそうなのに、目は輝いている。もし嘘を言っているのなら。本当のバージョンがロレーナの方だったら？　だから言わなかったの？　医者も夫も、誰も彼女の状況を問題視しなかった。どうしてしなかったのだろう？　病気なのは彼女だから、病気なのは母親だったから、擁護するためにその悲劇を隠した、息子が赤ん坊の時に死んで、辺獄《リンボ》に返して、生命力がなかったと考えほうが容易だから。赤いシャツを着て、兄に胸を発砲された男の子から、その死を逃れて、一吹きだけの心臓をしていた赤ん坊になった。どうなの？　爪を探す、もうこれ以上伸びないのだろうか？　ささくれを噛む。棘のように鋭く剥がれている。そして同時に、ロレーナはその真実を確信していて、ボタンのことまで詳細なストーリーを作りだしている。〝夢の制作物？〟って訊いていた。彼女の顔がこの寝室のように不可解になった。ストライプのプルオーバーは彼のものよね？　存在していた必要がある、私は自分の兄のように彼のことを知っている。どうしよう。急いでアルバムで確認する必要がある。最初から最後までのロレーナ一族がそこにいる。いずれにしても、なんて悲しいの。〝ママが兄の服をあなたにあげると思うわ〟

「ゼロ地点に戻ってしまった。整形手術をしたのに、泣いて、泣き続けたから、すべてだいなしになった。妹のルーシーが、カメの油から作られたスカンジナビア製のクリームを見つけた。とても良いに違いない、カメは何世紀も保存できるから」と肘をついて起き上がりながら呟いた。

「ああ、神様、なんて恐ろしいの、物事が終ってしまうのは。あらゆる物事は終わってしまう」

11

　穏やかな仕草で、アナ・クララは額に張り付いた髪の毛のヘアリングを取り外した。コートの襟を首のところで閉め、胸にバッグを強く抱きしめて、階段を上がり始めた。段でつまずいて転んで膝を打った。自分を支えながら叫んだ。地面がゴキブリであふれている。一番大きなゴキブリが後ろ脚で立ち上がり、糊付けしてアイロンがけされたフェンシングのジャケットを着て、手にはフルーレを持ち、構え！　ゴキブリがマスクの網目の中で笑っていたから、アナ・クララも笑い出して身を屈めた、ふざけているの？　近くから見ようとして胸を隠したけれど遅かった。フルーレが彼女を左右から突き刺した。息をしたかったけれど、棘に刺された心臓から血がほとばしり、口の中に勢いよく流れ込む血で喉を詰まらせた。咳き込んで倒れた。


「これ以上いらない」と呻いた。

「落ち着いて、わたしに寄りかかって」とロレーナが懇願して、アナ・クララの腕を支えた。

　馬。その後ろでは、ゴキブリがケールの葉の上で螺旋を描きながら潜っている。地面に落ちたフルーレを拾い、そのフルーレで襟を閉じて白馬に跨った。星が散りばめられた野原をギャロップして笑った。星があまりにたくさんあったので、棚で輝いているガラスの瓶を見ることができた。息苦しくなって馬の首につかまった。馬は笑った。ロレーナ？　ロレーナだった。体を楽にした。

「気持ち良い」

「きっと気に入るって、言わなかった？　もっとお湯を入れるから」とロレーナが言った。「さあ、頭を上げて」

　彼女は従った。無気力に笑って浴槽の底で縮こまった。

「何なの、あなたが知っていたら」

　ロレーナは片腕でアナ・クララの腰を支えながら、もう一方の手で石鹸のついたスポンジで彼女の胸をこすった。

「アニーニャ、どこでこんなに汚れたの？　驚いたわ。汚れて倒れていた。耳まで泥が入っていたのよ、覚えている？」

　アナ・クララはぎこちなく顎を動かして、くぐもった声でなんとか話そうとした。目を開いた。そして笑い始めた。

「お風呂？　あなたはあたしをお風呂に入れてくれている

の？」

「さあ、南地区を洗って、ここよ」とロレーナはアナ・クララの手を誘導しながら強く言った。「そこを力いっぱいこすって。だめ、スポンジを投げないで。ああ、なんてこと」

「もう行かないと。今何時？」

「落ち着いて、アニーニャ！　わたしに水を飛ばさないで、静かにして、まだ早いわ。さあ、こすって」

「ウイスキーをちょうだい」

「わかった、あげるから、そこをスポンジでこすって。そうそうやって……」

「正気よ。ガンガンする、でも完全に正気なんだから、ムカつく、だって頭が。ガンガンするの」

「ユーカリの香水、いい匂いがするでしょう？　香水の芳ばしさを感じて、ユーカリよ」

「ユーカリ」

　ロレーナは次にアナ・クララの頭に石鹸をつけた。

「目を閉じて、いいって言うまで開けないで」

「あたしのバッグを取って」

「後で渡すから、目を閉じて、さあ、言うことを聞いて。どの辺に行ってきたのか教えて。どこにいたの、どこに？」

「パーティー」

「何のパーティー？　石鹸を落とすから待って……さあ、立って、わたしにつかまって」とロレーナは言って、彼女の腰に手を回して支えた。「アニーニャ、気をつけて！」

　彼女をタオルで巻いて、部屋に連れて行った。アナ・クララは震えながら窓を指差した。

「あそこからこっちを見ているのは誰？」

「あそこ？　ただのカーテンよ。落ち着いて、誰もいない、わたしたち二人だけしかいない。修道女たちはもうみんな眠っている、だから落ち着いて」

「アリックス院長！　アリックス院長！」

「院長はすぐに来るから、さあ横になって、お風呂は気持ちよかったでしょう？」

　ロレーナは彼女の頭をタオルで拭いた。そして、胸にある紫色のあざをじっと見た。腕にも。タルカムパウダーを取ってきた。

「アニーニャ、アニーニャ。いったいどこに行っていたの？」

「彼が捕まった」とアナ・クララは目を開いて呟いた。手を閉じ、腕を胸のところで組んだ。「捕まった」

「誰が？　誰が捕まったの？」

　涙の出ない乾いた悲しみでうつむき、うまく話せなかった。

「ガンガンする。わかった、言うわよ」と言って立ち上がった。しかし、再びベッドに背中から倒れた。「神様が現れたの、あたしの胸に、ここよ、ここにいたの。そして、飛び去った、鳥が神様だったの。彼は現れたのよ、だから」

彼女にわたしの赤いガウンを着せる。炎のように熱くなっている髪の毛を櫛で梳いてあげる。短いからすぐに乾く、それにしても狂っている、狂っている。アリックス院長だったらどうするだろう。まるで沼で転げ回ったかのように汚れた彼女の服を床から拾い上げる。紫色のあざ。爽やかな香水の匂いに混ざって汚物の臭いがする、ああ、まったく、ああ、まったく、ああ、まったく。本当に別荘だったのだろうか。彼女の着ていた服を洗濯籠に入れる。明日はセバスチアーナが来る日だからまだよかった。コートはクリーニングに持って行かせよう。彼女の靴を揃えて置く、それにしてもおかしい。靴はほとんど汚れていない。まるで、彼女は逆立ちをして歩いていたみたい、可哀想に。

「アナ、誰が捕まったの？　捕まった人のことをわたしは知らないとあなたは言ったけれど」

彼女は枕に頭を沈め、髪の毛をつかんで引っ張り、語気を荒げた。

「マックスがいなくなった、いなくなった！　ロレニーニャ、あたしを助けて、マックス」

「アナ、もっと小さな声で話して。修道女たちを起こしたいの？　アリックス院長がここに来て、こんなあなたの姿を見せたいの？　そうして欲しい？」

「マックスがいなくなった。あそこからいなくなった。あたしは待っていたのに」

「旅行に行ったのよ。彼は旅行に行かないの？」

「行く」

「ばかね、だから旅行に行ったのよ」

「待っていたのに」

「そう、待っていたのね、彼はその辺をブラブラしているんでしょう。それで、あなたはどこにいたの？」

すると彼女は笑い、顔を赤く染めて軽く寄った目が輝いた。

「何なの、あなたが知っていたら」

「知っていたらって何が？　知らないけれど推測できる。そういう楽しみは止めないと、聞いてる？　良識を持たないと」

「良識なんていらない」

「嫌でも必要、今は無理にでも必要よ、アリックス院長はもう疲れている、みんなもう疲れている」

「大蟻女が笑っていた、クズ女。その後、ゴキブリが来て選手権大会が始まった。マックスが先にゴールして、その後に日本人。あいつ。あの日本人の名前は何だったろう？　あいつ。日本人。日本人！」

「知らないわ。わかっているのは、わたしが星占いをしていたら、アナ・デプリミーダ〔ポルトガル語で〝気が滅入った〟の意〕・デプリメンチ〔ポルトガル語で〝気を滅入らせる〟の意〕夫人がわたしの腕にぶら下がってきたこと」

「神様と一緒にいたの、彼はここにいたのよ。あたしがさっき言ったことはどうでもいい、でも、でも、彼は来たの、あたしの頭にこうやって光を灯した、そして、彼はあたしの手を取って高いところに連れて行ってくれて、あたしの手を支えてくれた。最高に素晴らしかった。マックス、もうたくさん！　あなたはマックスなの？」

「わたしはロレーナ。あなたの両足は氷の石みたい。わたしにマッサージさせて。アナ、落ち着いて！　さあ、あなたの名前は今度からアナ・バカンチよ。バカンチ・バカーナ〔ポルトガル語で〝素敵な〟の意〕。バカンチって何かわかる？　バッカスの付き人の巫女よ、あなたに葡萄の葉の冠をかぶせてあげる。おしゃれでしょう？」

「ウイスキーをちょうだい。一杯飲みたい」

　ロレーナは彼女の足をマッサージした。両足に毛布をかけた。

「ロレーナ。ロレーナ・ヴァス・レミ。キャンキャンキャン」

「アナ、落ち着いて、そうしないとアリックス院長を呼ぶわよ！　笑うのを止めて、何も可笑しいことなんてない」

「レニーニャ、ウイスキーが飲みたい。一杯だけだから、お願い。約束する、約束する」

「紅茶の中に少しだけウイスキーを入れてあげる、熱い紅茶を入れるから」とロレーナは言って、アナ・クララが床に投げ落とした毛布を彼女にかけた。「わたしがいつか働く日がきたら、女中《ファム・ドゥ・シャーンブル》になる。たぶんわたしが唯一完璧にできることだから。前世は、あるお城でアナ・クララ・コンセイサンに似た某侯爵夫人の付き人として働いていたのかもね」

「あたしのバッグを取って。あたしのバッグ」

　彼女にバッグを渡して、ティーポットに水を入れる。それにしてもどうして、すべてが同時に起こるのだろう。ストライキが終わって、明日から試験が始まる、精神を患っているママ、ミュウを追い出したその時に、ドクター・フランシスが死んでしまった、まさにディノサウルス的状況、いや、イグアノドン的状況？　イグアノドンってどうやって訳すのだろう？　リオンは辛抱できずに唸り声を上げて説教し、その他いろいろな感情を抱いている、一方のわたしはここで、アナ・クララと一緒にいる。勉強しなくてはならないのに、その必要はない？　しなくてはならない。何であるかといかにあるかの深淵。わたしはアニーニャといる、アニーニャといっしょにいることは、風、岩礁、嵐とともにあることと同じ。「ああ、M・N、どうしてあなたの病院で看護婦の仕事をわたしに与えてくれないの？　メッセージ・カードを受け取ってくれた？　それなのに返事をくれないの？」

「天井にいる」

「何が天井にいるの？」と訊く。

自分の視線がとても悲しくなっているのを感じる、自分の視線に同情し、自分自身に同情する、こんなこと健全じゃない。

「今何時？　すぐに知りたい」と言って、吊り下げランプ近くの一点を見つめている。「どうでもいい。来年、必ず。来年」

神に誓っているに違いない、何かべらべら言いながらアリックス院長にも誓っている。二人とも彼女を信じないだろう、群れの中で最も黒い雌羊だから……我ラヲ憐レミタマエ〔カトリック教会祈祷文「聖マリアの連祷」の一節〕とわたしは言い、ティーポットの蓋の上で両手を開いて熱い息を吹きかけ、感謝の意を伝える。アナ・クララがうめき声を発して理解不明な何かを言っている。アニーニャ、どうしかしたの？　もう一度彼女を寝かしつける、どこか痛いの？　もう痛くないようだ、彼女は笑い声をあげているから。螺旋状のヘアリングは乾くにつれて輝きを放っている、快楽でやぶにらみの目は悪意で暗くなっている。彼女がコートの襟を開くと、首は笑いで膨張し、弦を張ったように突っ張っている。胸のあざ。腕の斑点は大静脈を指圧しているよう。従ハ〔ラテン語法格言〕と何とはなしにわたしは言う。彼女の身体に惹きつけられる。言葉が縺れている、猥褻な言葉が。陶酔し、憑かれた人物が赤いガウンを着て転げまわっている。彼女の首まで毛布をかけ、手を握ると彼女は落ち着いた。定まらない視線が生気を失っている。

「レーナ、なんて寒いの。何て寒いの」

彼女の体をクッションで楽にさせる。

「熱い紅茶を飲んで」

「あたしが言いたいことは」

彼女は目を閉じ、手を閉じた。眠る天使になった。床に落ちている赤いバスタオルを拾って、血で汚れた彼女のブラウスを畳む。血を見たわけではないけれど、手に濡れたものを感じて、素早く畳んだ、ママが汚れたシャツを見られたくないだろうと思ったから、胸の血の汚れはすでに浴槽できれいに落としたから。ホムロを抱きかかえ、誰かが手助けするのを許さなかった。〃わたしが息子を洗う〃ホムロ、ホムロ。時折、あなたはまだわたしの中にいるような気がする。あなたの仕種がわたしの仕種の中に。話し方も。あれからわたしは独りぼっちになった、独りにならなければならないとあなたがわたしに言ってくれたら、わたしは幸せになれるのに、ああ、ホムロ。大きくなったね！

「あなたの手をちょうだい」と彼女が頼んだ。

わたしが彼女に手を差し出すと、彼女はその手をしっかりと握り、そして放した。何を夢見ているの？　彼女の手を毛布の下に入れ、急いで沸騰しているお湯のところへ行く。コンロを消す。紅茶の匂いがお香のようにわたしの気を静めてくれる。少し燃やす必要がある。精霊を遠ざける、アニーニャは地獄に降りていて、精霊から運ばれて来たみたいだった、アニーニャ、大丈夫？　と彼女が階段から落ちそうになっていた時に、わたしは恐れ恐れ訊いた。彼女は寄り目にして微笑み、〝馬〟と言った。わたしはマグカップを両手で持って紅茶を飲む。彼女を脱がせたとき、誘惑の天使のような表情をして、定まらない目を光らせて言った。〝ロレーナ、あなたはあたしに何をする気？〟

　窓を開ける。邸宅だから、彼女が叫んだのを誰も聞かなかっただろうか？　叫び声は届いただろう。それなのに、一人の修道女も、ブーラ修道女でさえ。幸運だったのは、近所から放たれるテレビドラマの音だ、いつも、混乱、歯ぎしり、泣き声がある。四つん這いの猫たちも、花壇の中で、走り回って叫び声をあげている。わたしたちの社会が穏やかだったら、アナは居合わせる人々の注目を浴びている。でも、このエロティックな社会では、そうした人々はエロティシズムで忙しすぎる。祈る人はほとんどいない、ほんのわずかである。考える人も。わたしはというと星占いをしている。星もわたしたちと同じように生まれたり死んだりする。宇宙のヴィジョンはこの世界のヴィジョンと同じ、Ｍ・Ｎ、あなたはそのことを知っている？　天の川を見る。大きな星は若い、わたしの世代。他の星は歳を取っていて、小さくなる、ブーラ修道女のように小さくなる。弱くなり、消えてしまうまで、でも、美しくない？〝臆面もないことから縁を切って、静かに歳を取りたかった〟とママは心から言っていた。〝ロレーナ、わたしは疲れた。皺、白髪、シミ、孫がほしい、セックスを嫌悪する！〟その嫌悪は少ししか続かなかった。体は寂しくなり始め、そして、強いエネルギーに反応した。なんてエネルギッシュなんだろう！　特別な誘いがあれば十分で、それは男性である必要はなく、彼女を鼓舞してくれれば同じタイプの女友達でも良かった、すぐに顔を上げて、元気に走って出かける。〝ロレーナ、そろそろ一緒に住みましょう。頃合よ〟と彼女は思い出して言った。頃合いだと言った時、わたしたちは一緒に過ごしたけれど、彼女は不平ばかり言っていた。あれは頃合いだったのだろうか？　わたしの貝殻を放棄すること。繊細なわたしの世界を愛している。せめてＭ・Ｎと一緒に行かれたら、彼はなぜ彼が出張をする時に私を誘ってくれないのだろう？　そういう高級レベルの国際会議を楽しんでいるのだろう？　わたしは彼の必要なもの《ネセセール》に入るのだろうか。そして、ファブリジオ、あなた。あなたはノイローゼ気味の小詩人と愛を育んでいる、ノイローゼの人に耐えることについて、わたしに質問して、答えるから。せめてグガが、まだ買ってはいないけれどシャツを取りにきてくれれば良いのに。アヒルの刺繍をしてあげる。でもわたしが考えているのはアヒルのことではなく、彼の顎ひげや口。煙草、汗、埃の臭いがする。柔らかくて、短刀のような舌を拒否しなくてはならなかった、なぜ拒否するの?! ああ、まったく、サンダルで隠れていたあの山羊のような足、上部が擦り切れたジーンズ、白い斑点、変色した箇所をじっと見ていて視線を逸らした、欲してしまうから……M・N、M・N、あなたは本当に勇気がないの? わたしが処女だから、そういうこと? そんなに違うの? 田舎に住みましょう、わたしは田舎が大好き。裸レンガの家。芝生。本と音楽。わたしの好きな詩すべてをあなたに読みたい、わたしの声は美しくないけれど、詩を読むことは真剣に学んだのよ。努力すれば、この甲高い声を直すことができる。政治に無関心、逃避と言われるかもしれない。でも、統合と回帰と言えばいい。わたしたち自身に。太陽に。神に。メッセージ・カードはわたしの決意だから、返事が欲しい、わたしは決定的なメッセージを書いたのよ。決定的なメッセージを。言っていることのすべてを要約するとこういうこと。わたしはあなたを愛している。男女間の単なる友情ではなく、一種の結合、この混沌とした世界の中で完全に調和した統一。深い意味。深い――とアナ・クララをじっと見ながら繰り返す。眠っている。リオンは、同化することのできないものを社会が追い出すことを非難してきた、アナは燃え上がる剣によって追い出される。彼女は胸にフルーレで刺されたと言ったけれど、フルーレではなく、剣だった。でも結局は同じ。平和な共存だと教師が教える。でも実際には。

「リア・ジ・メロ・シュルツ!」とわたしは呼ぶ。

彼女が帰宅した。彼女の部屋の窓は明かりがついたばかり、ああ、リオン、こんなにあなたの存在が求められたことはなかったと思う。彼女がこんなに遅くならなければ、アニーニャがこんな状態でなければ、わたしは力一杯叫ぶのに。リア・ジ・メロ・シュルツ! そしてあなたはこう返事をする。〝はい!〟サンダルを履いて、ブラウスを着替え、アナ・クララの足が出ていたから毛布を掛ける。それから、アストロナウタから習ったように部屋を出る、肉体をそのままにしながら、忍び足で体を動かす。月は見えないけれど、空で星が燃えている。大きい星が露わになり、脈打っている。処女なの? 笑わせる。マルガリータも花冠をさらけ出して、風に吹かれてざわついている。わたしは窓のブラインドを掻き鳴らす。ブラインドが開く、わたしが跳び上がると心臓は閉じる。この窓に跳び上がって、彼女の部屋に入るのは、これが最後になる。黄色い革のスーツケースの上に落ちそうになった。スーツケースを持ち上げる。何て重いの。

「もう準備はできた？」

リオンはテーブルでノートを閉じた、何かを書いていた。

日記？　ああ、なんてこと。

「ママのスーツケースよ、気がつかない？　彼女と何時間も過ごした。精神科医の死で繊細になっていて、愛人との別れで打撃を受けていた、いろいろなことがあったみたい」と言ってから、リアは突然わたしを見た。

「どうしてそういう風にわたしを見るの？」

「何でもない。自制心を失った状態から、プロのカウンセリングまで、一種のセッションだった」と彼女は呟いて笑った。「あなたのママのことが大好き。洗練している、とっても」

　わたしは話すために、ミント味のキャンディーを口から出す。

「リオン、あなたが知っていればね。とても詩的な状態で星占いを読んでいたの、そうしたら、階段でものすごい音が聞こえて来て、あまりに鋭い叫び声だったから、読んでいた本が天井に飛んで行った、誰だか想像して。階段でうめき声を上げながら、ぶら下がっていた、胸はフルーレで刺されたとか何とか言って、その上、朦朧としていた。完全に正気じゃなかった。ひどく汚れていた。服には泥土や炭がついていたし、疑わしいあざがあった。それにあの臭い。お風呂に入れた、頭まで汚れていたから」

　話しを続けることができない、リオンが笑うのを止めないから。わたしは待った。彼女はトートバッグのところへ行き、一巻きのより糸を取り出して、床に並べてある小さな本の山を結び始めた。結び目を作り、煙草に火をつけて、その火でより糸を燃やした。

「それで？」

「今はわたしのベッドで眠っている。ああ、胸にも腕にもあざがある。可哀想に、ぞっとするような息の臭いがしていた。吐いたに違いない」

「でも、重要人物《ヴェリー・インポータント・パーソン》の別荘に行っていたんじゃないの？」

「別荘、どうかな。訊いたけれど、錯乱状態だったから、あなたもよく知っているでしょう、わたしのことを恋人と間違えたり、泣き叫んだり、笑ったり。そういえば、明日の朝八時に試験があるの。ストライキが終わったから、社会立法の試験。もう全部勉強したけれど、いくつかの項目だけ確認しないといけない、そうよね？　それにしても、今日、問題が一房になって現れた、わたしたちは数日間湖で過ごしていたのに、突然」

　リオンは本の束をさらに作って、その隙間を歩き始めた。

「ママの車で戻ってきた、そのおかげで、必要なことを片付けることができた、たくさんのことをして、策を講じて、友人にも別れの挨拶をした」と言いながらわたしの前で立ち止まった。「すべてのことをそうやって早めた、ミゲウはもう搭乗した」

「搭乗したの？」

「もう向こうに到着したはず。だから、私の出発も早めることにした、できるだけ早い順番に空きがあれば入りたい、もうすべて準備は整っていて、旅の合図を鳴らしている。旅行用鞄だけが足りなかったのだけれど、ママが私にこのスーツケースをくれた、私はこの百万長者のスーツケースで旅をするの、ああ、レーナ！　あと二、三日もすれば、私はカサブランカに上陸する。それからアルジェウ」

「リオン、リオン、あなたはふざけているのよね！　わたしたちのお別れパーティーはどうするの？　パーティーをするって約束したじゃない」

「もう時間がない。またいつか祝いましょう、パーティーをする時は来るから、今は荷物をまとめて空港に行かないといけない。ああ、怖い。私は小鳥でも何でもない」と呟いて、スーツケースを持ち上げてテーブルの上に置いた。

「私がサルバドールから出てきたとき、客室乗務員は、ママが話すようにとても上品な女性で、マイクで、技術的規則が理由で起こるとか何とか言ってアナウンスしたから、私たちは煙草の火を消して、ベルトを締めなくてはならなかった、何が起こるのかわからなかったけれど、その技術的規則の理由の後、飛行機は魂まで響くほどバランスを失いながらズドンと着陸した。それまでで一番怖かった」

　レーナはパニックになった時のしかめ面をして笑った。それから、私が積み重ねていた新聞に座った。ポケットからミントのキャンディーを取りだしてため息をついた。

「つまり行くと言うことなのね。あなたが話すのを聞いていると、旅、旅とばかり言っている、わたしにはどこか漠然としていて、冗談にしか思えない。ああ、リオン」と呟いた。それから、「もちろん、私も空港に行く」と元気に言った。

「ロレーナ、そうしない方が良い。見送りなんてしないで」と私は言って、店から到着したばかりのように真っ白な彼女のサンダルを私は見る。「私はできるだけ控え目に搭乗したい、コートまで黒色《カシエ・ミゼール》、ママが私に上等なコートをくれた。ママはそのオーバーコートを着てヨーロッパを回ったと言っていた。素敵だわ。ああ、レーナ、ただ私の場合、そのコートは実際のところ、すべての空虚な哲学が想像するよりもずっと大きな貧困《ミゼリア》を隠してしまう。私が発狂する前に、向こうから、手紙、葉書、日記を書いて送る」

「あなたはわたしに手紙を書かないと思う。それにもう二度と戻らない」

「そんなことない、ママのような言い方をしないで、あなたが彼女の話しを聞いていれば、まったく。彼女は苦しんでいたけれど、私に誰かいるのか知りたがった。だから、好きな男性がいるって言ったら、この魔法の言葉が解決した、だから大丈夫、もうあなたを汚染することはないから。それから、あなたが処女なのかも知りたがっていた。残念なだけれど、私はほとんど言ってしまった。彼女は満足したけれど、同時に満足していなかった。物事は見かけよりも複雑ね、それにしても、どうして、あなたはこれまで分別を持っていられたの、どうして？」

　するとロレーナが口元を隠して笑ったから、私は不審の頂点にあったけれど、その不審を隠して、彼女と同じように笑った。

「ねぇ、話して。ママはアナ・クララのことを何か言っていた？」

「そうね。あなたのママは悪い同伴者だと思っている、修道女たちでさえ、あなたに影響を及ぼしていると疑っている、そうでしょう？　それから話題を変えて、あなたが好意を抱いている男性はもしかしたら妻帯者でしょう？と言っていた。もしかしたらそうかもしれないけれど、知らないと答えたら、私が知らないなんてって言って、彼女はものすごく驚いていた。それから泣いて、いろいろあって、お茶を入れてくれ、たくさんのものをくれてから、私は感謝の気持ちを伝えて、別れの挨拶をした。おしまい」

「フェデリコ・ガルシア・ロルカ」と彼女は呟いて、私が棚の扉に画鋲で張っていた白黒のポスターを眺めた。歯でキャンディーを噛み砕いた。口を開けたまま息を吸った。

「彼は魅力的な顔をしている」

「あなたにあげる。本も引き継ぐ、私は全部置いていく。三、四冊くらいしか持っていかない。こっちに来て、あなたの目覚まし時計は動く？　明日の早朝に起きなくてはならない。私の目覚まし時計を貸してしまって戻ってこない」と私は言って、棚に近づいた。「それにしても、どうしてあなたはママに会いに行かないの？　私もできる限り彼女の綱を支えて、心を込めて接した、でも、愛する娘が必要だった」

　ロレーナは本の束をよく見ようと体を屈めた。本は棚から溢れ、床にベッドまで曲がりくねった小路を作っていた。ロレーナはベッドの下を覗いて、緑色のセーターと脱線した大きな本を二冊引っ張り出した。

「アナが邪魔をしたと言うこともできるけれど、それは本当じゃない。一晩行くことができたのに行かなかった、M・Nからの電話を待っていたから、それで、わたしは決定的なメッセージ・カードを病院に残した」

「彼は電話をかけてきた？」

「かけてこなかった。その代わりに、あなたが家を出た後すぐにママが電話をかけてきて、五時間くらい話しをした。わたしに今週中に戻ってきてほしいみたい、どう思う？」

「戻るの？」

ロレーナは床にセーターを広げて慎重に嗅いだ。それから、新聞の間にあった靴下と一緒にセーターを丸めた。

「リオン、わたしは戻らなければならない。精神科医、ミユウ、それに老いの悲劇。その悲劇は邪悪だわ、ママは突然百歳になってしまったみたい。わたしを必要としている」

「いいわ、それなら戻ったほうがいい、でも、可能になったら、そこから飛び出して、そうでしょう？　自分の貝殻が必要、貝殻で休息することが必要だと言って、そうして逃げ出すの。彼女はもう一度結婚することはない？」

「場合による。ママがどうなるかわたしにはわかる。祖母も同じだった、おばあちゃんはいつもオシャレをして、何でもしていたけれど、何か気に入らないことが起きると、その不愉快なことが過ぎるまで老け切っていた、でも、解決すると、元の状態に戻った、そうやって何度も、落ち込んだり、立ち上がったり、落ち込んだり、立ち上がったりを繰り返していた。落ち込んだうちの一つは……」とロレーナは言ってため息をついた。「ああ、そういえば、わたしの乳母がいつも歌っていた子守歌を思い出した、聞いて、聞いて！」

彼女は体をまっすぐにして、咳払いをして、口からキャンディーを取り出して、滑らかな小声で歌った。

「《キリストのテレジーニャが地面に転んでしまった
三人の騎士が助けにきて、三人とも手に帽子……》」

私も体を屈めて、彼女と一緒に低音で歌った。

「《一人目は彼女の父親、二人目は彼女のお兄さん
三人目は彼女が恋心を抱いている人だった》〔ブラジルの童謡「キリストのテレジーニャ Teresinha de Jesus」の一節〕」

私たちはしゃがんで小さな声で笑った。

「叔母たちは、三番目の人物が原因でこの子守歌を冒涜だと思っていた」と私は言って嬉しくなる、ああ、失くしてしまったと思っていたニット帽。その帽子を頭に深々と被る。「ねえ、ママのことだけど。あの香水をつけて、翌日には走って出かけてほしい……」

「元気に！」

「そうよ、元気に！」

ロレーナは再びキャンディーを噛み始めた。それから、新聞を積み重ね始めた。

「これまで、ママがばったり倒れたり、立ち上がったりするのを三回は見たことがある。一度目は兄のホムロが死んだ時。二度目は、パパが入院した時、彼女は死んだ日よりも、入院した日の方が悲しんでいた。三度目は農園を売らなくてはならなかった時。もちろん彼女は三回とも立ち上がった。そして今回が四度目」

「だったら、立ち上がれる」と私はきっぱり言って、彼女の前に跪く。そして、彼女の肩を揺らす、なんだか、彼女

がまた子供になってしまったように見えるから、ああ、彼女が母親のところに戻れば、もっと子供のようになってしまう。「あなたは、あなたの方法であなたの人生を生きなくてはならない、他の人が決めた方法ではなくて、ああ、レーナ、レーナ、何て言ったら良いのかわからないけれど、子供たちを飲み込んだという、あの時間の物語、あれは、神クロノスよね？　彼自身の子なのに、産まれた子供を片端から飲み込もうとした。でも実際には、時間が私たちを飲み込むのではなくて、あなたのママのような母親が飲み込む。私の母も少し似ている。ねぇ聞いて、あなたが飛び出せば、彼女は別のことに懸命になる、慈善活動や神様に、ひょっとしたら子供を養子にするかもしれない。私の母も一人養子にして、その女の子に夢中で、キスしたり、叱ったりしている。とにかく、昨日、私が策を講じておいたから、問題なく搭乗できる」

「策って？　リオン、何の策のこと？」

　彼女は最高潮に興奮している。おそらくM・Nのことを考えているのだろう。耳で一匹の虫を捕まえるように、私は彼女をつかむ。

「あの人のことは忘れた方が良い、忘れないと！　あなた達はただメッセージ・カードや手紙を交換しているだけ、まるで一人は金星に住んでいて、もう一人は火星に住んでいるみたい、ばかげている。ただ恐れているだけ、彼はひどく恐れている。まるで、飛行機に乗ることを考えるだけで震える私みたい。でも、飛行機に対する恐れは健全よ、だって、私たちは地上の生き物だから当然のこと、議論の余地はない、でも愛することを恐れるなんて？」

「彼は他人が苦しむことに耐えられないのよ。奥さんや子供たち、たくさん子供がいる。良心の呵責の問題」

「良心の呵責って、どんな？」

　ロレーナはゆっくりと横に倒れて、寄せ集めた服の上に頭を置いた。

「ある手紙で……」と彼女は始めた。私が両腕を上げると、辛抱するように頼んだ。「待って、わたしに話させて。ある手紙の中で彼が書いていた。少年だったある日、海岸で巻貝を一つ見つけた。とても美しい巻貝で、あのアコヤ貝だった。その膨らみは殻頂で螺旋状に閉じていた、どんな感じかわかるわよね？　ワイヤーでほじくると、奥から貝虫が断片になって出てきた。それから、巻貝を洗って、穴をアルコールやアンモニアで消毒して、香水をつけ、太陽で乾かした。二日後、悪臭が漂い始めた、まるで貝虫が中で死んでいるかのようだった。もう一度突ついて、水、石鹸、アセトン、ガソリンで消毒した、すべてやった。それなのに翌日になると、またあの臭い、アセトン、ガソリン、アルコールの臭いの奥から、あの悪臭を感じた。結局、海にその巻貝を捨ててしまった。同じような巻貝をもう一度見つけることは決してないとわかっていたけれど、海にそれを捨てた」

　ロレーナは何本かの煙草の吸殻を横に倒して、それらを一つにまとめた、それから、新聞の束を持ち上げた、何かを探しているのだろう。空のマッチ箱を見つけた。そのまま掃除の儀式を続けて、マッチ箱に吸殻を入れた。私は待った。巻貝のメタファーは何を意味するの？　メタファーではないのだろうか？

「レーナ、それで、巻貝は何なの？」

「つまり、巻貝の臭いは記憶の臭いと同じ。彼は生涯その臭いを感じる、どう思う？　妻や子供たちの苦しみ。自分自身の苦しみも、これを言ったのはトルストイではなかったかしら？　人間の苦しみには二つある、肉体の痛みと良心の呵責」

「まったくその通り。私が解釈したところでは、巻貝はあなたのこと、何の賛辞でもない、そのメタファーは質が悪い。でも、その巻貝が殻頂やその他すべてを備え、そのように珍しいものだとしたら、彼はもう少し格闘できたはず。自分の都合だけを考える人でなければね。だって、海に巻貝を捨てる方が簡単だもの、そしてあなたは、今頃大西洋のど真ん中。どうかしてる《カプット》。だから、もうその人のことを話さないで、もうたくさん。あなたはグガを愛したほうが良い、そのことを私たちはもう何度も話した、これからどうなるのかあなたはわかっている、彼はあなたを救いたい。崇高なほど素晴らしい」

「どこでグガにあったの？」

「劇場に行ったら、ギターを弾いて楽しそうにしていた、上手だった、そして、その考えに興奮した。興奮していた」

「本当に？」

「もちろん。あなたのママが強く押せば、彼はフロックコートを着ることも承諾して、結婚する、何でもする。あなたと同じように賢いから、六か月後には、彼は一日に二回入浴している」

「リオン、あり得ない！」とロレーナが笑った。「あなたがそうやって期待させたの？」

「あたりまえでしょう。時には彼の煙を引き寄せないと、でも、あなたのように、まあまあバランスの取れている女の子とだったら、彼もアスピリンだって飲まないでしょう」

「リオン、まあまあ？　あなた私のことまあまあバランスが取れているって言った？」とロレーナは新聞の上を転げ回って繰り返した。

　リアは、テーブルの上に開いたスーツケースから、ゆっくりと服を取り出して微笑んだ。ロレーナの棚と同じ匂いがする。〝上品で、特別〟と灰色のカシミアのプルオーバーを広げながら考えた。ああ、これはミゲルにはあまり役立たないだろうか？　顔に擦って笑った。ロレーナ一族ともう少し関わりを持てば、鼻、内耳、喉にその形跡が残るだろう。新聞の上で動かなくなって、夢想するロレーナの方を見る。本当に存在したのだろうか？　そのホムロって人は。

夜を突き抜けるジェット機の騒音が小さくなった。近くにいる数匹の猫の鳴き声が伸びて、一匹の犬の遠吠えと一緒になった。石を投げつけられたその犬はうめき声をあげて遠ざかった。猫だけが残った。

「これからの二十年、私は冬にエレガントになる」とリアは赤いカシミアを着ながら言った。そして抱きしめた。

「猫の気分がする、ああ、ママ、ご多幸を祈ります、そして、立ち上がり、もう一度、突進してください！」

「アーメン。あっ！　忘れるところだった」とロレーナは言って、椅子の下に見つけたジーンズ二本を丸めて置いた。「ブーラ修道女がわたしの部屋に来て、すごく嬉しそうに言っていた。新しい寄宿生が到着するんだって。医学生。彼女はとっても頭が良いらしい。パラ州の出身、どう思う？」

「パラ州？」

「サンタレーン。わたしの貝殻に入っても良いって言っておいた」と呟くと、目の下に軽い影を落とした。そして頭を振った。「家の女中がこれを明日洗うから。あなたはすべて整理して出発しないといけない」

「レーナ、でもこのジーンズはきれい」

「きれいなんかじゃないわ。わたしに任せて、彼女が見事に洗ってくれるから」

「このオーバーコート《カシエ・ミゼール》を見て、華やかでしょう？」とリアはスーツケースの奥に入っていた上着を着ながら言った。

「ロレーナ、それにこの匂い。うわ、富の匂い」

「リオン、もっと小さな声で話して、彼女たちが起きてしまう、私たちは叫んでいる」

「起きれば良い！　私は最高の気分なの、小さな声でなんか話せない」と言って、ロレーナのそばに近づいた。「今日、アリックス院長の部屋に行った。彼女はとても変わった人」

「変わったって、どういう風に？」

「とても変わっている」と彼女は庭を眺めながら繰り返した。そして、手を口に持っていき、舌先で爪を舐めた。

「彼女は私にアマラリーナ〔サルバドール近郊の町〕の海を思い出させた。私はその海をこの手よりもよく知っている。一日のうちのどんな時間の海の色も、あらゆる魚、貝殻、石のことを、なんの驚きもないほど、そうでしょう？　でも、ある日の午後に海に潜ったことがあった、すると、海草が足に巻きついて、海草をつけたまま海岸に上がった。海草はこんな感じに青っぽい色をしていた、青い小魚のようにつるつるした葉で、肉のような色の根の海草をそれまで見たことがなかった。それで、他にもその海草のようなものが海の底にあるのではないかと考え始めた。それ以降、敬意を払って海を見るようになった」

「あなた達は何について話しをしたの？」

「詰め合わせのクッキー。無邪気なところもあるけれど、私たちと同じように、心を閉ざしている。むしろ私たち以上かもしれない、わからない、女性は火だから。でも、メイン・ディッシュはアナ・クララのことだった」

「ああ、なんてこと。すぐに戻らなくちゃ、忘れるところだった。明日の試験は八時からなの。リオン、どうしたの？　どうしてそういう風にわたしを見るの？」

家族写真のアルバムは駐車場の収納箱にある。アナが古くてビロードの表紙のアルバムを見たことがあると言っていた。その収納箱の上には、それを覆うように、古い椅子や巻いた絨毯、箱、額縁が置いてある。タコは難破船の謎を隠す。

「もう時間がない、そうでしょう？」

「何をする時間？」

「調査」と私は言い、ロレーナがバレリーナのようにしなやかに窓から飛び去るのを見ていた。彼女はひとまとめにしたジーンズを拾いあげ、それをバランスよく頭に載せた。

そして、彼女の部屋の窓の方を見た。

「リオン、彼女のこと、わたしたちはどうすればいいの！　せめて、その有名な婚約者が現れれば良いのに」

「その有名な婚約者は存在しないと思う」

彼女は影のある視線で私を見つめた。私は目を逸らした。

「存在しない？」

「わからないけれど、ひどい混乱。ママの車を明日の早朝に使って良い？　スーツケースを空港近くに住む友人の家に運びたいの。それに他のものも」

「もちろんよ。ママは鎮静剤を山ほど飲んだだろうから、遅く起きるわ」

彼女が注意深く庭を横切るのを見ている。まるで手袋をつけた一匹の猫が思慮深く踏む場所を選んでいるかのようだ。彼女は庭の小道の真ん中で立ち止まって耳を傾けた。それから、前に進んだ。霧の中に寸断されたシルエットが一つだけあり、彼女のサンダルのように白い霧が立ち込めていた。私は窓にもたれかかる。あと数時間だけ。彼女が持って行ってくれた服が乾くまでここにいることはないとロレーナに伝えなくてはならなかったのに。壊れた砂時計を思い出す。赤鉛筆を取るために父さんの書斎に入ったら、砂時計にぶつかってしまった。床で止まっている時間を見てパニックになった。二握りの砂とかけら。過去と未来。

そして、私は？　私は今どこにいるのだろう、これまでの私とこれからの私は寸断されているのだろうか？　漏斗の部分だけが壊れなかった、落ちる瞬間の砂粒は、漏斗から落ちてしまった砂と約束をしているわけではない。自由。「私であること」と言うと、ロレーナのところまで走りたくなる、そして、私たちはニット帽に銀製の小さなフクロウをつけて、クネクネ歩きをしながら、次の哲学の会議に参加できる！と彼女に伝えたい。ああ、私は呼吸をして前を見る。明かりのついた窓から、ロレーナが私に狂ったように合図している、両手と頭を振って私を呼んでいる。私が彼女の部屋の方に向かっているのを見ると、彼女の姿が消えた。二匹の猫を踏んづけてしまったので、塀に逃げてしまった。マーガレットも踏んでしまった。階段の真ん中まで来た。息が止まった。全開にした窓に彼女が身を乗り出した時、脚がガクガクした。彼女の目も全開だった。彼女が体を傾けた。二人の顔があまりに接近したので、彼女の言葉を聞くのに、階段で上体を起こす必要もなかった。

「彼女が死んでいる」

濃霧から聞こえてくる彼女の声をつかもうと私は手を伸ばした。

「ロレーナ、どういうこと？　何を言っているの？」

その囁き声はミントの香りのように、冷気を漂わせた。

「アナ・クララが死んでいる」

12

「気絶でしょう?」とリアが訊いた。「そうよね?」

返事を待って階段の途中で動かなかった。〝そんなことあるはずがない、わけがわからない、そんな、そんな〟と眼下の庭を見ながら呟いた、その庭を別の時に見たことがある気がした、窓から身を乗り出した声が小さな声で誰かの死を知らせる同じような状況で。同じ霧。胸に同じ穴。でも、その夜はミントのキャンディーの匂いがする。もう一度窓を向いた。誰もいない。

「そんなことあるはずがない」と部屋に入った時に言った。

ロレーナはアナ・クララの上に乗って、彼女の心臓をマッサージしていた。ミントの冷たい匂いがした。それともカンフル剤の匂い?

「アルコールでマッサージをしたけれど、まったくだめ。もう一度やってみる、ああ、なんてこと」

リアは体の前で腕を組んで、頭からつま先まで揺れる震えを抑えようとした。そして、声が出せるように顎を固くした。「レーナ、あなたはわかっていない。医者を呼びましょう。救急車、救急車を呼ばないと、アリックス院長が電話番号を持っている。そうしないといけないことを、あなたはわかっていない」

「わかっている。やるべきことをわたしはしっかりやっている」と言いながら、ロレーナはますます激しい動きをした。そして、マッサージを中断せずにリアを注視した。アナ・クララに彼女の声が聞かれてしまうのを心配するかのように小さな声で言った。「彼女は死んでいる。わたしは何とかしようとしているだけ、わからない? ああ、なんてこと、なんてこと、なんてこと」

でも冗談ではないわよね? 〝まったくわけがわからない〟とリアは考えながら、動揺した視線を向けた。銀製の金具のついた靴が浴槽のドアに並べて置かれている。床のエナメルのバッグはベッドサイドテーブルのそばにある。赤と緑の格子柄の毛布はアナ・クララの足だけを覆っている。毛布がそこにあって良かった、彼女の足を見たくないから。ロレーナがほとんど体重をかけずに、アナ・クララの腰部に跨るのは至難の業で、膝をベッドに固定して、集中する激しい力に耐えるために表情をこわばらせている。

奥には、紅茶が入ったままのカップがある。タルカムパウダーの箱は黄色いスポンジで輪郭が描かれている。ロレーナはテーブルに落ちたタルカムパウダーを掃除する時間がなかったのだろう。私はもう一度バッグを見る。半開きになっている。カップも見る。視線を死者の顔に下ろすことに耐えられない。〝死んだの？　彼女は死んでいない！〟とリアは叫びたかった。もっと近づいた。アナ・クララは緑色の目の隙間から二人を覗いている。〝アニーニャ、ふざけているのよね、そうでしょう？〟寄り目にした半月形の目は開こうとしていて、口元は半ば微笑みを浮かべて準備ができていて、何か面白いことを言おうとしている、でもどうして言わないの?!　言わないほうがもっと面白いと突然考えを変えたかのようである。彼女の手を取り、開いた。手のひらの溝にタルカムパウダーが少しついている。電源を切ったアイロンのような温もり。〝どのくらい前に？〟アイロンベースに生暖かさが残っている。

「わたしが彼女を寝かせたときの状態で眠っていた」と、ロレーナが激しく喘ぎながら言った。

「彼女が目を覚まして、約束があるからといって出かけてしまわないか心配だったから、ほっとしていた。彼女の汚れた服を洗濯籠に入れて、彼女の額に手を置いたら奇妙な冷たさがあった。だから、彼女に呼びかけて、揺らし、胸を叩いた。叩くと反応することもあるから。でも、何の反応も無かった。何も。バッグからコンパクトミラーを取り出して、ミラーテストもした、ああ、リオン」

「でもあなたが部屋を出る前だったの？　あなたが部屋を出る前だったと思う？」

「わたしにどうやったらわかるというの？　彼女は帰ってきて、胸にフルーレが刺さっているから、心臓が痛いとか何とか叫んでいた、わからない、リオン、わからないのよ、本当に、今そんなこと言わないで」

リアが近づいた。そして、アナ・クララの静止した脈拍に指で触れたが、あまりに強く探ったので、興奮した自分の指の動悸が死者の脈拍に移ってしまったかのようだった。私は死者のって言った？　赤いガウンを着た半裸の体に目を留めた、なんて痩せているのだろう。こんなに痩せていたことにたった今気づいた。彼女のことに注意を払っていなかった。胸に紫色のあざ。腕にも。彼女は何をされたのだろう？　彼女は何をしたのだろう？　待って、息をしているかもしれない？　あの喘ぎは体の中から出ているのではないか？

「レーナ、続けて、止めないで、彼女は息をしたと思う！」

ロレーナの声はとても小さかった、まるで隅っこに隠れて遊んでいる娘に、疲れたと言う母親のようだった。

「アナ、アニーニャ、わたしが聞こえる？　アナ、戻ってきて。戻って、アナ、言うことを聞いて。あなたがまだそこにいることはわかっている、あなたはそこにいる。さあ、戻ってきて」

彼女は膝を固定して、足を内側に入れてアナ・クララの脇腹を挟み、腎臓の部分で強く押さえつけた。鞍に触れずに軽く乗るようにギャロップして、自分の呼吸のリズムに併せて、手だけ上下に動かした。

「彼女はこれまで何千回も薬物中毒の状態で帰宅している、そうでしょう？　でも今日は何があったの？」とリアは訊いた。何千回も！　彼女は一体何を飲んだのだろう？

髪の毛の目隠しの下で、手の動きに合わせてロレーナの声が下がったり、上がったりしていたけれど、あるところで息を吐き出した。〝ワレラノタメニ執リ成ス方、アワレミノ目ヲワレラニオ注ギクダサイ！〔カトリック教会祈祷文「サルヴェ・レジーナ」（元后あわれみの母）の一説〕〟

「われらにお注ぎください！」と彼女は叫んで、背中に髪の毛を払いのけた。

〝この二人は気が変になっているの？　こんなに不吉な悪ふざけってある？〟とリアは考えた。何かを言おうとしたけれど、いろいろなマッサージを試していたので言えなかった、ロレーナは創造力があるから、トカゲのような動きを編み出していた。アナ・クララの胸にぴったりくっついた手首、指だけが土を掘るトカゲのように、強情な心臓の周りをゆっくり回りながら膨張したり収縮したりした。

「レーナ、誰かを呼ばない？　修道女たちには経験がある！」

「彼女たちは、わたしがやっている以上のことはできない。窓を閉めて」

〝どうして、窓を閉めるの？　レコードプレーヤーはあのサクソフォンの音を何度も鳴らしているじゃない？〟リアがニット帽を脱ぐと、長い髪の毛が帯電して上がった。もう一度、ニット帽をかぶり乱暴に首まで引っ張って反転させた。また震えだしたから、力いっぱい自分を抱きしめた、ああ、まるで狂犬病にかかった犬のように甲高く鳴るひどいサクソフォンの音！　それに。何て言ったら良いのかわからないけれど、期待する雰囲気をそのように創っているのはこの曲のおかげじゃない？　サクソフォンの音が聞こえる一方で、ロレーナがあの高い所で闘い続けている。沈黙、それがすべての中で最悪。グラスにウイスキーを注いで、目を閉じて飲んだ、山で叫ぶように、叫ぶことができるのなら。あるいは海で声が出なくなるまで叫び続け、叫び続けて疲れ果て、疲労困憊しても叫び続ける。〝ムカつく〟と手で体を抱えてぶつぶつ言う。

「彼女に何かをしてあげなくてはならなかった、何をしただろう？　説教することだけ。私のろくでもない才能というと説教するくらい」

「誰も何もすることができなかったのよ。何も」

ロレーナがこの緊張して抑制された状況を仕切っている。〝ああ、レーナ。もっと近くに来て、そして、その心臓を時計のように動かして〟可哀想なその心臓にはゼンマイがあって、気まぐれに止まってしまう、でも私たちが、手で軽く振り子を支え、一回、二回と、揺れるようにすれば、〝自分で続けて、さあ動いて！〟握りこぶしで壁を叩いた。ロレーナが仰向けのアナの体の上で激しく息をして、まるでアナの体に息をさせず、絶望的なエロティックな遊戯で楽しんでいるように見えたから、〝もうたくさん！〟と言ってしまわないように、リアは唇を噛まなくてはならなかった。そばに寄った。一粒の汗がロレーナの額から流れてアナ・クララの胸に落ち、しっかりと高くギャロップする騎士の緊張と対照的な諦めの中で、そっと、やさしく乗っていた。

「レーナ、まったくだめ？　私に見せて」

ロレーナは力を入れて真っ直ぐに上体を起こして、手を放し、アナのはだけた胸にリアが耳を傾けられるようにした。カンフル剤の冷たい香り。奥からは、タルカムパウダーが眠気と同じくらい内側から匂ってくる。

「彼女が反応していると思った、アナ・クララ、どうなの？　本当に戻ってこないの？」とロレーナが手をねじって呻くように嘆いた。「アリックス院長が悲しむわよ、ああ、なんてこと、わたしに霊感を与えてください、お願いだから、わたしに霊感を与えてください」と懇願し、床に飛び下りた。「手鏡で見てみましょう」

〝どうすることもできない、もうたくさん〟とリアは手で顔を覆った、ああ、動かなくなった人の口内を照らす手鏡の嫌なシーン、叔父がするのを見たことがある、叔父はジウおばあちゃんの時にそうやっていた。そのあと、何も言わなかった。そして、祖母の目を見ずに、〝おばあちゃんは長い旅に出てしまった〟と言って、嗚咽で震える体を屈めた。

「ばかげている！」

「リオン、気をつけて、そんな声を出すと、修道女たちが起きてしまう」

「それがどうしたというの？　私は声を出して泣けないの？　レーナ、彼女は死んだのよ、彼女は死んでしまった！　どうしてあなたはそこでぶつぶつ言っているの？　どうしてそんなに謎めいているの？」

「わたしに考えがあるの、後で言う、とにかく叫ばないで、お願いだから落ち着いて」

「落ち着く？　それよりも、アリックス院長を起こしに行こう。みんなをすぐに起こしに行こう。私たちがしなくてはならないのはそういうことでしょう？」

「リオン、待って。とりあえず、今言ったように、誰も起こさないようにしましょう、わたしに考えがあるの。落ち着いて、わかる?」

　私はクッションで顔をこすった、目から再び涙がこぼれ落ちる前に、ロレーナが手鏡を置いて、黒色のミサ典書を手に持って開くのが見えた。彼女はマッサージをしている間は顔を赤らめていたけれど、今はまた青白くなって、髪の毛を耳の後ろにかけ、唇は震えている。アナ・クララは普通の体勢で横たわり、ガウンを閉じて、腕は胸の前で組んでいる。入浴して、タルカムパウダーをつけた後にただ休んでいるように見える、彼女が死ぬ前に入浴させることができて、ロレーナはさぞ満足にちがいない。

「つまり、私たちはここで、修道女や警察を待っているということ? あなたがしたいのはそういうこと? それとも、ウイスキーとクッキーで死を耐え忍ぶの? ロレーナ、アリックス院長を起こす必要がある! 何の奇跡も起こらなかったと説明しないといけない、院長は奇跡を期待していた、素晴らしいことよね、小さな奇跡を」と私は言って口をクッションで塞いだ、ああ、この苦しみと怒りを吐き出すことができたら。

〝ちょっと待って、いい?〟と、私が良く知る仕種をロレーナがした。直立して、ミサ典書を持って祈っている。唇は静かに動き、目は透き通っていた。完全に恍惚感に浸っている。私は缶に入ったクッキーを自暴自棄になって食べて待った。こういう時に何も噛む物がなければ、私は爆発していただろう。冷静に音読する途中で、ロレーナはアナ・クララの額に手を置いた。

「神ノ子羊、世ノ罪ヲ除キタモウ主ヨ、彼ラニ休息ヲ与エ給エ〔レクイエム「神羊誦」(アニュス・デイ)の一節〕」

　私は彼女の頭にクッションを投げつけたかった、彼女は、今度はミサごっこをしている。私はもう少しウイスキーを飲む、咳き込んでしまい、吐き出しそうになる。声が炎のように喉からでる。

「ロレーナ、しっかりして、そんな茶番は止めて、そうでしょう? あなたがアリックス院長を呼んでくる間に、私はこの部屋を出る。荷物をまとめて出発する時間をちょうだい。私はこの近辺に居ることはできない、彼女の死が発覚して、警察がこの寄宿舎に来たら、大変なことになる! 新聞が彼女はバルビツールの過度の摂取によって死んだと報道する。それが何を意味するのか、あなたにはわかるでしょう、わからない? 私はここから立ち去らないといけない」と言って、シャツの袖で涙を拭いた。泣きたくない、それなのに目から滝のように涙が溢れ出る。「あなたは完璧よ。それに、修道女たちも聖女。でも私は? 彼女の体を彼女の部屋に運んで、誰も呼ばないことにしましょう。その方が良い。体を運ぼう……」

　このまま続けることはできない。ニット帽を脱いで顔を拭いた。アナ・クララの体は向きが変わっていた。名前、あだ名、すべてが消え、体だけ残っている。私は体と言った。彼女の死を受け入れた。そしてロレーナは、それほどひどくは動揺していない様子で、なんとかしようとしている。彼女も泣いたのかもしれないけれど、涙がすぐに乾いて、気づかなかった。ロレーニャはお香に火をつけて、冷静さを求め、全てを取り仕切った。

「あなたがここから出なくてはならないのは当然よ。後はわたしに任せて」

「後って何？」

彼女は真っ赤な火を吹き消した。お香が金色の壺の穴から、細い煙を出し始めた。

「さっき言ったように考えがあるの。わたしに任せて」

「でも、私もあなたを助けたいの、ああ！　彼女の部屋に置いてきたほうが良い、さあ、彼女を運びましょう。そして、あなたはこの部屋に戻ってここを閉め、明日は試験を受ける。あなたは何も知らない。私はすでに昨日旅行に行ってしまったことにする、あなたは私を見ていない、私はバイーアに行き、アルト・シングーに行って、彼女が死んだ時、この都市《まち》には居なかった。そういうことにする。私たちはそうするのでしょう？」

私はクッションを蹴る。いや、そうではない。ロレーナの考えは別だ。

「リオン、行って、わたしのことは心配しないで。行っていい」

「でもその前に、あなたが何を計画しているのか知りたい、ネズミのように走って、その辺に立ち去ることはしない、私は助けたいの！　教えて、素晴らしい考えって何？」

ロレーナはクローゼットを開けて一枚のドレスを選んだ。つまり、素晴らしい考えって、アナ・クララにそれを着せるということ？　もちろん違う、もっと何かあるに違いない、私を見る彼女の目つきは巫女のような雰囲気をしている。ステンドグラスのような響き。私はアナ・クララの手を握る。さらに冷たくなっている気がするけれど、ただの印象だろうか？　彼女の髪の毛が私の指に絡みついて息苦しくなる。石鹸の匂いが鮮烈。彼女の耳や頭を引っ張ると、引っ張った方向に滑り倒れる。ああ、アニーニャ、とんでもない混乱。私の旅立ちの前夜に。

「でも、レーナ、どうしてこうなったの？　彼女は入浴した後、落ち着いたって言わなかった？話しをしたり、笑ったりした。快方に向かっていたのよね？」

ロレーナは銀の刺繍のついた黒い長いドレスを椅子に広げた。刺繍は襟の部分から始まって、小さなボタンの列に沿って裾まで施されている。

「話しをして、笑って、泣いた、あの錯乱した状態で、途中で正気に戻った時もあった。だからといって、どうしてわたしにわかるというの?!　彼女は神様を一度見て、もう一度見たと言っていた……アリックス院長を呼んで、恋人を呼んだ、彼は捕まっていると考えていた、わたしは彼女をなだめた。ウイスキーを欲しがったから、紅茶に少しいれてあげると約束した。彼女がバッグを取るように言ったから、バッグを渡した。それからわたしに手を出してと頼んだ。彼女の最後の頼みが、わたしの手だった、わたしの手を握りたがった」

　ロレーナは引き出しの中の何かを探すために体を屈めた。黙って泣いているから肩が揺れている、彼女のママと同じ穏やかな泣き方。ウイスキー、ウイスキーをアナ・クララは欲しがった。それからバッグ。床にはバッグではなく一匹の蛇がいるかのように、私は顔の向きを変える。半開きになっている、まさに半開き。ロレーナはお茶を入れながら、別のレコードに代えた。バッグの中にあった、アナ・クララはバッグに手を突っ込んで奥から取り出した、そうでしょう？　頭が痛くてガンガンする。ロレーナは、私にくれた二枚のハンカチのうちの一枚で目を拭いている、いつになったら涙が止まるのだろう？　泣くのを私に見られたくないようだった、彼女は模範的でありたいから隠れて泣く、まだ引き出しの中の何かを探すふりをしている、でも、もう灰色のストッキングとレースのビキニを取り出していた。私は彼女を背後から抱きしめた。

「レーナ、私は無神経な態度をとっていた、赦して。赦してくれる？　気が狂いそうになった、出発するのに彼女が死んでしまって。最高なことと最悪なことが一遍に起きている、棍棒で殴られているような気がする」

「そう思っていた。でも起きてしまった、それに何と言っても……」と彼女はドレスの上に手を置いてつぶやいた。彼女の顔は青ざめている。「兄のヘモがモロッコのカフタンをわたしに送ってくれた、アニーニャがいつか着るだろうと思ったの、わたしが着ることはないし、わたしには似合わない、そうでしょう？　これを着る人はアニーニャ。ずっとそう予感していた。クローゼットの扉を閉めた時、わたしは身震いした、まるで彼女の棺を閉めているような気がした」

　そういうことか、また彼女のひらめきとやらが始まった。ロレーナから視線を逸らす。

「なんて豪華なの、どう、アナ・トゥルヴァ？　モロッコ製よ」

「気の毒なアナ、あなたの靴と良く合う。わたしが銀のリングイヤリングを持っていないのが残念」

　彼女はリングイヤリングと言った？　リングイヤリング。アナが生きているようにしたいのだ。ママが私にくれたオーバーコート《カシエ・ミゼール》ではなくて死装束《カシエ・モール》〔cache-mort：作家による造語〕を彼女に着せるほうがいい。死を飾るより大切なのは、死を隠すことだ。でも、若者たちは棺の蓋を閉じる必要はない。

「煙草が無い」と私は言って、開いたまま私を待つバッグの中身を絨毯に取り出した。

細々したものを広げて素早く探す。数枚の小袋。アスピリン。アナのバッグには何でも入っている、化粧用コットンボールから、針の刺さった黒い巻き糸まで。そして男性用の腕時計。〃マクシミリアーノ〃と名前が彫られた小さな銀のグラスも。これが恋人ね。彼がアナの状態を知らないなんて変じゃない？　今頃、彼女をどこかのバーやナイトクラブで待っているに違いない。あるいはいつも二人が会っていたアパートで。腕時計を見る。真夜中の零時で止まっている。正午を指しているのかもしれない。いずれにしろ、もはや時間も死もない、あるのはただ、彼女が遅いのを彼が変に感じていること、でも、彼女が遅れるのはいつものこと。ビニール製の化粧ポーチを開けると、口紅、様々な色のアイブロウペンシル、小さなスポンジ、メイクブラシが溢れんばかりに入っている。緑色のマスカラの小瓶が種のように飛び出した。それだけ。それ以上何も無い。バッグは元の潔白な状態になった。取るに足りないものに、どこでもあるものに。学生証は大学入試の時に作ったものだ。写真の彼女の髪の毛は長い。眉毛は濃い。挑戦的な文字のサイン、アナ・クララ・コンセイサン。カードとプラスチックの間に、彼の小さな写真がある、黒いセーターを着て、金髪で満面の笑みを浮かべている。マックス、グラスやその他諸々のマックス。私はその写真を細かく破いて、ロレーナに知らせる。

「警察が来る前に、あのアドレス帳、あの黒い手帳を探さないと、覚えている？　彼女が会っていた男たちの写真を破らないと。私は、彼女がこの逮捕された男に会いたがっていたのだと考えていたけれど、たぶんそうではない。わからない」

「彼女のどんな痕跡も残さない。わたしは子供の頃、探偵小説を読んで過ごしていたからよくわかっている」とロレーナは言いながら、ドレスの銀メッキのボタンを留めていた。「リオン、何を探しているの？」

「何も」と言って煙草を一本つかんだ。私は櫛をじっと見た、ロレーナがアンモニアの臭いを漂わせながら、自分で作った調合薬で、その櫛を洗うのを何度か見たことがあった。ロレーナが近づいてきたから、私はその櫛をハンカチで覆った。「時計とグラスもある、隠して」

「グラスはアリックス院長に渡す、可哀想なアナ・クララ。その時計はあなたがもらうと良い、時計を失くしたのよね？　もらいなさいよ。旅行中に役に立つ」と決めて、私の腕につけた。

「高級な腕時計ね、警察のものになるところだった、本当よ。それにしても見事よね？　アナ・クララには親戚が一人もいない、この世界に誰もいない、誰も！　わたしはそのことを少し前から考えていた、伝える人が誰もいないということを、女友達もいない、彼女は何人かの名前を言っていたことがあるけれど、すべて曖昧だった。修道女たちとわたしたちだけ。マックスにも知らせない、賢いのは彼が現れないこと、可哀想だけれど。婚約者はどうしよう？」

「婚約者」と私は反復したけれど、ロレーナと顔を向き合わせる気力がない、夜の衣装を着ているアナ・クララを見ている方が良い、パーティーだろうか？　手で時計を覆う。とりあえず、私の腕には時計がついている。

「信じられない。彼女にはこの世界に誰もいないなんて」

「他にももっと信じられないことがある」と私は言い、彼女がバッグの中のビニールの小袋を開けるのを見たときに、私は近づいた。「それにしても、あなたは何をしようとしているの？」

　問う必要はなかった、彼女の動作は明確で秩序立っている。ピンク色のベース・クリームを取り出して、アナ・クララに化粧をし始めた。化粧をするのに、彼女は二本の指だけを使っていた、正確に言うと、人差し指と中指の先だけを使い、チューブから出したペーストを円を描くように伸ばした。彼女の動作は素早く、模範的なほど効率的だった。

「アニーニャの手が震えていた時には、何度も彼女を手伝ったのよ。最近では、この部屋に旋風を巻き起こすかのように騒々しく現れて、彼女の手があまりに震えるから、小瓶の口にメイクブラシをつけることさえできなかった、信じられる？　ああ、なんてこと、どうかしている」

　彼女のどうかしているという言い方は表面的で、その言葉はこの部屋の秩序にそぐわない、この死にも。外見の重要性をママは強調していた。突然、口まで吐き気を催した。私は洗面所に行く。喉に指を突っ込めば。でもロレーナに、音を立てないように言われている。音楽は許される、部屋ではレコードが回っている、回っている、針がレコードの溝を通るのは良い、でも泣き声と吐くのはだめ。どうして？　わからない、今夜の主導権を握っているのは彼女だから、彼女には理由、考えがある。彼女はアナの医者で父親だった、そして今は、米国流から着想を得た葬儀屋の完璧な納棺師。疲れることもなく、落胆することもなく、人生でそれだけしかやってこなかったかのように顧客の対応をしている。大学での彼女のあだ名はマグノリア・デズマイアーダ。

「私は酔いたい、そうでしょう？　でも酔えない」

「リオン、来て、見に来て。ああ、彼女はなんて美しいのでしょう」

　私は口をゆすいで、彼女がどんなに美しくなったのか見に行く。ロレーナはベッドサイドテーブルに跪いて、アナ・クララのまぶたに緑色のアイシャドウを入れていた。

そして、出来具合をよく見ようと、時々少し離れた。満足気な様子で、左手にメイクブラシを、右手に小箱を持っている、左利きだから。顔はピンク色の下地で輝き、遠くにあるように感じ、無関心な表情に見える。私の印象、それとも、半月形の目が表情を弱めているのだろうか？　夜の霧がそこに到着したかのよう軽く覆われている。彼女がこの時ほど美しく着飾って、美しく化粧をした姿を見た記憶がない。肘掛け椅子に銀の鎖がある。

「ネックレスは？」と私は訊く。

「ドレスにたくさんの刺繍が施されているから、このままの方が上品になる」と彼女はため息をついて、ブラシを手に持った。「乾いている、信じられる？」

髪の毛。髪の毛に特別な注意を払う。私は香水の瓶を探しに行く、香水を取りに行きたかった。

「レーナ、これ？」と私は訊く。私はもう自分を支えていない。話す前に深呼吸をした。「やり過ぎ、そうでしょう？　やり過ぎだとあなたはわかっているんでしょう？　私たちはここで二人して完全に狂っている。レーナ、よく聞いて、彼女は担架に乗せられる、もしくは、ここから直接検視に連れて行かれるかもしれない。検視って何か知っているわよね？　医者が来て体を解剖して、その後で元通りにする。そういうこと。あなたがしていることすべてが、大理石のテーブルの上で無駄になる、レーナ、意味がない。意味がないの！」

「意味はある。リオン、わたしを放して、わたしたちは遅くなっている」

「彼女はパーティーに行くわけではないのよ！」

ロレーナは金具のついた靴を床から取り、それを死者に細心の注意を払って履かせた。ストッキングがくるぶしで引っかかって皺になっている部分を伸ばした。微笑んで涙をこぼした。

「あなたは誤解している。いいえ、狂ってなんかいない、そんなことはまったくない、わたしの考えは。わたしが祈っていたのを覚えている？　神に霊感を与えてくれるように頼んだ、だから、神はわたしに霊感を与えてくれた。車のキーはあなたのポケットにある？　ポケットにあるのを見た。素晴らしい。ちょっと待って、サンダルを履くから」

リアは二歩大股で歩いて窓の方へ行った。窓を全開にして口を開いて息をし、髪の毛を両手で撫でた。ポケットの中のニット帽を探し、ゆっくりとそれを耳まで深くかぶった。そして、邸宅を見た。星は一つも無く、猫は一匹もいない。霧がとても濃く、抵抗されるのを期待するかのように、手の届くところまで広がっている。窓を閉めた。ロレーナはサンダルをすでに履いていて、赤いガウンを折り畳んでいた。リアはロレーナを肩で支えた。

「レーナ、もうすぐ夜が明ける。私は夜が明ける前に出なくてはならない、いい？　でも、あなたを一人にしたくない、あなたの考えをすぐに言って、手伝うから、でも急いで、あなたの時計ではもう三時を過ぎている、急いで」

「わかった、すぐに行きましょう」と彼女は呟いて、洗面室に入り、胸のところできつく縛った赤いガウンを着た。

〝赤い血のついたシャツを着たお兄さんのことを思い出しているに違いない、ああ、結局、ヘモはふざけて弟を殺したのだろうか、それとも、ママが言うように、弟はまだ小さな時に死んだのだろうか？〟

「私は出発できるか、まだわからない」

「リオン、何がわからないの？」

「ある調査結果が出ないと」

「彼女のブラウスに神ノ子羊をつけたままだった、ブラウスの裏側についている、アリックス院長が彼女にあげたもの、わたしにつけさせて、彼女は神ノ子羊と行くのよ。リア、そのバッグを取って。身分証は中にある？　学生証は」

「すべてここにある。彼女はなんて痩せているのだろう、多分、私一人で彼女を運ぶことができる、でも、音を出してしまう、あなたが一方の腕を支えて、私がもう一方から支えるほうが良い。さあ行きましょう」と私は言ったけれど、立ち止まった。ロレーナが私のポケットに車のキーがあるかどうかを訊いたから。彼女は私のポケットの中を探った。「レーナ、行きましょう。このバッグは邪魔だから、あなたが後で持っていけばいい」

「でもこのバッグは彼女と一緒でなければならないの」

「ベッドで？」

「彼女がベッドにいることはない」とロレーナが言って、リアに向き合った。「アナ・クララがベッドにいることはない」

「ないって？」

「もちろん、ない。彼女は彼女の部屋で見つからない。彼女は自室で死んだのではなく、他の場所で死んだ」

「どこで？」

「小さな広場で。わたしがこのすべての準備をしたのはなぜだと思っているの？　彼女は広場にいる、わたしは何度もその広場を通ったことがある、一本の木の下にベンチがある、その広場はもっとも美しい広場よ。パーティーの後に彼女が過ごすのがそのベンチ。パーティーへ行き、その帰りに、そのベンチに座った。あるいは、そこに残された、どちらでも良い。彼女が見つかり、警察が来て、アリックス院長に知らされる、ああいうことのすべてがなされる。学生証の入ったバッグが必要な理由がわかるわよね？　神様のおかげで、ママが車をよこしてくれた」とロレーナは呟きながら、ドレスの襟の裏側に聖十字架を留めた。「見て、物事がすべて調和している、車、霧。こんなに思いがけない霧を見たことがない、さっきまで夜は明るかった、覚えている？」

リアは床に座った。戸惑う口を閉じた。ぶつぶつ言いながら頭を何度も振り、顔を両手で覆った。そして笑った。

「ロレーナ、あなたはふざけているのよね、そうでしょう？　私たちはアナ・クララを街中に連れ出すということ？　もっと言うと、彼女をその素敵な広場に座らせて置いてきて、戻るということ？　レーナ、あなたのその考えは何て素晴らしいの？　このことね？　だから私にキーのことを訊いたの？　ママの車の？　そういうこと？」

「リオン、そういうふうに嫌味っぽく言わないで、少し考えて、アナ・クララは寄宿舎ノッサ・セニョーラ・ジ・ファチマの部屋の中で薬物中毒の状態で死ぬなんてことできない。できない。そのことが、修道女やアリックス院長にどういう影響があるのかわかっている？　彼女はアリックス院長を敬愛していたから、こういうスキャンダルに院長を巻き込みたくないはず、わたしはアナがそうされたいと望むであろうことをすべてしている。神がわたしに霊感を与えてくれ、わたしは霊感を願い、神がわたしに与えてくれた、わたしはこれを考えてから、ある種の平穏を感じるに至った。わたしは事態を変えられる。死が避けられないのであれば、少なくとも、わたしはその状況から救い出すことはできる」

「世間体をつくろうとあなたは言いたいのでしょう」

「リオン、わたしは完璧にわかっている、あなたにとって大きな危険であることを、だからわたしはあなたに助けを求めていない、当然のこと。でも、わたしは自分で目論んだように、すべてをきっちりやる、これ以上話し合っても何にもならない」と彼女は言って、時計に目を向けた。

「わたしが往復するのに三十分かかる、信じられる？　階段のところだけ手伝って、後はすべて一人でやるから、キーを渡して。戻ってきたら、あなたの部屋の窓のところに置いておく」

決心した足取りで、リアは死者に近づいた。そして、腰にバッグの持ち手をぶら下げ、鼻と目を強くこすった。

「ひどく痒い、私は緊張すると痒くなるの」

「抗アレルギー薬を持っている、使う？」

「大丈夫、今はこの女の子を担がないと。行きましょう。忘れているものはない？」

ロレーナは走って、レコードプレーヤーの電源を切った。

「電気はつけたままにしましょう、わたしが男友達と一晩中勉強していたと考えるだろうから、修道女たちは物音を聞いていたに違いない、とくにブーラ修道女が」

〝だから、サクソフォンの音を夜中に鳴らしていたの？　彼女はすべて計算していた〟とリアは呟いて袖で鼻をこすった。そして微笑んだ。アナ・クララの腕をつかんだ。「まかせて」と言ってロレーナに向き合い、頼んだ。「階段で私を手伝って」

とても軽い。彼女が軽いということをわたしは知っていた、前から知っていた。電気が階段をもっと照らすように窓を開ける。二人で重さを分ける。リオンが前で彼女の足を支えている、わたしは後ろから、彼女の胴体を支える。彼女の体が網のように緩やかにたわむ。彼女の香りを感じる。入浴させて良かった。霧が立ち込めて良かった。

「靴が落ちないようにして」とアナ・クララの足が柵に挟まったから、わたしは言った。

階段が最も困難な試練になると予想はしていたけれど、あまりに狭くて、わたしたちは息を吐くこともできない、平らな場所で運ぶとき、アニーニャは軽いけれど、この窮屈な段ではそうはいかない。それに、リオンはとても不器用で、力はあるけれど、慌てふためくだろうとわかっていた、彼女が落ちそうになって、わたしが気をつけなければ、三人一緒に、階段の下に転げ落ちるところだった。彼女が息切れしているから、わたしはできる限り静かに呼吸する、ああ、神様、わたしたちをお助けください、あまりに大変すぎるから、わたしたちをお助けください。アナ、だめよ、滑り落ちないで、どうして突然抵抗するの？　煩わせないで、そうやって身を投げ出そうとしないで、小さな広場はとても綺麗なのよ、あなたはそのベンチに座るのをきっと気に入る、木には小鳥もいる、信じられる？　アリックス院長が後でマックスと話す、あなたの死が彼を助けるかもしれない。あなたに起こらなかった奇跡だけど、そうじゃない？　神様、わたしをお助けください。わたしをお助けください。

「リオン、気をつけて！　もっとゆっくり。少し止まらない？」

わたしたちは立ち止まった。わたしは膝でアニーニャの頭を支えながえら、両手を彼女の袖の中にそれぞれ入れて、彼女を腕からしっかりつかんだ。指に彼女の腋の下を感じる。いつだったか、わたしは彼女に電動剃刀を貸した、今も彼女の部屋にある。新品の電動剃刀で、リオンにも貸した。その午後のことを覚えている（でも、いつだったかしら？）、三人でわたしの部屋にいて、わたしは脚をやすりで整えていた。アニーニャはわたしのピンセットで眉毛を抜いていて、リオンは新聞の切り抜きをしていた。リオンが腕を上げたので（袖なしのTシャツを着ていた）、私は立ち上がって剃刀を急いで探した、リオン、お願いだから腋の下を剃刀で剃って！　彼女は従ったけれど、言葉の区別を主張した。〝腋の下は剃った状態で、腋毛は剃っていないときのこと〟と言っていた、そういうばかげたことを今頃思いだす。あの日のように笑いたい。

「レーナ、行きましょう。休めた？」

「そうね、行きましょう、行きましょう」

どうしてこの階段のことに前もって気づかなかったのだろう？　長すぎる。

「誰かが電気をつけなかった？」とリオンが訊いた。「向こうに見えるのは、電気じゃない？」

「大丈夫よ、彼女たちからわたしたちは見えない」と、リオンの耳よりもアナ・クララの耳に近づいてささやく。

「ほぼ終わりにきている、あともう少し」

わたしたちは庭の小道に着くやいなや、小走りになった。一匹の猫がうるさく鳴き始めた、わたしのネコちゃん、とっても良いわ、もっと鳴いて、その鳴き声で、小石を噛み砕くようなわたしたちの足音を消して、小石が無遠慮に鳴る音も、わたしが考慮していなかったことだ。

「この小石はなんて音を立てるのだろう！　そうやって蹴らないようにして」

「誰が蹴っているとでも言うの？　レーナ、その口ばしを閉じなさいよ！」

わたしは閉じない、話したい、ずっと話していたい、やっと門のところまでたどり着く、第一段階は突破した、ハレルヤ！　わたしたちは互いに目を見合わせた。通りに人影は無く、少なくとも見える限りのところは。というのは、向こう側は霧のかかった塀だけだから。薄暗く、輪郭が無いコルセウ。わたしが門にアナの体をもたせかけて支えている間に、リアが車のドアを開ける、ああ、幸いにも、寛容なママのおかげ、幸いにも、この夜と目を閉じた家々のおかげ。

「もうあなたは行っていい」とわたしは言う。「ここからはわたしが一人でやる。難しい部分は越えたから」

リアはわたしがアナ・クララを助手席に座らせるのを手伝った。そしてすぐに乗り込んだ。アナ・クララの隣に座り、彼女を抱きかかえてドアを閉めた。

「私が彼女を支えるから、あなたは運転して」とわたしの方を向かずに言った。

わたしは目の涙を拭く。ライトを点ける。「さあ、行くわよ！」

「ああ、リオン」

彼女は歯を閉じて微笑んでいる。

「ロレーナ、あなたは狂人よ、だからといって、私はあなたを一人にしない。遺体を運ぶ私たちが捕まったら、愉快だわ、ああ、なんて愉快なの！」と言って頭を振り、快活に笑った。「真夜中に遺体を運ぶ一方で、私の手にはパスポート。奇抜じゃない？」

彼女が黒いニット帽を眉毛まで深くかぶるのをミラーで見て、わたしは笑い始める。クッションにもたれかかったアナ・クララの頭は自然に休んでいるようで（座席にアナ・クララの胸を押しつけているリオンの腕は見えない）、わたしが計画した通りに進んでいる、二人の友人が酒を飲んで眠るもう一人の友人を運んでいる。

「わたしたちは捕まらない」

「疑わしい遺体」と窓を少し開けながら言った。「あなたは法律を勉強しているのではないの？　ああ、いやだ、私たちは少しばかり法律違反をしていることがわからない？　あなたが全部考えたことなんだから、警察への説明も考えてよ」

　わたしはゆっくり運転する、フロントガラスにほとんど顔を近づけながら、ああ、なんてこと、友であり敵である霧がさらに濃くなって、雲の塊に入り込んでいる気がする、ライトがとても弱いから、他に車が来たら困る、来ないで！　とわたしは願う、そうしてわたしは話し続ける。リオンもユーモアたっぷりだった、ユーモアを持つことがわたしたちには必要だ。

「アナは最悪な状態で帰宅をしたから、わたしたちは救急病院へ連れて行こうとしたけれど、早朝で道に迷ってしまったと言う。こんな朝早くに道に迷わない人なんている？」

「レーナ、あなたは想像力が豊かね。類まれな頭をしている。でも、検視の問題がある。法医学者は、あなたが断言するよりずっと前に彼女は死んでいたと言う、そうでしょう？」

　わたしは検視というその言葉を忘れていた。一本のスタイレットのように細い結末。大理石。プロフェッショナルな手の厳密さで専門的に切る、さらに、石鹸の香りとタルカムパウダー。とにかく、彼女は美しいでしょう、ドクター、そうではありませんか？　きちんと化粧をして、清潔。ドクターがその職務を淡々と遂行することは、わたしにもわかります、でも今回は、違った手の感触で彼女を受け入れるしょう。彼女の美貌が感動させる。

「リオン、あなたはわたしが狂っていると思う？」

「十分に。でも私も同じ、そうでしょう？　そしてここにいる私たちの隣にいる人物も、だから……知らないけれど、心配しないで。その広場は遠いの？　私たちはもう何時間もぐるぐる回っている。レーナ急いで、その足でアクセルを踏んで、私たちは亀みたいよ」

　何も見えないから、これ以上スピードをあげることはできないと彼女に言いたくない。

「落ち着いて、もうすぐだから。あなたが最初に降りて、わたしが彼女を押すから、あなたは受け止めて、体を起こして、彼女を抱きかかえて待っていて。それから、歩き始めましょう、わたしが一方から、あなたがもう一方から支える、リオン、わかってくれた？」

「完璧よ。そうしたら、広場の警備員が来て、私たちを助けてくれる、そうよね？」

「警備員なんかいないわ。ほら、ここよ。ああ、なんてこと、やっと着いた、着いたわ、木があるのが見える？　自然な感じでしゃべりながら出ましょう」

わたしはエンジンを切って、ライトを消す。神の足に口づけをする。《あなたの御名が神聖なものとされますように》！〔新訳聖書「マタイ」第六章九節〕」

「まず両側を確かめて。誰もいない？」

彼女はドア開ける。

「誰もいない。急いで」

わたしは座席に膝をついて、アナ・クララをリオンが開いている両手に向かって押した。頭が倒れてきて、わたしの唇にぶつかる、アニーニャ、気をつけて！とわたしは言いかけた。わたしが降りるとき、リオンは前から腕を伸ばして、アナ・クララの手を探りながら握り、まるで二人で踊るように車の外に出て、彼女を抱きかかえた。何とかうまくいって、手のひらと手のひらを合わせている。リオンはアナ・クララの腕を曲げて、優しい動作で肩に持っていくと、ほんのわずかな間、感激したアナ・トゥルヴァが協力してリオンを抱きしめるような印象を受けた。リオンの役目はもっと大変だった、わたしがもう一方を支えた時、彼女の力の強さがわかった、わたしは難なくアナ・クララのぶら下がった腕を取って首に回した。青鈍色の樹冠のように丸い広場は霧で閉ざされ、親密で秘密めいて見えた。ガルシア・ロルカの詩を思い出そうとしたけれど、よく思い出せなくて、とにかく口ずさんでみる、小声で話しながら進まないといけない、気が変になった二人が、歩行が困難で一番美しい三人目を助けている。パーティーはどこであったの？

「小さな広場のように身近な、こんな感じだったけれど思い出せない、ロルカの詩、あなたはわかる？」

「何も思い出せない、全部忘れてしまったし、決して思い出すことはない、決して何も、何も思い出すことはない」

とリオンは繰り返しながら両側を見る。

アナ・クララの靴先が霧のように白い砂を引きずっている。リオンが彼女をもっと高く持ち上げようとするけれどできない。靴先が砂に残す溝のことを考える、戻るときに、その痕跡を消さないといけない。近くを通る重たいエンジンの音（おそらくトラック）が聞こえる。離れて行く。

「ベンチを見て。リオン、あそこで少し休まない？　わたしは詩を思い出すかもしれない、こういう小さな広場のことについて謳っている……」

「誰もいないわよね？　あの前にあるのは何？」

「あれ？　あれはただの松の木。誰もいない。それにしても詩、覚えている？」

「完璧に。覚えている、覚えている。でもレーナ、急ごう！」

「少し座りたくない？　リオン、ここに座って」

彼女がアニーニャを引きずりながら座ると、アナを膝から倒しそうになった。石製のベンチは冷たくなっている。アニーニャの顔はそのベンチのようだった。アナはベンチに座って、木にもたれかかると、自ら横に傾きたがりバランスをとった、石の背もたれで頭を支えて、手を胸の前で組んだ。バッグを枕代わりにして、バッグの金具で顎を傷つけないように注意する。ドレスでくるぶしを覆った。歩いた時に、靴の留め金がずれたので直し、埃を払い落とす。

「レーナ、さあ！　行くわよ！」

アナ・クララの冷たい両手を握って、開こうとした、でも、彼女はこのままの方がいい？

「アニーニャ、わたしたちはあなたのことをとても愛している。あなたに神のご加護がありますように」

リオンがわたしを抱きしめ、わたしを引っ張る。

「そう、ロルカの、あなたの言うとおり、ある広場についてだった。あなたは身近だと言ったわよね？〔ガルシア・ロルカの詩「夢遊病者のロマンセ」『ジプシー歌集』（一九二八年）をさしている〕」

しゃべることができない、彼女が残した痕跡をサンダルの裏で消しながら、わたしは泣いている。

わたしたちは車に乗り込んだ。リオンが頭を打ったと文句を言うのが聞こえた。それともわたしが言ったのかしら？　広場を見渡す、もうベンチも、彼女も見えない、ただ、霧の中にある樹冠だけが見える。

「夜が星空になり始めている。なんて広いの」とわたしが言う。フランネルの布を探して、フロントガラスを拭く。アナ・クララの香りを感じる。リオンも同じことを考えていたに違いない。彼女が窓を少し開けたから。

「ロレーナ、赤ん坊！　エロティックな赤ん坊！　うわ」

「なんの赤ん坊？」

「そのミラーにぶら下がっていた赤ん坊のこと。私があなたの運転手に私の学説を教授したら、彼はその赤ん坊を取り外している。完璧、完璧。そういうことが私に希望を与えてくれる」とリアは呟いて体を楽にした。「私は一カ月くらい寝ていない気がする。ああ、レーナ、レーナ、すべてうまくいくわよね、それともうまくいかない？」

彼女がアナ・クララのことを言っているのか、旅のことを言っているのかわからない。もちろん、旅のことだろう。

「素晴らしいものになるわよ。わたしの感は当たるの、素晴らしいものになる」

わたしはこの上ない喜びを表したい。笑いたくて、人と話したくて、ばかなことを言いたくて、ばかなことを書きたい。ああ、なんてこと、試験。もうすぐ始まる、シャワーを浴びて、ホットミルクを飲んで（ミルクが飲みたい気分）、アニーニャの部屋の手がかりを消して、大学に急いで行く。その前に出かける必要がある。その前に。

「それにしても、リオン、素晴らしくない？　私たちが神様のそばにいるというのは」とわたしは言って車のブレーキをかける。

「神様はここにいるの？」

リアに軽くキスをして、最後の涙を拭く（もうわたしは泣かない）、ポケットにハンカチをしまう。

「リオン、わたしたちにはたくさん話すことがあるわね、たくさん！」

「間違いなくそうね。時の終わりまで私たちはここで話すことができる、でも、行きましょう、レーナ、急いで」

わたしたちは降りた。寒くて震える。リアのネックレスの鈴がリン・リンと鳴るのが聞こえる、今夜、その鈴は何度も鳴ったのだろう。彼女のズボンの裾を見る。ニット帽からはみ出した髪の毛が強い風でぐちゃぐちゃになっている。別れの時だ、でも、別れだと言うためではない。

「さあ、レーナ、早く入って。あなたが先に行って。でも、私のことを見ていないで、もう夜が明けそう」

「十字架！」とわたしは思い出す。「あなたの窓のところに置いておく、外側から、取るのを忘れないで！　忘れないで！」

「わかった、大丈夫。忘れない、さあ、行って！」

わたしは門を開ける。振り返ると、彼女は同じ場所に立って笑っている。そして、手を閉じて、腕を上げて挨拶をしている。わたしは指先で澄んだキスを彼女に投げる。走って、三段跳びで階段を上り（縮まる）、小箱の中にあった十字架を取って、もう一度下り、庭を横切って、窓にその十字架を置いた。リオンはもう部屋の中にいて、わたしを見たけれど、見ていない振りをしたのがわかる。わたしは自分の部屋のドアを閉めてから、立ち止まり、しばらく呼吸をしなくてはならなかった。呼吸をする。レコードプレーヤーの電源を入れて、レコードをごまかさずに無作為に選ぶ。選んだレコードが聞こえてきて微笑む。ベッドに直進する、着ていた服を一まとめにして、洗濯籠を開け、その中に押し込む。蓋が抵抗してギシギシ音を立て、二度パカッと開いてしまい、三度目になんとか閉じて、閉まった状態になる。浴槽にはまだ湯が残っている。渦巻いた小さな泡が冷たい表面に浮いている。顔を上げて、手を突っ込み、浴槽の詮を抜く。待っている間、瓶に入ったバスソルトを見る、金塊を見たことはないけれど、でも、こんな感じの塊なのかもしれない。お湯の蛇口を開けて、もう一度、浴槽に体を傾けて覗くと、底に溜まっていると思っていた残りかすはなくなっている。クローゼットで寝間着を選ぶ、緑色にしようかしら？　バスタオルは白色にしよう。シャワーの蛇口を開けると、湯気の熱さを口の中で感じる。外の霧は消えつつあり、ここでまた別の霧が発生している、ああ、サンタレーンから来る女の子に伝えるのを忘れないようにしないと、このあたりに小さなブチ猫が現れたら、アストロナウタと呼んでと。子猫？　あの猫はもう大きくなっただろう。とにかく、ブチ猫だから、わたしに知らせてくれたら、たくさんの懸賞金がもらえる。それから、名前を残したがらない男性の不明瞭な声がわたしに電話をかけてきたときも。ぼやけた鏡の中に自分の横顔を見る。

ブラジル独立二百周年にあたって

駐日ブラジル大使館は、水声社とのパートナーシップのもとに、未邦訳のブラジル文学作品五タイトルを日本の皆様にご紹介できることを大変嬉しく存じます。これらの書籍の翻訳出版は、二〇二二年に迎えるブラジル独立二百周年を記念した文化普及プロジェクトの一環として行われています。

本コレクションに選ばれた作品は、過去数世紀にわたり形成されてきたブラジルのナショナル・アイデンティティの概要を描いています。グラシリアノ・ハーモスからイタマール・ヴィエイラ・ジュニオール、オスカール・ナカザト、リジア・ファグンジス・テーリス、そしてハケウ・ジ・ケイロース、マルケス・ヘベーロ、アニバウ・マシャード、ジョズエ・モンテーロの短編小説まで、ブラジル文学は様々な継承物を吸収し、多文化的遺産を真のブラジル芸術に変換して、文化的表現を世界に発信してきました。

このブラジル文学国際化の取り組みを通じて、他の二国間関係で見られる円滑で緊密な日本との交流が促進されることを期待しております。民族のあまたの文化的表現の中で、文学は読者にわが国の姿を雄弁に伝える能力が抜きん出ています。

本書が楽しい読書となることを、そして本コレクションで翻訳された小説や短編が日本人のブラジルに対する知識や関心を深め、両国の社会の対話を深めるきっかけとなることを願っております。

駐日ブラジル大使
オタヴィオ・エンヒッケ・コルテス

変容する社会に葛藤する女性の声——「訳者あとがき」にかえて

江口佳子

本書はリジア・ファグンジス・テーリス（Lygia Fagundes Telles, 1923-2022）の *As meninas*（1973）の全訳である。ポルトガル語の“menina”は生まれたばかりの女児から若い女性まで幅広い年齢層を指す言葉である。初めて手にしたノーヴァ・フロンテイラ社の表紙には三人の女性がそれぞれのポーズで椅子やソファーに座っている姿が描かれていた。だから、その場面はいつ出てくるのだろうと二五〇頁以上の物語を読み進め、最終章にたどり着いたのであるが、表紙のシーンは一度も現れなかった。主要な登場人物が一度も一同に会さないなんて……！　読み終えて大いに混乱したことを思い出す。邦題は水声社編集部と相談の上、物語が三人をめぐる展開であることから、『三人の女たち』とした。

リジア・ファグンジス・テーリスは残念ながら本年四月三日に家族に見守られ九十八歳でその生涯を閉じた。ブラジル文学界における作家の死去への反響は大きく、翌日のブラジル国内主要紙（*O Globo*, *O Estado de S. Paulo*, *Folha de São Paulo*）は、各社二、三頁の追悼記事を掲載した。*O Estado de S. Paulo* は「作家は作品を通じて読者に〝存在〟を考える機会を提供した。（……）登場人物は女性の声の複数性を表し、社会の欺瞞と闘う象徴だった」と書いている。リジアの盟友である作家ネリダ・ピニョンは「彼女は偉大な作家であっただけでなく、市民として優れた行動をとった。ブラジル社会のあらゆる局面に立ち会い、そこで際立つと同時に寛大であった」（*O Globo*）と讃えている。作家であり文学評論家のシウヴィアーノ・サンチアーゴは「彼女の存在は光輝き、彼女の言葉は心を魅了した。（……）リジアは家父長的社会において男性のものとされてきた三つの職に就いた。弁護士、作家、ブラジル文学アカデミー会員である」（*O Estado de S. Paulo*）と評している。これら追悼文からも、リジアがブラジル社会において、女性の表現の場や活動の場を広げることに貢献したことは間違いない。

作家は、家父長的社会から軍事政権下、そして民政移管後の女性の苦悶と生き方を問いかけ、ハケウ・ジ・ケイロス（Rachel de Queiroz, 1910-2003）やクラリッセ・リスペクトル（Clarice Lispector, 1925-1977）と並んで、ブラジルの女性作家のパイオニア的存在であった。クラリッセが早世したこともあり、女性として、作家として意見を求められることも多かったであろう。次のリジアの言葉は特に知られている。

> 女性によって作られるフィクションには女性独自の特徴がある。より内面的、より告白的である。女性は自らを明らかにし、自らを追究し、自らの考えを述べられるようになった。（……）以前は、私たちがどのような者であるかを述べるのは男性であった。今は私たちだ。

シウヴィアーノ・サンチアーゴはリジアについて、「作品が同時代の人々や新しい世代の人々から称賛されるだけでなく、文学的な事柄について、好奇心の強い読者と公衆でコミュニケーションをとる方法を熟知していた」とも述べている。講演会やシンポジウムに頻繁に赴き、若者、とくに学生たちと意見を交すことを楽しみにしていたようである。自身の作品の物語や人物像について、自分の思いつかなかった関係性を指摘されたり、異なる解釈をする学生同士で議論になったことを『あの風変わりなお茶の間に』（二〇〇二年）や『雲の陰謀』（二〇〇七年）で紹介している。リジアの作品は小説でも短篇小説でも、内面世界が探求され、人物行動よりも心理描写が物語の中心を構成するため、大きな出来事が起こらないことが特徴である。しかし、日常の、現実社会での人間関係や読者とのやりとりをヒントに、特徴ある人物像を生み出していたのであろう。『三人の女たち』についても、高校生だった息子の友人がよく家に遊びに来て、彼らの話に耳を傾けていたことが着想の一つになったと述べている。

作家と作品

リジア・ファグンジス・テーリスは、弁護士の父親とピアニストであった母親のもとで、サンパウロに生まれた。父親の仕事に伴い、家族でサンパウロ州内の町を転居する幼少期を過ごした。リジアは十代の頃から創作活動に関心があり、父親の支援によって十五歳の時に短篇集を自費出版している。中等教育を終えると、一九四〇年にサンパウロにある体育教育学を専門とする体育学院に入学するが、法学部に入るために大学予科に通い、一九四一年にサンパウロ大学法学部に進学する。法学を修める傍ら、学内の文学サークルで熱心に活動し、学内文芸誌に作品を投稿していた。リジアの若年からの文学への傾倒は、サンパウロがブラジルの政治、経済、文化において重要な役割を果たしていたことも影響しているだろう。ブラジル文学の転換期は、一九二二年にサンパウロで開催された近代芸術週間に始まるモデルニズモ（近代主義運動）であり、芸術家、知識人、音楽家、作家がバー、カフェ、本屋、アートギャラリーに集まり、政治や文学談義をすることがサンパウロの日常的な光景となっていた。リジアも在学中から、そうした場所にたびたび足を運んでおり、なかでも、ある文学祭典の折にヴィエネンセというカフェで、作家マリオ・ジ・アンドラージと知己になる幸運を得ている。一九四四年のことであり、ジェトゥリオ・ヴァルガス大統領による新国家体制《エスタード・ノーヴォ》が敷かれ、ブラジルは枢軸国に宣戦布告して第二次世界大戦に参戦していた時代である。学生であったリジアは、マリオとの会話のなかで、無謀であるかもしれないけれど、自らの天分だと信じて「書く」ことで身を立てたいと話したという。

マリオとの邂逅という印象的なその年に、短篇集『プライア・ヴィーヴァ（鮮烈な海岸）』（*Praia Viva*, 1944）で作家としてデビューした。一九四六年に大学を卒業し、一九五〇年には大学時代の教師であった法律家のゴフレッド・ダ・シウヴァ・テーリス・ジュニオール（Goffredo da Silva Telles Jr.）と結婚した。一九五四年に出産し、同年に上梓した最初の小説『石製のシランダ』（*Ciranda de Pedra*）が文壇から高い評価を得る。この作品では、女性主人公が、不倫をした母親が社会的制裁を受ける姿を目の当たりにして、家父長的な家族社会や伝統的な女性の役割に疑問を抱き、父親の権威の象徴である「家」から出ることを試みる。一九五八年の短篇集『不一致の物語』（*Histórias do desencontro*）では、家族、男女、世代、社会階層間の相違がもたらす孤独や、社会的倫理観と自己保身の間で揺れる心の綾が描かれている。一九六〇年に離婚した後の翌年からは、サンパウロ州年金機構で弁護士として働き始め、一九九一年に退職するまで作家活動と公務員を兼職した。二作目の小説『水槽の中の夏』（*Verão no aquário*, 1963）は、女性の社会進出と父親不在により母娘だけが残された「家」において、社会的弱者の立場にある親子が新たな関係性を見出す物語である。この年に、リジアは二人目の夫となる映画批評家のパウロ・エミリオ・サーリス・ゴミス（Paulo Emílio Salles Gomes）と暮らし始める。一九六九年には、短篇小説「緑色の舞踏会の前に」（Antes do Baile Verde）が、フランスの女性作家国際コンクールで第一位を獲得する。軍事政権期で自由が制約されている状況下、リジアが国際舞台で文学賞を受賞したことは、知識人層を初めとするブラジル社会に明るい希望をもたらしたという。

『三人の女たち』について

ブラジルの軍事政権期（一九六四～一九八五年）には、多くの作家が政権から距離を置き、沈黙することなく社会批判の優れた作品を輩出した。その多くは男性作家によるもので、体制を直接的な言葉で糾弾することはできないものの、作品は巨視的、客観的なビジョンで書かれ、作家の明確なスタンスが表れている。一方で、『三人の女たち』はどこか不安定で動揺した、居心地の悪ささえ感じさせる作品である。

この時期、多くの知識人や芸術家がヨーロッパや南米の周辺国に国外亡命したが、リジアは国内に留まる必要があったと言い、本書について次のように述べている。「ブラジルの歴史にとって、最も重要な瞬間が、私の登場人物の中に嵌め込まれている。それは記録であり、ある時代についての私の証言である」。本書は、言論統制を目的とする軍政令第五号（AI-5）が一九六八年に発令された後の、軍事政権期のなかでも表現の自由が最も厳しい制約を受けていた時期に上梓された。本ブラジル現代文学コレクションの拙訳フーベン・フォンセッカの『あけましておめでとう』（*Feliz ano novo*, 1975）は、ブラジルの大都市の負の様相を描き、検閲を受けて一九七六年に発禁処分となった。『三人の女たち』も検閲に送られたが、夫のパウロ・エミリオ・サーリス・ゴミスが検閲通過の朗報をリジアへ届けた。検閲官は七十二頁目まで読み、「つまらない小説」（o livro chato）と判断し、それ以上読まなかったらしい。おそらく、検閲官は、若い女子学生の戯言が綴られているだけの小説と考えたのであろう。

文学者ネリー・ノヴァエス・コエーリョは、本書を「開かれた作品であり、宇宙の生命のように、絶え間ない、永遠の流れの中にある。この美しく恐ろしい世界で道を見つけるのは、方向を見失っていようとなかろうと、若者たちである。サンパウロ出身の作家は彼女の創造的な言葉でそれを構築する」と述べており、パウロ・エミリオは「美しいと同時に不穏な雰囲気が漂う本である、困惑と苦難に満ち、人間の運命そのものが刻々と危機に瀕しているような緊張感とサスペンスに満ちた日常を描いた、生き生きとした勇気ある、時代の証言である」と評している。文学研究者のヘジーナ・ダウカスタグネの『痛みの空間――ブラジル小説における六十四年の支配体制』は、軍事政権期に書かれた『三人の女たち』を含む作品九つを抽出し、次のように述べている。「これらの小説は政治的立場を明らかにした作品である。一九六四年以降、この国に影を落とした権威主義と残虐性に異議を唱え、批判し、恐怖の記録であることを提案するからである。（……）被害者の痛みを保護する場所として、敗者の歴史を作り続ける空間として、後世の人々の模範と恥辱のために記憶が保たれる場所として」。

本書は出版の翌年に、国内で最高の文学賞とされるジャブチ賞やサンパウロ芸術批評家協会賞を受賞し、半世紀を経てなお読者に問いを投げかける作品として、現在もブラジルで版を重ねている。また、一九九六年には、エミリアーノ・ヒベイロ監督によって映画化された。これまでスペイン語、英語、オランダ語、ヨーロッパ・ポルトガル語、フランス語、イタリア語に翻訳されている。

物語は一九六〇年代末から一九七〇年代初めの政治的・社会的な抑圧と混乱の下で生きる若者を題材にしている。ブラジルの軍事政権は米ソの冷戦下、米国の後ろ盾を得て成立し、外資に依存した開発主義政策による経済発展と国家利益を優先し、体制批判を徹底的に取り締まることで、個人の自由を剥奪した社会秩序で統制した。ブラジルの歴史において、この時代ほど若者や学生が激しく体制批判と抵抗運動をした時期はない。とくに一九六六年から一九六八年は学生運動が激化したため、大学の多くが軍事政権の下で閉鎖された。一九六〇年代の自由を希求する世界的な社会運動の動きに対し、ブラジル社会は逆方向に進んでいた。若者たちは、顕在化する社会的不平等や、強いられる社会秩序に反発し、新たな思考を模索した。彼らは、抑圧、搾取、疎外の要因を追究するマルクス主義やフェミニズム等の思想を援用しながら、社会を変革しようとした。文化帝国主義に反発し、高度経済成長と大衆消費社会に迎合しない、そうした若者たちは、理性に欠けた理想主義者と批判もされた。

文化の面においては、都市部の若者の間で、既存の社会通念を覆そうと、米国風のカウンターカルチャーを模したヒッピー、セックス、ドラッグが流行した。音楽では、若者の動揺、愛、戦争反対、希望などを表現するロックがブラジルでも人気を博した。なかでも、ジミ・ヘンドリックスは支配的文化への拒否を体現する若者の代弁者であった。欧米と同様に、ブラジルでも音楽フェスティバルが開催され、一九六六年から一九六八年には、テレビ・ヘコルジ（TV Record）でブラジル全土に音楽祭が放映され、文化問題を議論する場ともなった。物語の中で言及のあるカエターノ・ヴェローゾ（Caetano Veloso, 1942-）は、この時期の閉鎖的な文化動向に異義を唱え、海外の文化を批判的に取り入れ、国内の文化と融合する新たな視点を導入した音楽ムーブメント「トロピカリズモ」（一九六七〜一九六八年）をジルベルト・ジル（Gilberto Gil, 1942-）等とともに提唱した。また、やはり物語で言及のあるシコ・ブアルキ（Chico Buarque, 1944-）は、メタファーを駆使した社会諷刺の歌で軍事政権を批判した。

物語の構造

主要な登場人物は三人の若い女性であり、ロレーナ（Lorena）は富裕層に、リア（Lia）は中流階級に、アナ・クララ（Ana Clara）は貧困層に属している。サンパウロにある同じ大学の学生であり、修道院の寄宿舎に下宿をしている。物語は三人の内面が交差しながら展開する。第五章でブラジルの詩人イウダ・イウストの詩が引用され、三人が同じ世界に生きながらも異なる経験や見方を有することを、多面体の〝プリズム〟でメタフォリカルに表現されている。

この小説の特徴の一つに、物語の〈語り〉の構造の複雑さがある。焦点化される人物が頻繁に交替するため、〈視点の移動〉が判別しにくい。それぞれが〈私〉で叙述するため、主体と客体が入れ替わり、「見る」こともあれば「見られる」こともある。タイトルの *As meninas* は、ミシェル・フーコーが『言葉と物』（一九六六年）で主体と客体の関係を分析したベラスケスの絵画「ラス・メニーナス」（*Las meninas*）のことも意識したと思われる。

物語と読者を媒介する〈語り手〉もいるが、この小説においては、その存在が希薄である。それは、第一章の途中で〈語り手〉が現われ、終章の途中で完全に後退することからも明らかである。〈語り手〉は三人のそれぞれの様子を視覚的に描写し、焦点化される人物の内的独白に徐々に移行するよう自由間接話法によって仲介する役割を果たしている。読者に直接向けられる内的独白の〈私〉が誰の思考であるかを〈語り手〉は明示しない。これは、読者に三人の〈私〉を比較するよう能動的な読みを期待していると考えられる。物語には多数の人物が登場するが、三人が他者の言葉をそれぞれの内的独白の中に組み入れていることも特徴的である。他の二人の言葉、あるいは別の登場人物の意見が入り込み、そこから自分の考えを構築するポリフォニックな物語である。

ロレーナの古典的価値観とフェミニズム

三人の中でもロレーナが中心的人物であり、前二作の小説の女主人公たちに類似した、没落しつつある中産階級の子女である。かつては農園を所有するような家であったが、父親は精神を患って死去している。母親は高級マンションに使用人と暮らしており、資産を若年の愛人の事業につぎ込んでいる。長兄は外交官として北アフリカで華やかな生活を送り、ロレーナに舶来品を送ってくる。家族が父親を中心とした幼少期は、ロレーナにとって、最も恵まれた時期であったが、長兄が次兄を誤って射殺した事故が、家族の調和を崩壊させたとして、繰り返しその出来事を思い出している。父親の不在に精神的な不安を感じ、世間で自立できないことを恐れ、年配で妻帯者のM・Nと称する男性にプラトニックな恋愛感情を抱いている。〝貝殻〟と名付けた自室に籠り、音楽や文学に浸って過ごす。世間事情は、リアやアナ・クララ、男友達からの話を聞くだけである。

ロレーナはアナ・クララの美貌と比べて劣等感を抱き、室内で運動をして男性の目に留まる体型にしようと努力する。また、母親の「女の子の宝物は処女であること」という観念にも縛られている。このため、ボーヴォワールを愛読し、自由恋愛の実践者であるリアや保守的な修道女たちに問いかけ、自身の性のあり方を模索する。

ブラジルでは、第二波フェミニズムは一九六〇年代末に欧米からもたらされ、男女の性関係や女性の身体に関する規範の刷新が議論された。フランスの哲学者シモーヌ・ド・ボーヴォワールの著書『第二の性』(*Le Deuxième Sexe*)が一九六七年に、米国のフェミニスト、ベティ・フリーダンの著書『新しい女性の創造』(*The feminine mystique*)が一九七一年にブラジルで翻訳・出版されて大きな反響をもたらした。処女性や中絶、同性愛についての議論が誌上でも活発に行われ、物語の中でもロレーナとリアを中心にジェンダーの課題が思考されるが、一九七〇年代後半までは、フェミニズムの影響は高等教育を受けた女性だけに留まった。

リアの政治活動と内面での葛藤

北東部バイーア州サルバドール出身のリアは、貧困問題や女性解放への関心からサンパウロに上京し、反政府活動に従事する。街頭活動や政治集会に専心し、社会的認知を通じて女性の自立や存在意義を得ようと考える。物語中、ロレーナはリアを、しばしばリオン（Lião）の愛称で呼んでいる。これは、ポルトガル語の増大辞を語尾につけたものであり、ライオン（Leão）を連想させ、リアの外部世界での挑戦や勇気を羨望しつつも、〝女性らしくない〟行動を皮肉っている。

リアが自身の活動や信念を語る相手はアリックス院長である。院長は反政府活動で投獄された若者や貧困層の救済活動を行う一方で、リアの政治活動による身の危険を心配する。

他人に対しては気丈なふるまいを見せるリアであるが、投獄されている恋人ミゲウには精神的な強さや優しさを求め、家族との穏やかな将来を夢見ている。小説を書くことが好きな一方で、ロマンチックな内容で本心を暴露してしまうのではないかと悩んでいる。政治活動に行き詰まりを感じているリアは、第六章でアルジェリアへの渡航に新たな希望を見出す。リアは自由奔放に行動しているようにも見えるが、父親やロレーナ、ロレーナの母親からの援助に支えられており、人間関係とともに、経済的および精神的には自立途上であることに葛藤する。

アナ・クララの夢と挫折

アナ・クララは、美貌を活かして富裕層の男性と結婚し、社会上昇を果たす願望があるが、幼少期の貧困と性虐待や母親が男性から受けた肉体的暴力に関して心理的な傷を負っている。嗅覚や触覚により幼少期の記憶を思い起こし、嫌悪や怒りを男性、母親、社会に向ける。彼女の思考や言動は、時間や場所が混在し、反復し、脈略がなく、半狂乱に陥ることもある。物語の中では、ほとんどの時間を男性とともに室内のベッドで過ごし、飲酒と薬物中毒の状態にある。ロレーナの経済的な豊かさを嫉み、消費社会を享受せんと自らの美貌と身体を商品化し、富裕層の男に媚びようとするが、男性の権威と暴力から逃れることができない。アリックス院長とロレーナはアナ・クララを救済しようとするが、彼女の抱える問題は、金銭的な表層面だけでなく、他者から認められたいという深部にあり、そのことを理解されずに、アルコールと薬物依存の中で、身体的暴力の形跡を残して死んでしまう。

ロレーナとリアは真夜中にアナ・クララの遺体を広場まで車で運ぶ。ラテンアメリカ諸国にはイベリア文化の影響で市や町に必ず広場がある。ダウカスタグネは「広場は物理的空間である以上に、集団の記憶に嵌め込まれた一つのイメージである。公共の自由、社会の安定の象徴である」と述べ、広場の社会的価値を指摘する。広場は人々が接触する場所であるが、ロレーナとリアは人目を避け、男性権力の及ばない夜の人気の無い時間に広場へ行く。

三人が同じ空間に居合わせるのはアナ・クララの死後であるということに、社会階層の違う女性間の差異が示されている。リジアの作品の中でも、本作品のように、異なる境遇の女性同士が、言葉の相互関係を築こうとする物語は稀有である。家父長制社会において、一般に「若い女性」でくくられてしまう彼女たちは、抑圧的な政治状況を憂い、女性の置かれている状況について葛藤している。それら様々な女性の「声」が社会的に十分に認知されていないことへの抗議が、原題 *As meninas* という抽象化されたタイトルに込められているのかもしれない。それは同時に、教会や「家」との関係が変化し、政治、性、消費社会の渦中で悩み、闘う現代を生きる女性たちに向けられたエールなのではないだろうか。

多様な女性像

本作に続く作品として、一九七七年に短篇集『鼠たちのセミナー』(*Seminário de ratos*) が発表された。その中に収められた「編集長殿」(Senhor Diretor) では、初老の主人公の女性が、女性の身体が男性の性的な消費対象として商品化されている街頭の雑誌広告に憤慨して、新聞の編集長に手紙を書いて訴える。翌一九七八年の短篇小説『放蕩息子』(*Filhos pródigos*, 一九九一年に『シャボン玉の構造』(*A estrutura da bolha de sabão*) に改題) の「レオンチーナの告白」(A confissão de Leontina) では、若い女性主人公が刑務所で弁護人に、幼少期から耐え忍んできた男性優位社会を語り、殺人の弁明をする。第四作目の小説『裸の時』(*As horas nuas*, 1989) では、女優であった主人公が栄光を取り戻そうとするが、他者との軋轢に悩んで退廃的な生活を送る。この作品以降は短篇小説を発表していく。ティーンエイジャーから老女まで様々な人物像を用いて、女性の自己表出と自己実現を模索した。

リジア・ファグンジス・テーリスは、ブラジルが民政移管された一九八五年にブラジル文学アカデミーの会員に選出され、就任演説で次のように述べている。

世紀の変わり目に病んだ地球を証言しなくてはならない厳しい役目。ときどき、怖くなる。蛸は追跡されると触手で防御し、黒い墨を放って周囲の水を濁らせ、カモフラージュする間に逃げてしまう。恐怖の黒いインク。ねばねばして生暖かい。しかし、作家は水の透明度で、自分を、隣人を見ることが必要です。恐怖に打ち勝ち、その恐怖を書かなくてはなりません。愛によって言葉を救わなくてはならないのです。

リジアの功績は、二〇〇五年のポルトガル語圏の文学・文化分野で貢献した芸術家に贈られるカモンイス賞の受賞や、二〇一六年のブラジル作家連盟からのノーベル文学賞の候補への推薦として評価され続けた。

現代のブラジル女性文学

女性作家が精力的に作品を発表し、確固とした存在感を放つようになったのは、一九六〇年代以降と言える。リジアと同世代の作家として、クラリッセ・リスペクトルの『アグア・ヴィーヴァ（流れる水）』（*Água Viva*, 1973）の他に、ネリダ・ピニョン（Nélida Piñon, 1937-）の『受難の家』（*A Casa da Paixão*, 1972）、リア・ルフト（Lya Luft, 1938-2021）の『近親者』（*As Parceiras*, 1980）、イウダ・イウスト（Hilda Hilst, 1930-2004）の『猥褻なD夫人』（*A obscena senhora D*, 1982）等が挙げられる。それぞれの物語には共通して、軍事政権による権威主義体制と男性優位社会、女性主人公の私的空間における内的独白の設定、従来はほとんど扱われることがなかった女性のセクシュアリティへの視点がある。

軍事政権期の社会を背景にした文学は、民政移管後も継続して書かれたが、一九六四年の軍事クーデターから五十年の節目が近づく二〇一〇年頃から文学の分野でも再び注目された。この時期の状況については、ベルナルド・クシンスキー著『K――消えた娘を追って』（*K.*, 2011. 邦訳、花伝社、二〇一五年）の翻訳者である小高利根子氏による詳しい解説がある。私は二〇一四年に渡伯した際に、二〇〇九年に開館したサンパウロレジスタンス記念館（Memorial da Resistência de SP）を訪れた。この記念館の建物は、軍事政権期のサンパウロ州の情報機関（DEOPS: サンパウロ州政治社会秩序局）が、政治犯の収容と尋問に使用したものであり、当時の留置場の様子がそのまま残され、政治弾圧の写真や手記、証言録に触れることが出来る。現在でも世界各地で法の支配を軽視した暴政が生じている。過去の悲劇を記憶に留め、自由と人権の尊重を擁護し続けることが必要であり、『三人の女たち』を読み継ぐ意義もそこにあると思う。

二〇一〇年以降に女性作家が軍事政権期を扱った作品には、かつて反政府活動に加わり、現在は社会の周縁で生きる女性を描いたソニア・ヘジーナ・ビスシャインの『すべてが沈黙というわけではない』（Sônia Regina Bischain. *Nem tudo é silêncio*, 2010）、軍事政権期に国外亡命した女性たちの手記をフィクション化したマリア・ピリアの『来週帰る』（Maria Pilia. *Volto semana que vem*, 2015）、貧困層への識字教育で北東部へ赴任したことを回想するマリア・ヴァレリア・ヘゼンジの『遠く離れた別の場所』（Maria Valéria Rezende. *Outros cantos*, 2016）を初め、その他にも多数の著作が出版されている。当時の記憶と現代のブラジル社会を比較する視点を持つこれらの女性作家の作品にも、今後取り組んでいきたい。

*

本翻訳は日本政府文部科学省の科学研究費助成事業（学術研究助成基金助成金）基盤研究（C）（一般）「ブラジルのマイノリティ文学における複合性：交差する人種・ジェンダー・クラス」（21K00432）の研究の一環として行われたものである。翻訳の底本には Lygia Fagundes Telles. *As meninas*, São Paulo, Companhia Das Letras, 2009 を用い、必要に応じて Margaret A. Neves による英訳 *The Girl in the Photograph*, translated by Margaret A. Neves, U.S.A, Dalkey Archive, 2012 を参照した。

本書は、二〇二二年のブラジル独立二百周年の記念事業として、駐日ブラジル大使館の助成を受けて刊行される。本記念事業に翻訳者として参加できたことは望外の喜びであり、オタヴィオ・エンヒッケ・コルテス大使を初めとする駐日ブラジル大使館に心より御礼を申し上げる。

私が本書に出会ってから十数年の歳月が経った。これまで作品に含まれる背景と意味の解釈について壁にぶつかることも多かったが、東京外国語大学で博士前期課程から長年に亘り指導を仰いできた武田千香教授の励ましと支援なくして本書の翻訳は成しえなかった。改めて心からの感謝をお伝えしたい。

また、ブラジリア大学文学部のヘジーナ・ダウカスタグネ教授とアドリアーナ・ジ・ファチマ・バルボーザ教授には、渡伯の度に、ブラジル現代文学グループの研究者や学生との交流を通じて、研究に対する助言を頂いた。マリア・アンジェラ・シウヴァ・カプッチさんによる軍事政権期におけるジャーナリストとしての経験談は、本翻訳を進める力となった。ホザンジェラ岩瀬マルチンスさんと堀内アリッセイズミさんからは、ポルトガル語の意味を懇切丁寧に助言して頂いた。宮入亮さんからは本作品に関連した貴重なご意見を常に頂いた。鈴木エレン江美さんによる研究への応援も大きな精神的支えになった。共に今般の翻訳刊行の喜びを分かち合いたいと思う。

そして、本書をブラジル現代文学コレクションに加えて頂いた水声社の鈴木宏社主、翻訳や校正で細やかな助言を頂いた編集部の村山修亮氏なくして本書の刊行はなく、感謝の意に絶えない。

最後に、ここに全ての氏名を列挙できないが、日々私を支えてくれている友人と家族に対して、本書の上梓をもって感謝の辞に替えたいと思う。

＊　参考文献

Dalcastagnè, Regina. *O espaço da dor: o regime de 64 no romance brasileiro*, Brasília, Universidade de Brasília, 1996.
Telles, Lygia Fagundes. *Durante Aquele Estranho Chá*, Rio de Janeiro, Rocco, 2002.
——. *Conspiração de nuvens*, Rio de Janeiro, Rocco, 2007.
Santiago, Silviano. "Lygia, revolta e disciplina", *Revista Pernambuco*, Nov. 2018.

著者／訳者について――

リジア・ファグンジス・テーリス（Lygia Fagundes Telles）　一九二三年、サンパウロに生まれ、二〇二二年、サンパウロに没する。家父長制社会から権威主義体制下、そして民主化後の女性の苦悶と生き方を問いかけた。『石製のシランダ』（一九五四年）、『緑色の舞踏会の前に』（一九七〇年）、『シャボン玉の構造』（一九九一年）など、多くの作品を残している。一九八五年にブラジル文学アカデミーの会員に選出された。

＊

江口佳子（えぐちよしこ）　一九六八年、千葉県に生まれる。東京外国語大学地域文化研究科博士後期課程満期退学。文学修士。現在、常葉大学外国語学部准教授。専攻＝ブラジル文学。訳書に、フーベン・フォンセッカ『あけましておめでとう』（水声社、二〇一八年）がある。

三人の女たち

二〇二三年九月一五日第一版第一刷印刷　二〇二三年九月二五日第一版第一刷発行

著者――リジア・ファグンジス・テーリス
訳者――江口佳子
装幀者――宗利淳一
発行者――鈴木宏
発行所――株式会社水声社
東京都文京区小石川二―七―五　郵便番号一一二―〇〇〇二
電話〇三―三八一八―六〇四〇　FAX〇三―三八一八―二四三七
［編集部］横浜市港北区新吉田東一―七七―一七　郵便番号二二三―〇〇五八
電話〇四五―七一七―五三五六　FAX〇四五―七一七―五三五七
郵便振替〇〇一八〇―四―六五四一〇〇
URL : http://www.suiseisha.net

印刷・製本――精興社

ISBN978-4-8010-0666-9

ブラジル現代文学コレクション

編集＝武田千香

エルドラードの孤児　ミウトン・ハトゥン　二〇〇〇円
老練な船乗りたち　ジョルジ・アマード　三〇〇〇円
家宝　ズウミーラ・ヒベイロ・タヴァーリス　一八〇〇円
最初の物語　ジョアン・ギマランイス・ホーザ　二二〇〇円
あけましておめでとう　フーベン・フォンセッカ　二五〇〇円
九夜　ベルナルド・カルヴァーリョ　三〇〇〇円
乾いた人びと　グラシリアノ・ハーモス　二〇〇〇円
ニホンジン　オスカール・ナカザト　二〇〇〇円
三人の女たち　リジア・ファグンジス・テーリス　三〇〇〇円
まがった鋤　イタマール・ヴィエイラ・ジュニオール　近刊
ブラジル文学傑作短篇集　マルケス・レベロほか　近刊

［価格税別］